Anna Carlé

LEUCHTTURM DER VERGESSENEN WÜNSCHE

ANNA CARLÉ

LEUCHTTURM DER VERGESSENEN WÜNSCHE

Roman

Lektorat: Büchermacherei · Ursula Hahnenberg · buechermacherei.de

Korrektorat: Dorrit Bartel · dorritbartel.eu

Satz u. Layout/E-Book: Büchermacherei · Gabi Schmid · buechermacherei.de

Umschlaggestaltung: Kristin Pang · kristinpang.com

Umschlagabbildung: Collage mit Motiven von shutterstock.com und stock.adobe.com; Autorin

Bildnachweise Textlayout: #629927272, 636462894, 409900368, 642028309, 566865692, 404802822 | AdobeStock

Bestellung und Vertrieb: Nova MD GmbH, Raiffeisenstraße 4, 83339 Vachendorf

ISBN Softcover: 978-3-98942-388-6

Für meine Eltern, auf deren Couchtisch immer ein Stapel Bücher liegt. Ihr habt mir die Liebe zu Geschichten geschenkt.

Für Louisa und Jakob, meine Herzenswunschkinder

Rosie

Aufgeben kam nicht in Frage, damals nicht und heute erst recht nicht. Rosie Mckenzie rutschte auf Knien zur nächsten Pfütze, wischte sie auf und wrang den Putzlumpen über dem halbvollen Eimer aus. Das Regenwasser war wie Säure, es kroch durch alle Ritzen und zerfraß die alten Böden. Der modrige Geruch aufquellender Holzplanken stieg ihr in die Nase. Voller Sorge sah sie sich auf der Galerie ihres Leuchtturms um und massierte ihre Fingergelenke, die von der feuchten Kälte schmerzten. Die Stürme an der südenglischen Küste wüteten immer heftiger, dabei war doch erst Anfang September!

Allmählich tauchte die Dämmerung den rundum verglasten Raum in blutorangenes Licht. Rosie berührte die Wand unterhalb der Fenster, um die Ruhe und Kraft der Mauern in sich aufzunehmen. Das tat sie oft, aber heute war da nur Kälte.

Normalerweise liebte sie die Magie dieses Raumes, der über der Felsküste zu schweben schien. Jetzt jedoch wirkte er wie ein greiser Mann mit löchrigem Mantel. Auf den getünchten Wänden zeigten sich Wasserflecken, der Putz bröckelte, und vom Kupfergestell in der Mitte, das die mächtige alte Linse hielt, glitten Tropfen auf den Boden.

Rosie erhob sich, stopfte eine lose Strähne zurück in ihren Dutt und wischte ihre Hände an einem Baumwollhandtuch ab, das sie aus ihrem Cottage nebenan mitgebracht hatte. Dieser verdammte Sturm! Dann würde sie eben aufräumen, wie jedes Mal, wenn Gewitter über sie hinwegfegten. Die Überreste von

Wind und Wetter entfernen, die Wasserflecken trocknen, die Fenster noch akribischer mit fester Pappe abdichten. Auch wenn Henry den Kopf schütteln würde, weil sie immer alles allein und auf ihre Weise regelte. Aber so sehr sie den Rat ihres engsten Freundes und Nachbarn schätzte, der Turm gehörte ihr! Sie brauchte niemanden, schon gar keine Fremden, die hier herumspazierten und sich einmischten.

Die Wolken über der Bucht färbten sich rosa. Links und rechts erstreckten sich Klippen, die steil ins Meer hinabstürzten. Am Horizont erschienen die Hügel der vorgelagerten Insel, milchigblaue Schatten in feinen Nuancen, ebenso unergründlich wie der Ärmelkanal. Die aufgehende Sonne funkelte auf der wogenden Wasseroberfläche wie Millionen Wunderkerzen. Wellen brachen an den Felsen unterhalb des Leuchtturms.

Amore.

Amadeos dunkle Stimme flüsterte in ihren Gedanken, und ihr Atem stockte, wie jedes Mal, wenn die Vergangenheit sie überfiel. Sofort war sie wieder sechsundzwanzig Jahre alt und schaute aus dem Erkerfenster der baufälligen *Villa Dorata* in *Cervia* auf die Adria. Warmer Juniwind strömte herein, in der Ferne tanzte ein Segelboot auf dem Wasser. Zwei gebräunte Arme umschlangen sie und ihr Herz klopfte heftig, wie immer, wenn Amadeo sie so unvermittelt berührte. *Ich werde alles tun, damit dieser Ort nicht verschwindet, versprochen. Hilfst du mir dabei?*

Ein vertrauter Stich fuhr in ihre Brust. Es war so lange her und doch kam es ihr vor, als wäre nur ein Wimpernschlag Zeit vergangen. Wenn sie geahnt hätte, was alles passieren würde, hätte sie Amadeo an diesem Tag nicht losgelassen.

Ruckartig schob sie ihre Brille hoch und drängte seine Stimme in den entlegensten Winkel ihres Gedächtnisses zurück, bis zum nächsten Mal. Sie zog den Reißverschluss des Parkas zu und nahm den Lumpen wieder in die Hand. Es gab eine Menge zu erledigen, aber es war machbar, wenn sie sich anstrengte. Sie würde ihren Leuchtturm niemals im Stich lassen oder im Rathaus von Lockwood um Hilfe rufen wie eine schwache alte Frau. Das hatte sie sich vor langer Zeit geschworen. Das schuldete sie ihm, und wenn es das Letzte war, was sie in ihrem Leben zustande brachte.

June

Verdammt, wo kamen die Bullen her? June schob den Vorhang des Bibliotheksfensters zwei Fingerbreit zur Seite und linste hinaus. Vor dem schmiedeeisernen Hoftor der Villa ihrer Eltern zuckte Blaulicht. Unmöglich, sie war doch von der Schwimmbadparty abgehauen, lange bevor sie im Anmarsch gewesen waren!

Sie fixierte die beiden Polizisten, die in voller Montur aus ihrem Wagen stiegen: eine ältere Frau mit Bauchansatz und ein junger Typ mit artig zurückgebundenem Pferdeschwanz. Im Gleichschritt marschierten sie auf den Eingang zu. Sie brauchte einen Plan, und zwar schnell! Mit ein bisschen Glück hatte sie fünfzehn Sekunden, bevor sie klingelten und ihre Mutter alles mitbekam. Sie saß in der Scheiße, dabei hatte sie diesmal nichts angestellt. Oder? Nachdenklich fuhr sie mit der Zunge über ihr Lippenpiercing. Ihre Erinnerung an die vergangenen Stunden war wie im Nebel. Sie hatte mit Lionel und den anderen ein paar Biere gekippt, dann war die Party aus dem Ruder gelaufen. Verschwommene Bilder von tanzenden Leuten vor dem halbleeren Sprungbecken. Wummernde Bässe aus mitgebrachten Boxen, der Geruch von Chlor und Marihuana.

Draußen hielt ein weißer Kastenwagen mit dem Logo der *Port Jacobs Morning Sun* hinter dem Polizeiauto. Zwei Kerle sprangen heraus und hoben in derselben Sekunde dicke Teleobjektive vor die Gesichter. Fotografen. June krallte die Hand in den Vorhangstoff. James O'Connor hatte nicht lange gebraucht, aber wer war der andere? Sein neuer Lakai? Wieder waren sie hinter ihr her, als wäre sie ein verfluchter Popstar.

Sie sah sich im Halbdunkel der Bibliothek um. Wäre sie nur woanders hingefahren oder hätte sich mit Lionel in der WG verkrochen. Aber die Graffitidosen und ihre Zeichensachen lagen oben in ihrem alten Zimmer und im Schuppen stand die Ducati, das Erbstück von Grandpa Gary. Wenn sie abhauen musste, dann nur mit ihr.

Die Polizisten näherten sich der Eingangstür und verschwanden aus ihrem Blickfeld. June ließ den Vorhang los. Was gäbe sie jetzt für ein weiteres Bier und das schaumige Prickeln auf der Zunge, das ihre Probleme davontrug. Wenn die Welt schwankte, war sie leicht, beinahe in Ordnung.

Der dunkle Gong der Türklingel dröhnte durch das Haus. June sammelte ihre Lederjacke vom Boden auf und durchquerte den Raum auf Zehenspitzen, in der irren Hoffnung, verschwinden zu können, bevor ihre Mum etwas merkte. Auf Höhe der offenen Tür tauchte ein Schatten wie aus dem Nichts vor ihr auf. Dann fluteten die Lichter des Kronleuchters die Bibliothek.

„June? Was ist hier los? Es ist mitten in der Nacht." Ihre Mutter blieb im Türrahmen stehen, die Haare wirr, der Abdruck einer Schlafmaske im Gesicht. Unter ihrem Bademantel lugte ein Spitzennachthemd hervor, ihre Füße steckten in Pantoffeln mit Absatz.

„Mum, mach das Licht aus", flüsterte June.

„Draußen steht ein Polizeiauto. Das Blaulicht leuchtet durch die ganze Straße. Was hast du ausgefressen?" Kate verschränkte die Arme vor der Brust und stellte sich ihr in den Weg.

„Nichts, gar nichts, ehrlich." Hitze stieg June ins Gesicht, sie hatte keine Ahnung, ob das stimmte.

Die Türglocke ertönte ein weiteres Mal und sie verdrängte die lückenhafte Erinnerung an Rae, der den Sprungturm hinaufgeklettert war. Sie musste zum Dienstboteneingang im hinteren Teil der Villa. Von dort kam sie unbemerkt zum Schuppen. Wenn sie ihr Motorrad im Leerlauf herausschob, konnte sie durch die kaputte Stelle im Zaun hinter dem Koiteich abhauen.

Kates Gesicht versteinerte. „Schließ die Tür und setz dich neben das Bücherregal. Und sei um Himmels Willen leise."

„Wie?" June starrte sie entgeistert an. Die Bullen standen vor der Tür und ihre Mum wies sie an, sich zu verstecken? Kein Aufstand, keine Vorwürfe? War sie doch auf ihrer Seite? Ein ungeahntes Gefühl der Erleichterung stieg in ihr auf.

„Wir haben keine Zeit für Diskussionen. Tu bitte einmal das, was man dir sagt." Kate löschte das Licht, schlang den Bademantel fester um sich und steuerte zielstrebig auf die Haustür zu.

June sah ihr ungläubig hinterher und schob die Flügeltür zu. Sie schlich zum Bücherregal, das neben dem Kamin endete, setzte sich auf den Parkettboden und zog die Knie heran. Ein schmaler Lichtschein fiel durch das Fenster in den Raum und zerteilte ihn in zwei Hälften. Die gute und die schlechte Seite, Vergangenheit und Zukunft, alles oder nichts. Sie umschlang ihre Beine und legte den Kopf auf ihren Unterarmen ab. Was war eigentlich passiert? In der Menschenmenge im Schwimmbad war ein grimmiger Schnauzbart aufgetaucht, leicht angegraut, aber so akkurat gestutzt wie damals im Musikunterricht in der zehnten Klasse. Sie erstarrte, dann bemerkten die anderen auch, dass er da war. „Mr Gavin, Mr Gavin", grölte ihr Kumpel Rae besoffen und stieß sie so hart in die Seite, dass ihr die Luft wegblieb. Sie hatte ihn angeschrien, damit aufzuhören. Ihr Geheimnis, wie versprochen, für sich zu behalten. Er wusste doch, was der alte Sack getan hatte und dass sie nie wieder daran denken wollte. Aber Rae war zu voll gewesen, er hatte nichts mehr kapiert.

Dumpf hörte sie, wie Kate die Haustür öffnete und die Beamten mit einer Stimme begrüßte, die keinen Widerstand duldete. „Guten Morgen, Officers. So früh auf den Beinen? Was kann ich für Sie tun?"

„Entschuldigen Sie die Störung, Ma'am. Wir würden gern mit Ihrer Tochter June sprechen. Es gab einen Unfall im alten Schwimmbad. Ein paar junge Leute haben dort eine illegale Party veranstaltet und, na ja, das Ganze ist ausgeufert. Ein Mann wurde verletzt", erklärte die ältere Frau und räusperte sich, als wäre ihr das Gespräch unangenehm. Vermutlich durchbohrte Kate sie mit ihrem Blick.

„Wir haben einen Tipp bekommen, dass Ihre Tochter möglicherweise dort war und damit zu tun haben könnte", meldete sich der junge Typ zu Wort.

June kauerte sich enger neben das Regal, aber für einen Moment herrschte Stille. Warum antwortete Kate nicht? Sie hob den Kopf und lauschte in die Dunkelheit.

Rosie

Der braune Umschlag, den Rosie auf dem Weg zurück ins Cottage aus dem Briefkasten gefischt hatte, lehnte ungeöffnet am Brotkasten in ihrer Wohnküche. Sie saß auf der Eckbank gegenüber und starrte ihn aus sicherer Entfernung an. „Gemeinde Lockwood, Bürgermeisteramt“, stand auf dem Absenderfeld. Ein simpler Stempelabdruck, in seiner Schlichtheit aber umso bedrohlicher. Sie hob den Becher mit Rosentee an den Mund. Die heiße Flüssigkeit traf ihre Lippen und sie zuckte zurück. Sie bekam nie Post aus dem Rathaus, außer ihren Lohnzettel über achthundert Pfund Leuchtturmwärterinnengehalt am Letzten jeden Monats. Und kurz vor Silvester flatterte die Stromabrechnung ins Haus, die bisher immer mit den regelmäßigen Abschlägen übereingestimmt hatte. Aber heute war der zweite September. Das bedeutete nichts Gutes.

Sie erhob sich, schob die Emailschüssel mit den Ingwerknollen beiseite und goss sich ein Glas Wasser ein. Ihr Blick fiel auf den gusseisernen Herd mit integriertem Ofen. Das Holz knackte im Feuer und die Wärme erfüllte den Raum. Trotzdem fror sie. Sie öffnete die Klappe und schob mit der Eisenstange die Scheite zusammen. Was, wenn sie den Umschlag hineinwarf? Es würde keine fünf Sekunden dauern, bis die Flammen ihn vernichteten. Asche zu Asche, Staub zu Staub. Als hätte es ihn nie gegeben.

Sie eilte zum Brotkasten, hob den Umschlag mit spitzen Fingern hoch und trug ihn wie ein riesiges Insekt vor sich her. Und wenn Mr Morrison, der Briefträger, sie anschwärzte? Er brachte so selten Post zu ihr, sicher wusste er genau, dass sie ihn bekommen hatte. Sie ließ die Arme sinken und warf den Brief auf den Küchentisch.

Vielleicht sollte sie ihre Tochter Leah bitten hineinzusehen? Seit ihrer letzten Meinungsverschiedenheit hatten sie nur das Nötigste miteinander gesprochen. Allerdings brauchte sie dringend Nachschub für ihren Straßenstand, und Leahs Obstbäume hinter dem Haus im nahegelegenen Lockwood bogen sich in diesem Jahr vor reifen Früchten. Warum nicht gleich heute neue Ware holen und dabei die Wogen glätten? Rosie blickte zur Küchenuhr. Kurz nach halb sechs Uhr morgens. Sie gab der Ofenklappe mit der Eisenstange einen Schubs und verschloss sie.

Ergeben setzte sie sich an den Tisch und strich die mit Margeriten und Gerbera bestickte Decke glatt. Sie hielt den Umschlag ins Licht der Hängelampe, drehte und wendete ihn, konnte aber nicht erkennen, was dahinter geschrieben stand. Ihre Fingerkuppen hinterließen einen feuchten Abdruck auf dem Papier. Mit zittrigen Händen nahm sie das Brotmesser, stieß einen tiefen Seufzer aus und schlitzte ihn vorsichtig auf.

June

Angespannt lehnte June den Kopf an das Bücherregal in der Bibliothek ihrer Eltern. Die Bullen standen an der Haustür, keine fünf Meter Luftlinie entfernt. So nah war sie ihnen schon lange nicht mehr gewesen.

„Sie müssen sich irren. Meine Tochter war die ganze Nacht zu Hause. Sie hat einen Magen-Darm-Infekt und liegt seit gestern im Bett.“ Kate klang tiefenentspannt.

June schnappte nach Luft. Sie hatte keine Ahnung gehabt, dass ihre Mutter eine so gute Lügnerin war. Die Mischung aus Ale und Gras, die sie intus hatte, verursachte ihr zwar Sodbrennen, aber von einem Magen-Darm-Infekt war sie so weit entfernt wie die Erde von der Sonne. Ihre Füße kribbelten und sie bewegte die Zehen. Ihre Mutter log ihretwegen die Polizei an? Sie beschloss, den Platz zu wechseln, um besser mithören zu können, und rutschte auf allen Vieren über den Flokati näher an die Flügeltür heran.

„Sind Sie sicher?“, hakte der junge Typ nach.

„Sie glauben mir nicht?“, erwiderte Kate pikiert und June verkniff sich ein Grinsen. Ihre Mutter war gewohnt, dass alle nach ihrer Pfeife tanzten, sie hasste es, angezweifelt zu werden. Wer hätte gedacht, dass sie den Tag erlebte, an dem Kate andere mit ihrer unvergleichlichen Art beglückte, um sie zu schützen?

„Doch natürlich, Mrs Watters.“ Jetzt redete die Alte. „Sind nur Routinefragen, wissen Sie. Wir müssen allen Hinweisen nachgehen.“ Die Polizistin räusperte sich wieder und lachte versöhnlich.

June wäre ihrer Mutter am liebsten um den Hals gefallen. Das lief ja wie geschmiert. So schnell war sie die Bullen noch nie losgeworden.

„Das verstehe ich, Officer. Wenn Sie mich jetzt entschuldigen würden." Kate klang sanfter, aber nicht weniger unerbittlich.

„Nichts für ungut, Ma'am. Auf Wiedersehen!"

„Wenn Sie gehen, sagen Sie doch bitte den Fotografen vor unserem Grundstück, dass es hier nichts zu sehen gibt."

„Selbstverständlich."

Die Tür fiel ins Schloss und das Klackern von Kates Hausschuhen kam näher.

June rappelte sich auf und starrte auf den Vorhang, hinter dem sich das Blaulicht langsam entfernte. Sie wagte nicht nachzusehen. Hatten die Bullen O'Connor und seinen Lakaien verscheucht?

Im selben Moment ging die Flügeltür auf. „Das wäre erledigt. Ich bin sicher, sie kommen nicht zurück." Kate strich sich beiläufig eine Haarsträhne aus dem Gesicht, als hätte sie soeben ein Paket angenommen und nicht der Polizei ein falsches Alibi gegeben.

June steckte verlegen die Hände in die Taschen. Sie wusste nichts zu sagen, wollte sich aber unbedingt bedanken. „Mum, das war wirklich … "

„Du sprichst merkwürdig, hast du getrunken?", unterbrach Kate und in ihre Miene schwappte dieselbe Unerbittlichkeit wie sonst.

June versteifte sich und das Gefühl der Dankbarkeit verpuffte. „Ich … ja … nein." Es dauerte einen Moment, bis sie sich gefangen hatte. Am liebsten hätte sie sich geohrfeigt. Wieso war sie auf die Idee gekommen, ihre Mutter würde sie in Schutz nehmen?

Kate seufzte. „Du warst auf dieser Schwimmbadparty, von der der Officer gesprochen hat, stimmt's? Und du hast damit zu tun, dass dieser junge Mann verletzt ist." Es klang wie ein Naturgesetz.

June presste die Lippen zusammen und sagte nichts, obwohl ihre Erinnerungen langsam zurückkehrten. Rae hatte wankend oben auf dem Sprungturm gestanden. Sie hatte ihn angebrüllt, herunterzukommen, gegen die tosenden Bässe und die Bildfetzen, die Mr Gavins Schnäuzer in ihr zum Leben erweckt hatte. Ekelhaftes Zeug, das sie aus Scham tief im Innern vergraben hatte. Das niemanden anging.

„Also habe ich recht." Kate sah sie eindringlich an und schwieg.

June fühlte einen merkwürdigen Druck in der Magengegend, der eindeutig nicht vom Alkohol stammte. Gar nichts weißt du, hätte sie am liebsten erwidert, aber das half nicht weiter. „Du hast die Bullen nicht angelogen, um mir zu helfen, stimmt's?"

Kate ließ sich auf den Klavierhocker sinken und presste die Hand an die Schläfe, als hätte sie plötzliches Kopfweh. „Ich habe im Sinne unserer Familie und der Firma gehandelt. Wir können uns keine Skandale mehr leisten. Dein Vater steht kurz davor, einen wichtigen Deal mit den Chinesen auszuhandeln. Der Launch des neuen Firmenlogos beginnt nächste Woche." Sie schlug grazil die Beine übereinander.

June schnaubte. „Immer geht es euch nur um die Firma. Grandpa hätte mir geglaubt. Er wäre nicht automatisch davon ausgegangen, dass ich schuld bin."

„Jaja, in seinen Augen konntest du nichts falsch machen. Er hat alle deine Eskapaden mit einem Schmunzeln abgetan und dich auch noch ermutigt, dein Farbenhobby ernst zu nehmen."

„Er hat sich für meine Kunst interessiert, im Gegensatz zu euch." Ihr Hals fühlte sich eng an.

„Deine Graffitischmierereien sind doch keine Kunst! Gary würde sich im Grab umdrehen, wenn er wüsste, was du seit Jahren treibst."

„Grandpa hätte mich nie so unter Druck gesetzt. Er wusste, dass ich mich nicht für die Firma interessiere. Das war okay für ihn." June fröstelte und schlüpfte in ihre Lederjacke. Grandpa … er hatte sogar ihre Leidenschaft für Kunst geteilt. Zum Geburtstag hatte er ihr nie normale Karten geschrieben, sondern Minicomics gezeichnet, mit Bleistift oder schwarzer Tusche. Und sie hatte ihm auf ihre Art zurückgeschrieben, wilder, mit gröberen Linien und krasseren Farben. Sie schluckte gegen den Kloß im Hals an. Kurz bevor er gestorben war, hatte sie ihm versprochen, ihre Kunst ernsthaft zu betreiben.

Kate stand auf und kam auf sie zu. Ein unbarmherziger Schwall Chanel N°5 schlug ihr entgegen. Der Geruch nach Kaffeekränzchen und Spießigkeit. June hielt instinktiv die Luft an.

„Glaubst du, es bereitet mir Vergnügen, die Polizei wegen meiner aufmüpfigen Tochter anzulügen?" Kate legte ihr die Hände auf die Schultern. „Mir graut es jedes Mal, wenn meine Tennisdamen mir von ihren erfolgreichen Sprösslingen erzählen und ich wieder Dinge erfinden muss, weil ich mich für dich schäme …"

Die Worte trafen June mit voller Wucht. Die Konturen des Zimmers verschwammen und der ledrige Geruch der alten Bücher in Dads Regalen brannte ihr in der Nase. In dieser Familie gab es niemanden, der zu ihr stand. Und Grandpa, ihr einziger Verbündeter, lebte nicht mehr.

Kate seufzte schwer. „Mach endlich ein richtiges Diplom. Studiere etwas, das du in die Firma einbringen kannst, von mir aus in der Werbeabteilung. Du bist neunzehn und erwachsen. Beweis zur Abwechslung, dass du etwas ernst meinst."

June schüttelte sie ab. „Jetzt verstehe ich. Du hast der Polizei ein Fake-Alibi gegeben, um mich zu erpressen, damit ich in die Firma komme?" Ohne eine Antwort abzuwarten, schob sie sich an ihrer Mutter vorbei. Es war alles gesagt.

„Wo willst du hin?", rief Kate, aber June drehte sich nicht um. Sie rannte durch den Flur zur Treppe, die in die erste Etage zu den Schlafzimmern führte, nahm zwei Stufen auf einmal. Sie stürmte in ihr Zimmer, riss den Seesack aus dem Schrank und stopfte wahllos Unterwäsche, Jeans und Pullover hinein. Vom Schreibtisch holte sie den Skizzenblock, ihre Graffitidosen und die Zeichenstifte und legte die Sachen dazu.

Schritte näherten sich, Kate stand auf der Türschwelle. Sie war wohl nicht fertig mit ihrer Standpauke. „Du verbreitest Chaos, und das auf Kosten anderer. So schaffst du es garantiert an keine Kunsthochschule."

Klar, mehr als Vorwürfe hatte sie nicht drauf. June schulterte den prallen Seesack und drängte ihre Mutter wortlos zur Seite. Doch diese packte sie am Arm und hielt sie fest. „Liebes, sei vernünftig. Wir meinen es gut mit dir."

In Junes Brust zog etwas zu. Die Art, mit der Kate sie ansah, das dunkle Holz überall, die schweren Teppiche und das Ticken der Standuhr, das war nicht ihre Welt. Sie riss sich los, stürmte die Treppe hinunter und den Flur entlang bis zum Dienstboteneingang. Erstes Vogelgezwitscher umfing sie und sie hastete durch den Garten zum Schuppen. Befreit atmete sie auf, stopfte ein Kaugummi in den Mund und inhalierte den kühlen Minzgeschmack. Sie hatte noch Tausendfünfhundert Pfund, den Gewinn des letzten Motorradrennens. Das würde für ein paar Wochen reichen. Sie stieß die Tür des Schuppens auf, stülpte sich den Helm über und schob die alte Ducati bis zur kaputten Zaunstelle. Hoffentlich lauerte O'Connor ihr nicht auf dieser Seite des Grundstücks auf.

An der Straße hielt sie an und lauschte. Ihre Arme schmerzten vom Gewicht der Maschine, aber das brauchte sie jetzt. Es fühlte sich nach Freiheit und Aufbruch an. Ein letzter Blick zurück zum Haus, von Kate war nichts zu sehen, und auch die Fotografen waren verschwunden. Die erleuchtete Villa hob sich vom Morgenhimmel ab wie ein ausgehöhlter Halloweenkürbis.

Lautlos schwang sie sich auf das Motorrad, rollte ein Stück die Straße entlang. Dann gab sie vorsichtig Gas. *Deine Graffitischmierereien sind doch keine Kunst! Hör endlich auf damit und mach ein richtiges Diplom. Etwas, das du in die Firma einbringen kannst.*

Sie erhöhte das Tempo und fuhr Richtung Zentrum, aber das dumpfe Gefühl des Verrats kroch weiter durch ihren Körper. Würde Kate sie bei den Bullen anschwärzen, wenn sie nicht sofort studierte? Bestimmt wäre für sie nur der Abschluss von der *Franklin Art School* in London gut genug. Tränen stiegen in ihr hoch. Und Grandpa? Wäre er auch enttäuscht von ihr, wenn sie dort nicht landen würde? Sie hatte ihm versprochen, etwas zu werden. Aber sie hatte eh keine Chance. Wer war sie schon, ein Nichts.

Sie näherte sich einer Abzweigung, da schoss von rechts ein weißer Kastenwagen auf sie zu. Blitzlichter zuckten und blendeten sie. „Was wollte die Polizei bei euch, June? Hast du mit dem Unfall des Jungen zu tun?", schrie James O'Connor aus dem offenen Beifahrerfenster.

Sie riss den Lenker herum und wendete, raste in die entgegengesetzte Richtung. In ihren Ohren rauschte der Fahrtwind. Schreie mischten sich hinein, ihre eigenen und die der anderen, die Stunden zuvor am Beckenrand gejubelt hatten, als Rae auf dem Fünfmeterbrett die Arme ausgebreitet hatte. Sie schluckte gegen die Schuldgefühle an, die nach ihr griffen wie anhängliche Kinder. Sie hätte ihn aufhalten müssen.

Die Farben einer Ampel mitten im Zentrum holten sie zurück, ein wartender Gelenkbus paffte Qualm. Sie schlängelte sich durch die Absperrung an der Fußgängerzone. Im Zickzack umrundete sie mit Oleander bepflanzte Blumenkübel und überquellende Mülleimer, warf einen Blick über die Schulter. O'Connors Transporter schoss vorbei.

Sie streckte die Faust in die Höhe, wie bei einem Motorradrennen, wenn das Adrenalin durch ihren Körper pumpte. Mit gemäßigterem Tempo fuhr sie weiter Richtung Gewerbegebiet. Hier herrschte Stille, die Straßen waren leer, nur ein Flugzeug zog oben am Himmel entlang. Hatte sie den Widerling abgehängt?

Erst am Wasserwerk außerhalb des Zentrums hielt sie an. Sie klappte das Visier auf und vertrat sich auf dem Seitenstreifen vor der Umzäunung die Beine. Auf der anderen Seite reckten sich die gläsernen Türme von *Gary Watters Fashion* in die Höhe. Die Firma ihrer Familie, gegründet von ihrem Großvater. In seinem Büro unterhalb des blauen Schriftzugs hatte sie als Kind oft gespielt oder Hausaufgaben gemacht, während ihre Eltern durch die Welt gejettet waren. Bei Grandpa war sie einfach June gewesen, mit all ihren Eigenheiten. Genau so hatte er sie geliebt.

Wenn sie sich doch auch jetzt dort verkriechen könnte! Aber diese Zeiten waren vorbei. Hinter den Glasfronten gab es niemanden mehr, der sie ausreden ließ, sobald sie von Farben erzählte, oder aufmunternde Worte fand, wenn sie in ein Fettnäpfchen trat.

Sie zog ihr Handy aus der Tasche und tippte ein: *Franklin Art School* London. Drei Millionen Treffer. Ehrfürchtig rief sie die Seite auf. Wäre das nicht der Knaller, wenn sie dort einen Studienplatz ergattern würde? Grandpa wäre geplatzt vor Stolz. In der Menüleiste sprang ihr ein Stichwort ins Auge: Bewerbungsschluss 15. Oktober. Das war in sechs Wochen. Neugierig klickte sie auf den Button, ein Fenster öffnete sich und sie überflog den kurzen Text, der die Bewerbungsformalitäten erklärte.

> „Du hast künstlerisches Talent und bist nicht älter als 20? Dann stelle eine originelle Mappe mit 25 Arbeitsproben zusammen und bewirb dich bei uns. Werde eine anerkannte Künstlerin und Teil unserer Welt."

June überflog die Angaben.

> „Naturstudien, Auseinandersetzung mit dem toten Gegenstand und dem Lebendigen, kontrastierende Stillleben, Abstraktionen des Verwundbaren in Öl oder Acryl.“

Sie scrollte weiter, das klang alles merkwürdig. Aber formal würde es passen.

Ein Geräusch ließ sie aufhorchen. Hinter ihr knirschten Autoreifen auf Asphalt. Sie fuhr herum und wurde von Scheinwerfern geblendet. Blitzschnell schob sie das Handy zurück in die Jackentasche. Fuck, wieso hatte sie sich ablenken lassen? O'Connors weißer Kastenwagen rollte im Schritttempo heran.

Rosie

Rosie warf den Brief der Gemeinde auf den Tisch, stürmte aus dem Cottage und fuhr mit ihrem Pick-Up Richtung Wald. Sie lenkte den Wagen auf den Seitenstreifen vor der Einmündung des Waldwegs und hielt ruckartig an. Schotter klackerte an die Kotflügel. Sie sprang heraus und knallte die Tür hinter sich zu, als könnte sie den Brief und seinen zerstörerischen Inhalt damit aus der Welt befördern. Tausend Pfund Stromnachzahlung für den Leuchtturm und das Cottage, das war mehr als ein Monatsgehalt!

Mit zittrigen Händen umklammerte sie den Stoffbeutel, der ihr als Handtasche diente, und hastete den schmalen Fußweg in Richtung Wald, der sich zwei Meilen hinter ihrem Grundstück die Küste entlang zog. Zwischen üppigen Brombeerbüschen bog sie auf einen Trampelpfad ab, den eine Schiefermauer säumte. Ihre Jacke blieb an herausragendem Nabelkraut hängen, aber Rosie riss sich los und eilte weiter auf das Morgenlicht zu, das durch die knorrigen Stämme der Eschen und Eiben fiel. Sie erreichte den Waldrand und atmete die satte Feuchtigkeit ein, die aus dem Unterholz emporstieg. Nach ein paar Metern gelangte sie an ihren Lieblingsplatz, einen von Jägern vergessenen Verschlag auf vier Stelzen.

Sie stieg die Leiter hoch, klopfte Spinnweben und Staub von ihrer Arbeitshose und sah sich um. Zwischen heruntergefallenen Zweigen und Blättern lagen ein paar frische Federn am Boden, aber vom Waldkauz, der sie hier gelegentlich erwartete, keine Spur.

Woher sollte sie das viele Geld nehmen? Sie sank auf die Bank und schöpfte Atem. Wind fuhr in die noch grünen Baumkronen und durch das undichte Dach des Verschlags fielen Regentropfen auf sie. Fröstelnd klappte sie den Hemdkragen hoch und nestelte den vergilbten, orangefarbenen Zettel aus dem Seitenfach ihres Geldbeutels. Sanft strich sie über die verblasste Tinte, hob ihn an die Nase. Der Geruch der Vergangenheit. Sofort stand sie wieder vor der *Villa Dorata* am Strand von *Cervia* und drückte die Zehen in den Sand. Auf dem Schoß einen Teller mit gegrillter Dorade, neben sich ein *Pinot Grigio* und eine gebräunte Hand, die ihre umschloss.

Einen Augenblick lang gab sie sich der Erinnerung an ein verlorenes Leben hin, bis die Bilder sie zu verschlingen drohten wie eine meterhohe Welle.

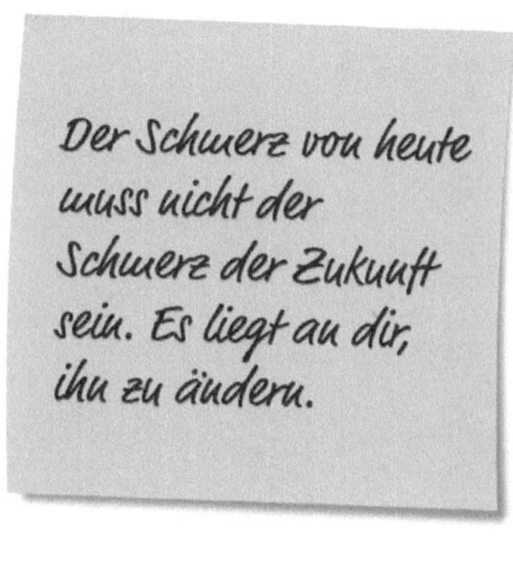

Den Text auf dem Papier kannte sie in- und auswendig. Wenn es nur so leicht wäre! All die Jahre hatte sie sich um den Leuchtturm gekümmert, ihn in Schuss gehalten und zu einem sicheren Ort zum Leben gemacht. Sie hatte Leah großgezogen und ihr eine glückliche Kindheit beschert. Nie wäre es ihr in den Sinn gekommen, diese Aufgabe abzugeben. Obwohl sie allein gewesen war, nachdem ihre Beziehungen mit dem geschäftstüchtigen Fred aus Brighton, und später mit Warren – Gott hab ihn selig – nicht funktioniert hatten. Niemand hatte je versucht, sie wirklich zu verstehen. Zu verstehen, was der Leuchtturm und all das hier ihr bedeuteten. Abgesehen von Henry. Er hatte immer zu ihr gehalten, so wie sie zu ihm. Sie lehnte sich gegen die Brüstung und die Schwere in ihrem Herzen ebbte ab.

In das Rauschen der Blätter über ihr mischte sich ein Geräusch, ein gleichmäßiger Flügelschlag, der sich näherte. Sie drehte sich um. Zwischen den grauen Stämmen der Eichen und Eschen flog ein Waldkauz auf sie zu. Er umkreiste den Verschlag, ließ sich auf der Brüstung gegenüber nieder und plusterte sich auf. Die Ruhe, die das Käuzchen ausstrahlte, übertrug sich auf Rosie. Entschlossen setzte sie sich gerade hin. Tausend Pfund – sie würde diese unsägliche Forderung von Bürgermeister Young nicht auf sich sitzen lassen.

June

Im nächsten Moment schlugen die Autotüren von O'Connors weißem Kastenwagen zu.

June zuckte zusammen und wich zurück, bis sie mit der Schulter die Umzäunung berührte.

„Du bist mir eine Antwort schuldig." James O'Connor schob den Schulterriemen seiner Kamera hoch und grinste siegesgewiss.

Brennende Wut stieg in ihr auf und sie spuckte ihren Kaugummi auf den Kies. Er war der schlimmste Wichser von allen. Immer da, um mit der Jagd auf sie Kohle zu scheffeln. Wieso war sie zu blöd gewesen, um ihn abzuhängen? Jetzt stand sie hier auf dem Seitenstreifen vor dem Wasserwerk wie ein Kaninchen, hereingelegt vom bösen Wolf.

„Komm schon, Honey, ich will zurück ins Bett." Blitzlicht erhellte die Umgebung und sie riss die Hände vors Gesicht.

„Hast du niemanden sonst, dem du auf die Nerven gehen kannst, du Mistkerl?", fauchte sie und klappte das Visier des Helms herunter.

O'Connor zückte einen speckigen Notizblock. „Darf ich das zitieren?"

Das reichte. Sie bückte sich, nahm eine Handvoll Schotter und schleuderte sie in seine Richtung. Er beugte sich vor seine heilige Kamera und stöhnte kurz auf, als ihn der Steinregen traf. Das war die Chance. Sie schwang sich auf ihr Motorrad und raste auf ihn zu. Er hechtete mit einem Schrei zur Seite.

Ohne sich umzusehen, bog June auf die Landstraße und beschleunigte. Hoffentlich gewann sie Zeit und hängte ihn ab. Der Fahrtwind zerrte an ihren Lederklamotten, die wie Blei an ihr hingen. Sie stemmte sich dagegen, nahm das gleichmäßige Rauschen in sich auf. Die Bebauung links und rechts lichtete sich, die Straße wurde breiter. Ein paar Meilen später wagte sie einen Blick zurück. Keiner da, nur der morgendliche Dunst über der schrumpfenden Stadt.

Rae, du Verräter … Ja, es waren ihre wütenden Schreie gewesen. Sie hörte sich, lauter als die anderen, die am Sprungturm applaudiert hatten, und lauter als zuvor. Aber das, was dann passiert war, hatte sie nicht gewollt. Sie umklammerte den Lenker, gab mehr Gas, drängte die Bilder zurück, die wie Ölflecken an ihr klebten.

Ein Straßenschild flog auf sie zu. Lockwood, zehn Meilen. Es war nicht kalt, aber die Luft wog schwer und schmeckte salzig. Neben ihr blitzte die schroffe Küste auf. Gewaltige Felsen fielen in tosendes Wasser hinab, hier und da saß ein geducktes Haus. In der Ferne der Umriss eines Leuchtturms.

Sie raste die Küstenstraße entlang, aber das Gedankenkarussell drehte sich weiter. Könnte sie eine richtige Künstlerin werden, wie sie es Grandpa versprochen hatte? Würde Kate das Alibi aufrechthalten, wenn sie sich bei der *Franklin Art* bewarb?

Nieselregen setzte ein, und von den feuchten Wiesen zogen Nebelschwaden auf die Fahrbahn. Sie bewegte ihre klammen Finger in den Handschuhen und legte sich in die Kurve, das Knie dicht am Boden. Dann verschwand der graue Schleier, die Luft klarte auf, moosbewachsene Klippen erschienen. Vor ihr lag die nasse Straße, darüber der wolkenverhangene Himmel. Plötzlich geriet das Motorrad ins Schlingern und sie verlor den Halt.

Rosie

Wenig später mischte sich ein fremdartiges Knattern in das Trommeln eines Spechts. Es kam aus Richtung der Landstraße. Rosie spähte über die Brüstung des Jägerstands, aber die tiefhängenden Äste versperrten ihr die Sicht. Das Geräusch schwoll an und wurde wieder leiser. Kam näher. Es klang wie ein Motorrad, das jemand mit Gewalt zu Höchstleistungen trieb. Der Waldkauz breitete die Flügel aus und flatterte nervös davon.

Rosie drückte einen Eschenzweig nach unten. Auf der vorbeiziehenden Landstraße tanzte ein Scheinwerfer durch den Nieselregen. Er folgte der kurvigen Straße, verschwand hinter einer Kuppe, tauchte wieder auf.

Dann ein dumpfes Scheppern und Stille. Sie lauschte. Was zum Teufel ging da vor? Die Blätter um sie herum raschelten mit stoischer Gleichmäßigkeit. Sie ließ den Ast hochschnellen und wühlte in ihrem Beutel nach dem Fernglas. Hektisch schob sie ihre Brille hoch und hielt es sich vor die Augen. Nichts. Vielleicht hatte sie sich verhört.

Gedankenverloren nahm sie die Kräuter von der provisorisch durch den Verschlag gespannten Leine, ein Bündel Schafgarbe und zwei Hände voll Waldmeister, die sie an der einzig trockenen Stelle aufgehängt hatte. Sie hob sie an die Nase und prüfte ihren Geruch, wickelte die Blätter in ein Tuch und verstaute es in ihrer Tasche. Sie stieg die vom Regen benetzte Leiter herunter und lief am Unterholz entlang. An der nächsten Wegkreuzung blieb sie stehen und legte den Kopf in den Nacken. Über ihr schwankten die sattgrünen Baumkronen im Wind. Alles sah aus wie gewohnt, niemand außer ihr war hier. Warum fühlte es sich anders an als sonst?

Irgendetwas stimmte nicht. Sie kehrte um und eilte die Baumreihen entlang zurück zu ihrem Wagen. An den Brombeerbüschen stoppte sie und spähte hindurch. Da hinten auf dem Seitenstreifen lag ein verbeultes Motorrad. Daneben eine Gestalt in Lederbekleidung, die sich nicht rührte.

Rosie rannte los.

„Hallo? Alles in Ordnung?" Außer Atem erreichte sie die Unfallstelle und sah sich hilfesuchend um. Aber die Landstraße war wie üblich verwaist.

In diesem Moment hob die Gestalt den behelmten Kopf, legte ihn ab und rollte sich stöhnend auf die Seite. Rosie atmete durch. Was für ein Glück! Nicht tot, nicht gelähmt und bei Besinnung.

Sie näherte sich vorsichtig, bereit wegzurennen, sollte sich die fremde Person unerwartet aufrichten und auf sie stürzen. Da waren Bremsspuren auf der Fahrbahn und im Gras, verbogene Chromteile, Benzindampf, aber kein Blut.

Plötzlich bewegte die Gestalt ihre dünnen Beine.

June

Im nächsten Moment lag June reglos auf dem Rücken und jemand klopfte gegen ihren Helm. O'Connor! Sie vergaß Müdigkeit und Schmerzen und ruckte den Kopf in die Richtung, aus der sie das Klopfen vernommen hatte. Die dunkelgrünen Augen einer älteren Frau erschienen, vergrößert durch eine goldumrandete Brille. Erleichterung durchflutete sie. Gott sei Dank, keine Kamera. Mühsam klappte June das Visier hoch. „Ich …"

„Hallo? Spüren Sie das?" Zwei Hände packten ihre Arme und Beine, hoben sie an und platzierten sie wieder auf dem Boden. Zurück blieb der Geruch von Kräutern.

„Ja … autsch …" June blinzelte. Am Himmel stapelten sich dunkelgraue Wolken, der Regen hatte aufgehört und es roch nach verbranntem Motoröl. Wo zur Hölle befand sie sich, und wer war diese Person, die an ihr herumzog?

„Es gab einen Unfall. Aber Sie scheinen heile Knochen zu haben. Blut sehe ich auch keins. Haben Sie Schmerzen?", fragte die Frau mit rauchiger Stimme.

Langsam dämmerte June, was passiert war. Vorsichtig rollte sie auf die Seite. Hatte sie O'Connor abgehängt? Und wo war die Ducati? Sie drehte den Kopf, soweit es das heftige Ziehen in ihrem Nacken zuließ. Da vorn am Straßenrand lag das Motorrad, der Tank verbeult und der Lenker verbogen, aber in einem Stück. Erleichtert schloss sie die Augen.

„Sparen Sie lieber Ihre Kräfte. Ich sehe nach, ob jemand kommt, der Ihnen besser helfen kann als ich." Die goldene Brille verschwand.

„Nein.“ Ein Stechen zuckte durch Junes Körper. Die alte Dame stapfte durch das blühende Heidekraut zur Straße, schaute nach rechts und links und stellte sich breitbeinig auf die Fahrbahn, die Arme wie eine Vogelscheuche zur Seite gestreckt.

„Bleiben Sie hier“, rief June mit kratziger Stimme. Sie stützte sich auf die Ellenbogen, knickte weg und plumpste wie ein Käfer zurück. Ihr rechter Arm pulsierte. Tränen schossen ihr in die Augen, als sie die Finger bewegte. Aber die Knochen schienen ganz zu sein.

Sie hatte es bis hier geschafft, und jetzt würde diese Frau mit ihrer übertriebenen Hilfsaktion alles zerstörten. Wenn O'Connor noch hinter ihr her war, war es das.

Ihr Magen rebellierte.

Sie versuchte, den Kinnriemen des Helms aufzudrücken, aber der Schmerz trieb ihr den Schweiß auf die Stirn. Sie riss die Handschuhe herunter und schleuderte sie ins Gras. Eine Faust ballen klappte nicht. Sie starrte auf ihre von Kohlestiften und Graffitispray verfärbten Finger, die sich wie Fremdkörper anfühlten.

Mit Hilfe des anderen Arms schaffte sie es, den Helm vom Kopf zu schieben. Auf der Straße rührte sich die merkwürdige Frau nicht vor der Stelle. Sie winkte und die Enden ihrer gelben Strickjacke flatterten im warmen Wind. June wollte aufspringen, schaffte es aber nicht auf die Füße.

Ein Citroën hielt, am Steuer saß ein Mann im Sakko. Ein weißer Hemdkragen blitze auf, wie bei den Abteilungsleitern von *Gary Watters Fashion*. Die alte Dame beugte sich zu ihm hinunter. June kroch dichter an den Brombeerbusch heran. Wenn sie nur wegkönnte!

Das Motorgeräusch auf der Straße verstummte. Der Fremde stieß die Tür auf und sprang heraus.

„Kommen Sie bitte hier entlang.“ Die alte Dame stapfte vor ihm her, die Miene ernst und entschlossen.

„Was ist passiert, wie geht es Ihnen?" Sakkomann kniete sich vor June hin, er roch nach Rasur und Arbeitsfleiß.

„Es ist alles in Ordnung, danke." Sie wich zurück und musterte ihn. Er sah aus wie Ende dreißig und hatte eine Glatze, aber sein Blick wirkte anders als die der Anzugträger, die ihr in Port Jacobs ständig über den Weg liefen. Darin lagen keine Häme, kein Erkennen oder Sensationslust. Sie entspannte sich.

Die alte Frau sah ihn unschlüssig an. „Haben Sie ein Handy? Der Empfang ist an der Küste zwar desaströs, aber probieren Sie es bitte. Ich müsste zum Telefonieren erst nach Hause laufen. Dann verlieren wir wertvolle Zeit."

Er zog sein Smartphone aus der Tasche. „Wo sind wir hier genau?"

Das wollte June auch gerne wissen. Diesen Weg an der Küste war sie bisher nie gefahren.

Die Frau zögerte. Vielleicht misstraute sie ihm ebenfalls. Sie sah nicht aus, als hätte sie oft mit Leuten zu tun, im Gegenteil. Sie wirkte zugeknöpft und distanziert.

„An der Landstraße kurz vor Lockwood, am alten Leuchtturm", antwortete sie knapp und zeigte in Richtung Meer. In Sichtweite ragte er empor, mit verwitterter Fassade und eingelassenen Fenstern. Um die gläserne Kuppel führte eine schmale Galerie mit Geländer, darunter leuchtete ein roter Streifen wie ein Halstuch. Gleich daneben war das reetgedeckte Dach eines Cottage zu sehen, das offenbar dazugehörte.

„Und wie heißen Sie?", wollte der Fremde von der Frau wissen.

„Ist das wichtig?" Ihre Augen verengten sich.

„Sie haben das Mädchen gefunden."

„Ja und?", antwortete sie schnell, schien sich dann aber zu besinnen. „Mein Name ist Rosie Mckenzie, der Leuchtturm und das Cottage da hinten gehören mir."

„In Ordnung, Mrs Mckenzie."

„Nein", fuhr June dazwischen.

„Wie?“ Zwei Augenpaare sahen sie an.

„Kein Arzt und kein Krankenwagen.“ June winkelte die Beine an und versuchte, aufzustehen. Die beiden redeten über sie hinweg, als wäre sie nicht da.

„Papperlapapp“, sagte Rosie streng.

Sakkomann tippte auf seinem Handy herum, da klingelte es. „Sorry, ich muss kurz abnehmen.“ Er hielt es ans Ohr und entfernte sich.

„Ich hab nur ein paar Prellungen und Schürfwunden, sonst nichts. Bitte, Mrs Mckenzie.“ June krallte sich an ihr fest. „Lassen Sie ihn fahren“, flüsterte sie.

Rosie runzelte die Stirn. „Sind Sie noch ganz bei Trost?“

„Ich weiß, es klingt komisch, aber ich kann nicht ins Krankenhaus.“ Nicht zurück nach Port Jacobs, nicht in die Nähe von O'Connor oder Rae.

„Sie liegen direkt vor meinem Grundstück. Vielleicht haben Sie innere Verletzungen. Am Ende sterben Sie, und ich bin schuld.“ Entsetzen lag im Blick der Frau.

„Quatsch, der Sturz war nicht schlimm“, log June.

Rosie zog ihren Stoffbeutel enger an den Körper. „Sie können so nicht weiterfahren.“

June schaute auf ihren Seesack, der neben ihr im Gras lag. „Könnten Sie mich mit zum Leuchtturm nehmen? Von dort aus kann ich alles organisieren.“ Ihre Stimme wackelte, und sie verstärkte ihren Griff. Sakkomann legte auf und kam zurück. Auf der Landstraße hinter ihm näherte sich ein Fahrzeug.

„Das … geht nicht. Ich empfange nur selten Besuch.“ Rosie löste sich von June und wickelte ihre Strickjacke fester um sich.

„Falls es schlimmer wird, rufe ich einen Arzt an, versprochen. Bitte!“

„Ich kenne Sie gar nicht“, wandte Rosie ein und schielte zur Straße, als wäre dort etwas, das ihr eine Heidenangst einjagte.

„Ich bin June. June Watters aus Port Jacobs. Meine Eltern haben eine große Klamottenfirma. Das können Sie gern überprüfen." Und wenn Sie mich nicht mitnehmen, bin ich erledigt, dachte sie.

Der Mann sah unschlüssig von einer zur anderen. „Brauchen Sie meine Hilfe? Ich habe einen dringenden Termin in London und muss los."

Das andere Fahrzeug erreichte die Unfallstelle und bremste auf dem Randstreifen. Hinter ihm kamen zwei weitere Autos zum Stehen. Ein rothaariger Junge kurbelte das Fenster herunter und streckte neugierig seinen Kopf heraus.

Die Zeit dehnte sich unendlich. June fixierte die alte Dame, die auf einmal nichts mehr von einem Feldmarschall hatte, sondern ängstlich zu den vielen Schaulustigen hinübersah, die hinter dem Citroën ausstiegen.

Rosie schluckte. „Danke, Sir, es ist in Ordnung. Ich kümmere mich um das Mädchen. Und sagen Sie bitte den vielen Leuten da vorne, sie sollen schleunigst weiterfahren. Hier gibt es nichts zu sehen."

* * *

Etwas Kaltes berührte sie am Arm, und June schreckte aus dämmrigem Schlaf. Sie lag auf dem Sofa in Rosies Wohnküche, direkt unter einer mit Kräutertöpfen vollgestopften Fensterbank. Dutzende Gerüche kitzelten sie in der Nase. Sie unterdrückte ein Niesen.

„Nicht wackeln. Ich bin gleich so weit." Rosie klatschte mit einem Holzspatel eine feuchte Masse auf ihren Ellenbogen. Sie legte ein Geschirrtuch über die Stelle, riss einen Streifen Frischhaltefolie ab und wickelte ihn um ihren Arm wie einen Verband.

„Was ist das?", presste June angewidert hervor.

„Quarkwickel. Wirkt abschwellend und schmerzlindernd."

Rosie trug die Plastikschüssel mit den Resten zur Spüle und füllte einen Teekessel.

War da nicht eine Autotür zu hören gewesen? Oder Schritte? June lauschte und wagte nicht, sich zu bewegen. Gleich würde jemand gegen die Haustür poltern und eine Kamera zücken.

O'Connor.

„Mein Motorrad", stieß sie hervor. „Es liegt immer noch an der Landstraße."

„Mein Nachbar Henry hat es vorhin in den Schuppen gestellt. Dort kann es bleiben, bis Sie abgeholt werden."

„Okay." Das Holz im Ofen knackte und June lockerte ihre verspannten Schultern, soweit das ging mit diesem Plastikverband. Quark war eklig! Und jetzt hatte sie eine ganze Ladung davon auf dem Körper.

„Haben Sie zu Hause angerufen?" Rosie nahm aus einer Emailschüssel eine krumm gewachsene Knolle und spülte sie ab.

June versteifte sich. „Noch nicht."

„Dann sollten Sie das dringend tun. Ihre Familie macht sich bestimmt Sorgen."

„Hm", brummte June. Ihre Mum anzurufen, war das letzte, was sie im Moment im Sinn hatte.

„Welchen Tee bevorzugen Sie, Ingwer oder Salbei?" Rosie wandte sich wieder der merkwürdigen Knolle zu.

„Milchkaffee wäre cool." June streckte den verletzten Arm weit vor und lehnte sich gleichzeitig zurück, um so viel Abstand wie möglich zwischen sich und den Quarkwickel zu bringen. Dabei scannte sie den Raum, entdeckte aber weder eine Espressomaschine noch einen Milchschäumer. Stattdessen standen in den Regalen der kleinen Wohnküche bis zur Decke unzählige Einmachgläser: gefüllt mit gelben Bohnen, runden, kartoffelähnlichen Dingern und knubbeligen Gurken. Über dem Ofen, der gleichzeitig ein Herd war, hingen Pfannen und getrocknete

Sträußchen, die nach Reformhaus muffelten, so wie die Pflanzen neben ihr auf der Fensterbank. Alles sah aus wie die Kulisse in einem alten Film. Vielleicht war sie hier doch sicher.

Die Kälte des Quarks kroch ihren Arm herauf. „Kann ich dieses … Teil abmachen?“ Zaghaft spreizte sie die Finger.

„Gedulden Sie sich, sonst wirkt es nicht.“ Rosie verlor kein Wort über Kaffee, stattdessen schnitt sie weiter an der Knolle herum und warf dünne Scheiben in eine Karaffe. Dann goss sie Wasser auf und stellte einen Becher daneben.

„Der Tee sollte ein paar Minuten ziehen. Sie nehmen sich am besten selbst. Versuchen Sie ruhig aufzustehen, das bringt den Kreislauf in Schwung. Sagen Sie Ihrer Familie, dass Sie von der Landstraße aus am Ende der Mauer auf den Feldweg Richtung Meer abbiegen müssen. Die Einfahrt ist nicht gut zu sehen, wenn man sich nicht auskennt. Ich muss rüber zum Leuchtturm und die Wetterstation auswerten. Anschließend sehe ich nach den Hühnern.“ Sie verschwand im Flur.

June kräuselte die Nase. Sie würde garantiert keinen Tee aus erdfarbenen Knollen trinken. Diese Rosie war genauso merkwürdig wie das ganze Haus! Der Leuchtturm sah von hier aus baufällig und verwittert aus. Kaum vorstellbar, dass dort eine funktionierende Wetterstation stand. Überall löste sich der Putz, und die Fensterscheiben oberhalb der Galerie waren trüb und zum Teil mit Pappe zugeklebt.

Sie zog ihr Handy aus der Tasche. Zwei neue Nachrichten, eine von ihrem Kumpel Lionel.

Hey, June, wo steckst du? Hab dich im Schwimmbad in der Aufregung verloren. Rae hat's erwischt. Es heißt, sie operieren ihn. Melde dich! Heute Nacht steigt übrigens ein Rennen. Bist du dabei?

Hätte Rae nur den Mund gehalten! Dann hätte sie das widerliche Grinsen von Mr Gavin in der Partymeute wieder vergessen können. Ihr Hals brannte und sie schob den Gedanken beiseite, löschte Lionels Nachricht. Die andere war von ihrer Schwester Liz.

Was hast du gemacht? Mum sagt, die Polizei ist letzte Nacht dagewesen.

Die alte Dame kam auf Socken zurück, im Arm quietschgelbe Gummistiefel.

„Mrs Mckenzie?"

„Ja?"

„Kann ich bitte ein paar Tage hierbleiben?" June umklammerte ihr Telefon. Sie wusste, wie das klang. Sie war eine Fremde, hier draußen gestrandet. Warum sollte Rosie ihr Unterschlupf gewähren? Aber sie hatte sie mitgenommen und ihr einen Verband angelegt, vielleicht war sie bereit, ihr für ein paar Nächte eine Schlafmöglichkeit zu geben.

Rosies Miene verschloss sich. „Sie sollten Ihre Eltern anrufen, damit Sie jemand abholt."

„Das geht nicht."

„Wieso?"

„Wir … wir haben keinen engen Kontakt."

„Hierbleiben können Sie jedenfalls nicht", sagte Rosie knapp und verschwand.

June steckte ihr Telefon zurück in die Tasche und büßte die Bewegung mit erneutem Schmerz. Trotzdem hatte sie das dringende Bedürfnis, den Quark loszuwerden. Sie riss die Plastikfolie auf und erhob sich schwerfällig. Mit angehaltenem Atem schob sie die Masse mitsamt Tuch über ihr Handgelenk, humpelte zum Mülleimer und ließ sie hineinplumpsen.

Sie hielt den Arm unter warmes Wasser, bis langsam Leben in ihn zurückkehrte. Mit zusammengebissenen Zähnen tupfte sie ihn trocken und schleppte sich zurück zum Sofa. Warum ließ Rosie sie nicht wenigstens ein, zwei Tage bleiben? Klar, sie könnte Lionel bitten sie abzuholen, aber das fühlte sich riskant an. O'Connor lungerte sicher vor der WG herum. Besser, es wuchs erst Gras über alles.

Wie könnte sie Rosie dazu bringen, ihre Meinung zu ändern? Sie zog ihren Seesack heran und kramte Zeichenblock und Stiftrolle hervor. Zärtlich berührte sie das grobe Papier und blätterte auf die nächste freie Seite, versuchte, dabei den Kopf freizubekommen. Sie setzte den Kohlestift an, die Schatten eines reetgedeckten Hauses auf den Klippen erschienen. Mit dem Daumen verwischte sie die Linien, bis ein Zittern durch ihre Hand schoss und sie abrutschte. Hastig blätterte sie eine neue Seite auf und begann von vorne. Aber die Finger gehorchten ihr nicht. Verdammt! Der Kohlestift fiel herunter und plumpste zu Boden.

Resigniert starrte sie über die Grünpflanzen auf der Fensterbank hinaus. Der Himmel entblößte eine tiefblaue Stelle oberhalb der Bucht, die von schräg abfallenden Klippen eingerahmt war. Von Heidekraut durchzogenes Gras reichte vom Haus bis zu einer Abbruchkante in vielleicht fünfzig Metern Entfernung. Ein ausgetretener Pfad schlängelte sich am Leuchtturm und einigen Findlingen vorbei und endete an einem Felsengeländer, an dem Stufen hinabführten. June starrte auf das glitzernde Meer. Der Wind trieb das Wasser in buckeligen Wellen vor sich her. Weit draußen fuhr ein Containerschiff. Was für ein malerischer Ort. Wenn das Leben nicht so scheiße wäre.

Plötzlich polterte es gegen die Tür.

Sie schob den Block unter die Decke und zog die Beine an, soweit die Prellungen es zuließen. Jetzt kam O'Connor und holte sich seine Fotos. Wie hatte sie nur glauben können, dass es einen Ort auf dieser Welt gab, an dem sie sicher war?

Ergeben ließ sie den Kopf zwischen die Knie sinken, das pumpende Geräusch ihres Herzschlags laut in den Ohren. Eine Melodie kam ihr in den Sinn, ein altes, französisches Kinderlied, das Grandpa ihr früher vorgesungen hatte. Leise summte sie vor sich hin, bis sich das Pochen in ihrer Brust beruhigte. Alles wird gut, flüsterte er in ihrem Kopf, wenn du nur fest genug daran glaubst.

Wieder polterte es, heftiger. Die Haustür wurde aufgerissen und Schritte näherten sich.

June hob den Kopf.

„Na, wen haben wir denn da?“ Ein älterer Mann mit kinnlangen Locken und verknittertem Gesicht starrte sie an. Er trug ein Leinenhemd und um den Hals ein Lederbändchen, an dem ein Haifischzahn baumelte.

Er hatte keine Tasche über dem Arm. Das bedeutete keine Kamera. Das Gesicht kam ihr aber bekannt vor. „Wer sind Sie?“ Sie reckte das Kinn.

„Du bist also June“, erwiderte er ruhig.

„Das geht Sie nichts an.“

Er musterte sie amüsiert. „Verstehe. Dann stelle ich mich mal zuerst vor. Gestatten, Henry Sloane.“ Er deutete eine Verbeugung an.

„Sie sind Henry Sloane?“ Sie kannte den Namen. Henry Sloane war Bildhauer und Maler und hatte als junger Typ eine steile Karriere hingelegt. Er hatte sich vor einigen Jahren zur Ruhe gesetzt und eine Kunststiftung gegründet, die Projekte zwischen einheimischen und portugiesischen Schulen förderte. Einer der Sprayer aus Port Jacobs hatte von ihm erzählt. Sein Weg war bestimmt mit Auszeichnungen gepflastert gewesen. Sie sah zu ihm hoch und fühlte sich klein und verloren.

„Genau der." Er lächelte schief.

„Wohnen Sie hier in der Nähe?"

„Ich bin Rosies … ich bin ihr Nachbar."

„Das gibt es hier?" Auf dem Weg zum Cottage hatte sie kein anderes Haus gesehen. Da waren nur die rauen Klippen, ein Waldstück die Küste hoch und die ewige Weite des Ärmelkanals.

„Hier draußen trägt man diesen Titel, auch wenn man zwei Meilen entfernt wohnt. Ich weiß, das kennt ihr Städter nicht." Ein ehrliches Lächeln vertiefte die Falten in seinem Gesicht.

„Wie kommen Sie darauf, dass ich …"

Er lehnte sich an den Küchentisch, in der Hand einen Wildblumenstrauß aus Mohn, Margeriten und Gräsern. Damit deutete er auf ihre Klamotten, die neben dem Sofa über einer Stuhllehne hingen, und auf ihren Kopf. „Dass du aus der Stadt kommst? Das ist nicht schwer zu erraten. Du trägst eine teure Lederjacke und einen modischen Kurzhaarschnitt, im Schuppen steht dein Motorrad, ein beeindruckendes, altes Schätzchen. Ich habe dich noch nie hier gesehen, und das will was heißen."

„Danke, dass Sie die Ducati hergebracht haben. Haben Sie sie angeschaut? Hat sie viel abbekommen?"

„Das kann ich dir nicht genau sagen. Mit Motorrädern kenne ich mich nicht aus." Er hob entschuldigend die Schultern.

„Rosie ist nicht da. Sie sind der Nachbar und kommen hier einfach rein?"

„In dieser Gegend hat man keine verschlossenen Türen, höchstens mal eine, die klemmt. Rosie und ich … wir kennen uns seit Ewigkeiten. Wenn sie plötzlich in meinem Atelier stehen würde, wäre das genauso normal."

Junes Blick blieb an seiner Kette mit dem Haifischzahn hängen. Sein Outfit passte nicht zu dem, was sie sich unter einem richtigen Künstler vorstellte. Er hätte auch Surflehrer sein können.

„Damit wir uns verstehen: Sie ist die Einzige, die das darf. Da bin ich sehr eigen.“ Er hob den Zeigefinger, aber seine Miene blieb freundlich. „Du hattest also einen Unfall.“

„Ich bin auf der nassen Straße gestürzt, ist mir noch nie passiert, sowas.“ Sie richtete sich auf, obwohl die Schmerzen es kaum zuließen.

Er sah sie abwartend an, aber sie hatte keine Lust, darüber zu reden, und schwieg. Selbst wenn die Ducati nur ein paar Beulen hatte, es war ihre Schuld.

„Alles klar, Fräulein Unbekannt“, fuhr er fort. „Du willst deinen Namen wohl für dich behalten. Dann beeile ich mich und lasse dich in Ruhe. Aber vorher muss ich eine kleine Überraschung für Rosie herrichten, wenn du erlaubst.“ Er zwinkerte ihr zu, klappte einen Hängeschrank auf und holte eine Vase heraus.

Ein Geräusch an der Tür ließ June erneut zusammenzucken. Henry platzierte den Strauß auf dem Tisch und verschwand im Flur. „Sieh an, die Eierfrau“, hörte sie ihn sagen.

„Grüß dich, mein Lieber. Möchtest du welche?“ Rosie trug einen vollen Korb herein und stellte ihn auf der Anrichte ab.

Junes Magen knurrte. Rührei mit Speck wäre genau das Richtige. Sie hatte heute noch nichts gegessen, geschweige denn einen vernünftigen Kaffee getrunken.

„Viel lieber würde ich für uns kochen. Ich habe ein Wildschwein geschossen und in Buttermilch eingelegt.“ Er lächelte Rosie erwartungsvoll an, als hoffte er auf ein Date.

Rosie setzte sich auf die Eckbank, die den Küchentisch zur Hälfte einrahmte. „Vielen Dank für die schönen Blumen, aber du weißt doch, dass ich lieber selbst koche. Außerdem habe ich gerade keine Zeit. Die Äpfel, die ich am Straßenstand nicht verkauft habe, wollen eingekocht werden, sonst bekommen sie Druckstellen und sind nicht mehr zu gebrauchen.“

„Dann kümmern wir uns erst um die Cox Orange und

anschließend um die Sau. Ich überlasse dir auch den Großteil der Arbeit, versprochen. Deine Tür klemmt übrigens immer noch, ich bin kaum reingekommen. Du solltest sie reparieren." Er krempelte seine Ärmel hoch und nahm einige Eier aus dem Korb.

„Ich weiß. Danke für das Essensangebot, nächstes Mal gern." Rosie stand auf, legte ihm kurz die Hand auf den Arm und sortierte das Geschirr in der Spüle.

„Du weißt nicht, was du verpasst." Er sah sie einen Moment nachdenklich an, dann balancierte er die Eier an ihr vorbei.

June angelte nach dem heruntergefallenen Kohlestift und ließ ihn in ihrer Tasche verschwinden. Dabei geriet der Skizzenblock ins Rutschen und plumpste auf den Fußboden. Rosie und Henry drehten sich zu ihr um. Erschrocken grabschte sie nach der Zeichnung, die für einen Moment mitten im Raum lag.

„Du zeichnest? Darf ich mal sehen?" Henry kam interessiert auf sie zu.

„Ach, das ist nur Gekritzel." Verlegen ließ sie den Block in der Seitentasche ihres Seesacks verschwinden. „Nochmal zu meinem Motorrad", wechselte sie das Thema und schob den Sack ein Stück unter das Sofa. „Ist der Kupplungshebel noch dran? Und was ist mit dem Tank, der ist doch nicht gerissen, oder?"

Rosie warf sich das Geschirrhandtuch über die Schulter. „Wenn Sie mich fragen, es sieht alles nicht so schlimm aus. Haben Sie jemanden erreicht, der Sie abholt?"

June rutschte hin und her. Klar wollte Rosie langsam eine Antwort, aber sie hatte keine Ahnung, wohin sie sollte. „Es geht nicht …" Sie verstummte. Bei dem Gedanken an die Villa und ihre Mutter wallte Übelkeit in ihr hoch. Sie stöhnte. „Meine Eltern bringen mich um, wenn sie mitbekommen, dass ich gestürzt bin und das Erbe meines Großvaters Kratzer abgekommen hat. Noch ein Punkt mehr auf meinem Chaoskonto, verstehen Sie?

Aber wenn ich ein paar Tage bleiben könnte, beruhigen sie sich bestimmt. Was halten Sie davon, wenn ich Ihnen helfe? Ich könnte das mit den Hühnern oder den Äpfeln übernehmen."

Rosie warf Henry einen Blick zu.

Er zuckte die Schultern. „Ich halte mich besser da raus. Macht's gut, ihr zwei." Er jonglierte die Eier vor sich her und verließ die Wohnküche, kurz darauf fiel die Tür ins Schloss.

Rosie blieb mitten im Raum stehen und schwieg.

June seufzte. Das sollte wohl endgültig nein bedeuten. Sie schob die Ärmel ihres Langarmshirts herunter und klappte die Wolldecke zurück. „Ich verstehe. Danke für Ihre Hilfe, Mrs Mckenzie, ich bin gleich verschwunden." Sie unterdrückte die aufkommende Panik, nicht zu wissen, wo sie hinsollte, schwang die Beine vom Sofa und stemmte sich hoch. Alles war bestens, weit und breit niemand in Sicht, der es auf sie abgesehen hatte, beruhigte sie sich. O'Connor war nicht aufgetaucht und für den Rest würde sie ebenfalls eine Lösung finden, auch wenn sie nicht wusste, wie.

Der Raum begann gefährlich zu schwanken. Blitze huschten durch ihr Blickfeld, und sie fixierte das Sprossenfenster auf der gegenüberliegenden Seite. Nicht umfallen! Sie versuchte, gleichmäßig zu atmen, was ein paar Sekunden lang funktionierte. Dann kippte der Raum nach links und löste sich in seine Bestandteile auf. Sie plumpste zurück auf das Sofa und klammerte sich keuchend an die Lehne. Die Welt drehte sich, als hätte sie getrunken, doch diesmal war es ätzend.

„Was ist?" Rosie stürzte heran und hielt sie fest.

June starrte hilflos ins Leere. Sie konnte nicht zu ihren Eltern, nicht zurück in die Stadt und nicht ins Krankenhaus. Aber wenn sie blieb, kamen die Dinge vielleicht wieder in Ordnung. Sie wand sich aus dem Griff der alten Dame, obwohl die Berührung sie auf seltsame Weise stabilisierte. „Es geht gleich."

„Ist Ihnen schlecht?“ Da war Sorge in Rosies Stimme.

Junes Hals wurde eng und schnürte die Worte ab. Japsend schickte sie ein Stoßgebet gen Himmel, obwohl sie an vieles glaubte, nur nicht an Gott.

Auf einmal war Rosie vor ihr und packte sie an den Schultern. „Schauen Sie mich an“, befahl sie. „Sie müssen tief durch die Nase einatmen und die Luft durch den Mund ausstoßen. Wie ich.“ Sie zeigte es ihr, ihr Brustkorb dehnte sich aus und senkte sich, und June imitierte dankbar ihren Rhythmus, bis sie ruhiger wurde und die Beklemmung verflog.

Als sie wieder normal Luft bekam, schien sich auch Rosie zu entspannen. Sie erhob sich und nickte, nicht mehr so distanziert wie vorhin. „In diesem Zustand sollten Sie besser nirgendwo hingehen. Meinetwegen können Sie ein paar Tage im Leuchtturm schlafen.“ Sie seufzte schwer. „Dort gibt es ein Zimmer mit kleinem Bad, das früher meiner Tochter gehört hat. Aber für heute bleiben Sie hier auf dem Sofa liegen. Rühren Sie sich nicht vom Fleck. Ich muss etwas Dringendes erledigen.“

Rosie

Eine halbe Stunde später parkte Rosie ihren Wagen am Rande des Marktplatzes von Lockwood, der wie ein Minenfeld vor ihr lag. Efeubewachsene Fachwerkhäuser säumten ihn, und enge, schattige Gassen führten von ihm weg in alle Himmelsrichtungen. Rosie starrte durch die Windschutzscheibe auf das Gewusel auf der anderen Straßenseite und fröstelte, obwohl die Wolken sich verzogen hatten und dieser Septembertag sommerlich warm geworden war. Um den historischen Brunnen zwischen Rathaus und St Mary's Church drängten sich die Stände des Wochenmarkts. Menschen eilten von links nach rechts, kauften Cheddar oder ein paar frische Flundern und bekamen Klatsch und Tratsch gleich dazu. Rosie umklammerte das kalte Lenkrad. In diesem Dorf gab es jeden Tag neue Geschichten, aber sie wollte darin nicht vorkommen. Deshalb hasste sie die Markttage, denn die Neugier der Einheimischen kannte keine Grenzen. Leider hatte sie heute keine Wahl, sie musste ins Rathaus, egal, was davor los war.

Sie schob das flaue Gefühl beiseite und nahm den braunen Umschlag mit der Stromnachzahlung vom Beifahrersitz. Mit einem Ruck öffnete sie die Fahrertür, den Blick gesenkt, aber wachsam. Eine staubige Brise wehte die Klänge einer Dudelsackspielerin über den Platz, die vor dem Antiquitätenladen stand und eine traditionelle Melodie zum Besten gab.

Die Rufe der Marktschreier übertönten das Gemurmel der Menschen, die mit Taschen und Tüten in die Richtung strebten, aus der es am lautesten hallte. Gott sei Dank musste Rosie nicht oft im Dorf einkaufen, sie versorgte sich vor allem mit eigenem Gemüse und dem Obst aus Leahs Garten. Es gab nur drei Dinge, die sie sonst brauchte: den würzigen Küstenwind, das Rauschen des Meeres und ihre Ruhe.

„Mensch, Rosie, was verschafft uns die Ehre? Ist dein Leuchtturm davongeflogen oder haben sie dir die Vorräte geklaut?" Toni Bergson, Besitzer des einzigen Pubs im Dorf, des *Greenwich Inn*, schob sich feixend vor sie und brachte den Geruch nach schalem Ale mit.

„Toni." Rosie nickte ihm flüchtig zu und hoffte, dass er nicht weiterredete. „Sorry, keine Zeit. Ich habe etwas Dringendes zu erledigen, bye." Sie presste den Umschlag an die Brust und eilte weiter, stellte sich vor, unsichtbar zu sein. Aber das war sie leider nicht. Sie spürte, wie sich Blicke in ihren Rücken bohrten wie Quallenstiche. Sie war die alte Leuchtturmwärterin, eine Außenseiterin, die draußen auf den Klippen wohnte. Wenn sie auftauchte, musste etwas vorgefallen sein.

Sie lief weiter und erreichte endlich das rettende Rathaus, ein zweistöckiges Gebäude aus rotem Backstein. Sie schlüpfte hinein. Gott sei Dank, hier war niemand. Mit der Hand am Geländer stieg sie die Treppe in den ersten Stock hoch. Oben folgte sie dem Flur, bis sie das Schild „Sekretariat Ephraim Young" an einer Holztür entdeckte.

Sie hob die Hand und zögerte. Was, wenn alles seine Richtigkeit hatte? Sie klopfte.

„Herein", ertönte es dumpf von der anderen Seite.

Rosie betrat das Vorzimmer, einen sparsam eingerichteten Raum mit bunten Deckengemälden und Regalen, in denen sich Ordner stapelten. „Guten Tag. Ich muss mit Mr Young sprechen."

„Guten Tag, Mrs …?" Die Sekretärin, eine hagere Brünette in den Vierzigern, schaute von einer Akte hoch. Leslie Taylor stand auf einem Namensschild vor ihr auf dem Schreibtisch, das von zwei verschnörkelten Bilderrahmen umgeben war.

„Mckenzie."

„Haben Sie einen Termin?"

„Nein." Rosie drückte die Schultern nach hinten, um größer zu wirken.

Die Sekretärin warf einen Blick auf ihren Computerbildschirm und seufzte. „Ich kann Ihnen übernächste Woche Mittwoch um fünfzehn Uhr etwas anbieten."

„Es geht um diesen Brief, den ich bekommen habe. Das duldet keinen Aufschub." Rosie wedelte mit dem Umschlag.

„Ohne Termin kann ich Sie leider nicht vorlassen." Leslie Taylor steckte ihre Nase demonstrativ zurück in den Aktenberg.

Rosie hatte nicht vor, sich abwimmeln zu lassen. „Wenn der Bürgermeister mir so etwas zustellt, werde ich nicht zehn Tage darauf warten, um mit ihm darüber zu sprechen", sagte sie betont deutlich.

Die Sekretärin schaute auf, ohne sie dabei anzusehen. „Mr Young ist ein vielbeschäftigter Mann."

„Und dieser Brief ist inakzeptabel." Rosie trat an den Schreibtisch heran und warf ihn auf die Computertastatur. „Die Stromabrechnung stimmt seit Jahrzehnten, nie gab es Probleme. Bis jetzt."

Hinter der Sekretärin öffnete sich eine zweiflügelige Tür. Ein schlanker, rothaariger Mann mit randloser Brille und dunkelgrauem Anzug erschien.

„Leslie, haben Sie die Unterlagen für das Treffen mit der Kaufmannschaft zusammengestellt? Es findet nun um vierzehn Uhr statt", fragte er geschäftig, ohne Rosie zu beachten.

„Ich bin dabei." Die Sekretärin rollte auf ihrem Stuhl zum Aktenschrank an der schmalen Seite des Raumes, zerrte zwei dicke Mappen heraus und ließ sie auf ihren Schoß plumpsen.

„Mr Young, gut, dass Sie da sind. Ich muss Sie dringend

sprechen.“ Rosie nahm den Brief und marschierte damit auf ihn zu.

„Moment! Mrs Mckenzie, Sie können hier nicht …“ Leslie Taylor sprang auf, dabei gerieten die Mappen auf ihren Knien ins Rutschen und knallten auf den Boden.

„Es ist in Ordnung, Leslie, ich habe ein paar Minuten“, sagte Ephraim Young und bedeutete Rosie, ihm zu folgen.

Sein Büro war drei Mal so groß wie Rosies Wohnküche. Gegenüber der Tür stand ein Eichenschreibtisch in einem Erker mit bodentiefen Fenstern. Vor einem Lackregal mit Chromfüßen thronte eine lederne Sitzgruppe auf einem flauschigen Teppich. Der Raum wirkte wie das Besprechungszimmer eines Bankdirektors, nicht wie der Ratssitz einer Dorfverwaltung.

Der Bürgermeister ging an ihr vorbei zu seinem Schreibtisch. Der Geruch seines Aftershaves blieb an ihr hängen, künstliche Minze und ein Hauch Sandelholz. Sie rieb sich die Nase. Aromen aus der Packung hatte sie noch nie leiden können.

Es war das erste Mal, dass sie Young persönlich begegnete. Er wirkte seltsam fehl am Platz, sein Anzug schlackerte um seinen Körper, die Lederschuhe darunter glänzten zu perfekt. Wie bei einem Schuljungen in zu groß gekaufter Konfirmationsbekleidung. Nur sein schütter werdendes Haar deutete darauf hin, dass er deutlich älter war.

„Mrs Mckenzie, Sie sind die Leuchtturmwärterin, nicht wahr? Das sagen die Einheimischen jedenfalls, auch wenn der alte Kasten nicht mehr in Betrieb ist. Es freut mich, wir hatten seit meinem Amtsantritt keine Gelegenheit, uns kennenzulernen. Darf ich Ihnen einen Espresso anbieten?“ Er streckte zur Begrüßung eine Hand aus.

„Nein, danke.“ Sie hielt den Umschlag vor sich wie einen Schutzschild. Das hier war mitnichten eine Plauderstunde, außerdem trank sie seit langem keinen Espresso mehr. „Ich muss mit Ihnen sprechen, Mr Young. Ich soll eine horrende Summe für Strom nachzahlen, das verstehe ich nicht. Ich bitte Sie, diesen Fehler zu korrigieren." Sie kam mit ihrem kleinen Gehalt als Leuchtturmwärterin kaum über die Runden. Wie in aller Welt sollte sie die verlangten tausend Pfund Nachzahlung aufbringen?

„Zeigen Sie mal her." Young bedeutete ihr, auf dem Stuhl ihm gegenüber Platz zu nehmen. Er schob eine aufgeschlagene Zeitung zur Seite und legte den Brief vor sich hin. „Tut mir leid, ich kann Ihnen nichts dazu sagen. Das regelt die Rechnungsstelle. Haben Sie dort nachgefragt?"

„Äh … nein. Sie haben doch unterschrieben." Ihr Blick blieb an der Zeitung hängen.

„Polizei ermittelt zum Freibadunfall in Port Jacobs."

Darunter ein verschwommenes Foto einer jungen Frau in Lederjacke. Rosies Magen zog sich zusammen.

„Die Rechnung … wenn Ihr Name dort steht, sind Sie mein Ansprechpartner." Sie wollte ihm energisch in die Augen schauen, um ihr Anliegen zu untermauern, aber da war diese Überschrift in der Zeitung vor ihm, die sie ansprang. Riesige schwarze Buchstaben. Die Härchen auf ihrem Arm stellten sich auf.

„Alle offiziellen Schreiben tragen meine Unterschrift, das ist Usus." Er faltete die Zeitung und ließ sie in den Mülleimer gleiten. „Ich kann Ihr Anliegen aber gern an die Rechnungsstelle der Gemeindewerke weiterleiten. Mr Simon ist der zuständige Beamte, ich rufe ihn gleich an."

„Wie?" Die Zunge klebte ihr am Gaumen, sie brauchte dringend ein Glas Zitronenwasser! Verwirrt neigte sie den Kopf und versuchte, durch das Aluraster des Papierkorbs den Rest des Artikels zu entziffern.

Young erhob sich und lächelte. „Ich melde mich später bei Ihnen, aber jetzt muss ich mich leider verabschieden. Vereinbaren Sie doch bitte einen Termin für übernächste Woche. Wir würden gern mit Ihnen über die Zukunft des Leuchtturms sprechen."

Was hatte er gesagt? Gebannt starrte sie auf die junge Frau in der Zeitung. Kurze Haare, Halstuch und in der Hand eine Bierdose. Die andere hielt sie mit gestrecktem Mittelfinger in die Kamera. Das war doch June! Du meine Güte, hatte sie mit diesem Schwimmbadunfall zu tun, von dem dort die Rede war? „Ja … okay." Fahrig wandte sie sich zum Gehen und stieß dabei an den Stuhl. Schmerz rauschte durch ihr Knie. Deshalb weigerte sich das Mädchen, ihre Familie anzurufen. Sie war in eine Polizeisache verwickelt und darauf aus, sich bei ihr im Leuchtturm zu verstecken! Rosie stieß Luft aus. Was hatte sie nur geritten, einer Fremden zu helfen?

Die Tür von Youngs Büro schwang auf und ein älterer Herr mit Aktenkoffer und großformatigen Papierrollen unter dem Arm rauschte herein. Er lief an ihr vorbei und legte die Rollen vor dem Bürgermeister auf den Schreibtisch. „Sie werden es nicht glauben, die ersten Entwürfe für den Leuchtturm sind gekommen, viel früher als gedacht", schnarrte er.

„Mr Stelter, ich grüße Sie! Das sind tolle Nachrichten. Ich habe erst übernächste Woche damit gerechnet."

Rosie fuhr herum. Hatte er Leuchtturm gesagt?

„Ein paar Vermessungen fehlen noch, aber es kommt ein wenig Bewegung in die Sache." Der Mann stellte den Aktenkoffer ab und ließ die Schlösser aufschnappen.

„Kennen Sie unsere Leuchtturmwärterin? Sie bewohnt das alte Cottage und kümmert sich seit mehr als dreißig Jahren um den Turm. Mrs McKenzie, das ist Peter Stelter, der neue Leiter der Wirtschaftsförderung."

Der Angesprochene kam auf sie zu, deutete eine Verbeugung

an und zog ihre Hand ruckartig an seinen Mund. Pomadige Haarsträhnen fielen ihm in die Stirn. „Sehr erfreut, Ma'am! Es wird Sie begeistern, welche Vision wir vom Leuchtturm der Zukunft entwickelt haben."

Er ließ sie los und breitete die größte der Papierrollen auf Youngs Schreibtisch aus. „Könnten Sie hier kurz festhalten?" Er deutete auf eine der Ecken, die sich widerspenstig nach oben wölbte. Rosie verstand kein Wort.

„Kommen Sie, kommen Sie! Nicht so schüchtern." Stelter winkte sie heran. Sie starrte auf den Plan und bewegte sich, wie von unsichtbaren Fäden gezogen, in seine Richtung.

Er strich behutsam über das Papier, als wäre es seine Geliebte.

Das war doch … Langsam sickerte zu ihr durch, was dort lag. Eine zweidimensionale Zeichnung aus der Feder eines Architekten. Das Netz aus akkurat gezogenen Linien zerteilte ihr Zuhause in bauzeichnerische Stücke. Grundrisse, Wandabmessungen, Fensterausschnitte und Quadratmeterangaben. Ihr Leuchtturm in Scheiben geschnitten.

Stelter schob zwei Ordner zum Beschweren auf die Ecken des Plans und malte mit dem Zeigefinger in die Luft. „Wie gesagt, ein paar Daten fehlen uns noch. Aber wir stellen uns das so vor: Die Besucher betreten ihn durch den neuen, barrierefreien Eingang und kommen direkt zum Kassenbereich, der in die Mauer integriert werden könnte. Die Wendeltreppe würden wir im Kern erhalten, genauso wie die Deckenhöhe der Etagen, viele mögen ja den morbiden Charme solcher Gebäude." Er sprach lauter. „Wer nicht mehr gut zu Fuß ist, könnte mit dem Panoramaaufzug außen bis zum alten Leuchtfeuer hochfahren und direkt an der Galerie aussteigen. Dafür bräuchte es nur an einer Stelle einen Wanddurchbruch. Den Wohnbereich und das Bad wollen wir natürlich von allem abgrenzen, möglicherweise könnte man zwei Doppelzimmer daraus machen. Die Übernachtungsgäste wollen ja nicht, dass man ihnen beim Duschen zusieht. Was sagen Sie? Ist das nicht spitzenmäßig gelöst?"

Das Linienmeer zerfloss. Rosie blinzelte, aber die Striche verhakten sich zu einem dicken Klumpen. Ephraim Young ließ sich in seinen Schreibtischstuhl fallen und nickte anerkennend.

Rosie stützte sich an der Schreibtischplatte ab. „Was hat das zu bedeuten?"

„Eine neue Perspektive, ein Schritt in eine bessere Zukunft, für den Turm und für Sie", begann Young beschwichtigend und rückte seine randlose Brille zurecht.

Stelter nickte eifrig. „Wenn alles klappt, wie wir es uns vorstellen, könnten bereits in der nächsten Saison Tagestouristen und Übernachtungsgäste kommen. Natürlich ohne Restaurant. Wir wollen nicht übertreiben, ein Bed and Breakfast wäre eine runde Sache." Er strahlte. „Aber erstmal muss kernsaniert werden. Der alte Kasten ist über die Jahre ziemlich heruntergekommen. Sorgen Sie sich nicht, Rosie. Es wird Ihnen das Leben dort erheblich erleichtern. Ich darf Sie doch Rosie nennen?" Er klopfte ihr jovial auf den Rücken.

Sie schüttelte ihn ab. „Ich möchte keine Besucher und Übernachtungsgäste in meinem Leuchtturm haben."

„Ach, daran gewöhnen Sie sich. Es wird ganz wundervoll: Wir sind im Gespräch mit einem überregionalen Touristik-Unternehmen. Dort begeistert man sich für unseren Leuchtturm und überlegt, ihn in die Bustouren zu integrieren. Dafür muss er natürlich renoviert und umgebaut werden. Das Projekt ist eine Chance für die ganze Dorfgemeinschaft." Stelter setzte sich auf die Schreibtischkante und wippte mit dem Fuß. „Da fällt mir ein: Uns fehlen einige alte Dokumente. Besitzen Sie zufällig weitere Unterlagen, frühere Pläne oder Ähnliches? Von vorhergehenden Renovierungen zum Beispiel? Wenn wir die hätten, könnten wir die Sache erheblich beschleunigen."

Rosie wandte sich hilfesuchend an Young, der begeistert nickte. Warum sagte er nichts? Die Sache, von der dieser Peter Stelter so lapidar sprach, war ihr Zuhause. „Nein“, rief sie.

„Es gäbe keine Reparaturen mehr, um die Sie sich kümmern müssten, alles wäre neu, tipptopp und in Ordnung, selbst die Fenster auf der Galerie. Denken Sie an Ihre Zukunft und das, was Sie leisten können. Was ist in fünf, zehn oder fünfzehn Jahren? Sie sind nicht mehr die Jüngste.“ Stelters Ton klang eine Spur schärfer. Er verschränkte die Arme und trommelte mit den Fingern auf seine Anzugjacke.

Rosie sog Luft ein. War das eine Drohung?

Ephraim Young lächelte ihr aufmunternd zu. „Nehmen Sie es wie … einen Gefallen. Es brechen neue Zeiten an. Als Eigentümer des Leuchtturms hat die Gemeinde die Pflicht, dafür zu sorgen, dass er für die Zukunft gerüstet ist. Dasselbe gilt für Sie als langjährige Mieterin. Im Grunde haben wir hier eine klassische Win-Win-Situation.“

Sie kniff sich in den Oberschenkel und verzog vor Schmerz das Gesicht. Nein, sie träumte nicht. Das hier passierte wirklich. „Mr Young, mir geht es sehr gut, und ich komme bestens allein zurecht. Sie können nicht über mein Zuhause bestimmen. Ich lebe seit Jahrzehnten dort und kümmere mich um alles, dafür brauche ich kein Kassenhäuschen, keinen Panoramaaufzug und keine Übernachtungsgäste.“ Sie hatte auf einmal kalte Hände.

„Das Cottage bleibt von allem unberührt, das kann ich Ihnen garantieren. Aber was den Leuchtturm betrifft, würden wir uns über ihre Kooperation freuen, zum Beispiel bei der Bewirtung mit dem Frühstück. So würden wir es auch in den neuen Mietvertrag …“, holte Stelter aus.

„Nicht nur der Turm braucht eine neue Zukunft, auch Sie, meine Liebe“, unterbrach Young. „Sie leben viel zu lange dort draußen in der Einsamkeit. Aber das Leben geht weiter!

Und glauben Sie mir, ganz Lockwood wird von den Touristen profitieren. Es werden mehr junge Leute hierbleiben. Unser Dorf wird einen Aufschwung erleben. Und Sie können Teil dieser Vision sein."

Peter Stelter nickte eifrig. „Wir brauchen schnellstens neuen Schwung, sonst gibt es dieses Dorf bald nicht mehr, verstehen Sie?"

Übernachtungsgäste? Kooperation? Frühstück? Rosies Blick huschte von den Plänen zu den Männern und zurück. Ihre Finger kribbelten und sie wäre am liebsten aus dem Büro gestürmt. Aber ihre Beine fühlten sich wie festgewachsen an.

Der Leuchtturm war keine Herberge für Eindringlinge, die auf allem herumtrampelten. Die seine wahre Schönheit nicht erkannten. Sie schluckte gegen die Enge an, die sich um ihren Hals legte. Der Turm hatte eine Seele, gerade wegen seiner Risse und der bröckelnden Farbe. Niemand durfte ihn ihr wegnehmen, er war doch alles für sie! Sie schloss die Hände zu Fäusten, drängte die Hilflosigkeit zurück, die sich überfallartig in ihr breitmachte und eine längst verschlossene Tür in ihrem Herzen öffnete. Wie damals, als die Bagger angerückt waren und ihre verwunschene Villa über dem Meer für immer verloren war.

Sie drückte die Knie durch und baute sich vor den beiden Männern auf, obwohl sie ihnen nur bis zum Kinn reichte. „Nein, der Turm bleibt, wie er ist. Sie dürfen daraus keine Sehenswürdigkeit machen. Und schon gar kein B&B. Ich entscheide, was dort passiert. So steht es in der Abmachung", sagte sie, überrascht davon, wie klar ihre Stimme klang. Bevor Young und Stelter antworteten, rauschte sie aus dem Büro.

* * *

Eine halbe Stunde später parkte Rosie ihren Pick-up vor dem bewachsenen Schiefermäuerchen, das ihr Grundstück umschloss. Mit bebenden Händen stieß sie die Wagentür auf, sprang heraus und eilte zum Cottage. Die Wolken über dem schokoladenbraunen Reetdach färbte sich allmählich violett. Feine Rauchwolken stiegen aus dem Schornstein und verloren sich am Himmel.

Am Leuchtturm blieb sie stehen und legte die Hand auf das kalte Mauerwerk. Ihr Atem ging schnell und sie versuchte, sich zu beruhigen, aber Peter Stelters Worte schwirrten ihr unaufhörlich im Kopf herum. Panoramaaufzug, Kassenhäuschen, Übernachtungsgäste. *Denken Sie an Ihre Zukunft. Was ist in fünf, zehn oder fünfzehn Jahren?* Dabei hatte er sie von oben herab angesehen, als wäre sie eine tattrige alte Frau, die in ein Seniorenheim gehörte. Des Turms nicht würdig und der Aufgabe nicht mehr gewachsen.

Sie betrachtete die Umrisse der gegenüberliegenden Insel und befeuchtete ihre Lippen, die wie immer nach der salzigen Luft schmeckten. Die Vorstellung, ihr gewohntes Leben zu verlieren, war unerträglich. Oder gar in ein Heim zu ziehen! Nein, nein, nein, sie gehörte hierher, auf diese Felsen und an diesen Strand. Nur wenn sie hier für sich war, fand sie Freiheit und Trost für alles, was sie verloren hatte.

Ihr Blick ging zurück zum Haus und ihr Herzschlag beschleunigte sich. Seit sie June gefunden hatte, geriet alles aus den Fugen. Stimmte es, was die Zeitung schrieb? War sie in diesen Freibadunfall verwickelt und schuld daran, dass jemand verletzt worden war? Wenn das die Wahrheit war, tauchte die Polizei jedem Moment auf. Womöglich hatte es sich bereits herumgesprochen, dass das Mädchen auf ihrem Sofa lag.

Rosie lief zurück zum Cottage, Wind kam auf und blies ihr ins Gesicht. Sie umfasste die raue Lehne der Gartenbank vor ihrer Haustür und hielt sich daran fest. Kamerablitze und Sirenengeheul, Polizisten mit dicken Stiefeln, die eine Kriminelle aus ihrer Wohnküche zerrten – einen besseren Beweis für ihre Unfähigkeit konnte sie der Gemeinde nicht liefern. Das galt es zu verhindern.

Sobald June weg war, musste sie die alten Briefe heraussuchen, die ihr alleiniges Wohn- und Entscheidungsrecht bezeugten. Mit ihnen würde sie Young und Stelter zeigen, dass sie hier das Sagen hatte und sonst niemand. Sie wischte die feuchten Hände an ihrer Arbeitshose ab und drückte die Tür zum Cottage auf. Ofenwärme umfing sie. Sie entledigte sich ihres Parkas und der Gummistiefel, krempelte den Pullover hoch und betrat mit energischen Schritten die Wohnküche, die der Schein einer Rattan-Stehlampe erleuchtete.

June lag auf dem Sofa, die brombeerfarbene Wolldecke bis zum Kinn hochgezogen, und schlief. Ihre kurzen schwarzen Haare waren verwuschelt und die Wimperntusche verlaufen, als hätte sie geweint. Am Boden neben dem Vorratsregal mit den Essiggurken lagen ihre Bikerboots, der Ingwertee stand unberührt auf der Spüle.

Rosie durchquerte den Raum und berührte das Mädchen an der Schulter. „Wachen Sie auf, ich muss mit Ihnen reden."

June drehte sich auf den Rücken, verzog das Gesicht und stöhnte. „Mein Arm …" Sie blieb liegen.

Rosie unterdrückte ein aufkommendes Gefühl von Sorge. „Geht es Ihnen gut?" Das Mädchen hatte offenbar große Schmerzen. Der Unfall musste ihr doch mehr zugesetzt haben, als sie zugeben wollte. Rosie zog ihre Hand zurück. Aber sie war auf der Flucht vor der Polizei!

June blinzelte. „Sie waren lange weg. Was ist los?" Sie zog sich in Zeitlupe an der Sofalehne hoch und massierte sich die Schläfen.

Rosie räusperte sich. „Was haben Sie mit diesem Schwimmbadunfall in Port Jacobs zu tun?"

„Wie?“ June wich ihrem Blick aus.

„Die Polizei ermittelt, weil Sie irgendwas ausgefressen haben. Aber ich kann hier keinen Ärger gebrauchen. Sie müssen gehen.“

„Wie kommen Sie auf sowas?“, murmelte June und zupfte an der Wolldecke.

„Ihr Foto ist auf der Titelseite der Port Jacobs Morning Sun.“

„Glauben Sie alles, was in diesen Schmierblättern steht?“, sagte das Mädchen verächtlich.

Rosie stockte. Was sie glaubte oder nicht, war irrelevant. Tatsache war, dass es einen Bericht mit einer riesigen Überschrift gab, darunter ein postkartengroßes Foto von June. Das hatte sie sich nicht eingebildet. „Sie können sich hier nicht verstecken. Da mache ich nicht mit.“

„Lassen Sie mich raten: Das Foto ist verschwommen. Ich habe eine Bierdose in der Hand und zeige dem Fotografen den Mittelfinger.“

„Ja, stimmt“, erwiderte Rosie verwundert.

June lachte bitter auf. „Dieser Mistkerl O’Connor. Das ist einer der Fotografen bei der Port Jacobs Morning Sun. Er hat sich total auf mich eingeschossen, keine Ahnung warum. Meine Familie ist in Port Jacobs bekannt, aber ich gehöre doch nicht zur Royal Family. Das Bild ist mindestens zwei Jahre alt. Da war ich auf einer Party und er hatte nichts Besseres zu tun, als mir beim Rausgehen seine beschissene Kamera vor die Nase zu halten. Offensichtlich hatte er kein besseres Foto, um mir eine reinzuwürgen.“

Rosie betrachtete Junes zornige Miene mit den geröteten Wangen auf einmal verunsichert. Die englische Klatschpresse war erbarmungslos und suchte sich immer wieder Opfer, auch in der High Society. Vielleicht stimmte es, was sie erzählte. Aber was, wenn sie log? Dann bedeutete der Artikel eine echte Gefahr für ihr ruhiges Leben.

Rosie holte das Telefon aus dem Flur. Eine Fremde war in ihrem Haus, sie hätte sie niemals mit herbringen dürfen. Sie hielt dem Mädchen den Hörer hin. „Es geht nicht. Sie müssen sich abholen lassen", wiederholte sie.

June senkte den Kopf, schob die Wolldecke weg und rutschte stumm nach vorne an die Sofakante. Sie war blass und presste bei jeder Bewegung die Zähne aufeinander. Ihr Anblick rührte Rosie. Nackte Füße auf dem Fliesenboden, verrutschtes T-Shirt und verstrubbelte Haare. Wie Leah früher, wenn sie nach dem Mittagsschlaf aufwachte. Sie ließ den Hörer sinken.

June legte die Hände in den Schoß und sah Rosie direkt an. „Meine Eltern halten nicht viel von mir, verstehen Sie? Ich bin ein Loser, das schwarze Schaf der Familie, weil ich nicht so funktioniere, wie sie es gern hätten. Klar, wenn ich in ihre bescheuerte Firma einsteigen würde, wäre das anders. Dann wären sie happy und würden mich die ganze Zeit glückselig anschmachten, so wie sie es bei meiner Schwester Liz den ganzen Tag tun. Aber da scheiß ich drauf. Darauf können sie lange warten." Sie richtete sich eine Winzigkeit auf und die bittere Traurigkeit in ihrem Blick fuhr Rosie direkt ins Herz. *Rosalia, warst du wieder beim Personal in der Küche? Rosalia, du bist kein braves Mädchen.* Die mahnende Stimme ihres Vaters hallte durch ihre Erinnerung. Manche Dinge vergaß man nie.

„Glauben Sie, dass ich den Sturz geplant habe, um hier ein Dach über dem Kopf zu finden?"

„Gott bewahre, nein. So habe ich das nicht gemeint." Rosie strich ihren Pullover glatt.

„Es stimmt, ich war auf dieser Schwimmbadparty. Aber ich wollte nicht, dass mein Kumpel Rae …" Junes Stimme brach und sie räusperte sich. „Ich war weg, als die Polizei angerückt ist. Aber dann standen sie doch vor unserer Tür, auch O'Connor, dieser miese Fotograf. Ich bin losgefahren und hab ihn abgehängt, dabei wollte ich weiter nach Westen oder rauf nach Schottland, wo mich niemand kennt. Aber jetzt liege ich hier, kann meinen Arm kaum bewegen und mein Motorrad ist verbeult." June warf einen Blick auf die alte Küchenuhr über dem Herd. „Das Ende der Party ist länger als einen Tag her. Sie können sich beruhigen, glauben Sie mir, da kenn ich mich aus. Wenn sie immer noch hinter mir her wären, hätten sie längst an Ihrer Tür gekratzt."

Ein Schatten huschte vor dem Küchenfenster vorbei. Rosie fuhr herum und starrte nach draußen in die Dunkelheit, aber dort spannte nur der klare Sternenhimmel. „Was war das?"

June erblasste. „Was denn?"

„Haben Sie das nicht gesehen? Da war jemand vor dem Fenster." Rosies Stimme bebte.

Der Mond zog eine helle Spur quer über das Meer. Spielte ihr die Wahrnehmung einen Streich? Oder schlich dort draußen jemand herum? Rosie legte den Finger auf ihre Lippen und bedeutete June, still zu sein. Das Mädchen zog vorsichtig die Beine an und schlang die Wolldecke um ihre Schultern. Auf leisen Sohlen trat Rosie in den Flur. Neben dem Telefontischchen blieb sie stehen, starrte auf das verzogene Holz der alten Haustür, zögerte. Dann gab sie sich einen Ruck und riss sie auf.

Kühle Luft legte sich über ihr Gesicht. Aber da war niemand.

„Hallo?" Sie sah sich vorsichtig um. Der Wind bog das Heidegras hin und her, aber das war die einzige Bewegung, die sie ausmachte. Sie trat aus dem Haus und nahm den Geruch von Algen in sich auf, der vom Meer herüberwehte. Sie prüfte das Gemüsebeet auf Fußspuren, aber alles war wie immer. Sie lief um das Cottage herum, schaute den Schotterweg entlang und sah zwei Bremslichter aufleuchten. Das war doch Leah! Wieso schlich sie ums Haus und fuhr einfach weg, ohne einen Ton zu sagen? Rosie hob die Arme und winkte, aber der Wagen entfernte sich immer weiter, die Lichter schrumpften, bis sie in der Dunkelheit verschwanden.

Meine Eltern halten nicht viel von mir. Junes Worte gingen ihr nicht mehr aus dem Kopf. Ehrliche Worte, die aus tiefstem Herzen gekommen waren, daran hatte sie keinen Zweifel. Etwas Schweres legte sich auf ihre Brust, und sie schubste mit dem Gummistiefel einen Kiesel auf die Seite. Die Stimme ihres Vaters ertönte. *Was hast du dir nur dabei gedacht, uns in so eine Situation zu bringen.* Manche Erinnerungen sterben nicht, auch wenn die Menschen, zu denen sie gehören, längst tot sind.

Sie kehrte um und stellte eine umgefallene Gießkanne neben dem Hortensienbusch wieder aufrecht hin. Ob Leah wegen des Streits neulich mit ihr hatte reden wollen? Sie stieß einen langen Seufzer aus, betrat das Cottage und schloss die Tür hinter sich. Gleich morgen früh würde sie nach Lockwood fahren und neue Äpfel holen. Höchste Zeit, dass sie diese Meinungsverschiedenheit aus der Welt schafften.

Beherzt betrat sie die Wohnküche. „Es war nur meine Tochter …", fing sie an und verstummte. June lag mit angezogenen Beinen auf dem Sofa, eingewickelt in die Wolldecke wie ein Embryo, und schlief tief und fest. Rosie schlich heran, nahm ihr vorsichtig den Zeichenblock aus dem Arm und legte ihn auf den Küchentisch. Sie setzte sich und betrachtete das Mädchen, dessen Fingerkuppen von Kohlestiften schwarz waren.

Sie warf einen Blick auf die Zeichnung, die June in den letzten Minuten angefertigt hatte. Auf dem Papier waren die Umrisse eines Kindes zu sehen, das bei seinem Großvater auf dem Schoß saß und nach seiner Pfeife griff. Mit wenigen Strichen gezeichnet, aber so lebendig, dass man das Gefühl hatte, die Figuren bewegten sich. Sie erhob sich, zog die Vorhänge hinter dem Sofa zu und dimmte die Stehlampe auf das Minimum. Heute würde sie es dabei belassen, denn morgen kam ein neuer Himmel. Sicher würde June Unterschlupf bei Freunden finden, wenn ihre Familie nicht gut auf sie zu sprechen war.

Sie lauschte auf das leise Heulen des Windes draußen und sah auf die Uhr. Kurz nach neun. Rosie nahm auf der Eckbank Platz, steckte sich eines der Kissen in den Rücken und goss sich ein letztes Glas Zitronenwasser ein. Vermutlich hatte June recht. Wäre die Polizei hinter ihr her, dann wären sie längst hier gewesen. Sie leerte das Glas und stellte es in die Spüle. Wenn sie morgen nach Lockwood wollte, brauchte sie die alten Briefe. Sie schlüpfte in ihren Parka und trat hinaus in die Nacht.

* * *

Rosie öffnete die Abstellkammer des Leuchtturms und drehte den alten Bakelitschalter. Die Deckenlampe erhellte sich surrend. Wie hieß nochmal der Bürgermeister von Lockwood, mit dem ihr Vater korrespondiert hatte, bevor sie in das Cottage gezogen war? Ein freundlicher, alter Mann mit Nickelbrille und nach hinten gekämmtem, grauem Haar. James … James … James Malone.

Die Briefe mussten hier sein, nur wo? Das runde Zimmerchen war mit ausrangierten Möbeln, Koffern, Taschen und überquellenden Regalen vollgestellt. Staubkörner tanzten im künstlichen Licht, es roch nach Mottenkugeln und Holz. Was für ein Chaos! Es war über die Jahre wie von selbst gewachsen, sie hatte nichts dagegen auszurichten vermocht. Als hätte sie das Codewort vergessen, um es zu stoppen.

Sie zog die Schublade des Jugendstilschranks auf, eines der wenigen Teile, die sie nach dem Tod ihrer Eltern behalten hatte. Er war recht hübsch, aber nicht wertvoll. Die teuren Antiquitäten aus der herrschaftlichen Stadtwohnung in London hatte sich Edward gesichert, und wie immer hatte sie ihrem unnachgiebigen Bruder nicht widersprochen.

Im Innern lagen Schachteln mit Silberbesteck, Messerbänkchen und gestärkte Stofftaschentücher. Sie stieß die Lade zu und öffnete die Türen darunter. Eine verschnürte Papierrolle fiel ihr entgegen und es brauchte einen Moment, bis sie sich erinnerte, worum es sich handelte. Die ersten Pläne des Leuchtturms. James Malone hatte sie ihr beim Einzug überlassen. Sie strich über die Kante der Bögen, schob sie zurück und verspürte ein Gefühl der Befriedigung. Keiner außer ihr wusste, wo sie waren. Sollten Stelter und Young doch sehen, wie sie ohne zurechtkamen. Niemals würde sie die Pläne freiwillig hergeben, so wahr sie Rosie Mckenzie hieß.

Sie zog aus dem untersten Fach einen Ordner mit der Aufschrift 1976 hervor, das Jahr, in dem sie an einem regnerischen Oktobertag das Cottage bezogen hatte. Sie trug ihn zum Regal gegenüber und schob ein paar Bücher und Deko-Körbe zur Seite. Vorsichtig legte sie ihn auf die freie Stelle, wischte mit dem Ärmel den Staub ab und klappte ihn auf. Eine Menge Papiere kamen zum Vorschein: Haushaltspläne, Inventarlisten ihres Vorgängers und die Zusammensetzung der Samenmischungen, mit denen sie damals den Obst- und Gemüsegarten angelegt hatte.

Es war so lange her, aber es kam ihr vor wie gestern. Sie hatte fast nichts besessen, ihre Habseligkeiten hatten in zwei Koffer gepasst. Und vor ihr hatte eine ungewisse Zukunft gelegen.

Hastig blätterte sie weiter. Hier drin steckten die Briefe, die offizielle Bestätigung des Wohnrechts für Haus und Leuchtturm aus der Feder von Malone, die so lange gültig war, wie sie sich um alles kümmerte.

Endlich fand sie sie, zog sie aus der Klarsichthülle und drückte sie erleichtert gegen die Brust. Sie schob den Ordner zurück in den Schrank und verschloss die Türen. Ihre Anspannung wich einer beruhigten Müdigkeit. Nun war alles in Ordnung. Sobald sie die Briefe morgen dem Bürgermeister vorgelegt hatte, war das Problem vom Tisch.

Ihr Blick blieb an einem Gegenstand hängen, der zwischen ausrangierten Vasen und Hutschachteln in einer Regalecke stand.

Ein altes Einmachglas mit Bügelverschluss und weißer Borte. Es war zur Hälfte mit verblichenen Zetteln aus grünem, orangefarbenem und blauem Papier gefüllt. Am verstaubten Verschluss steckte ein zusammengerollter Brief. Das Abschiedsgeschenk ihrer Hebamme Eve. „Gesammelte Wünsche und Weisheiten für den Start in ein neues Leben." Rosie seufzte und starrte es an, bis die Farben darin verschwammen. Die Deckenlampe flimmerte und eine dicke Fliege brummte im trüben Licht um sie herum. Sie schob das Glas ein Stück weiter in die Ecke, nahm den Bastkorb zu ihren Füßen und stellte ihn mit einem Rumms davor. Mit Malones Schreiben unter dem Arm verließ sie die Abstellkammer.

* * *

In der Morgendämmerung des folgenden Tages lenkte Rosie ihren Pick-up durch die schmalen Straßen Lockwoods bis zur Einfahrt hinter Leahs Haus, das eingezwängt in einer Reihe Steinhäuser auf einem weitläufigen Hofgrundstück stand. In einer Stunde öffnete das Rathaus, davor war Zeit genug, um mit Leah zu sprechen, und die leeren Erntekisten auf der Ladefläche ihres Wagens mit Nachschub für ihren Straßenstand zu füllen. Young war später hoffentlich in seinem Büro, sie würde nur ihm persönlich die alten Briefe von Malone aushändigen.

Rosie parkte vor Leahs Haus und atmete den Geruch erntereifer Apfelsüße ein. Es war zwar erst Anfang September, aber ein für Großbritannien untypisch milder Frühling hatte die Gegend um Port Jacobs früh mit Sonne verwöhnt, deshalb waren sie jetzt schon reif. Sie hob die leeren Erntekisten von der Ladefläche, warf einen Blick auf die verschlossenen Fensterläden vor Leahs Schlafzimmer und lief zur Streuobstwiese.

Sie stellte die Kisten ab, froh darüber, ein bisschen Zeit für sich allein zu haben, bis Leah aufstehen würde. In Gedanken versuchte sie sich eine Strategie zurechtzulegen, wie sie den Streit neulich und Leahs merkwürdigen Besuch von gestern ansprechen könnte. Wenn sie doch nur geübter darin wäre, solche Gespräche zu führen. Sie knotete ihre Schürze fester um die Hüften und steuerte auf die Apfeltonne neben dem Schuppen zu, um sich abzulenken. Mit flinken Fingern sortierte sie die Exemplare heraus, die mit ihrer warmroten Schale am ehesten Käufer anlocken würden, schielte zum Haus, aber das machte es nur schlimmer.

Ein paar Minuten später nahm sie zwei Gestalten wahr, die zwischen den Bäumen auftauchten. Sie ließ die Hände sinken und stützte sich auf den Rand der Tonne. Leah und ihr Verlobter Hugh näherten sich, vor der Brust jeweils zwei Kisten mit Birnen. Ausgerechnet heute Morgen war Leah nicht allein.

„Hi, Mum."

„Guten Morgen, ihr beiden", murmelte Rosie und wusste nichts mehr zu sagen. Sie lächelte zaghaft und schaute auf ihre von Arbeit aufgerauten Hände, wartete, dass Leah von sich aus den gestrigen Abend erwähnte. Ach, konnten sie nicht über alle Unstimmigkeiten hinweggehen und ein normales Leben führen? Es gab doch nur noch sie beide. Sie wischte die Hände an ihrer Hose ab und hoffte insgeheim, Hugh würde sich verabschieden, damit sie mit Leah allein sprechen konnte.

„Hallo Mrs Mckenzie, so früh auf den Beinen?" Hugh grüßte freundlich und stellte die Kisten ab.

Rosie unterdrückte einen Seufzer. So ein ungleiches Paar, das war ihr schon bei der ersten Begegnung mit Hugh vor einem Jahr aufgefallen. Er war ein blasser, schlaksiger Kerl und erinnerte sie mit seiner Nickelbrille immer an eine zu groß geratene Ausgabe von Harry Potter. Leah hingegen war mit ihren dunkelroten Locken und der stets gebräunten Haut genau das Gegenteil.

„Aber sicher. Und was ist mit Ihnen, haben Sie Urlaub?“, antwortete Rosie kühl. Sie hatte ihn eine Weile nicht gesehen. Er arbeitete im Außendienst für ein Pharmaunternehmen und war oft unterwegs, ein Grund mehr, warum Leah und er nicht zusammenpassten. Ihr lag es nicht, dauernd auf Achse zu sein. Sie brauchte Beständigkeit und ein Zuhause, darin waren sie sich ähnlich. Diese ganze Hochzeit war ein Risiko. Rosie hatte von Anfang an nicht verstanden, warum Leah einen Trauschein wollte, das war doch keine Garantie für Glück. Im Gegenteil, es war nie gut, sich so sehr an einen Mann zu binden. Am Ende blieb man mit gebrochenem Herzen zurück.

„Nein, leider nicht. Aber ich hab einen Moment, bevor ich losmuss. Das reicht für zwei Eimer Äpfel.“ Er schnappte sich eine Leiter, stellte sie an den nächsten Apfelbaum und kletterte hoch.

Rosie befeuchtete die trockenen Lippen. „Liebes, hör mal …“, setzte sie an, aber Leah ging geschäftig an ihr vorbei zum Schuppen und zog einen Sack Kartoffeln heraus. Außer Atem blieb sie vor Rosie stehen und wischte sich über die glänzende Stirn. „Wer ist eigentlich dieses komische Mädchen auf deinem Sofa?“

Sie hatte June gestern also gesehen. War das der Grund, warum sie sofort weggefahren war? Rosie überlegte, wo sie anfangen sollte. Es war so viel passiert in den vergangenen beiden Tagen, sie hatte die Ereignisse selbst noch nicht verarbeitet. „Sie heißt June Watters und kommt aus Port Jacobs. Ihre Eltern haben dort ein Bekleidungsunternehmen. Sie ist mit ihrem Motorrad gestürzt, direkt vor meiner Nase am Waldrand. Weil es spät war und sie Kreislaufprobleme hatte, habe ich ihr angeboten, bei mir zu übernachten.“

Leah runzelte die Stirn. „Du nimmst eine Fremde mit nach Hause? Das sieht dir gar nicht ähnlich.“

Rosie zuckte zusammen. „Nun, sie lag quasi auf meinem Grundstück. Du ahnst nicht, wie viele Schaulustige plötzlich aufgetaucht sind." Sie dachte an den Zeitungsartikel. *Die Polizei ermittelt im Schwimmbadunfall.* Davon erzählte sie aber besser nichts.

„Verstehe", erwiderte Leah.

Rosie musterte ihr Gesicht mit den vielen Sommersprossen. War da sowas wie Anerkennung? Über das Grün der Baumkronen kletterten die ersten Sonnenstrahlen und tauchten die Streuobstwiese in goldenes Licht. Ermutigt öffnete sie den Mund. „Was ich dich fragen wollte …"

Hugh kam mit einem vollen Eimer Äpfel die Leiter herunter und sprang von der vorletzten Sprosse ins Gras. „Ich hole ein paar leere Kisten aus dem Keller, okay? Einen schönen Tag Ihnen, Mrs Mckenzie, nur falls Sie gleich weg sein sollten, wenn ich wiederkomme." Er lächelte, beugte sich zu Leah und gab ihr einen Kuss.

„Das ist lieb von dir, danke". Sie strich ihm zärtlich mit dem Daumen über die Wange.

Rosie räusperte sich und starrte ihm hinterher, wie er mit wippendem Schritt zwischen den Bäumen verschwand.

Sobald er außer Hörweite war, ergriff Leah das Wort. „Was ist los, Mum? Du bist immer so merkwürdig, wenn Hugh da ist." Sie lehnte sich an einen knorrigen Stamm und kaute auf einem Zahnstocher herum. Über ihr auf einem Ast stimmte ein Goldammerpärchen ein Lied an.

Rosie nahm zwei Äpfel aus der Tonne und drehte sie in ihren Händen. „Das stimmt nicht."

„Wir sind so lang zusammen, und ihr siezt euch immer noch."

„Aber das ist doch normal, wenn man sich nicht so gut kennt." Rosie sah verwundert auf. Es wäre ihr im Traum nicht eingefallen, Hugh das „Du" anzubieten.

„Genau das meine ich. Wir wollen bald heiraten und du sprichst mit Hugh, als wäre er ein Gast."

„Ach, das verstehst du falsch. Wir haben uns nur länger nicht gesehen", setzte Rosie ausweichend an.

„Du magst ihn nicht", stellte Leah fest. In ihren Augen lag eine Mischung aus Enttäuschung und verletztem Stolz.

Rosie ließ die Äpfel zurück die Tonne fallen und nahm Leahs Hände. „Das ist nicht wahr. Ich mache mir Sorgen um dich. Du bist meine einzige Tochter, du weißt nicht, was im Leben alles passieren kann. Eine Hochzeit ist eine so große Entscheidung. Ich möchte dich nur beschützen, Liebes."

„Mum, ich bin kein kleines Mädchen mehr. Hugh und ich, wir lieben uns. Er ist der Richtige." Leah löste sich von ihr und schüttete den Inhalt der Birnenkisten in einen großen Korb. Ein paar von ihnen fielen heraus und purzelten ins Gras.

Rosie hob sie auf und legte sie zurück. Das Gespräch entwickelte sich in eine Richtung, die ihr nicht behagte. „Ich meine es nur gut."

Leah hielt inne und sah sie direkt an. „Ich brauche übrigens für die Hochzeit ein paar alte Fotos."

Rosie stieß mit der Stiefelspitze gegen die Apfeltonne. „Was für Fotos?"

„Von Dad."

Ein kalter Luftzug streifte Rosie. „Wie … wieso?"

„Hugh möchte einen Familienstammbaum erstellen. Du weißt, wie groß seine Familie ist. Alle haben ihre Bilder abgegeben. Ich kann doch nicht nur eins von dir mitbringen. Jeder wird mich nach meinem Vater fragen."

Rosie hielt sich an der Tonne fest. Wieso fing sie wieder damit an? „Das glaube ich nicht."

„Komm schon, Mum. Sei nicht immer so wortkarg. Es ist endgültig Zeit, dass du mir mehr von Dad erzählst. War er typisch italienisch? Hab ich weitere Verwandte in der Emilia-Romagna? Seit ich denken kann, rückst du nur spärliche Details heraus.

Ich besitze weder Fotos von ihm noch eine alte Adresse. Das ist mir vor Hugh und seiner Familie total unangenehm. Ich weiß gar nicht, wer ich wirklich bin." Leahs Wangen färbten sich.

„Das hat doch nichts mit Amadeo zu tun. Du bist wundervoll und völlig in Ordnung." Rosie hob die mitgebrachte Wasserflasche zu ihren Füßen auf und trank einen Schluck. Die Flüssigkeit rann ihre Kehle hinunter und schmeckte auf einmal bitter.

„Doch! Es hat mit ihm zu tun. Ich brauche endlich Antworten auf meine Fragen. Und zwar von dir, Mum."

Rosie zog den Schemel heran, der vor der Schuppentür stand, weil ihr Rücken schmerzte. Sie starrte auf den Eimer Äpfel, den Hugh stehen gelassen hatte. Einige hatten braune Stellen und eigneten sich höchstens für *Apple Crumble* oder ein herzhaftes *Cider Stew* mit Pastinaken. „Es ist unendlich lange her … Tote kann man nicht lebendig machen."

„Aber man kann über sie reden."

Wind kam auf, und Rosie fröstelte in ihrer Strickjacke. Die Blätter der Obstbäume um sie herum rauschten, als wollten sie mitreden. Ein Gesicht blitzte in ihrer Erinnerung auf, dunkle Augen, ein Grübchen am Kinn. Es gab nur einen verschwommenen Schnappschuss von ihm, mehr besaß sie nicht. Er hatte es nie gemocht, fotografiert zu werden, lieber hatte er selbst die Kamera herumgetragen und alles geknipst, was ihm vor die Linse kam. Nur einmal gelang es ihr, ihn auszutricksen. Ohne, dass er es bemerkte, nahm sie die Kamera, versteckte sich zwischen den Oleanderbüschen neben seiner Bar und fotografierte ihn, als er dort mit einem Bekannten einen Espresso trank. Die Aufnahme seines Profils war verwackelt und unscharf, sie hatte sich beeilen müssen, damit er es nicht bemerkte. Beim Einzug ins Cottage hatte sie das Bild in den Tiefen ihres Wäscheschranks versteckt. Es anzusehen, schmerzte zu sehr. „Ich … er …" Er hätte dich geliebt, genauso wie ich, wollte sie sagen, aber darüber zu reden, war noch nie eine Lösung gewesen. Sie drückte die Schultern nach hinten, um die Gedanken abzuschütteln.

Leah sah sie herausfordernd an. „Schweigen kannst du wirklich gut. Ich glaube, du kannst dir eine Liebe, die hält, gar nicht vorstellen, weil du selbst nie verheiratet warst. Du schließt von dir auf andere und hältst jeden auf Abstand, weil du gar nicht in der Lage bist, tiefere Beziehungen aufzubauen." Sie sprach sanft, aber das verlieh ihren Worten erst recht Bedrohlichkeit. „Jedes Mal blockst du ab, wenn ich mehr von Dad wissen möchte. Du hast Angst. Angst davor, dass ich oder irgendjemand sonst dir zu nah kommt. Aus demselben Grund klammerst du dich auch an dieses alberne Verkaufsregal an der Landstraße."

Schwere Stille senkte sich über den Garten. Nur das Zwitschern der Vögel in den Baumkronen war zu hören.

„Du irrst dich", erwiderte Rosie. „Ich habe keine Angst. Hätte ich sonst dieses Mädchen mit zu mir genommen? Das Selbstbedienungsregal an der Straße funktioniert außerdem fantastisch. Obst bekomme ich von dir, es gibt keine Scherereien mit der Verwaltung, und die Kasse füllt sich von selbst, ohne dass ich dabei sein muss."

Leah schnippte den Zahnstocher weg. „Falls jemand vorbeikommt und etwas kauft, ansonsten fault dir alles weg. Geld für neue Fenster auf der Galerie bringt das nicht ein. Dabei solltest du sie schnellstens ersetzen. Es regnet schon ewig rein und die Feuchtigkeit zerfrisst die alten Böden."

„Liebes, zerbrich dir nicht meinen Kopf."

„Ich verstehe dich nicht, Mum. Du könntest schon lange in Lockwood den Marktstand von Mrs Whigfield übernehmen, das wäre viel lukrativer. Irgendwann bieten sie ihn dir nicht mehr an. Womöglich streicht das Rathaus deinen Namen komplett von der Liste. Und was diese June betrifft: Ich glaube nicht, dass du so jemanden wie sie auf Dauer in deiner Nähe ertragen kannst."

„Warum denn nicht? Es ist alles gut, wie es ist. Der Markt in Lockwood ist einfach nicht mein Fall.“ Rosie erhob sich und berührte Leah am Ärmel, aber diese verharrte in ihrer Angriffsstellung.

„Wenn du keine Angst hättest, würdest du dich nicht so vom Leben abkapseln und mir mehr von Amadeo erzählen.“

Rosie nahm wieder die Wasserflasche, trank einen Schluck und hustete. Rasch klopfte sie sich mit der Faust auf die Brust. „Wir haben oft über ihn gesprochen.“ Sie ignorierte die Rückenschmerzen, nahm den Apfeleimer und marschierte damit zu ihrem Pick-up.

„Warte!“ Sie hörte, wie Leah sich den Korb voller Birnen schnappte und hinter ihr herlief.

Am Auto ließ Rosie den Eimer vor die Kartoffelsäcke auf die Ladefläche knallen, aber das Gefühlschaos in ihrem Innern blieb.

Leah hielt neben ihr an. „Was ist, hast du alte Fotos?“ An ihren Wimpern schimmerten Tränen.

Rosie unterdrückte das Bedürfnis, sie an sich zu ziehen, damit alles wieder gut war. Nichts war gut. „Liebes, leider habe ich kein Bild, das ich dir geben könnte. Sonst hätte ich das längst getan.“ Sie zwang sich, Leah anzuschauen. Dabei sah sie es. Etwas veränderte sich, schnappte zu.

Da war diese Mischung aus Enttäuschung und Kummer und Rosie wusste, dass es ihre Aufgabe war, die Schwere zwischen ihnen wegzunehmen. Aber ihr eigenes Leid lag wie eine Eisenklemme um alles, was sie frei atmen ließ. Sie wollte so gern antworten, Leahs Worte entkräften und ihr das geben, wonach sie verlangte. Aber es war unmöglich. „Ich muss jetzt los und etwas Wichtiges im Rathaus erledigen.“ Sie nahm Leah den Korb ab, spannte das Seil über die Ladefläche und zog die Verriegelung ruckartig zu. Mit wackeligen Beinen ging sie zur Fahrertür und stieg mühsam auf den Sitz.

„Bitte, Mum. Verstehst du mich denn nicht ein bisschen?“ Leah schubste die Tür zu und stützte sich auf das halb heruntergelassene Fenster. Ihre Augen schimmerten feucht.

„Ich bring dir die leeren Behälter die Tage zurück.“ Sie tätschelte Leahs Arm und blinzelte ein Staubkorn weg. Dann startete sie den Motor und drückte aufs Gas, den Blick fest auf die Straße gerichtet.

* * *

Kurze Zeit später stand Rosie vor Ephraim Youngs Eichenschreibtisch und tippte auf den zweiten Absatz von Malones Brief, in dem es darum ging, unter welchen Bedingungen sie damals in den Leuchtturm gezogen war. „Hier steht alles drin.“

„Darf ich?“ Peter Stelter nahm das vergilbte Stück Papier und hob es hoch, als bräuchte er eine Lupe. „Schwer zu entziffern. Von wann, sagten Sie, ist das Schriftstück?“

Sie verlagerte das Gewicht. Wieso war dieser unangenehme Mensch schon wieder hier? Er wollte sie wohl ärgern, das Datum stand doch oben rechts in der Ecke. Die Tinte war zwar verblasst, aber dennoch zu lesen. „16. Oktober 1976“, erwiderte sie knapp und drängte die Gedanken an die erneute Auseinandersetzung mit Leah zurück. „Wie Sie sehen, habe ich das alleinige und uneingeschränkte Wohnrecht für das Haus UND den Leuchtturm bis an mein Lebensende. Es liegt also in meinem Ermessen, ob ich dort Gäste empfange oder nicht. Damit ist das Thema erledigt.“

Ephraim Young hatte bisher kein Wort gesprochen. Er saß mit übereinandergeschlagenen Beinen auf seinem Schreibtischstuhl und drehte einen Kugelschreiber zwischen Daumen und Mittelfinger. Er winkte Stelter heran, nahm ihm den Brief ab und las ihn sorgfältig durch.

„Mrs Mckenzie", begann er nach einer Weile und verzog dabei keine Miene. „Ich respektiere Ihre Sorge. Aber Sie müssen auch uns verstehen. Das Projekt ist DIE Chance für Lockwood. Und sie kommt nicht wieder. Ich habe den Bürgern bei meiner Wahl versprochen, ihrem Dorf zu Aufschwung und neuem Leben zu verhelfen. Es entspricht nicht meiner Vorstellung von Integrität, dieses Versprechen zu brechen."

Rosie räusperte sich. „Das ist ja schön und gut. Aber die Gemeinde hat mich bereits vor langer Zeit als Dauerbewohnerin legitimiert. Da waren Sie nicht einmal geboren. Ich habe mich jahrelang um den Betrieb des Leuchtturms gekümmert, Tag und Nacht das Leuchtfeuer kontrolliert und Daten für den britischen Wetterdienst gesammelt. Niemand sonst in dieser Gegend hätte das gemacht. Ich kümmere mich auch um Reparaturen. Der Turm ist wie mein zweites Kind. Er ist mein Zuhause! Sie haben kein Recht, darüber zu bestimmen oder alles zu einer merkwürdigen Sehenswürdigkeit umzubauen." Ein Schauer lief ihr über den Rücken. „Oder Fremde einzuquartieren."

„Sie missverstehen uns. Wir wollen Ihnen Ihr Zuhause nicht wegnehmen, nur, dass Sie kooperieren." Youngs Miene wechselte von ernst zu sanft. „Sie behalten natürlich die Schlüssel zum Turm und können auch die Abstellkammer weiter für Ihre Zwecke nutzen."

„Apropos: Sie wollten nachsehen, ob Sie alte Unterlagen haben. Es muss Pläne geben, die nicht im Besitz der Gemeinde sind. Es wäre gut, wenn wir sie hätten, dann könnten wir uns weitere Vermessungen sparen", warf Stelter ein.

Rosie dachte an die alte Papierrolle im Schrank ihrer Eltern und presste die Lippen aufeinander, bis sie kribbelten. „Es tut mir leid, aber damit kann ich nicht dienen."

„Das ist bedauerlich." Stelter sah sie misstrauisch an und sie schaffte es, seinem Blick standzuhalten, ohne zu zucken.

Young erhob sich. Automatisch trat sie einen Schritt zurück. „Hören Sie, Rosie, wir sind nicht gegen Sie, wir brauchen Sie für dieses Projekt und wollen Sie einbinden. Wir stellen uns das so vor: Sie führen die Gäste ein wenig herum und erzählen ein paar alte Geschichten. Niemand kennt den Turm und seine Geheimnisse wie Sie! Die Leuchtturmwärterin plaudert aus dem Nähkästchen, eine bessere Werbung kann ich mir für unser Dorf nicht vorstellen! Außerdem wünschen wir uns, dass Sie das Frühstück für die Übernachtungsgäste übernehmen, natürlich gegen Bezahlung." Seine Augen hinter der randlosen Brille leuchteten.

Rosie starrte ihn an. Sie als Empfangsdame und Märchentante für Touristen? Fremden Rührei und Bohnen braten? „Auf gar keinen Fall."

Peter Stelter seufzte. „Mrs Mckenzie, warum sperren Sie sich denn so?" Er klang wie ein genervter Vater, der einer Siebenjährigen die Hausaufgaben schmackhaft machen wollte.

„Sie können mich nicht zwingen", flüsterte sie.

„Dann muss ich es Ihnen anders erklären. Das, was Sie uns hier vorlegen, ist in der Tat ein Brief von Bürgermeister Malone, Gott hab ihn selig." Stelter warf einen melodramatischen Blick an die Zimmerdecke. „Darin spricht er von einem Arrangement, das er mit Ihrem Vater getroffen hat. Ein Brief ist aber kein Vertrag."

„Was meinen Sie damit?"

„Was Mr Stelter sagen will …" Ephraim Young warf ihm einen strafenden Blick zu und gab ihr den Brief zurück. Um seinen Mund spielte ein Lächeln, das nichts Gutes verhieß.

Rosie nahm das Schreiben an sich und hatte auf einmal dessen muffigen Geruch in der Nase.

„Sie haben sicher den richtigen Mietvertrag von damals in Ihren Unterlagen. Oder wenigstens eine notarielle Beglaubigung der Sachlage?" Young nickte ihr aufmunternd zu.

Ihr Nacken kribbelte. Mietvertrag? Notarielle Beglaubigung? Aber es war doch eindeutig. Sie steckte den Brief umständlich in ihre Jackentasche. Das Papier knisterte, und sie versuchte, sich daran zu erinnern, wie viele Schriftstücke sie unterschrieben hatte. War es eins gewesen oder mehrere? „Ich weiß nicht … ich glaube …“ Das Schreiben von Malone war doch Beweis genug. Wieso brauchten sie Zusätzliches, wenn sie seine Unterschrift hatten? „Sie haben mir nicht zugehört. Der Brief ist der Vertrag“, beharrte sie, aber ihre Stimme wackelte.

Peter Stelter sah sie erstaunt an. „Wie kommen Sie denn darauf?“

„Mehr habe ich nicht dazu zu sagen.“ Rosie drehte sich auf dem Absatz um und verließ Youngs Büro im Laufschritt.

* * *

Die letzten Meter zum Cottage rannte sie. Sie stieß die Tür auf und atmete erleichtert den vertrauten Geruch nach Kräutertee und getrocknetem Lavendel ein. Sie hatte sich hier immer geborgen und sicher gefühlt. Und plötzlich geriet alles in Schieflage. Sie blieb vor dem beigefarbenen Drehscheibentelefon stehen und nahm den Hörer. Es drängte sie, Leah anzurufen und ihr von Youngs Plänen zu erzählen, die Unstimmigkeiten zu bereinigen und das Band zwischen ihnen zu erneuern. Zu sagen, was in ihr vorging. Doch die Kälte des Bodens kroch ihr unter die Haut, und sie ließ die Hand sinken.

Rosie schlüpfte in ihre Filzschuhe und holte Malones Brief aus der Jackentasche. War es möglich, dass diese Unterschriften ihre Gültigkeit eingebüßt hatten? Sie vergrub das Gesicht in ihren Händen. Brauchte sie mehr, um diesen dummen Plänen entgegenzutreten? Sollte sie Edward anrufen und um Hilfe bitten? Beim Gedanken an ihren Bruder schüttelte sie sich. Er war genauso unnachgiebig, wie es ihr Vater gewesen war. Aber er wäre in der Lage, das Wohnrecht zu erneuern. Vielleicht hatte er sogar Unterlagen, die ihr helfen könnten. Allerdings hatte sie Edward seit der Beerdigung ihres Vaters vor fünfzehn Jahren nur ein Mal gesehen. Er hatte eines Tages unangemeldet vor der Tür gestanden und sich nach ihr erkundigt, dabei wollte er nur sicherstellen, dass sie nicht nach London zurückkehrte und ihm in sein wohlgeordnetes, akademisches Leben pfuschte. So schlecht kannte er sie! Als ob sie diesen Ort jemals freiwillig verlassen würde.

Sie steckte den Brief in die Hosentasche, zog den Geldbeutel hervor und holte den alten Zettel aus dem Seitenfach. Nein, sie würde nicht bei Edward zu Kreuze kriechen, auf keinen Fall. Es musste eine andere Lösung geben. Wenn es nur so einfach wäre, Gegenwart in Zukunft zu verwandeln! Sie hatte nicht die geringste Vorstellung davon, wie das ging.

Das Klingeln des Telefons durchbrach die Stille. Rosie fuhr zusammen, und der Zettel segelte zu Boden. Rasch hob sie ihn auf und stopfte ihn zurück an seinen Platz. „June, sind Sie wach? Bin gleich da", rief sie in Richtung Wohnküche und nahm den Telefonhörer ab.

„Spreche ich mit Mrs Mckenzie?", fragte eine weibliche Stimme, die ihr zwar bekannt vorkam, aber die sie auf die Schnelle nicht zuordnen konnte.

„Am Apparat. Wer ist dran?"

„Leslie Taylor, Vorzimmer von Mr Young."

Rosie ließ sich auf das Telefonbänkchen fallen. Nicht schon wieder. „Oh."

„Der Bürgermeister möchte Sie noch einmal sprechen. Sie waren vorhin so schnell weg. Ich stelle Sie durch." Es folgte ein Klacken in der Leitung, das ihr durch Mark und Bein fuhr.

„Ich grüße Sie, Rosie. Haben Sie kurz Zeit?", fragte Ephraim Young.

Sie rutschte vor an die Kante. Es war keine Stunde her, dass sie im Rathaus gewesen war. Warum ließ er sie nicht in Ruhe? „Eigentlich nicht … ich …"

„Es ist wegen der Stromrechnung. Ich habe mich bei den Gemeindewerken erkundigt und habe eine gute Neuigkeit für Sie: Wir können Ihnen Ratenzahlung anbieten, das ist kein Problem."

„Aber die tausend Pfund … so viel mehr habe ich doch bestimmt nicht verbraucht im letzten Jahr", stammelte sie.

„Auch das habe ich prüfen lassen. Es sind tatsächlich nur achthundert Pfund, aber wissen Sie, die Preise sind massiv gestiegen, und dann noch die Inflation. Mit der Ratenzahlung kommen wir Ihnen ein Stück entgegen und Ihre Belastung ist nicht so hoch. Sie können natürlich auch alles auf einmal bezahlen."

„Nein, schon gut. Dann nehme ich die Ratenzahlung", erwiderte sie.

„Prima. Sie bekommen das dann noch schriftlich." Young machte eine kurze Pause. „Wir freuen uns übrigens sehr, dass Sie doch offen sind für unsere Zukunftsvision vom Leuchtturm", fuhr er mit beschwingter Stimme fort.

Sie stutzte. Wovon redete er? „Ich verstehe nicht ganz …", erwiderte sie vorsichtig.

„Ich habe gehört, dass eine junge Frau aus der Stadt bei Ihnen wohnt. Ein erster zahlender Gast für das künftige B&B, das ist fantastisch. Warum haben Sie nicht davon erzählt?"

Sie setzte sich aufrecht hin. Zahlender Gast? Sie öffnete den Mund, um zu antworten, brachte aber kein Wort heraus.

„Die Buschtrommeln in diesem Dorf arbeiten schnell." Er lachte. „Mr Sloane hat das Mädchen erwähnt."

Schwindel erfasste sie. „Sie haben mit Henry gesprochen?" Nun verstand sie nichts mehr.

„Er war nach Ihnen hier, wegen eines neuen Förderprojekts."

Rosie erinnerte sich, dass Henry vor kurzem davon erzählt hatte. Mit seiner Stiftung unterstützte er seit vielen Jahren Schulen und regionale Kunstwerkstätten bei ihrer Arbeit. Sein ganzer Stolz war eine neue Kooperation mit einer Schule in Lissabon. Das war ihm beinahe wichtiger als sein eigenes Schaffen. „Ja, und?“, sagte sie schnell.

„Es ist wunderbar zu hören, dass Sie Fremden gegenüber doch aufgeschlossen sind.“ Es raschelte im Hintergrund, als würde er einen Ordner beiseiteschieben.

Rosie umklammerte den Hörer fester. „Ach, das meinen Sie. Mein Übernachtungsgast, ja …“, sagte sie langsam. In ihrem Kopf formte sich eine leise Idee.

„Bis bald, Rosie. Ich wünsche Ihnen einen schönen Tag.“ Er legte auf.

Sie ließ die Hand sinken und starrte auf den Hörer. Er hatte kein Wort mehr über einen Mietvertrag oder eine notarielle Beglaubigung der Briefe verloren. Stattdessen glaubte er, dass June eine zahlende Touristin war! Sie erhob sich und eilte nach draußen. Sie warf einen Blick hoch zur Galerie und dem kleinen Fensterchen des Turmzimmers, das seit Leahs Auszug vor fünfzehn Jahren unbewohnt war. Rosie hatte vom Flohmarkt ein Bettgestell, einen Kleiderschrank und eine Kommode geholt, damit der Raum nicht so schrecklich leer wirkte.

Welch Fügung des Schicksals. Sie inhalierte die warme Septemberluft und fühlte sich leicht. Sie würde Young in dem Glauben lassen, dass er richtig lag. Wenn es sich herumsprach, dass sie einen zahlenden Gast hatte, würde auch Leah verstehen, dass sie keine egoistische Einsiedlerin war. Ihr Blick wanderte hinüber zur wolkenverhangenen Insel, die vor der Küste wie abgeschnitten auf der Meeresoberfläche ruhte. In das Gefühl der Leichtigkeit mischte sich leise Unruhe, aber die schob sie energisch weg.

June

Am nächsten Morgen beschloss June, dass es Zeit war zu verschwinden. Sie wartete, bis Rosie das Cottage verließ und an den Strand gegangen war. Dann packte sie rasch ihre Klamotten und schlüpfte in den Schuppen zu ihrem Motorrad. Fahles Licht erhellte den Raum. Ringsherum standen Holzregale und klapprige Schränke, in denen Kisten und Kästen mit eigenartigen Setzlingen gestapelt waren, die nach Gemüse rochen. An der Wand neben dem Tor hingen Spaten, Hacken, Rechen und ein halbes Dutzend Rosenscheren.

Sie schulterte ihren Seesack und spähte durch den Spalt zweier Holzlatten nach draußen. Rosie erschien oben an der Steintreppe, eingehüllt in einen Bademantel.

June hielt den Atem an. Hoffentlich kam Rosie nicht auf die Idee, jetzt etwas aus dem Schuppen zu holen. Aber sie stoppte nur kurz, knotete ihren Frotteegürtel neu und lief dann zurück zum Cottage.

June lehnte den Kopf gegen das Holz der Schuppenwand. Sie hatte keine Lust auf weitere Aufforderungen, endlich zu gehen. Die Botschaft war angekommen. Nur wohin? Zurück nach Port Jacobs? Keine gute Idee. Sie musste weg, einen Ort finden, an dem sie es aushielt, ohne dass ihr ständig jemand sagte, was sie zu tun hatte. Vielleicht die Straße weiter die Küste entlang bis in die hinterste Ecke von Cornwall oder hoch bis nach Schottland? Irgendwo hin, wo sie die Bewerbungsmappe für die *Franklin Art* … Sie warf einen erneuten Blick durch den Spalt hinaus. Aber außer den morgendlichen Dunstschwaden, die wie eine löcherige Decke über den Klippen hingen, war nichts mehr zu sehen. Rosie war weg.

Sie zerrte ihr Halstuch zurecht und leuchtete mit ihrem Handy an die Stelle, an der ihr Motorrad lag. Ein Stechen fuhr in ihren Arm. Heiße Wut überkam sie und sie schüttelte den Arm, bis der Schmerz unerträglich wurde. Dabei fiel das Telefon zu Boden, und die dreckigen Chromteile warfen das Licht zurück. June presste sich die Hand vor den Mund. Die Spiegel ihrer Ducati waren zerbrochen und die Vorderradaufhängung verbogen. Der Tank hatte einen feinen Riss. Selbst die Bremshebel sahen übel aus. Hatte Rosie nicht gesagt, es wäre alles halb so schlimm? Sie bückte sich und berührte entsetzt den Ledersitz, strich über das rußverschmierte Material.

Sie klemmte sich das Handy zwischen Kinn und Schulter und zerrte mit aller Kraft an der verbogenen Gabel. Sie richtete das Motorrad langsam auf, wuppte es auf den Ständer und rieb sich den schmerzenden Ellenbogen. In diesem Moment löste sich der Kupplungshebel und fiel klackend auf den Boden. Mit zusammengebissenen Zähnen schulterte June ihren Seesack, schwang sich auf den Sitz und drehte am Zündschlüssel. Die Leitungen zischten kurz, beißender Geruch nach verbranntem Gummi zog ihr in die Nase, der Motor aber blieb stumm. „Komm schon, altes Mädchen", flüsterte sie, „lass mich nicht im Stich, ich brauch dich jetzt." Wieder betätigte sie die Zündung, diesmal passierte gar nichts.

Sie stieg ab und warf ihren Seesack auf den Boden. Wütend kickte sie einen Kieselstein quer durch den Raum. Mit einem dumpfen Schlag prallte er an einer Gießkanne ab und blieb davor liegen. Getrieben wie ein Tiger im Käfig lief sie hin und her, zog einen Kaugummi aus der Tasche und drückte das Papier in den Spalt zwischen den Holzlatten. Der Minzgeschmack ließ sie frösteln. Wollte Rosie sie verarschen? Das Motorrad war nicht fahrtüchtig. Sie vergrub das Gesicht in ihren Händen. Oh, Grandpa, es tut mir so leid, ich weiß nicht, wie das passieren konnte.

Der muffige Geruch im Schuppen schnürte ihr die Kehle zu. Sie schubste das Tor auf und rannte hinaus zu den kreischenden Möwen. Außer Atem blieb sie an der Klippenkante stehen, vor ihr die spiegelklare Weite des Meeres. Der Wind trieb ihr Tränen in die Augen und sie wischte sie weg.

Direkt vor ihr fiel die Küste steil ab. Moos saß zwischen pinken Blümchen in den Ritzen, weiter unten presste das Wasser gegen die Felsbrocken. Sie nahm die feuchte Luft in sich auf, die nach Algen und Seetang schmeckte, und der Druck in ihrer Brust ebbte ein wenig ab.

Die Arme ausgestreckt, balancierte sie die Kante entlang, immer ein Bein nahe dem abfallenden Grund. Eine Böe verwirbelte ihre Haare und nahm ihr den Atem. Sie hob die Hand über die Augen, starrte gebannt auf die feine Linie des Horizonts draußen auf dem Meer. Sie könnte einfach die Arme ausbreiten und mit dem Wind abheben. So wie die Möwen, die in der Luft schwebten und sich forttragen ließen.

Rosie

Zurück vom Strand zog Rosie sich frische Sachen an. Sie liebte es, morgens bei Wind und Wetter schwimmen zu gehen, und freute sich jetzt auf einen Kräutertee. „June, sind Sie wach?“ Sie betrat auf Strümpfen die Wohnküche und stutzte. Die brombeerfarbene Wolldecke lag sorgfältig gefaltet auf dem Sofa, eine benutzte Tasse stand auf der Anrichte neben dem Emailtopf mit den Ingwerknollen, aber June war nicht da.

Rosie eilte ans Fenster und schaute hinaus. Unten am Wasser war die Sicht klarer gewesen, jetzt zogen trübe Nebelschwaden über die Klippen. Darin bewegte sich etwas. War das Mädchen etwa aufgestanden und rausgegangen? In ihrem Zustand?

Eine Gestalt tauchte an der Klippenkante auf. Sie hob die Arme wie ein Seiltänzer, der um Gleichgewicht rang. Dann kippte sie nach vorne und verschwand. Rosie stürzte zurück in den Flur, schlüpfte in ihre Gummistiefel und warf sich die Jacke über. Draußen blähte der Wind ihre Ärmel auf, sie umschlang ihren Körper mit beiden Armen und eilte an die Stelle, an der sie den Schatten eben gesehen hatte.

Keuchend hielt sie an der Kante. Da vorne war die Gestalt, direkt hinter der Kuppe, nur wenige Schritte vom Abgrund entfernt. Das war doch June!

Rosie hastete weiter und erreichte sie. Mit einem Ruck zerrte sie das Mädchen von der gefährlichen Stelle weg, riss sie zu Boden und hielt sie umklammert. Sie keuchte vor Anstrengung, ihr Herz raste. Der Geruch nach Leder und Motoröl stieg ihr in die Nase und sie lockerte ihren Griff. „Was machen Sie hier?" Rosie packte die junge Frau bei den Schultern. „Wieso spazieren Sie bei diesem Wetter an der Klippenkante herum? Sind Sie verrückt geworden?"

„Himmel, Sie haben mich zu Tode erschreckt." June verzog das Gesicht, machte sich los und stand auf.

„Sie hätten abstürzen können! Warum sind Sie hier draußen unterwegs?" Rosie erhob sich schwerfällig.

June klopfte sich den Staub von der Hose. „Kein Grund zur Panik. Ich bin nur spazieren gegangen."

„Wie bitte? Das hier ist Steilküste und nicht die Fußgängerzone von Port Jacobs. Ein falscher Tritt bei schlechter Sicht und Sie stürzen ab!"

„Es geht mir gut."

„Warum sind Sie denn so leichtsinnig?" Verständnislos klappte Rosie den Kragen ihrer Jacke hoch, damit der Wind ihr nicht unter die Kleidung kroch. Sie betrachtete June, deren Wangen von der Morgenluft gerötet waren.

„Sie haben doch bestimmt wichtigere Dinge zu tun, als sich um mich zu kümmern, oder?" June schob die Hände in ihre Lederjacke und wirkte unsicher und verlegen.

Rosie setzte an, um etwas zu erwidern, aber der Wind verschluckte ihre Worte, ehe sie sie aussprach. Der Moment dehnte sich, und auf einmal hatte sie das Gefühl, dass es für eine Antwort zu spät war.

June zuckte die Achseln, als hätte sie ohnehin nicht damit gerechnet, eine passende Auskunft zu bekommen, und humpelte an ihr vorbei zurück zum Cottage, den verletzten Arm angewinkelt am Körper.

„Warten Sie", rief Rosie ihr hinterher, aber da war June schon zu weit weg und hörte sie nicht mehr. Unter ihr löste sich ein Stein und fiel die Klippen herunter. Schnell wich sie einen Schritt zurück. Die Wellen bäumten sich auf und begruben die Felsen unter der aufspritzenden Gischt.

* * *

Entschlossen folgte Rosie June zum Haus. Sie stellte ihre Gummistiefel neben Junes Boots und hängte ihren Parka an die Garderobe. Zeit, dass sie Nägel mit Köpfen machte. Als sie in die Wohnküche kam, saß das Mädchen im Schneidersitz auf dem Sofa und starrte vor sich hin.

Rosies Ärger ebbte ab. „Ihnen ist bestimmt kalt. Möchten Sie eine Tasse Tee, um sich aufzuwärmen?", fragte sie vorsichtig. Sie band sich eine Schürze um, nahm eine Ingwerknolle aus dem Emailtopf und spülte sie ab. Ingwer war eine gute Wahl, sowohl zur Vorbeugung von Erkältungen als auch bei Halsentzündungen.

„Trinken Sie immer so komischen Tee, nie Kaffee oder Espresso?", sagte June auf einmal.

Rosie unterdrückte einen Seufzer. „Die Zeiten sind vorbei, er bekommt mir nicht mehr. Aber es gibt so viele herrliche Kräuter und Blüten, die sich wunderbar als Basis für Tee eignen, eine ganze Palette verschiedener Geschmäcker. Für jede Stimmung und jede Jahreszeit." Sie schälte den Ingwer, schnitt ihn in feine Scheiben und warf sie in eine Karaffe. Der scharfe Geruch erfrischte sie. Sie schob den Teekessel auf den Herd und zündete das Gas an, bereit, weitere Auskunft zu geben. Mit Kräutern und Blüten kannte sie sich aus.

Aber June sagte nichts mehr.

Rosie gab sich einen Ruck. Ihre Idee war gereift. Sie war sicher, dass sie richtig war. Sie musste richtig sein. „Ich möchte Ihnen ein Angebot machen", sagte sie und ärgerte sich im selben Moment über die Förmlichkeit in ihrer Stimme. Sie räusperte sich und schlug einen vertraulicheren Ton an. „Ich habe nachgedacht. Sie könnten in das Leuchtturmzimmer einziehen. Es ist möbliert und es gibt ein funktionierendes Bad. Kein Luxus, aber eben ein Dach über dem Kopf. Dazu jede Menge frische Luft. Ein perfekter Ort, um sich auszukurieren." Die Worte kamen ihr leichter über die Lippen als gedacht. Es fühlte sich gut an. So hatten Young und Stelter es doch verlangt, nicht wahr? Sie beherbergte einen zahlenden Gast – kein Grund für das Rathaus, weiter zu behaupten, dass sie sich quer stellte. Hoffentlich reichte das, damit Stelter und Young sie mit ihrer unsäglichen Idee in Ruhe ließen.

Überrascht zog June die Knie an und lehnte sich zurück. „Haben Sie keine Angst mehr, dass Polizei oder Presse aufkreuzen?"

Rosie dachte kurz nach und schüttelte den Kopf. Je länger nichts passierte, desto weniger Kopfzerbrechen bereitete es ihr, wenn sie ehrlich war. „Sie haben vermutlich recht: Wären Sie immer noch im Visier, hätte die Polizei mein Grundstück längst gestürmt." Vielleicht war das Ganze ein Missverständnis gewesen und die Schuldigen am Schwimmbadunfall saßen bereits in Untersuchungshaft. Die englische Klatschpresse war widerlich und vorverurteilend, June wäre nicht die erste, die darunter litt. „Aber weiß Ihre Familie, was passiert ist und wo Sie sind?", hakte sie nach.

June antwortete nicht sofort. „Klaro."

Rosie musterte das Mädchen eindringlich. Sagte sie die Wahrheit? Aber im Grunde war das nicht ihr Problem. Sie hatte sich klar geäußert, damit war sie ihrer Verantwortung nachgekommen. June war erwachsen, letztendlich konnte sie machen, was sie wollte. „Also, was sagen Sie zu meinem Vorschlag?" Ihr Herz klopfte plötzlich schneller.

Junes Gesicht hellte sich auf. „Kann mein Motorrad im Schuppen bleiben?"

Der Teekessel fiepte, Rosie nahm ihn vom Herd und goss das Wasser in die Karaffe. Die gelben Ingwerscheiben schlugen

Purzelbäume. Mit einem Mal war ihr mulmig zumute. Worauf hatte sie sich da nur eingelassen? Aber ein Rückzieher kam nicht in Frage. „Ja“, stellte sie klar.

„Wie viel wollen Sie für das Zimmer? Ich bin praktisch pleite. Und bevor Sie fragen: Meine Eltern brauche ich nicht anzubetteln, die haben mir schon lange den Geldhahn zugedreht.“

Rosie überlegte, wie hoch ein angemessener Preis wäre. Wie viel nahmen die B&Bs in Lockwood? Sie hatte keine Ahnung, Verreisen gehörte nicht zu ihren Gewohnheiten. Sie dachte an die Stromrechnung und die Höhe ihrer Raten. „Fünfzig Pfund die Woche, plus Strom und Wasser. Sie können die Küche mitbenutzen, aber ich werde nicht hinter Ihnen herräumen.“

Die Ingwerscheiben segelten gemächlich zu Boden und blieben übereinandergestapelt liegen. Rosie drehte die Eieruhr auf fünf Minuten. Je länger der Ingwer zog, desto besser entfaltete er seine Wirkung. Sie streifte die Hände an der Schürze ab und bemerkte, dass sie zitterten.

June schob ihr Kaugummi von einer Wange in die andere. Die Stille hing schwer im Raum.

Als die Uhr klingelte, nahm Rosie zwei Henkelbecher aus dem Schrank und goss den Ingwertee durch ein kleines Sieb ein. Dampf züngelte hoch und verbreitete das würzige Aroma. Sie nahm eine der Tassen und streckte sie June hin. „Wollen wir gleich rübergehen und ich zeige Ihnen alles?“

June ignorierte das Getränk und schüttelte den Kopf. „Ich sagte doch, ich hasse Tee.“

Rosie ließ die Hand mit dem Becher sinken. Das war wohl ein Nein.

June erhob sich langsam. „Ich hole meine Klamotten, sie liegen noch im Schuppen. Danke für das Angebot, fünfzig Pfund die Woche kriege ich hin.“

June

Wenig später fiel die Tür des Leuchtturmzimmers ins Schloss und June sah sich ungläubig um. Krasse Wendung. Eben noch hätte sie schwören können, dass Rosie sie schnellstens loswerden wollte, und jetzt gab sie ihr ein Zimmer.

Der Raum war kreisrund wie der Turm und karg eingerichtet. Die Wände waren schmucklos und leer, aber es war auch nicht einfach, dort Bilder aufzuhängen. Sie warf ihren Seesack auf das schmale Holzbett, das gegenüber dem kleinen Badezimmer stand, und schlüpfte aus ihren Boots.

Sie schob den plüschigen Bettvorleger an seinen Platz und trat an eines der beiden Fenster. Sofort hatte sie das Gefühl, mitten im Ozean zu stehen. Unter ihr schäumte das Wasser, Möwen kreisten am Himmel. Wenn sie ihr Gesicht gegen die Fensterscheibe presste, erkannte sie links unten die in den Stein gehauene Treppe, die von den Klippen hinunter zum Strand führte. Im oberen Fensterausschnitt war ein Stück des Austrittsgitters zu sehen, das die Galerie umschloss.

June legte ihre Kippen und das silberne Feuerzeug auf den kalten Sims. O'Connor käme niemals auf die Idee, sie an einem Ort wie diesem zu suchen. Genauso wenig wie ihre Eltern. Sie atmete befreit aus, das erste Mal seit der Schwimmbadparty fühlte sie sich sicher. So als wäre sie aus dem echten Leben in eine Zwischenwelt geschlüpft.

Sie zog ihr Handy aus der Tasche und hielt es gegen die Scheibe, sie hatte hier kaum Netz, aber auf dem Display blinkte eine Nachricht von ihrer Mum.

Wo bist du? Die Polizei war noch einmal da, die Ermittlungen stocken, aber ich hatte keine neuen Informationen für sie. Ich hoffe, du gibst mir einen Grund, daran festzuhalten.

June drückte auf „löschen", immer noch wütend über den miesen Erpressungsversuch ihrer Mutter. Sie checkte ihre anderen Nachrichten, prüfte, ob es weitere Zeitungsberichte gab, in denen sie eine Rolle spielte, und stellte fest, dass die Pressegeier sich auf die nächsten Storys gestürzt hatten. Trotzdem war da der Kloß in ihrem Hals, wenn sie daran dachte, was passiert war. Sie schrieb an Lionel.

Hast du was von Rae gehört?

Wenn jemand etwas wusste, dann er. Es dauerte keine dreißig Sekunden, bis die Antwort kam.

Hey June, bist du untergetaucht? Hab gehört, die OP war gut, er wird wieder. Ich kann's immer noch nicht fassen, was er gemacht hat, der Idiot.

Sie fuhr sich durch die kurzen Haare. Netter Versuch, aber leider milderten seine Worte das flaue Gefühl in ihrem Magen nicht ab. Wenn sie nicht gewesen wäre …

Ruckartig öffnete sie das Fenster, schaute eine Weile hinaus und steckte sich eine Zigarette an. Der warme Rauch beruhigte sie. Kate war offensichtlich entschlossen, an ihrem Alibi festzuhalten. June dachte an das Versprechen, das sie Grandpa gegeben hatte, formte mit ihren Lippen ein O und blies Rauch aus. Die weißen Kringel tanzten einer nach dem anderen nach draußen und lösten sich auf.

Sie rief die Webseite der *Franklin Art School* auf und beobachtete die kleine Sanduhr auf ihrem Display, bis die Seite sich in Zeitlupe aufbaute. Das konnte ja heiter werden, aber klar, der nächste Funkmast war sicher Lichtjahre weg. Wie überlebte Rosie hier? Vermutlich besaß sie nicht mal ein Handy.

Sie rief die Kontaktdaten auf, gab sich einen letzten Ruck und tippte auf die Telefonnummer des Uni-Sekretariats.

„Franklin Art School, Sie sprechen mit Eliah, was kann ich für Sie tun?", meldete sich eine junge Männerstimme.

„Mein Name ist June Watters. Könnten Sie mir die Bewerbungsunterlagen für das nächste Semester zusenden?" Sie drückte die Kippe auf dem steinernen Sims aus.

„Okay." Die Stimme klang gelangweilt. „Sie wissen aber, dass die Abgabe der Mappe in knapp sechs Wochen ist?"

June knackte die Fingergelenke. Na und? Warum sagte er das so, als wäre sie drei Jahre zu spät mit ihrem Anliegen? Sechs Wochen waren zweiundvierzig Tage. Zeit genug, ein paar Arbeitsproben zusammenzustellen. „Klar, weiß ich", behauptete sie.

„Wie ist die Adresse?"

June diktierte ihm die Anschrift des Leuchtturms, entschlossen, sich nicht aus dem Konzept bringen zu lassen, schon gar nicht von diesem Sekretariatstypen mit seiner schlechten Laune. Eliah leierte die Anforderungen an die Mappe herunter, aber die kannte sie vom Ausschreibungstext. Sie bedankte sich, legte auf und checkte die Kalenderapp in ihrem Handy – in sechs Wochen war der 15. Oktober. Ein gutes Datum! Und genug Spielraum, um allen zu beweisen, dass sie eine echte Künstlerin war. Sie würde diese Mappe anfertigen und etwas aus ihrer Kunst machen. So wie Grandpa es sich für sie gewünscht hatte. Dann hätte sie das richtige Diplom für ein unabhängiges Leben.

Kate würde ihr Alibi aufrechterhalten, sobald sie wusste, dass sie an einer Bewerbungsmappe saß, und würde sie die nächsten Jahre mit der Firma in Ruhe lassen. Niemand würde sie mehr als Versagerin bezeichnen können.

Sie schnippte ihre Kippe nach draußen und schloss das Fenster. Erfüllt von neuer Energie verließ sie ihren Platz und schüttete den Inhalt ihres Seesacks aufs Bett. Zwischen Pullis, Unterwäsche und verwaschenen Jeans tauchte die schwarze Tüte mit ihren Spraydosen auf, die sie immer dabeihatte. Sie schaute hinein und inhalierte den vertrauten Geruch von Farbe und Lösungsmittel. Für die Kunstmappe würde sie die Dosen wohl nicht gebrauchen können. Sie faltete die Tüte vorsichtig zusammen und legte sie hinten in den Kleiderschrank.

Sie räumte ihre Klamotten weg und notierte alles, was sie auf jeden Fall besorgen musste: Pinsel, Acrylfarben, verschiedene Bleistifte, großformatiges Papier, Leinwände, eine Staffelei. Grandpa wäre stolz auf sie, wenn er davon wüsste. Ein warmes Gefühl floss zu ihrem Herzen. Sie würde ihn nicht enttäuschen.

Die Liste wurde länger als erwartet. Hoffentlich reichte ihre Kohle. Sechs Wochen Miete waren dreihundert Pfund. June kramte ihren Geldbeutel hervor. Tausendfünfhundert Pfund hatte sie beim letzten Rennen gewonnen, aber sie hatte keine Ahnung, wie viel übrig war. Sie stapelte die Münzen häufchenweise übereinander und legte die Scheine daneben. Siebenhundert Pfund, Mist. Wie sollte sie davon das Zimmer und die Mappe finanzieren?

Rosie

Mit festem Schritt verließ Rosie am nächsten Morgen das Cottage und stapfte hinüber zum Leuchtturm. Die halbe Nacht hatte sie wach gelegen, weil das unsägliche Gespräch mit Stelter und dem Bürgermeister trotz allem in ihr nachgehallt hatte. Die Unruhe würde nur weichen, wenn sie weiter vorsorgte. June hatte Leahs altes Zimmer zwar bezogen und größere Umbauarbeiten waren damit vorerst unmöglich. Trotzdem hatte sie das Gefühl, dass das nicht ausreichte. Deshalb hatte sie heute früh beim ersten Schluck Rosentee beschlossen, selbst Hand anzulegen und der Gemeinde damit den Wind vollends aus den Segeln nehmen. Je länger sie darüber nachdachte, desto logischer erschien es ihr: Keiner kannte den Turm wie sie und wusste, wo welche Arbeiten nötig waren. Sie würde nicht lange brauchen, um eine wirksame Renovierungsstrategie zu entwerfen. Dafür brauchte sie nur die alten Pläne.

An der Eingangstür des Turms sah sie nach oben. Vor dem blauen Himmel stach die rot-weiße Fassade noch deutlicher hervor als sonst. Wenn man genau hinsah, blätterte die Farbe an vielen Stellen ab, hier und da liefen sogar feine Risse durch das Mauerwerk. Zeit, das zu ändern und dem Rathaus gegenüber ein Zeichen zu setzen. Beherzt betrat sie den Eingangsbereich, zog die Tür hinter sich zu und versuchte, den Raum wie ein Handwerker zu betrachten. Durch zwei viereckige Fenster in Backsteingröße, die rechts und links in zweieinhalb Metern Höhe eingelassen waren, fiel Licht herein und warf helle Flecken auf die unebenen Bodenfliesen. Kühle Feuchtigkeit hing über der Wendeltreppe, deren ausgetretene Stufen spiralförmig nach oben zur Galerie führten. Bedächtig strich sie das rostige Geländer entlang und erinnerte sich nicht, es jemals in anderem Zustand gesehen zu haben. In Gedanken stellte sie eine Liste mit Baumaterial zusammen und überlegte, wo sie aus Kostengründen improvisieren konnte. Die Unruhe, die in den letzten Tagen Besitz von ihr ergriffen hatte, wich Entschlossenheit.

Rosie krempelte die Ärmel ihres Fleecepullis hoch, ließ die Treppe rechts liegen und näherte sich der Abstellkammer. Da hörte sie ein ungewohntes Geräusch. Ein Schaben. Die Tür stand eine Handbreit offen, dahinter bewegte sich etwas. Mäuse konnten das nicht sein, das klang anders. Das Geräusch war dunkler, gröber, waren da Einbrecher am Werk? Sie linste durch den Spalt, erkannte aber nichts. Plötzlich hörte sie ein lautes Kratzen, so als verschöbe jemand Kisten und Kartons in den Regalen.

Sie stieß die Tür auf und bereitete sich innerlich darauf vor, einem Fremden gegenüberzustehen, der ihr vermutlich nicht wohlgesonnen war. „Was geht hier …?“ Sie verstummte mitten im Satz. Vor ihr stand June in gebückter Haltung, Farbsprenkel auf dem Shirt und dabei, ein großes Einmachglas wie einen Klumpen Erde zu schütteln.

Rosie starrte auf die bunten Zettel darin. Ein vertrauter und fremder Anblick zugleich, sie hatte das Abschiedsgeschenk ihrer Hebamme Eve nie in den Händen von jemand anderem gesehen. „Was machen Sie da in meinen Sachen?“, fragte sie erbost. Wie hatte das passieren können? Sie hatte es doch erst neulich gut weggeräumt.

June zupfte an der staubigen Borte, die um den Drahtbügelverschluss gebunden war und an der Eves Abschiedsbrief klemmte. „Gott, haben Sie mich erschreckt, ich habe Sie nicht kommen hören. Ich brauche einen Behälter für Pinsel." Sie hielt das Glas ein Stück vom Körper weg und hob entschuldigend die Schultern. Die Zettel purzelten durcheinander.

„Geben Sie es mir bitte zurück. Sofort", sagte Rosie mit wackeliger Stimme, nahm es ihr aus der Hand und drückte es wie einen Säugling an sich. Staubfäden blieben an ihren Ärmeln hängen. „Wenn Sie etwas brauchen, fragen Sie mich bitte vorher. Aber wühlen Sie nicht hier herum." Das Herz klopfte hart gegen ihren Brustkorb.

„Sorry, die Tür stand auf und ich hab mich nur kurz umgesehen. Ich brauche ein paar Sachen zum Malen. Das Glas hat die perfekte Größe. Da sind doch nur alte Zettel drin. Ich wusste nicht, dass die wichtig sind. Ach egal, haben Sie etwas anderes für mich?" June hob beschwichtigend die Hände.

Rosie sagte nichts, sondern deutete mit dem Ellenbogen auf einen Hängeschrank, in dem kleinere, leere Gläser mit Schraubdeckeln sorgfältig übereinandergestapelt standen.

„Von denen kann ich welche nehmen?", fragte June mit schuldbewusster Miene.

Rosie nickte.

June bewegte sich in Zeitlupe durch den Raum, nahm zwei leere Marmeladengläser ohne Deckel und schob sich an Rosie vorbei zur Tür. „Danke, bis dann." Mit einem verkniffenen Lächeln verschwand sie.

Rosie umklammerte das alte Einmachglas wie eine Rettungsboje und wischte mit dem Ärmel den Staub herunter. „Das Glas der guten Wünsche" stand auf der Vorderseite. So hatte Eve die Sammlung aus Sprüchen, kleinen Aufgaben und handgeschriebenen Ratschlägen darin liebevoll genannt. Der Schriftzug war teilweise abgeblättert, aber zu erkennen. Rosie lauschte Junes Schritten, die sich langsam entfernten, bis sie verstummten und Stille einkehrte. Sie entspannte sich, aber die

Kammer erschien ihr auf einmal eng und muffig. Weswegen war sie nochmal hergekommen?

Hilfesuchend sah sie sich um. Die alten Pläne! Mit dem Glas im Arm öffnete sie den Jugendstilschrank und zog die Papierrolle heraus, klemmte sie sich unter den Arm und verließ den Raum. Sie machte die Tür hinter sich sorgfältig zu und ärgerte sich über ihre Nachlässigkeit. Künftig würde sie hier abschließen. Sie eilte zurück zum Cottage, warf die Pläne in der Wohnküche auf die Eckbank und schob das Glas in die hinterste Ecke des Küchenschranks. Es war doch nur noch halb voll! So viele Zettel hatte sie nach Leahs Geburt damals verbraucht, sie musste es sicher verwahren, falls ein neuer Notfall eintrat und sie es wieder brauchte.

Aufgewühlt schlug sie die Schranktür zu und lehnte sich gegen die Anrichte. Sonnenstrahlen fielen durch das Küchenfenster und brachen sich in der Glasvase auf dem Tisch. Rosie betrachtete das regenbogenbunte Muster an der Wand und das Bild einer italienischen Strandbar flog durch ihre Erinnerung. Amadeo, wie er im Schatten an einem Bistrotisch saß und auf die abgerissene Seite seines Notizblocks schrieb. Hunderte kleine Briefchen hatte er ihr geschrieben und sie überall versteckt, weil er wusste, wie sehr sie diese Art von Überraschungen liebte. Hinter den Zuckertütchen auf dem Bartresen, zwischen ihren Lippenstiften im Bad oder in den Tiefen einer Rocktasche. Wie kostbare Schätze hatte sie jeden einzelnen aufgehoben, bis zu dem Tag, an dem das Meer alles verschlungen hatte.

Rosie löste ihren Dutt, schlang die Haare erneut hoch und steckte sie fest. Ohne Eve und ihr besonderes Geschenk hätte sie keinen Weg zurück ins Leben gefunden. Konnte es ihr heute helfen, so wie damals? Sie goss sich einen Becher Zitronenwasser ein und trank schnelle, hektische Schlucke. Dann ging sie zum Küchenschrank und blieb davor stehen. Langsam öffnete sie ihn, schob die Ölflaschen zur Seite und hob das Wünscheglas behutsam wieder heraus. Sie stellte es auf den Esstisch, rieb den Verschluss ab, bis Rostflecken an ihren Händen blieben, und strich über die Spitzenborte, die um den Hals des Glases gebunden war. Einen Moment zögerte sie, dann nahm sie den beiliegenden Brief und rollte ihn auf.

Meine liebe Rosie,

Der erste Schritt in ein neues Leben ist geschafft: Du hast ein prächtiges Mädchen auf die Welt gebracht. Ich bin sicher, dass sie wie Du ihren Weg finden wird! Glaub mir, Du bist stärker, als Du denkst, und mutiger, als es scheint! Behalte trotz allem die Liebe im Herzen, denn sie ist das Einzige, was zählt. Wenn Du das in dieser dramatischen Zeit schaffst, entsteht daraus nur Gutes. Nimm dafür mein Geschenk zu Hilfe – es enthält alles, was ich Dir mit auf den Weg gebe, für das kommende Jahr und ein neues Leben.

Ich habe Dich so gerne begleitet, aber jetzt warten andere Aufgaben auf mich. Geh auch Du Deinen Weg weiter und lass Dich überraschen, in welche Richtung er führt.

So funktioniert das Wünscheglas: Immer, wenn Deine Gefühle überhandnehmen und Du nicht weißt, wohin mit Dir, ziehe einen Zettel. Denkst Du dabei an die Vergangenheit, nimm einen Blauen. Wenn Du eine Aufgabe brauchst, wähle einen Grünen. Wenn Du nicht mehr an Dich und Deine Zukunft glaubst, ziehe einen Orangefarbenen.

In Liebe, Deine Eve

Mit klopfendem Herzen ließ Rosie den Brief sinken. Die Worte ihrer Hebamme hatten nichts von ihrer Wirkung eingebüßt. Es war, als wäre sie immer noch hier – und mit ihr der unerschütterliche Glaube an eine Zukunft, in der alles möglich war. Rosie betrachtete das Wünscheglas, klappte den Deckel auf und sog den Geruch von verblichenem Papier ein. Sie steckte die Hand hinein und tastete nach einem Zettel. Wie immer ließ sie sich Zeit. Erst, als sie sich sicher war, welchen sie nehmen würde, blinzelte sie und sah genauer hin, gespannt auf die Farbe, die sie erwischen würde. Orange. Mit einem Gefühl von Ehrfurcht zog sie den Zettel heraus, faltete ihn auseinander und strich ihn glatt.

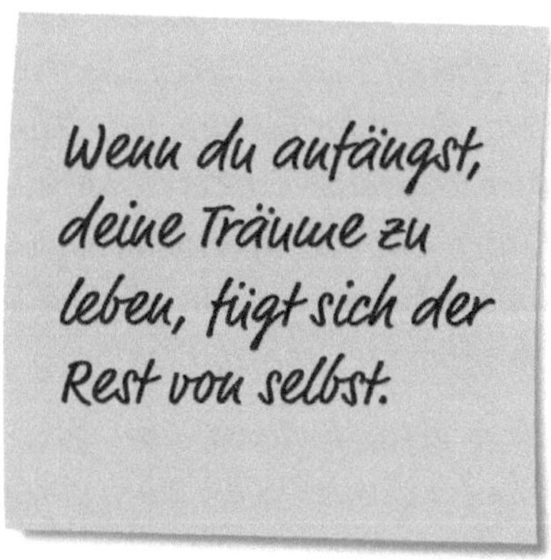

Sie trank noch einen Schluck Zitronenwasser und lehnte sich zurück. Es war still im Haus, bis auf das leise Rauschen des Windes, das von draußen hereindrang. Ein paar Minuten saß sie nur da und sah aus dem Fenster hinaus aufs Meer. Sie steckte den Zettel in die Hosentasche und räumte das Wünscheglas zurück in den Schrank. Sie legte die Pläne auf den Tisch, rollte sie auseinander und beschwerte die Enden auf der einen Seite mit der Blumenvase. Nachdenklich betrachtete sie den Grundriss des Leuchtturms, der einzige, den sie kannte, der den großen

Kellerraum und die Abstellkammer abbildete. Dort würde sie mit Rigipsplatten die Decke erneuern und hellere Strahler einbauen. Ein paar Eimer Außenfarbe und Putz hatte sie im Schuppen und neue Bodenplatten für den Eingangsbereich konnte sie günstig aus Restbeständen im Baumarkt kaufen. Henry hatte sicher eine Idee für das rostige Geländer der Wendeltreppe. Und für die undichten Fenster würden sie auch eine Lösung finden.

Zufrieden verstaute sie die Pläne in der Sitzfläche der Eckbank. Dann nahm sie ihren Füllfederhalter und ein weißes Blatt Papier aus der Schublade unter der Spüle. In großen Druckbuchstaben schrieb sie „Mietvertrag" oben hin und unterstrich das Wort ein paar Mal. Darunter notierte sie ihren eigenen Namen und die Adresse des Leuchtturms sowie Junes Vor- und Nachnamen. Nach der genauen Anschrift ihrer Familie musste sie fragen. Es wurde Zeit, dass das Mädchen offiziell hier einzog.

June

Ein Selbstporträt? Mit Kugelschreiber? Was für ein einfallsloser Schwachsinn. June überflog den Brief der *Franklin Art* mit der Anleitung für die Bewerbungsmappe, den Rosie ihr heute Morgen vor die Tür gelegt hatte. Die übrigen Vorgaben, nach denen die Arbeitsproben zu gestalten waren, klangen nicht besser. Motive, Materialien, Themen – alles klassisch, wie im Kunstunterricht.

Sie hatte zwar auf der Homepage nachgelesen, was generell gefordert war, aber insgeheim hatte sie gehofft, dass die konkreten Details mehr dem entsprachen, was sie sich unter Kunst vorstellte. Freiheit, kreatives Ausprobieren, Selbstverwirklichung, Graffiti und Skulpturen. Größerer Spielraum in der Interpretation oder zumindest die Möglichkeit, aus verschiedenen Schwerpunkten zu wählen. Stattdessen legte die Bewerbungsjury so gut wie alles haarklein fest. Sogar Ölmalerei war dabei.

Missmutig setzte sie sich auf ihr Bett und stieß Luft aus. Wieso machten sie die Eignung für das Studium davon abhängig, wie gut man die Techniken der alten Meister beherrschte? Das war so old school. Außerdem hatte sie keine Ahnung, woher sie den ganzen Krempel nehmen sollte, den sie dafür brauchte. Sie hatte noch nie mit Öl gemalt! Wenigstens bei der Papierauswahl und der Größe der Bilder hatte sie freie Hand.

Sie starrte eine Weile vor sich hin, dann erhob sie sich und holte ihr Taschenmesser aus der Jackentasche. Sie verlangten ein Selbstporträt mit Kugelschreiber? In Ordnung, dann würde sie eben genau das machen. Sie klappte das Messer auf und begutachtete den quadratischen Spiegel, der über dem Waschbecken hing. Er war mit vier Schrauben an den Ecken an der Wand befestigt. Mit der Messerspitze löste sie ihn und stellte ihn mit dem Rücken gegen das Bettgestell auf den Boden. Im Schneidersitz setzte sie sich auf den Bettvorleger, den Skizzenblock auf dem Schoß, und betrachtete ihr blasses Gesicht. Sie legte den Kopf schief, kniff erst das eine, dann das andere Auge zusammen und zog eine trotzige Grimasse. Mit dem Kugelschreiber ihres Lieblingspubs in Port Jacobs malte sie ein paar Linien auf dem Papier, deutete Nasen- und Augenpartie an und beschloss, nur einen Teil ihres Gesichts abzubilden und den Rest hinter ihrem Halstuch zu verbergen, ihrem Markenzeichen.

Auf dem Blatt erschien ein junges Mädchen mit grimmigem Ausdruck und etwas zu schief stehenden Brauen. June starrte in den Spiegel und versuchte vergeblich, eine Ähnlichkeit zu erkennen, aber da war keine. Seelenloser Mist. Frustriert riss sie das Blatt aus dem Block, schob es auf die Seite und fing von vorne an. Erst der eiförmige Umriss des Kopfes, die Augen und die Haare. Immer wieder linste sie in den Spiegel, um das, was sie ausmachte, einzufangen.

Eine Stunde und unzählige weitere Versuche später warf sie den Kuli frustriert gegen die Wand. Der Boden des kleinen Zimmerchens war übersät mit Zeichnungen. Dutzendfach starrten ihre eigenen Augen sie an, als hätte sie getrunken und einen verdammten Knick in der Optik. Aber nichts davon war gut genug, alles nur Schrott. Scheiterte sie schon an der ersten Aufgabe? War sie nur eine Hochstaplerin, die sich einbildete, eine Künstlerin zu sein?

Sie sprang auf, schlüpfte in ihre Boots und wühlte im Kleiderschrank nach ihren Spraydosen. Sie brauchte dringend frische Luft. Mit der Tüte unter dem Arm stieg sie die Wendeltreppe herunter. Draußen sah sie sich erleichtert um. Sie folgte dem Trampelpfad bis zum großen Findling, an dem die Treppe hinunter in die Bucht führte. Eine Windböe fuhr unter ihre Jacke und sie hielt sich am Geländer fest, um das Gleichgewicht zu halten. Die Luft schmeckte voll und salzig. Am Strand rauschten die Wellen heran, und sie bekam Lust, kopfüber hineinzutauchen.

Die letzten beiden Stufen übersprang sie. Hier unten wehte der Wind nicht so wild. Sie zog Schuhe und Strümpfe aus und bohrte ihre Zehen in den feuchten Sand. Plüschige Schäfchenwolken huschten über den Himmel, dazwischen blitzte die Sonne auf. June spazierte die Bucht entlang auf die andere Seite bis zum Felsvorsprung, der das Ende markierte. Rosie hatte davon gesprochen, dass man an der Steilküste etliche Meilen weiterlaufen konnte, aber im Moment stand die Flut so hoch, dass der Weg von der Brandung versperrt war.

Sie entdeckte einen angeschwemmten Baumstamm, der wie eine Bank an der Felswand lag. Seine von Salz und Sonne ausgeblichene Oberfläche schimmerte silbrig. Neugierig lief sie an die Stelle, schwang sich hinauf und ließ die Beine baumeln, legte die Hand in eine der vielen Einkerbungen und nahm die Wärme des Holzes in sich auf. Sofort erschien ein Bild in ihrem Kopf, ein Zusammenspiel aus Farben, das Struktur und Geäst betonte und zu etwas Neuem veränderte. Einem bunten Hingucker vor dem Kreideweiß der Felsen und dem cremefarbigen Sand, der zum Chillen einlud.

Aufgeregt sprang sie herunter, holte die Dosen heraus und begann zu sprayen. Das Holz nahm die Farbe besser an als erwartet. June spürte die warme Septembersonne im Rücken und eine Zufriedenheit breitete sich in ihr aus, die sie vermisst hatte. Die Farben verschmolzen miteinander und die Form des Stammes trat immer deutlicher hervor. Es war der Hammer! Die Ideen flossen aus ihr heraus, als würde eine unsichtbare Hand die ihre leiten. Wie im Rausch schnappte sie sich die nächsten Dosen, schüttelte sie und fuhr fort, ohne auch nur eine Sekunde abzusetzen.

Als der Himmel zuzog und die Sonne verschwand, schaute sie das erste Mal, seit sie den Leuchtturm verlassen hatte, auf ihr Handy. Was? Atemlos starrte sie auf das Display. Schon so spät? Es war fast achtzehn Uhr, sie hatte mehr als drei Stunden in der Bucht verbracht. Sie zündete sich eine Zigarette an und ließ sich in den Sand fallen. In ihrem Kopf rauschte es, als wäre sie beschwipst. Eine Leichtigkeit, nach der sie süchtig war. Warum konnte es nicht immer so sein? Eine Weile saß sie da und sah auf das Meer hinaus.

Eine Böe fegte durch die Bucht. Der Geruch von Farbe und Lösungsmittel zog zu ihr herüber und erinnerte sie daran, dass die Zeit nicht stehengeblieben war. Sie blinzelte ein paar Sandkörner weg und fühlte plötzlich Zweifel in sich hochsteigen. Das verschwitzte T-Shirt klebte ihr am Rücken. Fröstelnd rappelte sie sich auf und betrachtete den Baumstamm. Die Farben verliefen in den Astlöchern und bildeten schmutzig aussehende Flecken. Hatte sie wirklich stundenlang ein Stück Holz angemalt, anstatt an ihrer Mappe weiterzuarbeiten?

Sie versuchte, die aufsteigende Leere in ihrer Brust zu ignorieren, klaubte die Spraydosen zusammen und stopfte sie achtlos zurück in die Tüte. Was für eine blöde Idee, den ganzen Nachmittag hier herumzuhängen. Wofür? Niemand würde sich für den Baumstamm interessieren. Ein Möwenpärchen flatterte kreischend heran und ließ sich darauf nieder.

In ihrer Brust zog etwas zu und sie wandte sich ab, raffte ihre Sachen zusammen und stapfte mit großen Schritten zurück in Richtung Leuchtturm, ohne sich umzusehen. An der Steintreppe nahm sie immer zwei Stufen auf einmal. Außer Atem ließ sie den Findling rechts liegen und steuerte auf die Eingangstür des Leuchtturms zu. Sie hatte es Grandpa versprochen. Energisch wischte sie sich über die Augen. Sie musste sich um ihre Mappe kümmern und nicht um alten Plunder, der wie weggeworfen am Strand herumlag.

Rosie

Am nächsten Tag brachte Rosie vom Einkaufen einen Bund Rosen mit, schnitt die Stiele mit einem Messer an und stellte die Blumen in eine Vase. Sofort veränderte sich die Atmosphäre in der Wohnküche. Alles wirkte freundlicher und bunter. Sie liebte diese rosafarbenen *Geoff Hamilton* und den leichten Apfelduft, den die Blüten verströmten! Sollte sie June die Blumen zusammen mit dem Mietvertrag als Willkommensgruß ins Zimmer stellen? Zögerlich holte sie eine Glasvase aus dem Schrank und arrangierte darin ein paar prächtig gewachsene Exemplare.

Vor dem Küchenfenster huschte eine schwarz gekleidete Gestalt vorbei. Rosie ließ verwundert die Hände sinken und beugte sich vor. June blieb am Leuchtturm stehen und schaute nach oben zur Galerie, klopfte auf die Außenhülle und zeigte auf eine Stelle, an der das Mauerwerk durch den abgebröckelten Putz schien. Was hatte das zu bedeuten? Rosie rückte ein Stück weiter vor. Führte das Mädchen Selbstgespräche?

Da tauchten von der anderen Seite plötzlich zwei Männer in dunkelblauen Overalls auf und platzierten eine Kiste sowie ein langbeiniges Stativ vor der Leuchtturmtür. Einer der Männer zog ein schwarzes Gerät hervor, das einem Fotoapparat ähnelte, und schraubte es auf das Stativ. Rosie drückte die Stirn ans Fenster und das Glas beschlug von ihrem Atem. Das waren doch zwei Gemeindearbeiter aus Lockwood. Ihre Hände krampften. Wie waren die auf ihr Grundstück gekommen?

June drehte sich zu ihnen um und redete. Sie lächelte und gestikulierte, als wäre sie die Gastgeberin einer Sommernachtsparty.

Eine unheilvolle Vorahnung erfasste Rosie. Sie fuchtelte mit den Armen und klopfte gegen die Scheibe. „Hallo, was machen Sie da?", rief sie erbost.

Die Männer nahmen keine Notiz von ihr, nur June schaute kurz in ihre Richtung. Sie nickte ihr verschwörerisch zu, als wollte sie sagen, kein Problem, ich kümmere mich um alles.

„Nicht doch, nein!" Rosie winkte und bedeutete ihr, hereinzukommen, aber June wandte sich ab, ohne ihre Geste zu bemerken. Stattdessen half sie den Männern, das Stativ aufzuklappen und in Position zu bringen.

Rosie stellte die Vase mit den Rosen ruckartig auf die Anrichte, Wasser schwappte über den Rand und tropfte auf den Steinboden. Im Laufschritt verließ sie die Küche und stürzte nach draußen. Die Sonne stand blank über der Bucht und blendete sie. Außer Atem erreichte sie die Männer. „Wer sind Sie und was machen Sie hier?"

„Guten Tag, Mrs Mckenzie", sagte der eine und zupfte das Stirnband zurecht, das er um seine Locken gebunden hatte.

„Kann ich Ihnen behilflich sein?", fragte sie scharf.

„Es ist alles okay. Die beiden sind aus Lockwood. Sie sind vorhin aufgetaucht, als Sie nicht da waren. Ich habe ihnen aufgemacht. Sie wollen nur schnell etwas vermessen, dauert nicht lange." June zog die Baseballkappe vom Kopf und setzte sie mit dem Schirm nach hinten wieder auf.

Lockenkopf nickte. „So isses, Ma'am. Nur ein paar Minuten, dann sind wir fertig."

„Sie haben das Tor geöffnet?" Rosie tippte June mit ausgestrecktem Zeigefinger an die Schulter. Sie konnte immer noch nicht fassen, was sich hier abspielte.

Lockenkopfs Kollege nickte beschwichtigend. „Ihre junge Freundin war so nett. Wir stören auch nicht lang."

„Entschuldigen Sie uns bitte einen Moment, Sir." Rosie zog June am Ärmel ihrer Lederjacke zu sich heran. „Sie können doch nicht fremde Menschen hereinlassen, wenn ich nicht da bin", flüsterte sie aufgebracht.

„Ich habe mir natürlich die Ausweise zeigen lassen. Es ist alles korrekt. Sie haben fehlende Grundrisspläne erwähnt und gesagt, dass sie neue Daten brauchen. Warum sind Sie denn so aufgeregt?" June schüttelte verständnislos den Kopf.

Rosie schnaubte unwillig, wandte sich an die Männer und verschränkte die Arme. „Zeigen Sie mir bitte den Auftrag."

„Selbstverständlich." Lockenkopf hielt ihr ein gestempeltes Papier hin, aber sie warf nur einen kurzen Blick darauf. Es war ihr egal, was dort stand und wer das Ganze beauftragt hatte. Sie wollte nur, dass die zwei schnellstens verschwanden. „Bitte verlassen Sie sofort mein Grundstück."

„Die Sache ist die: Wir müssen den Keller des Turms …", begann der andere ungeduldig.

„Was auch immer Sie tun wollen, ich bin nicht damit einverstanden", unterbrach sie und stellte sich vor den Leuchtturm wie eine Löwenmutter vor ihr Junges. Die Männer musterten sie erstaunt und sie wusste, dass sie sie in diesem Moment für eine hysterische Alte hielten. Aber sie würde diesen Platz erst verlassen, wenn die beiden weg waren. „Hier gibt es nichts für Sie zu tun."

„Das sieht die Gemeinde anders", erwiderte Lockenkopfs Kollege mit grimmigem Blick.

„Es ist mein Turm. Ich habe hier das Sagen. Das weiß auch Mr Young. Bitte gehen Sie", sagte Rosie streng.

Lockenkopf blätterte in einigen Unterlagen. „Hören Sie, Mrs Mckenzie, das ist nicht ganz richtig. Der Gemeinde Lockwood als Eigentümerin dieses Grundstücks obliegt die Entscheidung darüber, was mit den Gebäuden passiert. Und wir haben den Auftrag, die fehlenden Vermessungen durchzuführen."

„Falsch“, sagte Rosie und bemühte sich, ihrer Stimme einen festen Klang zu geben. „Dem Rathaus liegen Dokumente vor, die belegen, dass ich hier lebenslanges Wohn- und Entscheidungsrecht habe.“

Der andere Mann schnaubte ungeduldig. „Davon steht hier nichts.“

Lockenkopf stieß ihn in die Seite und hob beschwichtigend die Arme. „In Ordnung. Wenn es heute ungünstig ist, kommen wir ein anderes Mal. Vereinbaren Sie bitte einen neuen Termin. Hier unten steht die Telefonnummer.“

Er hielt Rosie das Papier erneut hin. Aber sie hatte nicht vor, es entgegenzunehmen und dadurch womöglich ihr Einverständnis zu signalisieren.

„Wie Sie meinen“, sagte er und drückte es stattdessen June in die Hand. Der andere Arbeiter klappte das Stativ zusammen und legte es zurück in die Kiste. Die Männer verließen das Grundstück und verstauten ihre Sachen im Kofferraum ihres Transporters.

Der Wagen verschwand in einer Staubwolke und Rosie atmete tief durch. „Gott sei Dank“, murmelte sie.

June musterte sie von der Seite, ohne ein Wort zu sagen.

Rosie strich eine lose Strähne hinter ihr Ohr und reckte das Kinn. Sie ahnte, wie die Szene auf June wirken musste, aber hier handelte es sich um etwas Größeres, wovon das fremde Mädchen keine Ahnung hatte. Es ging sie auch nichts an.

Nach einer gefühlten Ewigkeit ergriff June das Wort. „Die Jungs haben doch nur ihren Job gemacht.“

Rosie sah sie ermahnend an. „Sie können nicht Leute hier reinlassen, wenn ich nicht da bin.“ Sie nahm ihr den Brief aus der Hand, faltete ihn achtlos zusammen und steckte ihn in ihre Hosentasche.

„Tut mir leid, ich wollte nur helfen.“ June zuckte die Schultern.

Rosie machte eine wegwerfende Handbewegung. Sie brauchte keine Hilfe. „Niemand wird hier ohne mein Einverständnis irgendwas vermessen, verstehen Sie?“ Mehr gab es nicht zu sagen, das Thema war erledigt.

June legte den Kopf schief. „Auch wenn der Turm der Gemeinde gehört?“

„Das ist seit mehr als dreißig Jahren mein Zuhause. Ich entscheide, was hier passiert. Das müssen die Anzugträger in Lookwood akzeptieren.“ Rosie wandte sich zum Gehen.

„Das heißt, wenn die Typen zurückkommen und Sie nicht da sein sollten, fackele ich nicht lange und schmeiße sie raus?“ Auf Junes Wangen erschienen abenteuerlustige Grübchen.

Rosie spürte die Energie, die dahinter schlummerte, aber darauf einzugehen, war keine gute Idee. „Alles, was mit dem Leuchtturm zu tun hat, überlassen Sie in Zukunft besser mir.“

Junes Gesicht verschloss sich, die Grübchen erloschen. „Klaro. Ich geh dann mal.“ Sie lächelte hastig, wandte sich ab und verschwand im Leuchtturm.

Rosie sah ihr hinterher und hoffte inständig, dass die Gemeindearbeiter nicht so bald zurückkehrten. Sie beschloss, noch heute mit dem Ausbessern der Fassade zu starten. Einen neuen Termin bei der Gemeinde ausmachen? Im Leben nicht. Aber warum hatten sie behauptet, nichts von den Briefen gewusst zu haben, die sie Young vorgelegt hatte? Warum gab der Bürgermeister die Informationen nicht weiter?

Sie kehrte zum Cottage zurück, während sich über ihr die Wolkenbäuche grau verfärbten. Sie zog die Tür hinter sich zu, unruhig, aber auch erleichtert, wieder allein zu sein. Sie holte den Brief aus ihrer Tasche und öffnete den kleinen Ofen. Dunkelrote Glut leuchtete ihr entgegen. Mit einer schnellen Bewegung warf sie den Brief hinein und sah zu, wie die Flammen das Papier zerfraßen.

Sie schloss die Ofenklappe, leerte die zweite Glasvase, und steckte die Rosen zurück in den Strauß. Die Lust auf einen Blumengruß war ihr vergangen. Sie zog ihre Arbeitskleidung an, nahm den ausgefüllten Mietvertrag und beeilte sich, ihn June vor die Tür zu legen, bevor sie es sich anders überlegte.

June

June blieb stehen, zog ihre Baseballkappe tiefer ins Gesicht und scannte die Umgebung rund um Henry Sloanes Haus, das zwei Meilen westlich von Rosies Leuchtturm auf einer Anhöhe an den Klippen lag. Es war niemand zu sehen. Entschlossen straffte sie die Riemen ihres leeren Rucksacks und setzte ihren Weg fort, ohne auf das flaue Gefühl in ihrer Magengegend zu achten, das mit jedem Schritt stärker drückte. Es war doch ganz simpel: Henry besaß ein großes Atelier, das vollgestopft mit Material war. Er würde nicht mal merken, dass etwas fehlte.

Die letzten zwei Tage hatte June Rosie unauffällig über Henrys Tagesablauf ausgehorcht. Vormittags war er oft für seine Stiftung unterwegs und arbeitete bevorzugt am späten Nachmittag und in den Abendstunden in seinem Haus an den Klippen. Hoffentlich war es heute genauso.

Unbemerkt erreichte sie die Rückseite des Hauses und spähte durch die großflächigen Fenster ins Innere. Ein Paradies! Tageslicht fiel auf das Mauerwerk gegenüber und erleuchtete den mit Farbspritzern übersäten Boden von Henrys Werkstatt. Überall standen mit Leinwänden bespannte Staffeleien, an den Wänden lehnten Holzlatten neben Rahmen und Rollen, wie man sie für Malerarbeiten brauchte. Dazwischen lagerten Skulpturen aus Holz, Gips und Ton. Abstrakte Männer- und Frauenkörper und seltsam gewölbte Gebilde, die wie ineinander verschachtelte Würmer aussahen. Quer durch den Raum spannten Wäscheleinen, an denen Bilder mit irren Farbverläufen hingen, mittendrin Bleistiftskizzen und Tuschezeichnungen. Viele Frauentorsos,

Paare, die sich in den Armen lagen und zarte Kindergesichter. An der schmalen Seite des Ateliers türmten sich Kisten, Körbe und Eimer, aus denen Pinsel, Tuchstapel, Spachtel und Farbdosen herausragten. Endlose Regale mit Zeug. Es war tausend Mal besser, als sie es sich vorgestellt hatte.

Die Scheibe beschlug von ihrem Atem, schnell wischte sie sie mit ihrem Ärmel blank. Bloß keine Spuren hinterlassen. Sie riss sich vom Anblick der Werkstatt los und entdeckte ein gekipptes Fenster. Ein erneuter Anflug von schlechtem Gewissen ließ sie kurz zögern, aber sie hatte keine Wahl. Wenn sie mit ihrer Mappe vorankommen wollte, musste sie es tun. Verdammt, sie war pleite! Ihre Kohle reichte nur für die Miete und das Nötigste in den nächsten paar Wochen. Sie würde sich Henrys Sachen nur ausleihen. Sobald sie wieder flüssig war, würde sie ihm alles zurückzahlen.

Sie stellte sich auf Zehenspitzen und erreichte den innenliegenden Griff des gekippten Fensters, ruckelte ihn ein paar Mal hin und her, bis es mit einem Knacken aufsprang. Ein leichtes Ziehen kroch durch ihren verletzten Arm und sie massierte die Stelle, bis das unangenehme Gefühl verflog. Der Duft von getrockneter Farbe, Pinselreiniger und Spachtelmasse schlug ihr entgegen. Vorsichtig kletterte sie hinein. Von innen war das Atelier mit seinen hohen Wänden und der Aussicht auf das Meer noch beeindruckender. Auf Zehenspitzen schlich sie um die Regale, zog Kisten mit hunderten von Acryltuben hervor und befühlte andächtig Schränke, Kittel und Paletten.

Im hinteren Teil des Raumes hingen kleinformatige Bilder, Zeichnungen, Aquarelle und Drucke, abstrakte Abbildungen in kräftigen Farben, Landschaften und Porträts aus zarten Kohlestrichen. In einem durch einen Vorhang abgetrennten Teil standen unbearbeitete Steinblöcke und Baumstammteile mit herausgehobelten Gesichtern und Formen.

Sie warf einen Blick auf die Uhr und lauschte, aber das Haus lag in tiefem Frieden. In Gedanken ging sie die Liste der Sachen durch, die sie brauchte, umrundete die Regale noch einmal und legte alles in ihren Rucksack, was sie greifen konnte. Große und kleine Pinsel, Passepartouts und handgeschöpftes Papier, bis nichts mehr in die Tasche passte. Am liebsten hätte sie auch eine Staffelei mitgenommen, aber damit unter dem Arm zurück zum Leuchtturm zu spazieren, war zu auffällig.

Sie schulterte den Rucksack, es war Zeit, sich zu verdrücken, obwohl sie am liebsten nach Pigmenten gesucht hätte. Damit könnte sie die Jury sicher beeindrucken. Aber es war zu riskant, länger zu bleiben.

Ein unerwartetes Geräusch jenseits der Tür ließ sie erstarren. Schlurfende Schritte und ein Quietschen, als würde jemand ein Möbelstück über Parkettboden bewegen. Hastig huschte sie auf Zehenspitzen weiter zum Fenster. Verdammt, Henry war zurück. Nichts wie weg! Wieder quietschte es, diesmal lauter. Die Schritte näherten sich, das Geräusch dröhnte in ihren Ohren. Sie fing an zu schwitzen, stemmte sich am Fensterbrett hoch und sprang auf die andere Seite ins Gras. Sie hörte, wie die Tür zum Atelier aufsprang und gegen die Wand knallte. Instinktiv zog sie die Schultern ein, rappelte sich auf und rannte in Richtung Klippen davon.

Warmer Nieselregen machte die Meeresluft schwerer. June keuchte unter dem Gewicht ihres Rucksacks, ihr Arm pochte. Hatte Henry sie gesehen?

Endlich tauchte der Leuchtturm im Dunst auf. Atemlos und durchgeschwitzt erreichte sie ihn und schlüpfte durch die Eingangstür ins Innere. Oben in ihrem Zimmer schloss sie ab, zog den Schreibtischstuhl heran und verkeilte ihn unter der Klinke. Sie starrte auf ihren Rucksack, zog ihre verschwitzten Klamotten aus und warf sie in die Ecke. Wenn Henry sie gesehen hatte, war die Polizei garantiert auf dem Weg hierher. Aber diesmal gab es niemanden, der ihr ein Alibi verschaffte.

Sie zog frische Klamotten an und ließ sich aufs Bett fallen. Angestrengt lauschte sie auf Geräusche im Treppenhaus, Schritte auf der Wendeltreppe oder das Zufallen der Eingangstür unten. Wie lange würde es dauern, bis sie hier waren? Dreißig Minuten? Eine Stunde? Die Zeit zog sich wie eine Ewigkeit und sie wagte nicht, sich zu bewegen. Aber nichts passierte. Kein wutentbrannter Henry, der mit den Fäusten gegen die Zimmertür hämmerte und sie zur Rede stellte. Keine Polizisten, die sie anklagten.

Rosie

In der darauffolgenden Nacht schreckte Rosie aus dem Schlaf. Sofort war sie hellwach und horchte in die Dunkelheit. Da war doch ein Geräusch gewesen. Da, schon wieder! Ein leises Scheppern, das von draußen kam. Sie stieg aus dem Bett in ihre Arbeitshose, die stets griffbereit über einem Stuhl am Fußende lag. Ein schneller Blick aus dem Fenster, da sah alles aus wie immer. Aber sie hatte sicher etwas gehört.

Über die Jahre hatte sie feine Antennen für die Dinge entwickelt, die um sie herum geschahen. Eine Überlebensstrategie, wenn man allein lebte. Still war es hier draußen nie, aber sie wusste genau, welche Geräusche normal waren und welche nicht. Sie warf sich ihren Bademantel über und eilte die Treppe hinunter.

Sie trat in Gummistiefeln vor die Haustür und der Wind verwirbelte ihre Haare. Die Luft roch extrem nach Algen, das Meer musste in Aufruhr sein. Sie scannte den Teil des Grundstücks, den sie von hier aus sehen konnte. Unter dem Vordach des Schuppens lagen die Gießkannen durcheinandergewirbelt. Sie sammelte sie auf und brachte sie nach drinnen.

Auf dem Weg zurück zum Cottage warf sie instinktiv einen Blick zum Leuchtturm. Hoffentlich war mit den Fenstern alles in Ordnung. Sie stellte sich auf Zehenspitzen und versuchte, etwas zu erkennen, aber die inaktive Glaskuppel hob sich kaum vom nachtschwarzen Himmel ab. Das war früher anders gewesen. Da hatte sie der Rhythmus des Leuchtfeuers oft geweckt, denn seine rotierenden Strahlen hatten das ganze Grundstück im Minutentakt erhellt.

Besser sie schaute nach. Fröstelnd betrat sie den Turm und stieg die Wendeltreppe hoch. Hier war es immer kühl. Sie hätte eine Fleecejacke unter den Bademantel anziehen sollen. Vor Junes Tür blieb sie kurz stehen und legte das Ohr gegen die Tür. Aber dort war alles ruhig.

Mit ungutem Gefühl schloss sie die Tür zur Galerie auf und betrat den rundum verglasten Raum, in dessen Mitte das Kupfergestell die imposante alte Linse hielt. Ein kühler Luftzug streifte sie, und sie schlang den Bademantel fester um sich. Sie leuchtete die Fenster der Reihe nach ab und entdeckte die Stelle, an der es hereinwehte. Der Hebel war abgebrochen und lag davor am Boden.

Suchend blickte sie sich nach etwas um, das sich als Keil eignete, damit das Fenster zu blieb und kein Wasser eintrat. Vielleicht die Eisenstange, mit der sie die Tür zum Außenbalkon aufhebelte, der um die Galerie führte? Sie holte sie aus dem Wandschrank, in dem sie Werkzeug und alte Tücher lagerte, und verklemmte sie zwischen Sims und Fensterrahmen. Zweifelnd betrachtete sie die Konstruktion, dann zuckte sie die Schultern. Es musste eine Weile halten, bis sie sich neue Fenster leisten konnte.

Über der Bucht riss die düstere Wolkendecke auf, der Mond warf silbrigen Schimmer auf den Strand. Rosie wollte sich abwenden, aber eine ungewohnte Bewegung unten am Wasser erregte ihre Aufmerksamkeit. Sie drückte die Nase an die Scheibe. In der Brandung stand eine dunkle Gestalt. Der Wind peitschte meterhohe Wellen auf sie zu.

Rosie trommelte mit den Fäusten gegen das Glas. „Hey, gehen Sie weg, das ist lebensgefährlich“, schrie sie. Dann realisierte sie, dass niemand sie von hier aus hörte. Sie hob die Taschenlampe über ihren Kopf, knipste sie an und aus und schwenkte die Arme wie ein Fluglotse.

Aber die Gestalt reagierte nicht. Im Gegenteil. Urplötzlich sprintete sie los, rannte auf das sich aufbäumende Wasser zu, als wäre sie bereit, hineinzustürzen. Rosie hielt die Luft an. Die Bewegungen kamen ihr bekannt vor. Auch die schmalen Hüften und die enge Jacke, die sie trug. Das war June! Was zur Hölle machte sie da draußen, wollte sie sich umbringen?

Kurz bevor das Meer über sie walzte, wich die Gestalt an den Strand zurück und ballte die Fäuste wie ein Boxchampion. Beugte sich vor, griff nach Sand und schleuderte ihn hinaus. Zog sich das Wasser zurück, spurtete sie wieder los, mitten hinein. Türmte sich eine neue Welle auf, begann alles von vorn, wie bei einem wildgewordenen Tanz. Einem Tanz aus Wut und Schmerz. Als wäre das Mädchen ein verzweifelter Dompteur und das Meer eine rasende Wildkatze, gegen die sie sich auflehnte, obwohl sie wusste, dass es vergeblich war.

Rosie befeuchtete ihre Lippen. Das Meer siegte immer, es war laut und unberechenbar. Sie lehnte die Stirn an die kühle Scheibe, um den Schmerz loszuwerden, der ihr urplötzlich den Hals zuschnürte. Sie krallte die Hände fest um den Gürtel ihres Bademantels. Wirre Bilder schossen ihr durch den Kopf und sie hatte wieder den öligen Geruch des Hafens von *Cervia* in der Nase, der neben der alten Villa lag. Amadeo hatte die Fenster des verfallenen Erkerzimmers geschlossen und breitete zwischen Farbeimern und Malerrollen eine Picknickdecke auf dem Boden aus. Überall standen Teelichter. Die Flammen spiegelten sich in seinen Augen und tauchten den Raum in goldenes Licht. Ihr Refugium, in dem sie sich heimlich trafen, um zu renovieren, obwohl sie wussten, dass der Abriss der Villa bevorstand. Der einzige Ort, an dem die Zeit stillzustehen schien und es keine Rolle spielte, ob ein neuer Morgen anbrach. Es war ihre Art des stillen Protests gewesen, ihr Aufbäumen gegen eine unabänderliche Situation.

Die zugige Kälte der Galerie kroch Rosie unter die Kleidung und sie schlang die Arme um ihren Körper, um die Bilder abzuschütteln. Damals war es vergebens gewesen, aber heute hatte sie es in der Hand, es war nicht unausweichlich! Sie konnte dem Leuchtturm einen Anstrich verpassen, seine Löcher flicken und neue Fenster organisieren. Sie musste ihm helfen, so wie er ihr all die Jahre geholfen hatte. Für Amadeo und um ihrer Freiheit willen.

Gleich morgen würde sie ein neues Gemüsebeet anlegen und Marmelade einkochen, um sie am Straßenstand zum Verkauf anzubieten. Jeden Cent würde sie brauchen, um die Renovierung voranzutreiben. Entschlossen steckte sie die Hände in die Taschen ihres Bademantels und fühlte nach dem kleinen, blauen Zettel, den sie am Vorabend aus dem Wünscheglas genommen und eingesteckt hatte. Sie leuchtete ihn mit der Taschenlampe an.

Die Anspannung löste sich und sie blickte zum Strand hinunter. June rannte die Bucht entlang, kickte im Laufen ein Stück Schwemmholz weg und verschwand aus ihrem Blickfeld.

* * *

Am nächsten Morgen putzte Rosie zehn Kilogramm Brombeeren, bis ihre Finger sich violett verfärbten. Sie wusch Rosmarinzweige, zupfte die Nadeln ab und hackte sie. Dann füllte sie die Früchte mit Zitronensaft und Zimt in einen großen Topf und ließ sie köcheln. Wenn sie ihre Hände beschäftigte, beruhigte sich ihr Geist. Das war immer so gewesen und bewahrheitete sich auch heute. Wenigstens etwas, auf das sie sich verlassen konnte.

Zwei Stunden später erfüllte der Dampf des süßlich-herben Suds die Küche. Sie zerdrückte die blutrote Masse mit einem Stampfer und dickte sie mit Zucker und den gehackten Nadeln ein. Nach einer weiteren Viertelstunde rührte sie die Marmelade mit einem Holzlöffel um und kostete. Perfekt! Nicht zu süß und nicht zu sauer. Die Marmelade war eine gute Ergänzung für ihren Straßenstand, sie würde sich verkaufen. In Gedanken zählte sie die leeren Gläser, die im oberen Fach des Besenschranks lagerten.

June erschien mit hängenden Schultern im Türrahmen, blass und verquollen, die Spuren der vergangenen Nacht im Gesicht. In den Händen hielt sie ein Blatt Papier.

Verwundert legte Rosie den Löffel auf die Seite, ein Klecks Brombeermarmelade tropfte auf die Arbeitsplatte. Das Mädchen war noch nie zu dieser frühen Uhrzeit bei ihr in der Küche aufgetaucht. „Guten Morgen. Wollen Sie mal probieren?“, fragte sie mit einer Mischung aus Vorsicht und Erleichterung.

June blieb in der Tür stehen und schüttelte den Kopf.

Rosie stellte die Gasflamme kleiner, unschlüssig, was sie tun sollte. Das Mädchen schien nicht vorzuhaben, gleich wieder zu gehen, aber reden wollte sie offenbar genauso wenig. „Kommen Sie, ich könnte Hilfe gebrauchen. Die Marmelade ist in ein paar Minuten fertig und muss rasch in Gläser gefüllt werden. Sonst wird sie im Topf fest.“ Sie reichte June eine Schürze.

„Ich bin nicht gut in sowas“, sagte das Mädchen leise. „Hier ist der ausgefüllte Mietvertrag. Die Kohle gebe ich Ihnen in bar.“ Sie legte das Papier auf den Küchentisch.

Rosie warf die Schürze über die Stuhllehne. „In Ordnung.“

Mit ihrem schwarzen T-Shirt und der Lederhose sah das Mädchen seltsam fehl am Platz aus in diesem Raum, dessen Einrichtung hell und freundlich war. June trat zögerlich an den Herd und schaute in den Topf. „Coole Farbe.“

Rosie nickte und versuchte, nicht auf den kleinen Ring zu starren, der in Junes Unterlippe steckte. „Mögen Sie Brombeermarmelade?“

„Normalerweise frühstücke ich nicht. Höchstens mal ein Croissant und einen Milchkaffee.“

„Oh. So etwas gibt es hier nicht. Aber ich habe gestern Brot gebacken.“ Rosie dachte an den Körnerlaib aus frischem Sauerteig, der so köstlich nach Kümmel und Sonnenblumenschrot schmeckte. Aber June reagierte nicht, offenbar hatte sie keinen Hunger. Rosie verrührte die Marmelade kräftig und deutete auf die Anrichte neben dem Fenster. „Wären Sie so nett und würden die Gläser holen?“

June zögerte kurz, dann setzte sie sich in Bewegung. „Wohin damit?“

„Legen Sie sie in die Spüle in heißes Wasser, damit sie Temperatur bekommen und keimfrei werden. Dann kann ich die Marmelade einfüllen.“

Schweigend ließ June das Spülbecken volllaufen und legte die Gläser hinein. Von hinten sah sie aus wie ein Junge mit ihren kurz geschnittenen Haaren und den geraden Hüften. „Machen Sie immer alles selbst?“

„Das meiste. Ich bin nicht gern von anderen abhängig. Außerdem brauche ich Ware für meinen Verkaufsstand an der Landstraße. Marmelade wird gut angenommen.“

June drückte die Gläser mit einem Holzlöffel unter Wasser. „Ganz schön mühsam. Sind Sie auch auf Märkten unterwegs?“

„Nein, mein Stand reicht mir. Wie geht es eigentlich Ihrem Arm?“, wechselte sie das Thema.

„Viel besser“, antwortete June knapp und legte den Löffel zur Seite.

Rosie wartete automatisch darauf, dass sie zu weiteren Erklärungen ausholen würde, doch es kam nichts mehr. Aber in ihr Gesicht kehrte Farbe zurück.

„Was jetzt?“

„Am besten breiten Sie ein Geschirrhandtuch auf dem Tisch aus und stellen die Gläser darauf ab.“

June folgte den Anweisungen und Rosie schleppte den Kochtopf zum Tisch. Gemeinsam füllten sie die Gläser, bis der letzte Tropfen Brombeermarmelade aufgebraucht war. Sie arbeiteten ohne zu sprechen. Als wüssten sie beide instinktiv, welche Handgriffe nötig waren. Stille senkte sich über die Wohnküche und Rosies unruhiges Gefühl wich einer betriebsamen Ruhe. Als sie fertig waren, hielt Rosie June den blutrot verschmierten Löffel hin. Ein zaghaftes Lächeln huschte über das Gesicht des Mädchens und sie leckte ihn genüsslich ab.

Ein Geräusch an der Haustür ließ sie innehalten.

„Mum, bist du da?“, rief Leah von draußen. Ihre Stimme klang versöhnlich, fast wie immer.

Rosie Herz machte einen Satz. Seit ihrer morgendlichen Begegnung im Garten neulich hatten sie nur kurz wegen des Beschnitts der Apfelbäume gesprochen, aber die heiklen Themen Hochzeit und Familienstammbaum ausgespart. Sie stellte den Topf in die Spüle und wischte sich die Hände an der Schürze ab.

Leah erschien mit einer prall gefüllten Tragetasche über dem Arm, aus der junge Tomatenpflanzen hingen. „Hallo, Mum. Finde ich gut, dass du die Außenmauer des Leuchtturms ausgebessert hast.“

„Es wurde Zeit“, sagte Rosie.

„Ich habe dir ein paar Setzlinge von Hugh mitgebracht."
„Oh, sind sie was geworden?", fragte Rosie überrascht und fühlte einen Widerstand in sich. Hugh war ein Büromensch, kein Gärtner. Sie gab sich einen Ruck, das Mitbringsel war eine schöne Geste. Dann würde sie eben neben dem Schuppen ein Tomatenbeet anlegen. „Danke."
Leah warf einen Blick auf June, die dabei war, ihre schwarz lackierten Fingernägel zu untersuchen.
„Ihr kennt euch gar nicht." Rosie setzte das schönste Lächeln auf, das sie zustande brachte, und hoffte inständig, dass Leah nicht von Amadeo anfing. Nicht vor June, die das nichts anging.
Leah betrachtete June argwöhnisch von Kopf bis Fuß, und Rosies Gedanken rasten. Sie kannte diesen Blick. Er war betont neutral, aber das Misstrauen darin förmlich greifbar. Es war die Art, wie sie den Kopf neigte und die Stirn in Falten legte. „Du heißt June, richtig? Ich bin Leah, Rosies Tochter."
„Hi. Ich lass euch mal allein." June erhob sich.
Rosie zwang sich zu lächeln. „Wie wäre es mit einem frischen Marmeladenbrot und einem Kräutertee?", imitierte sie die Frau aus der Brotaufstrich-Werbung, die sie neulich im Radio gehört hatte, und zog hastig einen Stapel Brettchen aus der Schublade.
„Ich habe schon gefrühstückt", erwiderte Leah und ließ sich auf die Eckbank plumpsen.
„Nein, danke. Sie wissen doch, dass Tee nicht mein Fall ist." June legte die Stirn kurz in Falten und setzte sich.
Zufrieden sah Rosie von einer zur anderen. „Die Marmelade ist warm. Bitte, bedient euch! Mit Butter schmeckt es noch besser." Sie schnitt ein paar Scheiben Körnerbrot ab und wandte sich an Leah. „Möchtest du ein paar Gläser mitnehmen? Die Brombeeren sind dieses Jahr exzellent."
Leah nickte. „Gerne. Die Tomaten brauchen übrigens sehr bald Wasser."

Rosie schob ihr ein paar Gläser hin. „Ich weiß."

Leah beobachtete June argwöhnisch, die nun doch ein Stück Brot nahm und eine dünne Schicht Marmelade darauf schmierte. „Ich habe gehört, dass dein Motorrad bei dem Unfall einiges abbekommen hat."

„Ja, ist blöd gelaufen. Ich werde einige Zeit brauchen, um es hinzubekommen." June schob sich das Brot in den Mund und kaute.

Rosie überlegte fieberhaft, was sie sagen könnte, um die Situation aufzulockern. Als Leah klein gewesen war, hatte sie das besser gekonnt. Den ganzen Tag hatten sie gemeinsam gesungen und gereimt. Leahs hatte von früh bis spät geplappert. Aber irgendwann waren Fragen entstanden, die alles verkomplizierten.

Die zähe Stille legte sich schwer auf ihre Schultern.

„Ist das Haus neben euch inzwischen vermietet?", begann sie und verteilte Tee auf drei Becher. Ihre Hand zitterte und sie hoffte, dass es nicht auffiel.

„Sieht so aus. Letzten Monat ist ein junger Kerl dort eingezogen. Er heißt Milo Stevens und kommt aus Brighton. Keine Ahnung, was ihn ausgerechnet nach Lockwood verschlagen hat. Hugh hat sich länger mit ihm unterhalten. Er hat ein riesiges, altes Boot in die Scheune gestellt und schraubt den ganzen Tag daran herum. Er scheint Mechaniker zu sein, hat diverse Schiffe wiederhergestellt und ist damit vor der Küste Großbritanniens herumgeschippert. Vielleicht macht er gerade ein Sabbatical oder sowas. Einen Job scheint er jedenfalls nicht zu haben, so oft, wie er bei seinem Boot ist."

„Endlich ist dort jemand eingezogen. Es ist nicht gut, wenn Häuser leer stehen", nahm Rosie den Faden auf, dankbar für ein Gesprächsthema, das außerhalb der gefährlichen Zone lag.

„Hast du jemanden für die Reparatur von deinem Motorrad?" Leah wandte sich an June. „Du möchtest doch bestimmt bald aufbrechen und zurück in die Stadt, oder?" Sie bewegte ihre Mundwinkel eine Winzigkeit nach oben, was ihrer Miene einen spöttischen Ausdruck verlieh.

Rosie hielt den Atem an, aber June schüttelte den Kopf. „Ich habe keine Eile. Und für meine Ducati finde ich eine Lösung."

„Ich könnte meinen neuen Nachbarn mal fragen, er scheint sich mit Elektrik auszukennen. Hugh meinte, Milo baut die komplette Inneneinrichtung seines Bootes neu." Leah nippte an ihrem Tee.

Der Vorschlag behagte Rosie nicht. June war gerade bei ihr eingezogen, und das aus gutem Grund. Sie durfte auf keinen Fall schnell wieder aufbrechen. „Ich weiß nicht", warf sie ein, „warum sollte er eine Ahnung von Motorrädern haben, wenn er ein Boot repariert?"

Leah zuckte die Schultern. „Ich glaube, er fährt selbst."

„Nicht nötig. Ich brauche keine Hilfe", erwiderte June mit fester Stimme und stand auf.

„Ich kann natürlich nichts versprechen. Aber fragen kostet nichts", fuhr Leah unbeirrt fort.

„Das ist nicht nötig. Meine Ducati bekomme ich allein hin. Es bringt Unglück, wenn andere daran herumschrauben." June schob das Brettchen weg und erhob sich. „Ich muss los. Danke fürs Brot, hat gut geschmeckt." Sie nickte Leah zu und verließ die Küche. Die Haustür fiel ins Schloss.

„Sie ist merkwürdig", sagte Leah.

„Ich finde sie nett." Rosie zerdrückte einen Brotkrümel zwischen ihren Fingern und fragte sich, ob das wirklich stimmte. Aber aus irgendeinem Grund hatte sie das Gefühl, Partei für das Mädchen ergreifen zu müssen.

„Sie ist abergläubisch und sieht aus wie eine linksradikale Motorradbraut."

„Vielleicht hat sie mehr durchgemacht, als man auf den ersten

Blick vermutet. Manchmal sieht man nicht hinter die Fassade", murmelte Rosie.

„Du verteidigst eine Fremde, die dir erst vor kurzem über den Weg gelaufen ist? So kenne ich dich gar nicht." Leah sah sie überrascht an.

Das klang wie ein Lob und Rosie fühlte sich ermutigt, weiterzusprechen. „Ich habe mitbekommen, dass sie sich für Kunst interessiert. Sie bewirbt sich an einer Hochschule in London. Das klingt eher konservativ als linksradikal, meinst du nicht?" Kaum hatte sie das gesagt, dämmerte ihr, dass sie eigentlich fast gar nichts über June wusste.

Leah zuckte die Schultern. „Vielleicht hast du recht. Aber ich denke, jemand wie sie ist auf der Flucht. Wovor, möchte ich lieber nicht wissen."

June

Mit knurrendem Magen stand June am nächsten Morgen in Rosies Wohnküche und schob eine Pfanne auf den gusseisernen Herd. Sie goss drei Fingerbreit Rapsöl hinein. Auf einem Teller daneben wackelte ein Turm geschnittener Kartoffelspalten. Sie beäugte den Kochlöffel aus dunklem Olivenholz in ihrer Hand, die Sachen in diesem Cottage waren so old style! Aber es war fair, dass sie die Küche mitbenutzen durfte, obwohl Rosie jedes Mal komisch guckte, wenn sie ihre Weißbrotsandwiches mit Cheddar und Senfmayonnaise schmierte.

Zum Glück war Rosie vorhin zu ihrer Tochter gefahren, so konnte June in Ruhe ihre Kartoffelspalten frühstücken, ohne dabei angestarrt zu werden. Sie warf ein paar Stücke in das zischend heiße Öl und tippte den Holzlöffel vergnügt auf den Rand der Pfanne. Kate hasste alles Frittierte, stattdessen nervte sie einen ständig damit, von ihren immergrünen Smoothies oder veganen Aufstrichen zu probieren.

June schob ihre Zeichensachen zur Seite, setzte sich auf den Küchentisch und knipste mit den Fingernägeln ein Blatt vom Basilikumbäumchen, das neben ihr auf der Fensterbank stand. Konnte man das pur essen? Sie steckte es in den Mund und sofort rauschte ein bitterer Geschmack über ihre Zunge. Schnell spülte sie ihn mit einem Schluck Milch hinunter.

Die Sonne brach durch die hellgraue Wolkendecke über der Bucht und erhellte die kleine Wohnküche. Fasziniert betrachtete June die winzigen Staubkörner, die um sie herumtanzten. Sie sprang vom Tisch und stellte das leere Glas auf die Arbeitsplatte. Draußen lag ein goldener Hauch über der Landschaft, eine unendliche Kombination aus schillernden Farben und fließenden Bewegungen. Als wäre das Licht lebendig, um alles in ein magisches Reich zu verwandeln. Die Luft flirrte, und ein Vogelschwarm kreiste dazu in perfekter Formation am Himmel. Über dem Heidekraut wirbelten Mücken umher. Selbst das Meer wirkte anders: In der Nähe der Küste flossen die Farben des Wassers in eine warme Palette aus Bernstein, Gold und Bronze über, in der Ferne verblassten kühle Schattierungen von Azur, Kobalt und Türkis. Alles leuchtete, als hätte jemand einen Eimer Farbe ausgeschüttet.

Wow.

June schmiss den Kochlöffel in die Spüle, schnappte sich ihren Skizzenblock und rannte ins Freie. Die Haustür klappte hinter ihr zu und sie drehte sich davor im Kreis. Die Sonne flutete die Landschaft auf eine Weise, die sie nie zuvor gesehen hatte. Die Findlinge glitzerten geheimnisvoll, der Leuchtturm warf einen bauchigen Schatten.

Sie blieb stehen und stieß einen Schrei aus, den der Wind sofort verschluckte. Das war es, oder? Dieses weiche Licht am Meer, auf das alle Künstler dieser Welt scharf waren. Sie streckte ihre Hand aus, selbst auf ihrer Haut lag ein weicher Schimmer.

Von Westen näherte sich ein neues Wolkenband. June rannte an die Klippenkante, es blieb nicht viel Zeit. Der Himmel konnte innerhalb weniger Minuten zuziehen. Sie blieb neben dem großen Findling stehen, der wie hingeworfen an der Steintreppe lag, die hinunter zum Strand führte. Er war von Rissen und Falten durchzogen und reichte ihr bis zu den Schultern. Moose und Flechten wuchsen darauf, oben besaß er eine Vertiefung. Sie kletterte hoch und setzte sich auf das von der Sonne aufgeheizte Plateau.

Wie von einem Thron aus überblickte sie von dort die ganze Bucht, der Wind rauschte in ihren Ohren. In den winzigen

Nischen zwischen den Felsen wuchsen Strandflieder und Schafgarbe. Das Meer funkelte wie ein Glitzerteppich, endlos, frei und unbesiegbar. Fasziniert ließ sie den Blick schweifen. Am Strand links unter ihr verwirbelten die Wellen Steine und Muschelreste und rieben sie zu Sand. Sie atmete die würzige Luft ein und versuchte, sich jedes winzige Detail einzuprägen. Die scharfen Kanten der Felsen vor ihr am Abhang, das leuchtende Grün von Moos und Algen darin, die verwaschenen Farben des Himmels. Den Geruch nach Wildheit und Weite.

In ihrem Kopf nahm wie von selbst ein Bild Gestalt an. Sie klappte den Skizzenblock auf und setzte den Stift an. Sie ignorierte den Druck in ihrem Arm und konzentrierte sich stattdessen auf die Umrisse der Klippen vor ihr. Ihre Hand zitterte und sie umklammerte den Stift, zwang sich, weiterzumachen. Sie dufte diesen kostbaren Moment nicht verschwenden. Wer wusste, wann er zurückkam.

Auf dem Papier erschienen die Schatten der Bucht. Sie tauchte in die Details ein, verwischte mit dem Daumen die Konturen und hob zwischendurch den Kopf, um neue Eindrücke in sich aufzusaugen.

„Mit dem Licht ist es wie mit dem Glück, oft kommt es zu denen, die es nicht erwarten“, sagte auf einmal eine dunkle Stimme hinter ihr.

June zuckte zusammen und drehte sich um. Henry stand vor dem Stein, die Locken mit einem Band zurückgebunden, das helle Leinenhemd bis zum Ellenbogen hochgekrempelt, die Füße in Flipflops. Er sah zu ihr hoch und sofort wünschte sie sich, unsichtbar zu sein.

„Hi“, murmelte sie und hielt seinen Blick kaum aus. Warum sagte er nichts?

„Dein Platz sieht gut aus. Und, ist das Bild so geworden, wie du es dir gewünscht hast?“

Verlegen klappte sie den Block zu. Was sollte das? Wollte er sie schmoren lassen? „Ich habe nur etwas ausprobiert."

Henry lächelte. „Stimmt, Kreativität ist fragil. Manche sagen, es bringt Unglück, über Unfertiges zu sprechen. Ich rede nie von meiner Arbeit. Erst wenn ich entscheide, sie zu zeigen. Und selbst dann fällt es mir schwer, sogar, wenn es nur eine kleine Skizze ist."

June versuchte, in seiner Miene zu lesen, welche Strategie er verfolgte. Aber sie fand nichts. Sie verlagerte ihre Sitzposition. „Sie malen auch? Ich habe gehört, Sie wären Bildhauer."

„Malerei, Bildhauerei, das lässt sich für mich nicht trennen. Wie oft habe ich mich von einem Gemälde inspirieren lassen oder Ideen anderer Künstler aufgegriffen und neu interpretiert. Kennst du die Skulptur ‚Der Denker' von Auguste Rodin?"

„Nur von Fotos", sagte sie wahrheitsgemäß und entspannte sich allmählich. Konnte es sein, dass sie doch unbemerkt entwischt war?

„Sie wurde von Gemälden des italienischen Künstlers Michelangelo beeinflusst."

Sie beschloss, ihn zu testen. „Und wo arbeiten Sie?", fragte sie wie beiläufig.

„Mein Atelier ist in meinem Haus zwei Meilen die Küste runter." Er deutete mit dem Kinn nach Osten, dann ließ er den Blick über die Bucht schweifen bis zu Rosies Cottage. Und erstarrte. „Oh mein Gott."

„Was ist denn?" June fuhr herum und der Skizzenblock fiel herunter ins Gras. Es dauerte einen Moment, bis das, was sie sah, ihr Hirn erreichte. Aus dem halboffenen Küchenfenster dampften graue Rauchschwaden.

Henry entledigte sich seiner Flipflops und rannte los.

Das Öl! Sie hatte die Pfanne auf dem Herd vergessen. Für einen Moment wurde ihr schwindelig. Dann kam die Panik. Sie sprang vom Findling und hetzte hinter Henry her. Kurz vor dem Cottage holte sie ihn ein. Er rüttelte am Knauf und warf sich gegen die Haustür, aber sie bewegte sich keinen Zentimeter.

„Verdammt, Rosie wollte die Tür doch reparieren", stieß Henry hervor. Die Locken klebten ihm verschwitzt am Kopf.

„Keine Ahnung." June sah sich hektisch um. „Was nun?"

„Ist sie drin?" Sein Gesicht war bleich.

„Nein, sie ist weggefahren."

„Bist du sicher?" Henry packte sie bei den Schultern.

Junes Gedanken rasten. Rosie war vor einer Stunde mit ihrem Pick-up los, oder? Sie unterdrückte ein hysterisches Schluchzen. „Doch, ja."

„Geh auf die Seite." Henry nahm Anlauf und trat mit voller Wucht gegen die Haustür. Das Holz ächzte kurz, dann gab es nach. Rauch quoll ihnen entgegen.

„Luft anhalten." Er hielt sich das Leinenhemd vors Gesicht und rannte hinein.

June zog sich das Halstuch über die Nase und folgte ihm. Sofort brannten ihre Augen. Sie blinzelte Tränen weg und atmete so flach wie möglich. Hoffentlich waren sie nicht zu spät.

In der Küche stand dicker Nebel. Mittendrin auf dem Herd qualmte die Pfanne. Blind und hustend drehte sie das Gas ab, schnappte sich einen Eimer und füllte Wasser hinein.

„Nein, bloß nicht, das macht es nur schlimmer", brüllte Henry. Er riss einen Deckel aus einer Schublade und warf ihn über die Pfanne. Dann schob er die Fenster auf und packte June am Arm. „Geh du raus, ich lüfte oben."

Sie nickte und verließ das Haus. Draußen hielt sie sich japsend die Seite. Ihr Hals kratzte, und sie hatte Durst. Henry erschien im ersten Stock und öffnete die Fenster. Langsam zog der Rauch davon.

June ließ sich ins Gras plumpsen und wischte den Schweiß von der Stirn. Das Herz klopfte ihr bis zum Hals. Eine gefühlte

Ewigkeit später setzte Henry sich keuchend neben sie und reichte ihr eine Flasche Wasser. „Bist du okay?“ Seine Stimme klang belegt.

Sie wagte es nicht, ihn anzusehen. Es war alles ihre Schuld. „Es geht mir gut.“ Sie umschlag ihre Knie und versuchte, das Zittern zu kontrollieren, das ihren Körper erfasste.

„Hast du die Pfanne mit heißem Öl auf dem Herd stehen gelassen?“

June massierte ihre Nase, die immer noch unangenehm kribbelte. „Ich ... ich wollte Frühstück machen, aber dann war da auf einmal dieses Licht. Es war so intensiv, da bin ich rausgelaufen. An die Pfanne habe ich in diesem Moment nicht mehr gedacht.“ Sie schluckte.

„Wir können von Glück sagen, dass nichts Schlimmeres passiert ist“, sagte er.

Hilflos hob sie die Schultern. „Ich habe das nicht gewollt.“ Ihr Hals brannte, aber das war nicht nur die Folge des Rauches. Sie fühlte sich schuldig und verantwortlich für das, was um ein Haar passiert wäre. Außerdem quälte sie das schlechte Gewissen wegen des Einbruchs.

Henry legte die Hand auf ihren Arm. „Ist ja noch mal gut gegangen.“

Sie ballte die Fäuste, brachte aber kein Wort heraus. Warum holte er nicht die Polizei? Oder schrie sie an, wie jeder es in dieser Situation getan hätte? Es war nur deshalb nichts passiert, weil er den Rauch bemerkt hatte. Sie hatte die Pfanne vergessen. Sie war wie immer schuld. Sie taugte nur für Chaos. Wenn Rosie das mitbekam, waren ihre Tage hier gezählt.

Rosie

„Mum, warte."

Rosie blieb mit zwei Kisten *Cox Orange* vor der Brust mitten im Hof vor Leahs Haus stehen. Die erdige Apfelsüße kribbelte in ihrer Nase. Sie hatte nur schnell Nachschub für ihren Straßenstand holen wollen und nicht damit gerechnet, dass Leah zu Hause war. Sie stellte die Kisten ab und wartete.

Leah lief mit zwei Mappen in der Hand auf sie zu, auf deren Vorderseite Fotos mit Blumenarrangements und Tischgestecken abgebildet waren. Ihr schwante, worum es ging. „Lass mich die Kisten kurz zum Pick-up bringen", erwiderte sie und marschierte weiter, froh darüber, ein paar Minuten Zeit gewonnen zu haben. Sie wuchtete die Äpfel auf die Ladefläche.

Leah lief neben ihr her bis zum Auto und sah sie erwartungsvoll an. „Ich habe endlich zwei Läden gefunden, die uns ein Komplettangebot für eine Winterhochzeit machen würden. ‚Enchanted Blossom' in Silverhire oder ‚Petals & Whispers' in Port Jacobs. Am liebsten hätte ich Amaryllis, Christrosen und Hängekätzchenweide. Ich stelle mir vor, dass sich die Blumen überall wiederfinden, im Brautstrauß, an den Kirchenbänken und abends auf den Tischen beim Essen. Was meinst du?"

Rosie warf nur einen flüchtigen Blick auf die Mappen in Leahs Hand. Auf den Bildern waren unzählige, üppige Sträuße auf vornehm gedeckten Tafeln dekoriert. Ein Meer aus Blüten und Farben. Sofort hatte sie das Gefühl, von einer turmhohen Welle aus Sorge überrollt zu werden. „Das klingt gut. Was meint

Hugh dazu?“ Sie zwang sich, ruhig weiter zu atmen, damit Leah ihren Widerwillen nicht spürte.

Leah klemmte sich die Mappen unter den Arm und machte eine wegwerfende Handbewegung. „Er ist so lieb und überlässt mir die Entscheidung. Aber das macht es nicht leichter. Beide Angebote sind gut, aber der Laden in Port Jacobs liefert nur gegen Aufpreis. Bei den anderen ist alles mit drin.“

Rosie malte mit der Fußspitze einen Halbkreis in den Sand. „Dann ist die Entscheidung nicht so schwer, oder?“

Leah beugte sich vor. „Du hast dir die Fotos gar nicht richtig angesehen.“

Rosie wich ihrem bohrenden Blick aus. „Ich verstehe nichts davon. Ist es wichtig, ob Blumen auf dem Altar stehen?“

Leah lehnte sich an den Pick-up und verschränkte die Arme. „Natürlich ist es das. Wenn ich heirate, soll an diesem Tag alles perfekt sein.“

„Ihr wollt diesen Winter noch …? Es geht alles so schnell.“ Rosies Stimme war belegt. Leah legte ein rasantes Tempo vor, viel zu rasant. Das konnte nicht gut gehen.

„Warum freust du dich nicht für mich?“

Rosies Herz wurde schwer. Wenn Leah wüsste, was sie alles hatte ertragen müssen, nur weil sie sich mit Haut und Haaren auf Amadeo eingelassen hatte. Es gab Wunden, die verheilten nie. „Ich mache mir nur Sorgen. Was ist, wenn das mit euch nicht gut geht? Hast du darüber nachgedacht?“

„Was hast du nur? Ich liebe Hugh und er mich. Wenn du dich nicht nur für deinen Leuchtturm interessieren würdest, dann wüsstest du das. Dann hättest du vielleicht auch mehr Glück in der Liebe gehabt.“

Rosie griff nach Leahs Hand, aber ihre Tochter wich einen Schritt zurück. Die Distanz tat ihr körperlich weh. „Ich wünsche euch von Herzen alles Gute, nur das Leben meint es oft nicht gut mit einem." Was Leah sagte, stimmte nicht. „Ich interessiere mich für andere. Ich habe June nach ihrem Sturz sogar eine Bleibe angeboten."

Leah nahm einen Apfel aus einer Kiste und biss hinein. Der Saft spritzte und ein Tropfen lief ihr Kinn entlang wie eine verirrte Träne. „Ich kann mir nicht vorstellen, dass du das ernst meinst. Du und eine gepiercte Motorradbraut unter einem Dach, das passt nicht. Früher oder später wirst du sie aus deinem Leben stoßen, so wie du es mit mir machst. Du kannst gar keine Nähe zulassen. Das sieht man ja an Henry." Leahs wirkte auf einmal kämpferisch und voller Leidenschaft. Wie ihr Vater.

Rosie sog Luft ein, so hart trafen sie die Worte. Wie scharfe Pfeile drangen sie durch ihre Haut.

June

Nachdem Henry weg war, packte June ihren Seesack und warf einen letzten Blick in das Leuchtturmzimmer. Ihr Magen knurrte, aber sie hatte keine Zeit zu verlieren. Rosie konnte jeden Moment aus Lockwood zurückkommen. Dann würde sie sofort wissen, dass sie um ein Haar das Cottage abgefackelt hatte. Mietvertrag hin oder her, es war klar, dass Rosie sie rauswerfen würde. Jeder würde das tun. Keiner riskierte eine Mieterin wie sie.

Ein letztes Mal nahm sie die kühle Beständigkeit der Mauern in sich auf, als könnte sie davon etwas mitnehmen. Wie es wohl wäre, wenn sie für immer einen Ort wie diesen hätte, an dem sie laut denken konnte und kein Chaos ausbrechen würde? Aber sowas gab es für sie nicht. Sie stieg die Treppe hinunter und trat vor die Tür. Die Wolken hingen tief und rochen nach Spätsommerregen.

Aus dem Schornstein des Cottage stieg sanfter Rauch empor und die Fensterscheiben glänzten frisch geputzt. Henry hatte die Eingangstür provisorisch repariert und Rosie eine Nachricht hinterlassen. June beschloss, etwas zu Essen aus der Küche mitzunehmen, bevor sie abhaute. Sie hatte keine Ahnung, wann sie die nächste Mahlzeit bekäme. Sie holte ihr Handy aus der Tasche und scrollte zu Lionels Nummer.

Er nahm sofort ab. „Hey, June. Von den Toten auferstanden?" Im Hintergrund surrte Stimmengewirr.

Mit dem Telefon am Ohr lief sie zum Haus. „Hi Lio, sorry, dass ich mich erst jetzt melde. Ich bin noch an der Küste unterwegs, brauche aber einen neuen Unterschlupf. Kann ich ein paar Tage bei euch pennen? Bei meinen Eltern ist es gerade … naja … ungünstig."

„Leute, hört her! June ist wieder im Spiel." Gejohle brach rund um ihn los.

„Heißt das, ja?" Vorsichtig zog sie die gesplitterte Haustür auf. Der Ölgeruch hatte sich fast komplett verzogen.

„Wer hat ein Bett für June? Eins, zwei, drei, ich sehe zehn Hände. Du hast die Wahl. Auf der WG-Couch ist auch immer ein Plätzchen frei." Er lachte.

In der Küche öffnete sie einen Hängeschrank und blickte auf Teemischungen im Glas, Kräuter der Provence, Oregano, Muskat und einen ganzen Stapel Zimtstangen. Dahinter erkannte sie die Umrisse einer Zwieback-Packung. Okay, besser als nichts.

„Wo bist du?", wollte Lionel wissen, „wir haben uns Sorgen gemacht."

„Am Meer, in Lockwood. Kennst du sicher nicht, ist so ein kleines Dorf mit Leuchtturm." Sie biss von einem Zwieback ab und kaute geräuschvoll.

„Echt? Bist du von Außerirdischen entführt worden?"

„Sehr witzig. Ich musste mich nach dem Schwimmbadunfall verdrücken. Auf dem Weg die Küste entlang hatte ich einen kleinen Unfall und bin hier bei einer Leuchtturmwärterin untergekrochen."

„Shit, das klingt nicht gut."

„Geht schon, aber ich habe die Ducati geschrottet."

„Du machst mir Angst. Seit wir uns kennen, hatte sie nie einen Kratzer. Sollen wir sie abholen und bei uns in die Garage stellen? Jack hat im Moment den Hänger von seinem Onkel. Wenn du willst, können wir das gegen Abend noch erledigen."

„Das wäre cool. Sie steht im Schuppen neben dem Cottage. Der ist immer offen."

„Klar, das kriegen wir hin, dann nehmen wir dich gleich mit zu uns." Pfiffe und Fußgetrampel ertönten. „Seit dem letzten Artikel bist du übrigens berühmter als vorher."

Sie sah O'Connors grinsendes Gesicht vor sich und zog die Riemen des Seesacks enger. „Wär das okay, wenn ich nicht auf euch warte? Trampen geht schneller, ich muss hier dringend weg. Warum, erzähl ich dir später, wenn ich in Port Jacobs bin. Haben die Bullen euch eigentlich verhört?"

„Kein Problem. Hier war alles ruhig. Keine Polizei, keine Journalisten. Sarah wollte zu Rae ins Krankenhaus …"

June hielt sich an der Arbeitsplatte fest.

„… aber sie durfte nicht zu ihm."

Daran wollte sie jetzt nicht denken. Weder an Rae noch an ihre Familie. Aber in Port Jacobs waren Lionel, Jack und Sarah und ein gefüllter Kühlschrank in der WG. Dort hatte sie einen Platz, um ihre Bewerbungsmappe weiter zu bearbeiten.

Sie sah auf die Uhr und öffnete hastig die Vorratskammer, in der gepökelte Fleischstücke und Würste über einer Leine hingen. Sie angelte zwei Hände voll herunter und stieß dabei mit dem Ellenbogen gegen das Regal neben der Tür. Eine Plastikschüssel mit Trockenhefe und einem Päckchen dahinter fiel auf den Steinboden. Die Kordel löste sich und ein Stapel alter Fotos rutschte heraus.

„Er wird wieder, June. Du kannst nichts dafür."

„Scheiße", fluchte sie und bückte sich.

„Wie?"

„Sorry, hier ist was runtergefallen. Hör zu, ich muss mich beeilen. Ich schick dir gleich den Standort der Ducati. Hast du was von Curt gehört? Ich habe einen Titel zu verteidigen."

„Ich weiß, ich weiß. Er hat bisher nichts von sich hören lassen."

„Okay, dann bis später." Sie stopfte das Handy in ihre Hosentasche und hob die Fotos auf. Auf dem ersten war eine junge

Frau im Badeanzug zu sehen, die vor einer Strandbar auf einem Liegestuhl saß und lachte. *Bagno 402* stand auf einer Aufstelltafel neben ihr, darauf die Angebote des Tages in Kreideschrift. „Pizza Margherita, Insalata Caprese, Fritture con aglio. Birra."

June erkannte das schmale Gesicht mit dunklen Augen. Rosie. Der Rest der Fotos gehörte zur selben Serie. Rosie mit einem Campari-Orange auf einem Mäuerchen sitzend, Rosie bekleidet mit einem Strohhut, einen Kussmund in Richtung Kamera formend.

Am letzten Bild hing ein blassgrüner Zettel, der June bekannt vorkam. Sie klappte ihn auf.

Eilig stopfte sie das Päckchen zurück ins Regal. Das ging sie alles nichts an. Sie legte Rosie eine Nachricht auf den Küchentisch. „Mein Motorrad wird heute noch abgeholt." Mehr musste sie nicht wissen. June schickte Lionel den Standort des Schuppens und verließ das Cottage in Richtung Landstraße.

Rosie

Kurze Zeit später lenkte Rosie ihren Pick-up von Lockwood zurück zum Cottage und der kleine Lavendelstrauß am Rückspiegel baumelte wie wild hin und her. Leahs Vorwürfe nagten an ihr. Dabei meinte sie es doch nur gut! Etwas zu schnell fuhr sie auf ihren Stellplatz vor dem Gartentor und musste scharf bremsen. Sie stieg aus und wuchtete die Apfelkisten und Körbe von der Ladefläche vor den Schuppen. Aufräumen würde sie später, zuerst brauchte sie eine Kanne Rosentee und einen warmen Platz für ihre schmerzenden Füße.

Sie näherte sich dem Haus und stutzte. Was war mit der Tür passiert? Der Knauf hing schief und über das Holz verliefen Risse. Beunruhigt lief sie um das Haus herum und stellte fest, dass die Fenster allesamt gekippt waren. Das war merkwürdig. Normalerweise achtete sie darauf, alles zu verschließen, wenn sie wegfuhr. Sie legte die Hand auf den Türknauf und entdeckte eine Notiz, die unter der Fußmatte hervorlugte.

> „Meine Liebe, nicht erschrecken, jetzt ist die Tür endgültig kaputt. Aber keine Angst, ich besorge dir eine neue! Drinnen riecht es ein bisschen. Ich habe alle Fenster geöffnet. Erzähl dir später, warum.
> Love, Henry“

Sie steckte die Nachricht ein und drückte vorsichtig gegen das zugerichtete Holz. Die Tür ging knarzend auf. Automatisch suchte sie den Boden des Eingangsbereichs nach dem Keil ab, der dort gewöhnlich lag, aber er war nicht zu sehen.

Im Flur hing der Geruch von verbranntem Fett. Sie rieb sich die Nase, schlüpfte aus ihren Schuhen und lief in die Küche. Am Herd stand eine offene Flasche Rapsöl, in der Spüle lag ihre größte Pfanne, überzogen von einer dicken, schwarzen Schicht.

„June?", rief sie alarmiert.

Stille.

Nervös rückte Rosie die Kräutertöpfe auf der Fensterbank zurecht und richtete das umgefallene Basilikumbäumchen auf. Ihr Blick fiel auf einen Zettel, der auf dem Küchentisch lag. „Mein Motorrad wird heute noch abgeholt." Keine Anrede, keine Unterschrift. Das musste June geschrieben haben. Was hatte das zu bedeuten? Rosie ließ Wasser in die Pfanne laufen und räumte das Rapsöl zurück in den Küchenschrank. Auch dort herrschte Chaos. Alle Kräutertütchen lagen aufeinander, der Boden des Faches war mit Pfefferkörnern und Zimtstaub bedeckt. Von den Öl- und Essigflaschen stand keine an ihrem Platz. An der Borte des Wünscheglases hing grüner Pfefferstaub.

Was war hier passiert?

Sie lief ins obere Stockwerk, in dem sich ihr Schlafzimmer und ein kleines Bad befanden. Auch hier roch es verbrannt. Ein feiner Dunstschleier waberte unter der Balkendecke. Sie öffnete die Fenster sperrangelweit und wedelte mit dem Geschirrtuch frische Luft herein, um den unangenehmen Geruch zu vertreiben.

Der heiße Tee musste warten. Sie vertagte den Gedanken an Erholung und eilte zurück ins Erdgeschoss, ohne auf ihre schmerzenden Füße Rücksicht zu nehmen. Für das Chaos und den Geruch im Haus gab es nur einen Grund. Sie musste June finden und einiges mit ihr klären.

Sie verließ das Cottage und stieg entschlossen die Wendeltreppe des Leuchtturms hoch. Auf der kleinen Zwischenetage angekommen, riss sie Junes Tür auf, ohne anzuklopfen. „Junges Fräulein …“, polterte sie los und prallte im selben Moment zurück. Der Raum war verwaist, bis auf die zerwühlte Tagesdecke auf dem Bett und eine zusammengeknüllte Packung Zigaretten auf dem Nachtschrank.

Sie zog die Schubladen der Kommode auf und öffnete den Kleiderschrank. Nichts. Im Mülleimer steckte ein in zwei Teile gerissenes Blatt Papier. Mit zittrigen Händen holte sie es heraus. Der Mietvertrag.

Wie in Trance drehte sie sich um. Das war alles ein böser Traum. June war bestimmt draußen oder im Schuppen. Sie musste irgendwo sein!

Rosie verließ den Turm, lief an den Strand und suchte das gesamte Grundstück ab. Außer Atem erreichte sie den Schuppen. Erschöpft wischte sie sich den kalten Schweiß von der Stirn. „June, sind Sie da drin?“ Sie schob das Tor auf, aber auch hier war niemand. Nur das Motorrad stand mitten im Raum, daneben ein paar ölverschmierte Tücher am Boden.

Sie lehnte sich gegen die Holzwand. Nur langsam drang die Realität zu ihr durch. Im Cottage roch es nach verbranntem Öl und June war weg. Sie hatte den Mietvertrag zerrissen und war verschwunden. Rosies Blick kreiste durch den Schuppen, der sich zu drehen begann wie ein altes Kettenkarussell. Wie sollte sie ohne das Mädchen als Mieterin die Umbaupläne von Ephraim Young blockieren?

Sie verließ den Schuppen und setzte sich auf die Gartenbank neben den blühenden Hortensienbüschen. Das Gefühl des Ausgeliefertseins überfiel sie, und sie vergrub das Gesicht in den Händen. Ihr warmer Atem strömte gegen die Innenseite ihrer Handflächen und sie zwang sich, ihre Gedanken zu sortieren. War June nach Port Jacobs zu ihren Eltern zurückgegangen? Oder hatte sie sich an die Straße gestellt, um per Anhalter weiter nach Westen zu gelangen? Es war doch hoffentlich nichts passiert?

Rosie sah auf die Uhr. Weit konnte sie nicht gekommen sein. Sie erhob sich ruckartig und holte aus dem Haus ihren Autoschlüssel. Auf dem Weg zurück zum Stellplatz lief sie Leah in die Arme, die von der Einfahrt auf sie zu kam. Rosies Finger krallten sich um den Schlüsselbund.

„Du hast die Kartoffeln vergessen", rief Leah und deutete auf den Kofferraum ihres SUV. Dann lief sie zögerlich weiter. „Wegen vorhin …" Sie blieb vor Rosie stehen und sah vorsichtig hoch. „Ich kann nachvollziehen, dass du dir Sorgen machst. Aber das ist völlig unnötig. Ich bin erwachsen und kann sehr gut auf mich allein aufpassen", sagte sie mit versöhnlichem Ton in der Stimme.

„Ich weiß." Rosie beschloss, es dabei zu belassen. Sie hatte jetzt nicht die Nerven für ein ausführlicheres Gespräch. „Danke für die Kartoffeln." Sie schielte über Leah hinweg zu ihrem Pick-up.

„Wie geht es deiner Mieterin?", fragte Leah auf einmal, zog einen Zahnstocher aus der Tasche und kaute darauf herum.

Eine Hitzewelle erfasste Rosie und sie entledigte sich ihrer Strickjacke. „Es … es geht ihr prima."

„Es muss ein heftiger Unfall gewesen sein". Auf Leahs Stirn bildete sich eine winzige Falte.

„Wie?" Rosie hatte Mühe zu folgen. In Gedanken war sie längst auf der Straße, um das Mädchen zu suchen.

„Junes Sturz mit dem Motorrad."

Sie nickte langsam und massierte ihre Finger, die auf einmal anfingen zu kribbeln. „Ach so. Ja. Sie … sie ist zu schnell gefahren und im Regen ausgerutscht."

„Erstaunlich, dass sie immer noch hier wohnt." Leah schaute nachdenklich in Richtung Leuchtturm. Sie hatte es offenbar nicht eilig. „Wo ist sie eigentlich?"

„Wer?“, fragte Rosie verwirrt.

„Na, diese June.“

Rosie verlagerte ihr Gewicht von einem Fuß auf den anderen. „Ich denke, sie schläft noch. Liebes, können wir später weiterreden? Ich bin auf dem Sprung. Hab etwas Wichtiges zu erledigen.“

„Hast du die Fenster auf der Galerie inzwischen erneuert?“

„Ich bin dran. Du weißt ja wie das ist mit Handwerkern. Es dauert alles ewig.“ Rosie machte eine übertrieben ausschweifende Handbewegung und lief einige Schritte weiter zu ihrem Auto. Sie hatte jetzt keine Muße, über die undichten Fenster zu sprechen. Sie musste June suchen!

„Es fühlt sich eigenartig, dass eine Fremde in meinem Zimmer wohnt.“ Leah schloss zu ihr auf.

Rosie seufzte. „Wirklich? Du bist doch schon vor Ewigkeiten Jahren ausgezogen. Warum sollte es dich stören?“

„Ist nur ein Gefühl.“ Leah hievte die Kartoffelsäcke von der Ladefläche.

„Es wird immer dein Zimmer bleiben.“ Rosie drehte den Autoschlüssel zwischen Zeigefinger und Daumen.

„Ich geh mal zu ihr rüber.“

„Warte.“ Rosie versperrte ihr den Weg.

Leah legte verwundert den Kopf schief. „Warum bist du denn so nervös? Stimmt etwas nicht?“

Sofort setzte Rosie ein strahlendes Lächeln auf. „Ich meine, das brauchst du nicht. Warte kurz hier und ich sehe schnell nach, ob June wach ist.“

Sie hetzte zurück zum Leuchtturm. Du liebe Gute, was sollte sie jetzt tun? Leah durfte auf keinen Fall erfahren, dass June weg war. Das würde all ihre Vorurteile bestätigen. Der Wind blies ihr herausfordernd ins Gesicht und trug den intensiven Geruch von Seetang herüber.

Rosie hetzte die Wendeltreppe des Leuchtturms hinauf und hoffte inständig, dass Leah ihr nicht folgte. Vor dem verwaisten Zimmer hielt sie an, lehnte die Stirn an das Holz und stellte sich vor, wie June auf der anderen Seite der Tür im Halbdunkel schlief, die Decke bis zum Kinn und die kurzen schwarzen Haare in Unordnung. Über dem Stuhl neben ihrem Bett hingen die Kleidungsstücke, ihre Motorradhose und ein langärmeliges, graues Shirt. Auf dem Nachtschrank lagen eine leere Packung Zigaretten und ein Plastikfeuerzeug mit dem Symbol eines Pubs aus Port Jacobs.

Sie malte sich jedes Detail aus, bis sie das Gefühl hatte, dass es genauso sein könnte. Bis der Druck in ihrem Bauch ein wenig nachließ. Als sie sich wieder gefangen hatte, kehrte sie nach draußen zurück.

Leah kam ihr entgegen. „Sorry, ich muss los. Die Inhaberin von ‚Petals & Whispers' hat mich gerade angerufen. Ich kann mich in einer halben Stunde mit ihr treffen."

„Okay, dann hast du dich entschieden?" Fast dankbar nahm Rosie den Faden auf, obwohl ihr das Thema überhaupt nicht behagte.

„Noch nicht, aber vielleicht bringt mich das Gespräch weiter." Leah wandte sich zum Gehen. „Hast du June gesprochen?"

„Es ist, wie ich dachte. Sie schläft", brachte Rosie hervor und wich ihrem Blick beschämt aus.

Leah zögerte einen Moment, dann zuckte sie die Schultern. „Vielleicht beim nächsten Mal."

„Klar." Rosie fuhr sich über den Dutt und folgte Leah bis zum Gartentor. Das Herz klopfte ihr immer noch hart in der Brust, aber sie zwang sich, die Hand zu heben und zum Abschied zu winken.

Als Leah außer Sichtweite war, stieß Rosie einen Fluch aus, zog ihren Autoschlüssel aus der Tasche und sprang in ihren

Wagen. Sie würgte ihn mehrfach ab, dann startete der Motor und sie bretterte los. Sie fuhr mit Vollgas den Kiesweg zur Landstraße vor und kurbelte das Fenster herunter, erleichtert über den kühlen Fahrtwind.

An der T-Kreuzung bremste sie. In welcher Richtung sollte sie zuerst suchen? Sie starrte auf die leergefegte Straße und entschied sich für den Weg nach Port Jacobs. June wollte sicher zurück in die Stadt. Sie gab Gas und folgte der kurvigen Küstenstraße. Heidekraut und üppiges Grün rasten vorbei, aber außer ein paar grasenden Schafen war weit und breit niemand zu sehen. Rosie umklammerte das Lenkrad, bis ihre Knöchel weiß hervortraten. Durch Leahs Besuch hatte sie wertvolle Zeit verloren. Hoffentlich war June noch in der Nähe.

Nach endlosen Minuten der einsamen Fahrt entdeckte sie hinter einer Kuppe eine gebückte Gestalt, die auf einem Stein saß, ein großes Gepäckstück neben sich. Sie setzte den Blinker und hielt auf dem Seitenstreifen. Aber das Mädchen nahm keine Notiz von ihr, sondern starrte vor sich auf den Boden, ohne sich zu regen.

Rosie stieß die Beifahrertür von innen auf und musterte sie. Sie sah blass und übernächtigt aus und hatte mit Make-up und Eyeliner versucht, Farbe und Konturen in ihr Gesicht zu bringen. „Hier sind Sie also."

June antwortete nicht.

„Steigen Sie ein, wir fahren nach Hause."

Stille.

Rosie seufzte. „Hier fährt nur alle Schaltjahre ein Auto vorbei. Da können Sie lange warten, bis Sie wegkommen. Wo wollen Sie überhaupt hin?"

„Lassen Sie mich in Ruhe."

Rosie schaltete den Motor ab und lehnte sich im Sitz zurück. Sie musste June unbedingt ins Auto bekommen, nur wie? Von vorne zog eine schwarze Wolkenwand heran. Auf die Windschutzscheibe platschten die ersten Regentropfen. „Es dauert nicht mehr lange, bis es schüttet“, stellte sie fest.

June zog die Schultern hoch. „Ist mir egal“, brummte sie.

Ein paar Sekunden verstrichen, ohne dass jemand etwas sagte. Der Regen nahm zu und lief von innen über die Beifahrertür. Rosie rutschte auf ihrem Sitz herum. „Jetzt steigen Sie bitte ein, Sie holen sich sonst den Tod.“ Sie zögerte. „Ich ... ich bin nicht böse wegen der Ölpfanne.“

June blinzelte und beugte sich vor. Regen tropfte aus ihrem Haar. „Warum nicht?“

„Einfach so“, meinte Rosie und gab sich Mühe, neutral zu klingen, dabei war sie sauer, stinksauer sogar! Aber sie wusste, dass es besser war, ihren Ärger zu unterdrücken. Wenn sie wollte, dass June aufstand und in den Wagen kletterte, sollte sie den Mund halten. „Jetzt kommen Sie schon.“

„Wirklich?“ Ein bisschen Farbe kehrte in Junes Gesicht zurück.

Rosie seufzte und startete den Motor.

June warf ihren Seesack auf die Rückbank und kauerte sich zitternd auf den Beifahrersitz. Ihre Sachen waren komplett durchnässt und ihre Hände weiß vor Kälte.

Rosie wendete den Wagen. „Sie sind ja ganz durchgefroren“, sagte sie leise und drehte die Heizung hoch.

„Ich bin okay“, murmelte June und knetete ihre Finger.

Der Regen prasselte aufs Autodach und Rosie warf dem Mädchen einen schnellen Seitenblick zu. Wie zerbrechlich sie wirkte mit ihrer engen Kleidung und dem schmalen Gesicht.

Regen und Wind drückten seitlich gegen das Auto, und Rosie hatte Mühe, den Wagen in der Spur zu halten. June saß unbeweglich neben ihr und sagte kein Wort. Langsam erwärmte die hochgedrehte Heizung die Luft.

Rosie parkte den Pick-up vor ihrem Grundstück, aber June

machte keine Anstalten auszusteigen. Rosie gab sich einen Ruck. „Wo wollten Sie eigentlich hin?"

June legte die Hand auf den Türöffner. „Zurück nach Port Jacobs. Ich habe gedacht, Sie schmeißen mich sowieso raus."

Rosie nickte. „Verstehe. Aber das tue ich nicht." Ihre Finger kribbelten. „Ich möchte, dass Sie bleiben."

„Okay, danke." June sah sie einen Moment an, dann öffnete sie die Tür und sprang hinaus in den Regen. Sie schulterte ihren Seesack und rannte mit ausladenden Schritten zum Leuchtturm.

Rosie sah ihr nachdenklich hinterher. Was würde als Nächstes passieren? Sie wurde das Gefühl nicht los, dass Junes Anwesenheit auch künftig mit Komplikationen verbunden sein würde. Aber sie brauchte das Mädchen im Leuchtturm, nur so ließ sich verhindern, dass Lockwood dort die Wände einriss. Sie kramte ihren Geldbeutel heraus und befühlte den alten Zettel. „Ich werde weitermachen, versprochen", flüsterte sie in das dumpfe Trommeln der Regentropfen auf dem Dach.

Zurück im Haus feuerte Rosie den Ofen an, aber die feuchte Kälte saß ihr in den Knochen und wollte nur schwer weichen. Immer wieder schaute sie aus dem Fenster hinüber zur Eingangstür des Leuchtturms, als bestünde die Gefahr, dass June gleich wieder mit Sack und Pack verschwand. War ihre Flucht nur der Versuch gewesen, einem Rausschmiss zuvorzukommen? Oder verbarg sich mehr dahinter? Da waren dieselbe Dringlichkeit und Not in Junes Miene gewesen wie neulich Nacht am Strand. Etwas, dass Rosie an früher erinnerte, obwohl sie es tief in sich verschlossen hatte.

Sie öffnete den Küchenschrank und hob das Wünscheglas heraus. Behutsam klopfte sie den Kräuterstaub von der Borte und stellte das Glas auf den Küchentisch. Dankbarkeit machte sich in ihr breit. Wie oft ihr die kleinen Botschaften aus Kummer und Verzweiflung geholfen hatten! Sie öffnete den Verschluss und steckte die Hand hinein. Wie ferngesteuert griffen ihre Finger nach einem orangefarbenen Zettel. Sie zog ihn heraus und umschloss ihn mit ihrer Hand. „Wenn du nicht mehr weißt, warum du besonders bist.“ So stand es in Eves Brief. Rosie faltete das Papier vorsichtig auseinander.

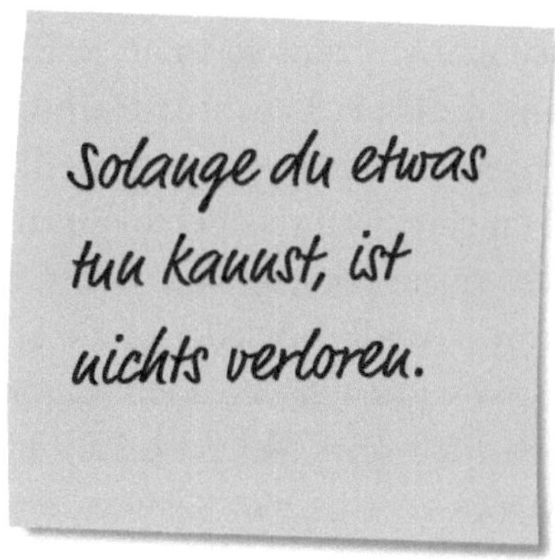

Sie legte es zur Seite und dachte darüber nach, was das bedeutete. Ein vager Gedanke schlich sich in ihren Kopf. Sie holte ein Blatt Papier und ihren Füllfederhalter und schrieb einen neuen Mietvertrag. Dann trug sie das Wünscheglas und den Vertrag zum Leuchtturm und stellte beides mit klammen Fingern vor Junes Zimmertür. Noch nie hatte sie Eves Zettel aus der Hand gegeben. Sie wusste auch nicht, woher sie den Mut nahm, es zu tun. Sie wusste nur, dass es eine Chance mehr war, June zum Bleiben zu bewegen.

June

Am nächsten Morgen schlug June die Bettdecke zurück und schlüpfte in ihre Klamotten. Ihre Nackenmuskulatur schmerzte, trotzdem fühlte es sich gut an, in diesem Leuchtturmzimmer aufzuwachen. Sie hatte Lionel gestern noch geschrieben, dass er die Ducati nicht zu holen brauchte, weil sie doch hierbleiben würde. Zum Glück war er nicht sauer gewesen wegen des Hin und Her, wollte aber wissen, wann sie endlich wieder in die Stadt zurückkam.

June berichtete von ihren Plänen, dem Stunk mit ihren Eltern und warum der Leuchtturm der perfekte Ort war, um ungestört an ihrer Mappe zu arbeiten. Sie wusste zwar, dass Lionel nichts damit anfangen konnte, aber er hatte sich netterweise mit negativen Kommentaren zurückgehalten.

Im Bad spritzte sie sich Wasser ins Gesicht und spürte sowas wie Vorfreude auf ein Frühstück drüben im Cottage. In Kürze könnte sie mit der Reparatur der Ducati beginnen. Zufrieden über diese Aussicht, öffnete sie die Zimmertür und betrat die kleine Empore. Dabei stieß sie mit dem Fuß gegen etwas Hartes, das am Boden stand.

Das bauchige Einmachglas mit den bunten Zetteln aus der Abstellkammer. Daran lehnte ein weißer Umschlag mit einem neuen Mietvertrag. Rosie hatte unterschrieben und ein Feld neben ihrer Unterschrift freigelassen. Sie meinte es ernst mit einer zweiten Chance. June legte den Vertrag und das Zettelglas auf den Tisch. Rosie war stinksauer gewesen, als sie es sich für ihre Pinsel holen wollte. Und jetzt stellte sie es ihr hin?

Sie befühlte die vergilbte Spitzenborte, die unter dem Verschluss einmal um das Glas herumgebunden und verknotet war. Daran klemmte ein Stück Papier, was genauso alt zu sein schien wie die Zettel. Sie zögerte, aber dann rollte sie es auseinander und las.

Meine liebe Rosie,

Der erste Schritt in ein neues Leben ist geschafft: Du hast ein prächtiges Mädchen auf die Welt gebracht. Ich bin mir sicher, dass sie wie Du ihren Weg gehen wird! Glaub mir, Du bist stärker, als Du denkst, und mutiger, als es scheint, auch wenn du allein lebst! Behalte trotz allem die Liebe im Herzen. Wenn Du das in dieser dramatischen Zeit schaffst, entsteht daraus nur Gutes. Nimm dafür mein Geschenk zu Hilfe – es enthält alles, was ich Dir mit auf den Weg gebe: gesammelte Wünsche, Vorsätze, Aufgaben und Ratschläge für das kommende Jahr und ein neues Leben.

Ich habe Dich so gerne begleitet, aber jetzt muss ich weiterziehen. Geh auch Du Deinen Weg weiter und lass Dich überraschen, in welche Richtung er führt.

So funktioniert das Wünscheglas: Immer, wenn Deine Gefühle überhandnehmen und Du nicht weißt, wohin mit Dir, ziehe einen Zettel. Denkst Du dabei an die Vergangenheit, nimm einen Blauen. Wenn Du eine Aufgabe brauchst, wähle einen Grünen. Wenn Du nicht mehr an Dich und Deine Zukunft glaubst oder wenn Du vergessen hast, warum Du besonders bist, ziehe einen Orangefarbenen.

In Liebe, Deine Eve

June ließ den Drahtbügelverschluss aufschnappen. Das Gummi schnalzte, und sie nahm eine Handvoll Zettel. Ganz schön viel alter Plunder.

Der blassgrüne Zettel an den Strandfotos aus Rosies Vorratskammer sah genauso aus wie die Dinger in diesem Wünscheglas. Selbst die Schrift war identisch. Die Hebamme hatte nicht gewollt, dass Rosie sich schuldig fühlte? Aber wieso?

Es ging bestimmt um einen Kerl. Irgendetwas war mit ihm passiert. Vielleicht hatte er Rosie geschwängert und sich dann verdrückt. Und sie in dem Glauben zurückgelassen, dass es ihre Schuld war?

June ließ die Zettel wieder los, klappte den Deckel zu und stellte das Glas neben sich auf den Parkettboden. Was soll's. Es ging sie nichts an, ob Rosie vor hundert Jahren wegen eines Typen Stress gehabt hatte. Sie hatte genug eigene Sorgen, in wenigen Wochen stand der Abgabetermin für ihre Mappe an. Ihr Blick wanderte zu ihren Mal- und Zeichensachen, die sorgfältig ausgebreitet auf dem Tisch lagen.

Sonnenstrahlen fielen durchs Fenster und erleuchteten den Boden, feine Staubkörner schwebten in der Luft. Sie legte ihre Hand in den Lichtklecks und erspürte die Wärme. Hinter dem Wünscheglas erschien ein bunter Fleck wie der schillernde Flügel einer Libelle. Überrascht betrachtete sie das Farbenspiel, das wie aus dem Nichts aufgetaucht war.

Aus einem Impuls heraus öffnete sie das Einmachglas wieder und hatte auf einmal Lust, einen der Zettel zu lesen. Sie nahm einen orangefarbenen, weil sie die Farbe mochte. Außerdem konnte es nicht schaden. Vielleicht hatte das alte Ding ihr etwas zu sagen. Sie faltete den Zettel auf.

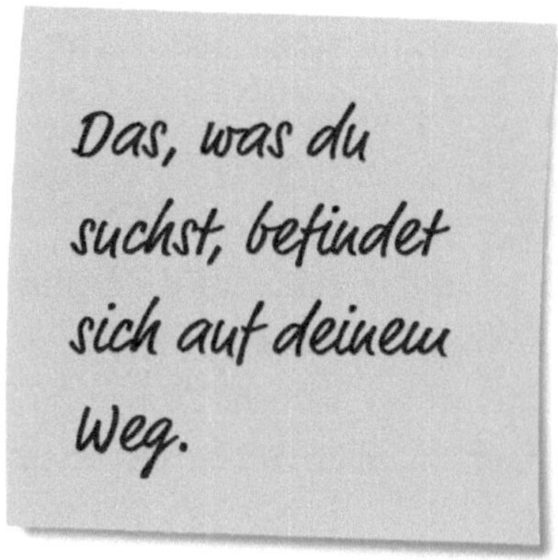

Eine Wolke schob sich vors Fenster, der Regenbogenfleck verschwand. Sie rieb das raue Papier zwischen ihren Fingern. Und jetzt? Abwarten und auf magische Erleuchtung hoffen?

Einen Moment lang saß sie da, kaute auf ihrem Piercing und verlor ein bisschen das Gefühl für die Zeit. Aber nichts passierte. Als ihre Knie von der ungewohnten Position zu schmerzen begannen, steckte sie den Zettel achselzuckend zurück ins Glas, drückte den Drahtbügelverschluss zu und schob es unters Bett.

Langsam stand sie auf und zog ihren Pulli glatt. Vielleicht hatte sie die Beschwörungsformel vergessen. „Das, was du suchst, befindet sich auf deinem Weg.“ Was für ein Quatsch. Sie wusste, wohin ihr Weg führte: Nach London an die *Franklin Art*, direkt, ohne abzubiegen.

* * *

Wenig später spülte June in der Cottageküche den letzten Bissen ihres gerösteten Orangenmarmeladentoasts mit einem Schluck Milch herunter. Durch das gekippte Küchenfenster hörte sie das Brummen eines sich nähernden Autos. Sie stellte das schmutzige Geschirr in die Spüle, schnappte sich ihre Jacke und lief hinaus.

Ein dunkelblauer Volvo hielt vor dem Gartentor und ein Typ mit Poloshirt und Föhnfrisur stieg aus. „Hey, bin ich hier richtig bei Rosie Mckenzie?“, rief er ihr zu und winkte.

June nickte. Was wollte der denn hier?

Er kam auf sie zu und streckte ihr die Hand zur Begrüßung hin. „Hi, ich bin Milo. Du musst June sein.“

„Woher kennst du meinen Namen?“, fragte sie. Dann dämmerte ihr, wer das war. Der Nachbar von Rosies Tochter. Sie musterte ihn angriffslustig.

In seinen Augen blitzte etwas auf, das nicht zu seinem geschniegelten Äußeren passte. „Du bist die mit der geschrotteten Ducati, oder?“

Rosie

Mit gespreizten Fingern lockerte Rosie den Mutterboden und zog wild gewachsene Kleeblätter aus dem Gemüsebeet. Mit dem Geruch der satten Feuchtigkeit und die Hände ins kalte Erdreich vergraben, kam sie zur Ruhe. Deshalb liebte sie Gartenarbeit und freute sich über jeden Handgriff, der ein klares Ergebnis brachte. Außerdem stellten Chicorée und Rüben keine unangenehmen Fragen.

„Hallo, Mrs Mckenzie“, ertönte eine männliche Stimme hinter ihr.

Sie drehte sich um und sah überrascht hoch. Der junge Mann vor ihr trug helle Segeltuchschuhe und ein Shirt mit hochgeklapptem Kragen, als wäre er auf dem Weg zu einer Verabredung. Hinter ihm tauchte June auf und hob entschuldigend die Schultern.

Rosie erhob sich und klatschte in die Hände, um sie von Sand zu befreien.

„Ja, das bin ich.“ Sie streckte ihm den Ellenbogen zur Begrüßung hin. „Tut mir leid, ich habe schmutzige Finger.“

„Das macht nichts. Ich bin Milo Stevens, Ihre Tochter Leah hat mich wegen des kaputten Motorrads ihrer Mieterin angesprochen. Ich war gerade in der Gegend und dachte, ich schaue mal vorbei.“ Er lächelte und sah zu June, deren Miene betont ausdruckslos blieb.

„In Ordnung“, erwiderte Rosie. Insgeheim hatte sie gehofft, dass sich die Reparatur hinzog und June nicht so schnell davonfahren konnte. Aber sie hatte natürlich gemerkt, wie sehr sie an dem Motorrad hing.

„Schön haben Sie es hier. Ich liebe die Küste und den weiten Blick über das Wasser. Es muss toll sein, hier zu leben." Er schaute sich anerkennend um. „Ist der Turm noch in Betrieb?"

„Nein, viele Jahre schon nicht mehr." Rosie betrachtete ihre schmutzigen Fingernägel. Da würde sie ordentlich schrubben müssen, um den Dreck wegzubekommen.

Milo wandte sich an June. „Wo ist die Ducati denn?"

„Im Schuppen." June verschränkte die Arme. „Du kennst dich mit Motorrädern aus? Ich dachte, du restaurierst ein altes Boot?"

„Das stimmt, meine Grandma hat es mir geschenkt."

„Sie sind vor kurzem nach Lockwood gezogen?", hakte Rosie nach und musterte ihn misstrauisch. Er wirkte offen und freundlich, aber das hatte nichts zu bedeuten.

„Ich komme aus Port Jacobs. Meine Grandma ist Merla Rickman, ihr gehört die Rickman Werft. Boote sind ihre Leidenschaft, wissen Sie. Genau wie meine. Sie erzählen Geschichten von Aufbruch und Abenteuer, das hat mich schon als kleiner Junge fasziniert. Ich bin quasi in den Werkstatthallen aufgewachsen."

„Ich dachte, Sie heißen Stevens?"

„Ja, das ist der Name meiner Mutter." Ein Schatten huschte über sein Gesicht.

„Und weil du Boote magst, kannst du Motorräder reparieren?", fragte June mit einem spöttischen Grinsen.

Milo nickte, ohne sich aus der Ruhe bringen zu lassen. „Ja, tatsächlich habe ich immer an allem herumgeschraubt, was einen Motor hat, nicht nur an Booten. Außerdem fahre ich selbst Motorrad."

Das sieht man nicht, wäre Rosie beinahe herausgerutscht, aber sie presste rechtzeitig die Zähne aufeinander.

„Was fährst du?", fragte June und wirkte auf einmal entspannter.

„Eine Royal Enfield Himalayan.“

„Okay …“ June ließ den Rest des Satzes in der Luft hängen.

Rosie hatte keine Ahnung von Motorrädern und verlagerte ihr Gewicht von einem Fuß auf den anderen. Ihre Hände waren voller Erde und sie wollte weitermachen, aber dem fremden jungen Mann war offensichtlich nach Plaudern zumute.

„Wenn Sie Leuchtturmwärterin sind, dann kennen Sie bestimmt viele Legenden von Schiffen, die vor der Küste in Seenot geraten sind, oder? Sorry, wenn ich so neugierig frage. Solche Geschichten interessieren mich sehr.“

Rosie deutete vorsichtig auf den Eimer, aus dem das herausgerupfte Unkraut quoll. „Nun … es gibt da nicht so viel zu erzählen.“

Er lächelte. „Verzeihen Sie, Ma'am. Ich halte Sie von der Arbeit ab. Aber der Leuchtturm regt meine Fantasie an. Solche Gebäude sieht man selten in ihrer Ursprungsform, meist wird an ihnen herumrenoviert. Aber Ihrer steht bestimmt unter Denkmalschutz, nicht wahr?“

Rosie hielt inne. „Wie meinen Sie das?“

„Klar, er ist doch voll alt und hat bestimmt besondere kulturelle Bedeutung, oder?“, warf June ein.

Rosies Gedanken überschlugen sich und formten eine Idee. „Sie haben recht …“, antwortete sie langsam. Denkmalschutz, aber natürlich! Wieso war sie nicht von selbst darauf gekommen? Auf einmal fühlte sie neuen Schwung. Was wäre, wenn ein Gutachten zeigen würde, dass der Turm nicht umgebaut werden durfte? Er hatte ein gewisses Alter und war weit und breit der einzige Leuchtturm mit einer originalen Linse.

„Aber vielleicht täusche ich mich auch.“ Milo zuckte die Achseln und wandte sich an June. „Wie sieht's aus, kann ich deine Ducati mal sehen?“

„Von mir aus.“ June nickte und gemeinsam liefen sie zum Schuppen.

Rosie eilte hinterher, öffnete das Tor und lüftete die Plane, mit der June das Motorrad abgedeckt hatte.

Als Milo die Ducati sah, pfiff er durch die Zähne. „Das sieht nicht gut aus." Er ging in die Hocke, begutachtete Schläuche, Felgen und Lenker und strich über den eingedellten Auspuff. „Da funktioniert nicht mehr viel, oder? Du hast ganze Arbeit geleistet", meinte er trocken.

June zog die Plane zurück an ihren Platz. „Wie schon gesagt, ich brauche keine Hilfe."

Er ignorierte ihren Einwand. „Wie hast du das denn hingekriegt, zu rasant in der Kurve?"

„Das geht dich nichts an", sagte sie und stopfte sich einen Kaugummi in den Mund.

„Du hast recht. Sorry. Ich bin nur neugierig." Er trat einen Schritt zurück.

Rosie hatte das Bedürfnis, die aufgeladene Stimmung zu lockern. „Vielleicht kann Mr Stevens ein paar Ersatzteile besorgen."

Er nickte begeistert. „Damit und dem richtigen Plan könnten wir sie wieder ans Laufen kriegen."

June legte den Kopf schief und betrachtete seine welligen Haare, die ihm in die Stirn fielen. Ihr Blick wanderte weiter über seine Schultern, die Arme hinunter bis zu seinen Händen. Hinter der Abwehrhaltung in ihren Augen leuchtete etwas auf, das Rosie nicht kannte.

Milos Mundwinkel zuckten. „Du hast Glück, Blaumann und Arbeitsschuhe habe ich im Auto. Wenn du willst, können wir gleich loslegen. Ich habe heute nichts mehr vor."

June schob ihr Kaugummi von einer Wange in die andere. Dann blies sie es auf und ließ es platzen. „Nichts für ungut, aber ich lasse keine Fremden an mein Motorrad, das bringt Unglück." Sie kaute weiter und verließ den Schuppen.

„Ich glaube, sie möchte nicht wahrhaben, wie kaputt es ist," raunte Rosie Milo zu und zuckte entschuldigend die Achseln.

Er sah June hinterher, als sie zurück zum Haus schlenderte und auf Höhe des Leuchtturms um die Ecke verschwand. „Kein Problem, Ma'am. Dann ziehe ich meine Erkundungstour vor. Ich wollte ein bisschen die Küste entlangfahren und die Gegend kennenlernen."

Rosie verriegelte das Tor.

„Sie haben es wirklich schön hier draußen. Aber es ist einsam, oder?" Milo ließ seinen Blick über die Heidelandschaft schweifen.

Rosie zögerte. „Ich bin gerne allein."

„Verstehe. Dann mach ich mich auf den Weg. Einen schönen Tag!" Milo hob die Hand und schlenderte zum Gartentor.

„Warten Sie, Mr Stevens", rief sie ihm hinterher.

Er drehte sich um. „Ja?"

Sie eilte auf ihn zu. „Die Ducati braucht Ihrer Ansicht nach also Ersatzteile?"

„Ja, und ein kreatives Händchen, damit anschließend alles perfekt aussieht. Es ist nicht irgendein Motorrad."

„Und Sie könnten die Teile besorgen?"

„Theoretisch ja."

In ihrem Kopf ratterte es. „Dann machen Sie es doch bitte." Sie fingerte am untersten Knopf ihrer Strickjacke herum.

„June war von der Idee nicht so begeistert", stellte er fest.

„Sie war überrascht und überrumpelt. Aber ich habe das Gefühl, sie hängt sehr an diesem Motorrad."

Milo nahm den Faden auf. „Ich habe einen Kumpel in London, der einen Teilehandel betreibt. Ich kann ihn anrufen und mich erkundigen, was er hat und was er vielleicht bestellen kann. Und was es kostet. Ich sag Ihnen heute noch Bescheid. Dafür brauche ich aber Ihre Nummer." Milo holte einen Notizblock aus der Gesäßtasche.

„Wenn June hört, dass Sie Teile besorgen können, wird sie begeistert sein. Lassen Sie mich Ihnen das Geld für eine Anzahlung geben. Es wäre mir nicht recht, wenn Sie in Vorleistung gehen müssten."

„In Ordnung."

Sie eilte ins Haus und riss den Küchenschrank über der Arbeitsplatte auf. June saß auf der Eckbank und schlürfte einen Tee. „Ist er weg?"

„Nein. Ich gebe ihm noch etwas." Rosie angelte die Kaffeedose hervor und holte eine Einhundertpfundnote heraus, ihren Notgroschen.

„Sie bezahlen ihn?" June stellte ihre Tasse ab.

„Er kann wichtige Ersatzteile besorgen." Rosie stopfte den Geldschein in ihre Jackentasche und verstaute die Dose im Schrank. „Ich sehe doch, wie viel Ihnen das Motorrad bedeutet."

June schaute auf ihre Hände und nickte. „Und wenn er mit der Kohle abhaut?"

Rosie beschloss, ihm zu trauen, auch wenn das sonst nicht ihre Art war. „Er ist Leahs Nachbar, wir wissen, wo er wohnt."

June sah sie dankbar an. „Das ist wirklich nett von Ihnen. Ich gebe Ihnen das Geld so schnell wie möglich zurück."

June

Zwei Tage kein Anruf von Milo. Verflucht! June feuerte den Schraubenzieher zurück in den Werkzeugkasten, der neben ihr auf dem Boden des Schuppens stand. Sie kam nicht weiter. Der Auspuff der Ducati war so krass verzogen, dass die Schrauben an der Unterseite klemmten. Vielleicht wäre es doch besser gewesen, sie hätte die Maschine zur Reparatur nach Port Jacobs bringen lassen. Aber die Vorstellung, dass Fremde ohne ihr Beisein an ihr herumschraubten, war schrecklich.

Sie setzte sich im Schneidersitz auf den Boden und legte die Handflächen auf die verbeulten Chromteile, als könnte sie ihnen auf diese Weise neue Lebensenergie übertragen. Aber sie hatte keine magischen Hände. Durch das angelehnte Tor blies feuchte Luft herein, und sie zog ihr Halstuch über das Kinn.

Was nun?

Sie erhob sich wieder und durchsuchte die Schränke im hinteren Teil des Schuppens nach weiterem Werkzeug, verwarf den Gedanken, Lionel anzurufen, um sich bei ihm auszuheulen. Er war zwar ihr bester Kumpel, aber seit ihrem letzten Gespräch schrieb er ihr dauernd spöttische Textnachrichten. Pass auf, dass dir keine Algen zwischen den Fingern wachsen. Du hast Kräutertee getrunken? Ich dachte, dein zweiter Vorname wäre Milchkaffee. Seine Sprüche nervten.

Sie verließ den Schuppen und zündete sich eine Zigarette an. Die Sonne stand tief über den Hortensienbüschen und schien ihr ins Gesicht. Für Mitte September war es immer noch erstaunlich warm. Nachdenklich formte sie die Lippen zu einem O und blies den Rauch in Ringen aus. Die anderen aus der Clique kamen auch nicht in Frage. Weder Jack noch Eric hätten Lust, hier draußen zu chillen. Außerdem, wo sollten sie schlafen? Im Leuchtturmzimmer war definitiv zu wenig Platz. Sie musste allein einen Weg finden, wenn Milo sich nicht mehr meldete. Egal, sie konnte es eh nicht leiden, von anderen abhängig zu sein.

Das Läuten ihres Handys riss sie aus den Gedanken. Sie las den Namen ihrer Schwester Liz auf dem Display und stöhnte innerlich auf. „Hi."

„Ich glaub es nicht, dein Handy ist angeschaltet! Warum meldest du dich nicht?" Liz klang vorwurfsvoll.

„Ich muss doch nicht immer erreichbar sein, oder?" June zog kräftig an ihrer Zigarette und hustete.

„Mum und Dad sind außer sich. Keiner weiß, wo du bist."

„Das kann ich mir vorstellen."

„Du weißt, wie sie sind."

„Ja, eben."

„Sagst du wenigstens mir, wo du dich verkrochen hast? Ich schwöre, dass ich es für mich behalte." Liz flüsterte bedeutsam, so wie früher, als sie klein waren und sich dauernd mit großer Geste Geheimnisse anvertraut hatten.

„Mach dir keine Sorgen, mir geht es gut. Ich hatte einen kleinen Unfall mit der Ducati, nichts Schlimmes. Nur ein paar blaue Flecke", wiegelte June ab. „Ich habe ein Zimmer an der Küste gefunden."

„Oh, Shit. Ist wirklich alles okay?"

„Ja, sicher." Sie spreizte die Finger ihres verletzten Arms, froh darüber, dass er inzwischen nicht mehr weh tat.

„Willst du nicht zurückkommen?", fragte Liz ein wenig sanfter.

June ließ die Kippe auf den Boden fallen und zertrat sie. „Damit Mum mir Vorhaltungen machen kann? Oder Dad mir eine grandiose Ausbildung in der Firma anbietet? Ich habe eigene Pläne, das sollten sie endlich akzeptieren. Warum nehmen sie mich nicht so, wie ich bin?“ Da war er wieder, der Kloß in ihrem Hals.

„Hey, so schlimm ist es bei Gary Fashion nicht. Vertrau mir, ich muss es wissen.“

„Du bist anders, für dich passt das. Aber nicht für mich.“ Sie schob ein Kaugummi in den Mund, weil der Tabakgeschmack sie auf einmal störte.

Liz seufzte. „Ich bin trotz allem auf deiner Seite. Wenn du Hilfe brauchst, dann sag es mir.“

„Hm. Danke.“ Ihre Schwester war in Ordnung, sie würde sie niemals in die Pfanne hauen. Trotzdem war sie im Grunde ihres Herzens ähnlich spießig wie der Rest der Familie. Sie erledigte ihren komischen Marketingjob zur allgemeinen Zufriedenheit und eckte nicht an. Diese magische Anpassungsfähigkeit fehlte ihr selbst leider komplett.

„Sis, gib dir einen Ruck“, forderte Liz.

Aber June wollte nichts mehr hören. „Haben sie dich auf mich angesetzt?“, maulte sie.

„Du nervst. Kannst dich ja melden, wenn du dich eingekriegt hast. Bis bald.“ Liz legte auf.

Missmutig ließ June ihr Handy zurück in die Tasche gleiten. Schritte näherten und sie sah hoch.

„Hallo.“ Henry kam auf sie zu, die Hände tief in den Hosentaschen vergraben.

June erstarrte. „Mr Sloane, was machen Sie denn hier?“

„Was schaust du denn so erschrocken? Ich bin auf dem Weg zu Rosie. Du kannst mich übrigens gern Henry nennen. Das Förmliche liegt mir nicht so“, erwiderte er und sah sie nachdenklich an. „Hast du morgen schon etwas vor?“

„Wie?“, stotterte sie. Das klang wie eine Einladung. Sofort

schoss das schlechte Gewissen in ihr hoch. Sie musste ihm dringend sagen, was sie angestellt hatte. „Hören Sie, ich …“

„Ich möchte dir gern etwas zeigen“, unterbrach er sie. „Sagen wir um fünfzehn Uhr bei mir? Ich glaube, du kennst den Weg, oder?“

Sie errötete. „Ja, klar.“

Er grinste vielsagend. „Also gut, bis dann.“ Er machte kehrt und verschwand in Richtung Cottage.

Rosie

Nachdenklich verteilte Rosie am Nachmittag Basilikum auf ihrem Buttertoast. Milos Anruf ließ auf sich warten, dabei hatte sie für einen kurzen Moment geglaubt, dass er schnell und zuverlässig sein könnte. Aber es war wie immer, man konnte Fremden nicht trauen. Immerhin hatte er sie auf eine Idee gebracht. Was, wenn sie der Gemeinde ein Denkmalgutachten für den Leuchtturm vorlegte? Je länger sie darüber nachdachte, desto klarer wurde ihr, dass dies die Lösung all ihrer Probleme war. Sie brauchte jemanden, der die historische Bedeutung der Bausubstanz von 1858 und der wundervoll erhaltenen Linse erkannte und den Turm auf die Liste der schützenswerten Gebäude brachte. Das wäre das endgültige Aus für das B&B-Projekt, den Panoramaaufzug und das Kassenhäuschen. Ob Henry über seine Stiftung jemanden kannte, der dafür in Frage kam?

Schwungvoll stieß sich Rosie mit dem Stuhl vom Ecktisch ab und ging zu ihrem Telefon. „Jetzt nimm schon ab“, murmelte sie ungeduldig und lauschte dem blechernen Freizeichen. Sie wartete einen Moment, dann warf sie einen Blick auf die Uhr. Es war kurz nach zwei. Vielleicht war er in seinem Atelier und in die Arbeit vertieft?

Sie holte zwei Gläser Brombeermarmelade aus der Vorratskammer und wickelte sie in Zeitungspapier. Dann schlüpfte sie in ihren Parka und verließ das Cottage. Draußen blieb sie alarmiert stehen. Sie hatte nicht bemerkt, wie das Wetter gedreht hatte. Der böige Wind nahm ihr den Atem. Er wirbelte Erde und

Staub auf und riss am Heidekraut, das sich hin und her bog, als wollte es den Boden küssen. Du meine Güte, der Straßenstand! Warum hatte sie nicht besser aufgepasst? Sie beschleunigte ihre Schritte, stieg ins Auto und fuhr los. Hoffentlich war alles in Ordnung.

Auf der Schotterstraße drückte der Wind seitlich gegen den Pick-up. Sie umklammerte das Lenkrad, um den Wagen auf Spur zu halten. Kurz vor dem Abzweig zur Landstraße hielt sie auf dem Seitenstreifen an. Was für ein Desaster!

Der Wind bauschte die Plane über den Obstkisten auf und klatschte sie bedrohlich gegen das Edelstahlgestänge. Rosie sprang aus dem Wagen und stemmte sich mit angehaltenem Atem in den Wind, der ihr die Kleidung an den Körper presste. Mit Mühe packte sie die herumwirbelnde Plane und befestigte sie mit einem Karabiner an den Seitenstreben der Stahlkonstruktion. Einige Äpfel und Birnen waren zu Boden gefallen. Schnell legte sie sie zurück in die Kisten und warf einen Blick auf die noch gut gefüllte Auslage. Nicht mal die Hälfte war weggegangen! Es lief nicht im Moment. Sie steckte die Metallkasse ein, in der ein paar wenige Münzen klimperten.

Der Wind heulte durch die offenen Seiten des Standes. Rasch stellte sie die Kisten zusammen und schleppte eine nach der anderen zum Auto. Aus dem Augenwinkel sah sie einen hellblauen VW-Bus, der neben ihr anhielt. Henry kurbelte das Fenster herunter. „Hello, Mylady“, rief er.

Sie winkte erleichtert. „Gut, dass du da bist. Ich könnte deine Hilfe gebrauchen, bevor hier alles wegfliegt.“

„Natürlich.“ Er band sich seine Haare zu einem Zopf, stieg aus und kam um den Bus herum auf sie zu. Mit geschickten Händen hob er die Obstkisten nacheinander auf die Ladefläche ihres Pick-ups. „Dieses Jahr ist das Wetter wirklich extrem. Die Stürme werden immer schlimmer“, meinte er kopfschüttelnd.

„Dass mir sowas passiert ... ich habe den Stand total vergessen." Rosie stöhnte auf. Wenn sie gestern Abend den Wetterbericht im Radio gehört hätte, hätte sie vorsorgen können. Aber der sternenklare Himmel hatte ihr vorgegaukelt, dass heute ein ruhiger Spätsommertag folgen würde.

„Warum hast du nicht längst den Marktstand von der alten Whigfield übernommen? Dann müsstest du dir über diesen einsamen Straßenstand keine Gedanken mehr machen. Lukrativer wäre es auch allemal."

„Ich bin nicht der Typ für Marktgewusel, das weißt du doch. Außerdem mögen mich die Leute nicht. Immer beäugen sie mich so komisch, wenn ich mal durchs Dorf gehe." Beim Gedanken daran lief ihr ein Schauer über den Rücken. „Ich passe da nicht hin."

Henry lächelte. „Ich finde schon. Du unterschätzt dich."

Rosie stieß ihn in die Seite. „Genug davon. Ich war auf dem Weg zu dir. Ich muss dringend mit dir reden. Und ich habe frische Brombeermarmelade für dich." Sie strich sich vergeblich herumwirbelnde Haarsträhnen hinter das Ohr.

Er lachte. „Das Wilde steht dir, Honey."

Ein lautes Scheppern ließ Rosie herumfahren. Eine der Eisenstangen war umgekippt und auf den Asphalt geknallt.

Erste Regentropfen trafen sie und sie verzog das Gesicht. „Wir sollten uns beeilen. Der Stand muss weg, bevor der Wind richtigen Schaden anrichtet."

Gemeinsam lösten sie die Plane und falteten sie. Rosie klappte das Gestänge zusammen und Henry hievte es auf die Ladefläche.

Nachdem sie alles zusammengepackt hatten, kletterte Rosie hinter das Steuer des Pick-ups und warf sich eine Wolldecke über. Henry setzte sich neben sie auf den Beifahrersitz und zog die Tür zu.

Dicke Tropfen prasselten auf das Autodach und die Windschutzscheibe. „Das war knapp. Vielen Dank für deine Hilfe …“, setzte Rosie an. Ihr Hals kratzte vom lauten Sprechen.

„Du kannst dich revanchieren“, erwiderte er, beugte sich ein Stück zu ihr vor und sah sie todernst an.

Sein Gesicht war nur ein paar Zentimeter von ihrem entfernt und der leicht herbe Geruch seines Duschgels zog Rosie in die Nase. Irritiert von der plötzlichen Nähe räusperte sie sich. „Äh … was meinst du?“

„Gib mir deinen Parka, damit ich trocken zum Bus zurückkomme“, sagte er leise. Dann brach er in lautes Gelächter aus. „Du solltest mal dein Gesicht sehen, Honey. Du guckst, als hätte ich dir ein unmoralisches Angebot gemacht. Aber keine Sorge, ich kenne deine Grenzen.“

Rosie stieß Luft aus, knuffte ihn in die Seite und stimmte in sein Lachen ein. „Ne, ne, mein Lieber. Den Parka kriegst du nicht, mir ist kalt. Dann musst du die paar Meter durch den Regen sprinten. Aber du bist ja nicht aus Zucker.“

Er seufzte theatralisch. „Zum Glück sitzt meine Frisur auch bei Nässe.“

„Hör mal …“ Rosie verkniff sich ein Lächeln. Sie liebte seine zuverlässige, leichte Art, die ihr seit so vielen Jahren eine Stütze war. Sie konnte sich immer hundertprozentig auf ihn verlassen. Umgekehrt war es genauso. Als seine Frau Beth vor vielen Jahren dem Krebs erlegen war, hatte Rosie ihm durch die schwere Zeit geholfen. Seitdem waren sie ein eingeschworenes Team. „Ich brauche ein Denkmalgutachten für den Leuchtturm. Du kennst doch bestimmt jemanden, der sowas macht, oder?“ Sie redete lauter, um gegen das Prasseln des Regens anzukommen.

„Du glaubst, der alte Kasten könnte unter Denkmalschutz gestellt werden?“

Rosie nickte. „Auf jeden Fall. Mit dem Baujahr und der alten Linse gehört er auf die Liste. Da bin ich mir sicher.“

Henry sah sie zweifelnd an. „Ich weiß nicht, warum steht er denn bisher nicht drauf?“

Sie rutschte unruhig hin und her. „Das verstehe ich auch nicht. Vielleicht hat bisher niemand daran gedacht, sich darum zu kümmern? Ich habe mir bis vor ein paar Tagen auch keine Gedanken darüber gemacht.“ Sie erzählte ihm von Milos Besuch und wie sie auf die Idee gekommen war, den Plan von Bürgermeister Young mit einem Denkmalgutachten zu durchkreuzen.

Henry kratzte sich am Kopf. „Ich glaube, du verrennst dich in etwas, das wenig Aussicht auf Erfolg hat. Ich weiß, was dir der Turm bedeutet, aber historisch oder architektonisch gesehen ist er leider nichts Besonderes.“ Er fuhr sich mit der Hand über das unrasierte Kinn.

Seine Worte trafen sie mitten ins Herz und Groll stieg in ihr hoch. „Und woher willst du das wissen? Bist du ein Experte auf diesem Gebiet?“

Er hob abwehrend die Hände. „Nein, aber ich wundere mich, dass bisher niemand auf die Idee gekommen ist. Selbst die Gemeinde nicht.“

Rosie schnaubte. „Die Gemeinde, die Gemeinde. Vielleicht haben sie sich absichtlich nicht darum gekümmert, damit sie nach Belieben Mauern einreißen und Panoramaaufzüge bauen können.“ Bilder aus einer anderen Zeit flammten in ihr auf, und sie fühlte die Strahlen der Abendsonne durch das weit geöffnete Erkerfenster der *Villa Dorata* auf ihr Gesicht scheinen. Der Geruch des Campari-Orange in ihrer Hand mischte sich mit dem von frischer Farbe. Obwohl sie beide wussten, dass das Zimmerchen über dem Meer nur ein Refugium auf Zeit war, renovierte Amadeo rund um die Uhr. Er hatte goldbraune Wandfarbe aufgetragen und den alten Dielenboden in stundenlanger Arbeit per Hand abgeschliffen. Um einen Ort zu schaffen, an dem sie glücklich sein konnten. Amadeo würde ihren Plan gutheißen, das spürte sie. *Es ist egal, was morgen passiert, für mich zählt nur das Hier und Jetzt,* hatte er immer gesagt.

Henry sah sie nachdenklich an und Rosie ahnte, was in ihm vorging. „Nein, denk nicht mal dran, es auszusprechen. Ich werde nicht zulassen, dass sie dieses B&B bauen und mich als Gästeführerin einspannen. Du bist mein bester Freund. Ich brauche jetzt deine Hilfe, um das zu verhindern."

Er nahm ihre Hand und die Wärme seiner Berührung beruhigte sie. „Honey, natürlich stehe ich auf deiner Seite. Du weißt, dass ich dich nie im Stich lassen würde nach allem, was du für mich nach Beths Tod getan hast. Aber vielleicht ist dieses Projekt ja eine Chance für dich. Eine Chance, die Vergangenheit hinter dir zu lassen. Hast du darüber mal nachgedacht?"

„Nein, ist es nicht. Es macht nur alles kaputt." Einen Moment lang starrte sie auf Henrys Arm, an dem wie immer winzige Gipsreste klebten. Dann zog sie ihre Hand zurück und knetete ihre Finger, die auf einmal schmerzten. „Was ist, kannst du jemanden besorgen, der mir ein offizielles Gutachten ausstellen könnte?"

Er lächelte versöhnlich. „Okay, ich kenne dich gut genug, um zu wissen, dass du nicht locker lassen wirst. Du willst es durchziehen. Ich habe Kontakt zu ein paar Leuten beim historischen Verein von Cornwall, die mir noch einen Gefallen schulden. Wenn ich mich recht erinnere, ist einer von ihnen selbständiger Gutachter im Gebäudeschutz. Aber ob er offiziell auch historische Bauten begutachten darf, kann ich dir nicht versprechen."

Als Rosie kurz darauf zurück zum Cottage lief, hatten Regen und Sturm aufgehört. Von der Steintreppe aus sah sie June mit Zeichenblock auf einem Handtuch am Strand sitzen. Ohne sich bemerkbar zu machen, schlich Rosie die Wendeltreppe hoch und lugte ins Leuchtturmzimmer. Am Fenster lagen ein paar geöffnete, bunte Zettel auf dem Sims, Farbtupfer im ewigen Weiß der Wände. June hatte ihr Geschenk angenommen.

Rosie betrat den Raum, nahm das Wünscheglas vom Nachtschrank und starrte sehnsüchtig hinein. Was gäbe sie dafür, mit Eve sprechen zu können. Sie war stets voll beneidenswerter Zuversicht und Hoffnung gewesen. Das liegt an meinem Beruf, hatte Eve immer scherzhaft gesagt. Wer Babys auf die Welt holt, hält für einen Moment die Kraft der Zukunft in den Händen. Leider hatten sie schon vor vielen Jahren den Kontakt verloren.

Rosie rührte mit den Fingern in den Zetteln wie in einem Topf gerösteter Kastanien. Hoffentlich gab Henry ihr so schnell wie möglich einen Kontakt durch. Die Papierstücke raschelten, und sie fokussierte den Rest ihrer Energie auf die Farben, auf das Ritual, das ihr oft den Weg gewiesen hatte. Sie fischte einen Zettel heraus und befühlte seine raue Oberfläche mit Daumen und Zeigefinger.

Entsage niemals
den Dingen, die du
liebst. Damit ist
keinem geholfen,
am wenigsten dir
selbst.

June

Am nächsten Tag stand June pünktlich um fünfzehn Uhr vor Henrys Haustür und sah dem Löwenkopftürklopfer in die matten Augen. Nervös berührte sie den Messingring in seinem Maul. Sie hatte keine Ahnung, was Henry von ihr wollte, aber sie wusste, dass sie ihm heute endlich beichten musste, dass sie in seine Werkstatt eingestiegen war. Klopfen oder klingeln, was hatte er gesagt? Sie entschied sich für die Klingel und eine helle Melodie hallte durch das Haus.

Sie trat einen Schritt zurück. Von der meerabgewandten Seite wirkte der Bungalow total anders als die restlichen Häuser an der Küste. Mit seinem Schieferdach und der breiten Holzveranda erinnerte er sie mehr an eine Ranch als an ein südenglisches Cottage. Aber er passte zu Henry, der auch so wirkte, als habe er sich im Land vertan und gehörte eigentlich in eine Surfschule auf Haiti.

Die Tür ging auf. „Hi June. Schön, dich zu sehen. Komm herein." Er trug eine schwarze Haremshose über nackten Füßen und ein enganliegendes T-Shirt mit V-Ausschnitt, wie der Chef einer Kommune. „Herzlich willkommen in meinem Reich."

„Hi", brachte sie heraus und hielt seinem Blick kaum stand. Am liebsten wäre sie direkt wieder umgekehrt. Er grinste sie so merkwürdig an, als ob er Bescheid wusste, dass sie sein Reich genau kannte.

„Du kannst dir aus der Filztasche ein paar Pantoffeln nehmen. Oder du läufst barfuß. Wie du möchtest."

Wenig später folgte sie ihm in weichen Hausschuhen durch

einen Flur, der von Skulpturen gesäumt war. Im Vorbeigehen strich sie verstohlen über das glatte Holz und wäre am liebsten an jeder Einzelnen stehen geblieben und hätte sie angefasst. Aber anders als beim letzten Mal in diesem Haus wollte sie sich heute nicht danebenbenehmen.

Der Gang mündete in einem lichtdurchfluteten Wohnzimmer mit einem quadratischen Deckenfenster in der Mitte. Die Einrichtung bestand aus ein paar wenigen Möbeln, gerade genug, um dem Raum einen Wohlfühltouch zu geben. Vor der Fensterfront, die in Richtung Küste zeigte, standen ein hellgraues Ecksofa und ein Schaukelstuhl aus dunklem Holz. Auf der anderen Seite ein Eichentisch mit mehreren Stühlen. Auch von dort hatte man einen Blick aufs Meer, rechterhand lag die Bucht mit Rosies Leuchtturm.

Von den Wänden leuchteten verschlungene, geometrische Formen auf riesigen Leinwänden herab, unterschiedlich angeordnet, aber Teil derselben Serie. Alle vereinten dasselbe Farbspiel in Gelb, Blau, Grün und Rot.

Sie blieb vor einem kleineren Bild stehen, das im Lichtkegel des Deckenfensters über dem offenen Kamin hing. Ein Wirrwarr aus intensiv schillernden, farbigen Dreiecken. Rechts unten stand das Entstehungsjahr, 1978.

„Mega", entfuhr es ihr.

Henry nickte. „Das ist mein Liebling."

June staunte. „Die Farben sehen aus, als wären sie gestern erst aufgetragen worden und nicht vor mehr als fünfundvierzig Jahren."

„Faszinierend, nicht wahr?" Henry goss zwei Gläser Orangensaft ein. „Das liegt an den speziellen Pigmenten. Sie stammen aus einer deutschen Manufaktur und sind den alten Meistern nachempfunden, zum Beispiel dem ägyptischen Blau, das im Altertum als die Farbe der Götter galt, oder dem Zinnoberrot von Grünewalds Isenheimer Altar …"

„Das klare Blau findet man bei Vermeer oder van Eyck, das tiefe Sienabraun bei Rembrandt“, ergänzte sie.

„Du kennst dich aus.“ Henry reichte ihr ein Getränk.

„Das würde ich nicht sagen.“ Sie trank ein paar hastige Schlucke und überlegte, wie sie das Gespräch auf das eigentliche Thema lenken sollte.

„Nur wer Farben mit Ehrfurcht begegnet, kann aus ihnen Bleibendes erschaffen, das den Betrachter begeistert. Sie sind die Grundlage für alles.“

„Zeichnen Sie nie mit Bleistift oder Kohle?“

„Waren wir nicht beim Du?“ Er zwinkerte ihr zu.

„Stimmt.“ Sie nippte verwirrt an ihrem Saft. Wenn er es wusste, warum blieb er so freundlich und offen?

„Um auf deine Frage zurückzukommen. Früher habe ich oft Bleistift oder Kohle benutzt. Vor allem in meinen ersten Jahren als freischaffender Künstler. Damals lebte ich eine Weile in Paris auf dem Montmartre in einer Künstlerresidenz. Da habe ich mit allem experimentiert, was ich in die Finger bekommen habe.“ Sein Gesichtsausdruck verklärte sich. „Eine wichtige Erfahrung für mich. Es gab einen Verein, der unterhalb von Sacré-Coeur ein Loft mit Zimmern und Ausstellungsräumen besaß. Dort konnte ich für wenig Geld wohnen und meine ersten Werke ausstellen.“

„Paris? Da würde ich auch gerne mal hin. Dort gibt es eine mega Street-Art-Szene“, murmelte sie und biss sich auf die Zunge. Was kümmerte es Henry, wovon sie träumte.

„Manchmal denke ich, das war meine produktivste Zeit, auch wenn ich ganz am Anfang war. Ich hatte den Kopf frei und konnte mich ganz auf meine Kunst konzentrieren. Mit der Bildhauerei habe ich erst später begonnen.“

„Das klingt toll.“

Er stellte sein Glas auf den viereckigen Holzklotz, der als

Couchtisch diente, und hockte sich im Schneidersitz auf das Sofa. „Setz dich."

June steuerte auf den Schaukelstuhl zu und ließ sich darin nieder. Sie rutschte vor bis auf die Kante und holte Luft, um sich endlich zu outen. „Ich muss dir was sagen."

Er schüttelte die Locken und lächelte, immer noch in vergangene Zeiten vertieft. „Es ist vierzig Jahre her. Alles war frei und voller Energie. Damals hatte der Montmartre eine ganz eigene Atmosphäre. Heute stiefeln tausende Touristen durch die Gassen und wollen sich für ein paar Euro malen lassen, das ist schade." Er nahm einen Schluck Saft. „Ich habe lange nicht mehr an damals gedacht. Bis ich …" Er musterte sie eindringlich.

Sofort versteifte sie sich.

„Bis ich dein Bild gefunden habe."

„Mein Bild?"

„Am Findling. Als du das Cottage beinahe in Brand gesteckt hast."

„Oh." Hitze schoss in ihre Wangen und sie sank ein Stückchen tiefer in den Schaukelstuhl.

„Es lag im Gras", stellte er fest.

Sie erinnerte sich, wie sie den herausquellenden Rauch aus dem Schornstein gesehen hatte und vom Findling heruntergesprungen war. Dabei musste es heruntergefallen sein.

„Ich finde, du bist sehr begabt."

„Ach, das Bild ist nichts Besonderes, nur Gekritzel." Sie machte eine wegwerfende Handbewegung. Sofort ertönte ihr Vater im Hintergrund. *June, wieso schmierst du Comics in dein Chemiebuch? Radier sie weg.*

Henry runzelte die Stirn. „Du traust meinem Urteil nicht?"

„Doch, natürlich", antwortete sie schnell. Es fühlte sich erstaunlich gut an, mit ihm zu sprechen. „Hör mal, ich muss dir unbedingt etwas sagen“, fuhr sie mit lauterer Stimme fort, damit er sie diesmal aussprechen ließ. „Ich habe etwas gemacht, was nicht okay war. Also neulich …“ Sie seufzte tief. „Egal, du wirst mich eh hassen oder die Polizei rufen, aber das habe ich ja verdient. Ich bin in deine Werkstatt eingestiegen, als du nicht da warst, und habe einige Sachen mitgenommen. Tut mir wirklich leid, das war nicht in Ordnung. Ich wollte sie mir nur ausleihen und dir alles zurückzahlen.“

„Rosie hat erwähnt, dass du dich an der Franklin Art School bewirbst“, sagte Henry ruhig.

Sie verschüttete Saft auf ihrer Hose. Er machte ihr keine Vorwürfe? „Ich habe meinem Grandpa versprochen, eine richtige Künstlerin zu werden“, sagte sie leise und schaute auf den Boden. „Die Franklin Art hat den besten Ruf.“

„Rosie hat mir auch erzählt, dass du kaum Geld hast, um dir die Materialien für deine Mappe zu kaufen. Deshalb hast du die Sachen also mitgehen lassen.“

Sie rutschte auf dem Schaukelstuhl hin und her. „Du wusstest es die ganze Zeit, oder? Du hast mich gesehen.“

„Ja.“ Er erhob sich.

„Warum hast du nicht die Polizei gerufen?“ Sie stellte ihr Glas auf dem Fußboden ab.

Henry krempelte sein Leinenhemd hoch. „Stimmt, das hätte ich tun können. Aber ich habe großen Respekt vor Talent und Leidenschaft. Das sind Gaben, die man nicht verschwenden darf. Warum hätte ich dich anzeigen sollen? Weil du ein paar Farben und Spachtel hast mitgehen lassen, um deinen Traum vom Kunststudium zu verwirklichen? Oder weil du dich geschämt hast, danach zu fragen?“

„Das hätte jeder andere auch gemacht. Alle holen die Bullen, wenn ich was ausgefressen hab, das ist ein Naturgesetz. Selbst wenn ich nichts gemacht habe, krieg ich die Schuld. Du kennst mich nicht, vielleicht hätte ich deinen Schmuck geklaut, wenn ich mehr Zeit gehabt hätte“, erwiderte sie.

Er verzog belustigt das Gesicht. „Erstens bin ich nicht jeder, und zweitens besitze ich keinen Schmuck. Drittens könnte ich wetten, dass dir Perlenketten oder Diamanten in meiner Werkstatt nicht einmal aufgefallen wären.“

Sie schwieg.

„Ich habe darauf gewartet, dass du es von dir aus erzählst. Du hast deinen Fehler eingesehen und dich entschuldigt. Das Einzige, was ich dir vorwerfe, ist, dass du mich nicht offen gefragt hast. Wir hätten darüber reden können. Du weißt, wer ich bin. Rosie hätte dir sagen können, dass ich niemals vergessen habe, wie es ist, klein anzufangen. Falls ich dich allerdings erneut bei illegalen Dingen erwische …“ Er hob mahnend den Zeigefinger.

„Kommt nicht wieder vor, versprochen“, sagte June erleichtert. Henry war in Ordnung. „Was hast du noch mit Rosie über mich geredet?“

Er schmunzelte. „Nichts.“

„Ihr seid ein komisches Paar, so unterschiedlich. Wieso wohnt ihr nicht zusammen?“

Ein Hauch Verlegenheit huschte über Henrys Gesicht. „Oh, nein, da hast du etwas missverstanden. Wir sind nur beste Freunde. Da kennt man den anderen, Ich habe Rosie viel zu verdanken. Sie war für mich da“, er räusperte sich, „als meine Frau gestorben ist. Das werde ich ihr nie vergessen.“

Es klang so, als hätte er gern mehr als Freundschaft. Aber June wagte nicht, nachzufragen. Vielleicht täuschte sie sich auch. Die beiden passten irgendwie nicht zusammen. Er war offen und zugänglich, Rosie die typische Einzelgängerin. June dachte an das alte Foto und den Zettel „Keiner ist daran schuld“. Ob Henry wusste, was es damit auf sich hatte?

„Das mit deiner Frau tut mir leid“, sagte sie leise. „Woher kommt Rosie eigentlich?“, wechselte sie das Thema.
„Aus London.“
„Und was hat sie in diese Einöde verschlagen?“
Henrys Miene verschloss sich. „Warum interessiert dich das?“
„Ich weiß nicht … einfach so“, erwiderte sie zögerlich.
„Sie hatte es in ihrem Leben nicht immer leicht. Im Moment ziehen wieder schwarze Wolken auf.“
„Was meinst du damit?“
„Die Sache mit dem Leuchtturm.“
„Was ist mit ihm?“, hakte June nach und dachte an die Gemeindearbeiter, die Rosie neulich rausgeschmissen hatte.
Henry seufzte. „Der Bürgermeister von Lockwood hat sich in den Kopf gesetzt, aus dem Leuchtturm ein B&B zu machen und mehr Leben ins Dorf zu holen. Die Landflucht ist in den letzten Jahren ein Problem geworden.“
„Darf der Bürgermeister das denn?“
Henry zögerte. „Nun, darüber gehen die Meinungen auseinander.“
Jetzt wurde June einiges klar. „Rosie ist dagegen, stimmt’s? Dabei wäre es doch cool, wenn ab und zu Gäste vorbeischauen. Dann käme ein bisschen Leben in die Bude.“
„Weißt du, wenn man lange an einem Ort wohnt und seine Ruhe hatte, ist man nicht mehr offen für Veränderungen. Aber lassen wir das. Möchtest du mal einen legalen Blick in meine Werkstatt werfen? Ich könnte dir die Pigmente zeigen, mit denen ich das Bild über dem Kamin gemalt habe. Und vielleicht kann ich dir ein paar Tricks für deine Mappe verraten.“ Er lächelte sie aufmunternd an.
Ein wohliges Kribbeln erfasste ihren ganzen Körper und sie drängte das erneut aufkommende schlechte Gewissen zurück. Sie stand in seiner Schuld, das wusste sie. Aber sie hatte in

ihm trotz allem einen Verbündeten gefunden. „Liebend gern“, antwortete sie.

* * *

Am nächsten Morgen lief June nach dem Frühstück voller Tatendrang zum Schuppen. Vorsichtig zog sie die Plane von der Ducati und stellte den Werkzeugkoffer parat, den Rosie ihr überlassen hatte. Sie holte einige Schraubenschlüssel heraus und wischte sie mit einem Tuch sauber. Ihr Blick glitt über die Maschine und blieb am kaputten Auspuff hängen. Sie bückte sich und versuchte, die verklemmten Schrauben zu lösen.

„Sie ist Baujahr 1985, oder?“, sagte eine Männerstimme hinter ihr.

Sie zuckte zusammen und erhob sich aus der Hocke. Vor ihr stand Milo in Blaumann und staubigen Sneakers, eine Kappe verkehrt herum auf dem Kopf und eine Kiste mit Werkzeug unter dem Arm. Er grinste sie an, als wäre er ein guter Kumpel, der zum Abhängen vorbeikam.

Sie wischte sich die öligen Hände an einem Tuch ab. „Schleichst du dich immer so an?“

Er zuckte gut gelaunt die Schultern, stellte die Kiste ab und zog die Träger seiner Latzhose straff. „Tut mir leid. Wenn ich geahnt hätte, wie schreckhaft du bist, hätte ich am Gartentor Lärm gemacht.“

„Hat Rosie dich reingelassen?“

„Sie meinte, du wärst nicht da und ich sollte ein anderes Mal wiederkommen, aber dann hab ich dich im offenen Tor gesehen.“

Sie musterte ihn. Glatt rasiertes Kinn, Grübchen, saubere Fingernägel, wie beim letzten Mal. Er war bestimmt vieles, aber kein Schrauber, auch nicht in dieser Möchtegernmechaniker-Arbeitskluft.

Er warf einen anerkennenden Blick auf die Ducati. „Endlich kann ich sie mal länger als drei Sekunden ansehen. Ist wirklich ein echtes Schätzchen. Hubraumgrößtes Modell und Abschluss der XJ-Baureihe. Hatte damals wegen seiner Zuverlässigkeit und Alltagstauglichkeit einen passablen Ruf als Tourenmotorrad mit sportlichem Touch. Aber ist im Moment leider zu nichts zu gebrauchen."

Sie fixierte ihn. Da hatte jemand seine Hausaufgaben gemacht. Aber sie hatte nicht vor, sich von ihm beeindrucken zu lassen. „Lernt man das beim Bootfahren?", konterte sie und sah ihn herausfordernd an.

Er hielt ihrem Blick stand und ein kurzer Schauer lief über ihren Rücken. In seinen waldgrünen Augen leuchtete eine warme Klarheit, die sie an früher erinnerte, als Grandpa noch lebte.

„Nicht unbedingt", antwortete er. „Aber wenn man eine Großmutter hat, die neben alten Schiffen auch ein Faible für besondere Motorräder besitzt, vielleicht schon."

„Klingt widersprüchlich. Holz und Chrom haben nicht viel gemeinsam."

„Stimmt. Das Leben ist voller Widersprüche, aber genau das macht es interessant, oder?" Er zwinkerte ihr zu.

In ihrem Nacken kribbelte es, als säße dort ein Schwarm Fliegen. Sie massierte die Stelle und öffnete den Mund, um etwas Passendes zu erwidern. Anstatt ihr mit lockeren Sprüchen zu demonstrieren, wie cool er war, könnte er doch die verklemmten Schrauben …? Sie verwarf den Gedanken. „Interessant finde ich, dass du dich nicht meldest und jetzt hier auftauchst. Ich bin davon ausgegangen, dass du mit Rosies Kohle abgehauen bist, aber wie ich sehe, hast du es dir anders überlegt."

„Ich musste erst ein paar Dinge abklären. Aber dass du mir diese kriminelle Energie zutraust, werte ich mal als Kompliment." Er lehnte sich gegen die Schuppenwand und verschränkte amüsiert die Arme. Offensichtlich hatte er nicht vor, gleich wieder zugehen.

„Du hast das Geld noch?"

„Nein." Er ging an ihr vorbei um das Motorrad herum, beäugte es wie auf einer Auktion.

Sie starrte ihn an. „Was soll das jetzt heißen?"

„Warte mal ab."

Sie seufzte. Also gut. „Du liegst übrigens falsch."

„Womit?"

„Sie ist Baujahr 83."

Er strich über den Ledersitz, der zum Glück nur ein paar Kratzer abbekommen hatte. „Schön, du nimmst es genau. Dann werden wir gut zusammenarbeiten."

June trat von einem Fuß auf den anderen. „Da du wild entschlossen bist, kannst du gleich anfangen. Unten am Auspuff klemmen die Schrauben. Hoffentlich hast du nicht nur Hobel und Holzleim dabei, damit können wir nämlich nichts anfangen."

Er lachte. „Heißt das, ich soll die Ersatzteile aus dem Auto holen?"

„Du hast alles schon dabei?" Sie kratzte sich die Schläfe, sie hatte ihn unterschätzt. Originale Bauteile waren megaselten, für die alten Ducatis gab es sie fast nur auf dem Schwarzmarkt. Ihr Blick wanderte seine Arme entlang und blieb an einer Narbe hängen, die vom Handgelenk bis zum Ellenbogen reichte.

„Ein Freund von mir kennt jede Menge schräger Typen. Nebenbei restauriert er Oldtimer, ab und zu ist auch ein Motorrad dabei. Er hat seine Quellen, sagt er immer. Normalerweise hinterfrage ich alles, das ist ein Tick von mir. Aber bei ihm geht das in Ordnung."

June nickte. „Damit kann ich leben. Was hast du dabei?"

„Einen Kupplungshebel und eine neue Gabel. Aber wenn du willst, können wir die alte Gabel vorher ausbauen und vermessen, um zu sehen, ob sie noch zu gebrauchen ist. Auspuff und Ölkühler kommen in ein paar Tagen. Natürlich nur, wenn du einverstanden bist."

„Respekt. Was kriegst du von mir?" Sie krempelte die Ärmel ihres Pullovers hoch.

Er grinste. „Das kann ich dir sagen, wenn alles da ist."

Hitze stieg in ihr auf. Himmel, das hatte kein Kompliment sein sollen. Nicht, dass er auf komische Gedanken kam. „Okay. Aber vergiss nicht, dass das nicht irgendein Moped ist."

„Keine Sorge, ich werde mich gut um dein Heiligtum kümmern."

„Können wir anfangen?", fragte sie ungeduldig.

„Klar, jederzeit. Ich hole die Teile aus dem Auto. Du kannst alles vorbereiten. Eine Baustelle sollte immer ordentlich sein."

„Glaub nicht, dass ich deine Gehilfin spiele. Es ist mein Motorrad, ich kenne mich am besten damit aus."

„Klar." Mit wippenden Schritten ging er an ihr vorbei zu seinem Auto und June fragte sich, warum sie so hitzig auf ihn reagierte. Er war nur irgendein Typ, den Leah aus Lockwood organisiert hatte. Sie schubste mit ihrem Schuh einen Stein weg und ertappte sich dabei, wie sie ihn beobachtete. Er öffnete den Kofferraum seines alten Volvos, verfrachtete einen Fotoapparat auf die Rückbank und schulterte einige längliche Pakete.

* * *

Kurze Zeit später war von der alten Ducati nichts mehr zu erkennen. Sie lag, in Einzelteile zerlegt, auf dem Boden. Die Räder, die verbogene Gabel und der zerbeulte Auspuff lehnten an der Schuppenwand.

Milo wusste genau, was er tat, das musste June zugeben. Vor allem Ordnung schien ihm wichtig zu sein. Selbst unter die total verbeulten Teile, die in ihren Augen Schrott waren, legte er Tücher und meinte, dass man nie wusste, wozu sie zu gebrauchen waren. Er stellte jede Menge Fragen zum Unfall, der letzten Inspektion und früheren Reparaturen.

„Warum bist du so schnell gefahren?", fragte er auf einmal.

„Weiß ich nicht mehr", wich June aus. „Wir sollten die unversehrten Teile putzen, bevor wir überlegen, sie wiederzuverwenden. Dichter kommen wir nicht heran."

„Ja, das klingt vernünftig."

Sie schwieg und vertiefte sich in das Muster des Lappens in ihren Händen, ein schmuddeliges Netz aus blauen und schwarzen Streifen. Energisch rubbelte sie die Muttern sauber. Ihre ganze Kohle würde für die Ersatzteile draufgehen. Sie brauchte einen Plan, um an Geld zu kommen.

„Du bist dir absolut sicher, dass wir uns nicht kennen?", griff er das Gespräch wieder auf.

June hielt inne. Waren alle Bootsbauer solche Verhörspezialisten? „Nicht, dass ich wüsste, woher denn?"

„Ich habe dich schon einmal gesehen. Verrätst du mir, wie du weiter heißt und wo du herkommst, fremde June?"

Sie zog den ausgebauten Tank zu sich heran, wischte daran herum und betrachtete ihr verzerrtes Spiegelbild. „Ist doch egal."

„Dachte ich's mir."

„Wie?" Sie sah zu ihm hoch.

„Du hast etwas zu verbergen."

„Blödsinn."

„Gib dir keine Mühe. Wer seinen Namen geheim hält, ist verdächtig. Für sowas habe ich einen Riecher."

„Du kannst ganz schön nerven."

„Komisch, das höre ich oft." Er grinste.

„Ich heiße Watters." Im nächsten Moment hätte sie sich am liebsten ihr Halstuch über den Kopf gezogen und wäre hinausgelaufen. Ihr Name tat doch nichts zur Sache.

„Wie diese Klamottenfirma in Port Jacobs?“ Er pfiff durch die Zähne.

„Warst du ein einem früheren Leben mal Polizist?“

„Nein, ich bin nur von Natur aus neugierig. Du bist zufällig hier gestrandet und hast beschlossen zu bleiben. Oder bist du mit Mrs Mckenzie verwandt?“

Lustige Vorstellung. June verkniff sich ein Grinsen. „Nein.“

„Dann machst du hier Urlaub?“

Sie lachte. „Das traust du mir zu?“

„Wenn ich ehrlich bin, nein. Welchen Grund könnte es noch geben, dass du hierbleibst, obwohl du die Stadt nur selten verlässt. Lass mich mal überlegen. Du bist abgehauen!“

Sie presste die Lippen aufeinander und schwieg.

Er sah sie einen Moment prüfend an, dann nahm er das ausgebaute Vorderrad und fuhr mit dem Daumen über das abgefahrene Profil. „Wir sollten neue Reifen aufziehen, wenn wir dabei sind. Was denkst du?“

„Das ist mir klar, aber ich bin pleite und meine Familie ist gerade nicht gut auf mich zu sprechen.“

Er ließ den Reifen sinken. „Jetzt erinnere ich mich. Dein Bild war neulich in der Port Jacobs Morning Sun. In dem Artikel ging es um diesem Schwimmbadunfall.“

Sie schubste den Tank von ihrem Schoß, und er rutschte scheppernd ein Stück über den Boden. „Schön für dich, dass du solche Schmierblätter liest.“

„Ist bestimmt nicht leicht mit einer reichen Familie, die ständig im Mittelpunkt steht.“ Er sah sie verständnisvoll an und für einen Moment verlor sie sich in seinen waldgrünen Augen.

„Woher willst du das denn wissen?“, erwiderte sie.

Er lehnte sich zurück. „Vielleicht weiß ich mehr, als du ahnst.“

„Du hast bestimmt keine Spießereltern, die dich ständig unter Druck setzen, oder?“

Die hellen Flecken in seinen Augen verblassten. „Da hast du recht, das habe ich nicht, leider. Meine Eltern sind tot." Er erhob sich und verließ den offenen Schuppen. Einen Moment blieb er davor stehen, als wüsste er nicht, wohin er gehen sollte. Dann setzte er sich auf die Holzbank zwischen den pinkfarbenen Hortensiensträuchern und sah aufs Meer.

June schluckte und blieb reglos sitzen. Er wirkte wie ein neureicher Durchschnittstyp, dauergutgelaunt und immer auf der Sonnenseite des Lebens, ausgestattet mit Kohle, Mami und Papi und ein paar netten Geschwistern. Da hatte sie sich wohl gründlich vertan. Sie stand auf und lief mit dem Lappen in der Hand zu ihm nach draußen. „Sorry, das wusste ich nicht."

„Ist lange her", sagte er, ohne vom Horizont abzulassen.

Sie ließ sich neben ihm auf die Bank fallen und folgte seinem Blick dorthin, wo die Farben verschwammen. Das Wasser lag vor ihnen wie ein endloser Glitzerteppich. Ein lauer Wind strich um sie herum, irgendwo zirpten ein paar Grillen. Ein perfekter Spätsommertag. „Was ist passiert?", fragte sie vorsichtig.

„Sie sind bei einem Unfall gestorben, als ich fünf Jahre alt war", murmelte er, mehr zu sich selbst. „Meine Grandma hat mich großgezogen. Ihr gehört die alte Werft in Port Jacobs. Ich habe ihr alles zu verdanken."

June vergrub die Hände im Stoff ihrer Hose und hatte auf einmal Grandpas Apfeltabak in der Nase. Die Pfeife im Mundwinkel war sein Markenzeichen gewesen, selbst im Büro. Früher, wenn sie auf seinem Schoß gesessen war, hatte sie es geliebt, danach zu greifen wie nach einem Spielzeug. Dann hatte er gelacht und sich geschickt weggedreht. Ein schmerzhaftes Ziehen floss durch ihre Brust. Es gab Momente, da vermisste sie ihn genauso heftig wie kurz nach seinem Tod. Unvorstellbar, dass diese Traurigkeit jemals verschwinden würde. „Du kommst auch aus Port Jacobs? Wieso kenne ich dich nicht?", fragte sie.

„Ich gehe selten aus."

„Hast du deshalb die Narbe am Arm? Wegen des Unfalls?" Vorsichtig beobachtete sie ihn von der Seite, aber seine Mimik blieb verschlossen. So dicht neben ihm, entdeckte sie feine Fältchen, die von einem Leben erzählten, in dem es nicht nur etwas zu lachen gab. Das Sonnenlicht fing sich in seinen Wimpern, die am linken Lid heller schimmerten als am rechten. Sie hatte auf einmal Lust, ihn an der Schulter zu berühren, aber das wäre unangebracht gewesen.

„Sie erinnert mich jeden Tag daran, dass ich als einziger überlebt habe", sagte er.

Eine Schwere legte sich über die Landschaft. Dunkelheit, die man nicht sah, die aber trotzdem da war. „Arbeitest du bei deiner Grandma in der Werft?", fragte June.

Seine Gesichtszüge entspannten sich. „Nach der Uni habe ich sie eine Zeit lang unterstützt, aber ich weiß nicht, ob das auf Dauer mein Ding ist. Vor ein paar Wochen hat sie mir vorgeschlagen, eine Weile woanders zu arbeiten."

„Wo denn?"

„Egal, bei … bei einer Bank zum Beispiel. Um einen anderen Stall kennenzulernen. Ich hatte mir ein bisschen Bedenkzeit ausgebeten."

„Stall?"

„Das sagt sie immer. Fremden Stallgeruch schnuppern und dann mit frischen Ideen zurückkommen."

„Du klingst nicht begeistert."

„Ja und nein. Der Job in der Werft ist spannend. Ich liebe alte Boote, und das Betriebswirtschaftliche liegt mir auch. Aber ich bin mir nicht sicher, ob die Arbeit dort mein Weg ist oder vielmehr der, den ich meiner Grandma zuliebe gehe."

„Und für deine Selbstfindung kommst du ausgerechnet nach Lockwood?" Sie kratzte sich am Kopf. Es gab tausend aufregendere Orte als diesen.

Er lachte, wieder entspannt. „Warum denn nicht? Du bist doch auch freiwillig hier, oder?“

Wie man es nimmt, dachte sie. Sie hatte keine Lust mehr, über sich zu reden. „Wir sollten weitermachen, bevor es dunkel wird.“

„Du hast recht.“

Sie erhob sich und gemeinsam gingen sie zurück zum Schuppen. June räumte die ausgebauten Teile in ein leeres Regal, während er das Werkzeug säuberte und verstaute. Sie sprachen nicht mehr, aber diesmal war die Stille nicht unangenehm. Als es draußen dämmerte und die Umrisse des Motorrads verblassten, schaute sie erstaunt hoch. Sie hatte nicht gemerkt, wie schnell die Zeit vergangen war.

Milo lüftete seine Kappe und fuhr sich durch die Haare. „Genug für heute, ich mache mich mal auf den Heimweg.“

„Was hast du nach der Reparatur mit deinem Boot vor? Willst du es verkaufen?“, fragte June und stellte fest, dass sie nichts dagegen hätte, wenn er noch eine Weile blieb.

Er schüttelte den Kopf. „Nein, niemals. Es ist ein Geschenk von meiner Grandma und vielleicht eines Tages das Einzige, was mir von ihr bleibt.“

„In die Vitrine im Wohnzimmer wird es nicht passen“, scherzte June.

Er lächelte, klappte seine Werkzeugkiste zu und klemmte sie unter den Arm. „Vielleicht segele ich damit um die Welt und schreibe ein Buch darüber.“

Rosie

Ein paar Tage vergingen, ohne dass Henry sich wegen des Denkmalgutachters meldete. Schließlich hielt Rosie es nicht mehr aus. Sie schnitt ein großes Stück aus der frisch gebackenen *Apple Pie* heraus, stellte es auf einen Teller und machte sich auf den Weg zu ihm.

Vor seinem Haus herrschte Chaos. Alle Türen des VW-Busses standen offen und auf der Einfahrt stapelten sich Kisten mit Campinggeschirr und Wäschekörbe mit Hemden, Hosen und Unterwäsche.

Sie stieg aus dem Auto und schaute sich verwundert um. Es sah aus wie bei einem Umzug. Was hatte das zu bedeuten? „Henry?", rief sie.

Ein dumpfer Aufschrei kam aus dem Heck des VW-Busses. Rosie stellte den Teller mit der *Apple Pie* unter dem Sonnenschirm ab, den Henry auf dem Hof aufgestellt hatte, und fuhr sich mit dem Handrücken über die verschwitzte Stirn. Warme Golfstromwinde zogen seit ein paar Tagen vom Atlantik her und heizten die Meeresluft fast tropisch auf. Für September war dies außergewöhnlich.

„Verfluchte Tat!" Mit hochrotem Kopf tauchte er unter der Heckklappe auf. Als er sie sah, hellte sich sein Gesicht auf. „Gut, dass du da bist. Du musst mir helfen!"

Verwundert ging sie auf ihn zu. „Was ist denn hier los?"

„Das verdammte Scharnier vom Küchenschrank hält nicht." Er krabbelte aus dem Heck und blieb an der Kante sitzen. Sein

Leinenhemd klebte ihm am Bauch, und sein Gesicht hatte die Farbe frischer Radieschen.

Rosie seufzte. Ein Bildhauer, der tagein tagaus Hammer und Meißel schwang, und jetzt vor einem Hängeschrank kapitulierte? Manche Dinge wollten nicht in ihren Kopf. „Hast du deinen Bekannten vom historischen Verein gesprochen? Du hast dich nicht gemeldet", fragte sie.

Henry zog ein Stofftaschentuch aus seiner Hose und tupfte sich das Gesicht trocken. „Tut mir leid, ich bin im Stress. Vor zwei Tagen hat sich herausgestellt, dass ich für die Stiftung nach Portugal muss, um vor Ort ein paar Dinge zu regeln. Alle Flüge sind ausgebucht und der Bus macht Zicken."

Rosie runzelte die Stirn. „Du willst jetzt weg?"

Er legte den Kopf schief und lächelte sie an. „Keine Sorge, Honey, bin bald zurück." Er klopfte auf die Filzauflage im Heck. „Wird zwar ein paar Tage dauern bis Portugal, aber manchmal ist der Weg ja das Ziel." Seine Augen leuchteten voll Vorfreude.

Natürlich wusste sie, dass er es liebte, spontan unterwegs zu sein, aber heute versetzte ihr sein schwärmerischer Tonfall einen Stich. Sie brauchte ihn doch jetzt als Freund und Unterstützer. „Und wann kommst du zurück?" Sie sprach mit extra fester Stimme, um ihm nicht zu zeigen, wie sehr sie seine unerwarteten Reisepläne aus dem Gleichgewicht brachten. Sie hasste es, sich schwach und hilflos zu fühlen.

Er zuckte unbekümmert die Schultern. „Das weiß ich noch nicht. In jedem Fall kann ich erst los, wenn dieses Scharnier unter Kontrolle ist und ich fertig gepackt habe."

„Lass mal sehen." Sie kletterte an ihm vorbei ins Innere, einem winzigen Schlafzimmer mit Wohnküche. Die Schranktür über der Spüle hing schief. Mit zwei Handgriffen löste sie die Scharniere aus ihrer verkeilten Position, platzierte sie neu und schob die Türen zurück in die Halterung. Mit dem Akkuschrauber drehte sie die Schrauben fest, bis es quietschte. Nach nicht einmal einer Minute war sie fertig. „Erledigt. Aber du willst hoffentlich nicht sofort los."

Henry angelte einen Bierdeckel aus einer Schublade und fächerte sich damit Luft zu. „Du bist großartig. Willst du nicht mitkommen? Ich habe das Gefühl, dass ich ohne dich keine drei Meilen weit komme."

„Jetzt übertreib nicht. Es gibt überall Werkstätten, sogar in Portugal." Sie verkniff sich ein Lächeln. „Jetzt sag, hast du mit deinem Bekannten vom historischen Verein gesprochen?"

Er zog eine Notiz aus seiner Gesäßtasche. „Es war schwieriger als gedacht. Einer meiner Kontakte hat mir die Nummer von diesem Gutachter gegeben. Er ist nicht auf alte Bauten spezialisiert, aber er scheint ein Faible für Leuchttürme zu haben, hat seine Hochzeitsnacht in einem in Schottland verbracht. Muss ein echter Romantiker …"

„Wann kann ich ihn anrufen?", unterbrach Rosie. Sie wollte nicht die Lebensgeschichte des Mannes hören, sondern den Namen und seine Kontaktdaten haben.

Henry verstummte und reichte ihr die Notiz. „Ethan Graves" stand darauf, dazu eine Telefonnummer aus Port Jacobs.

„Prima, vielen Dank." Erleichtert drückte sie seinen Arm.

„Du kannst ihn jederzeit anrufen. Ich hoffe, er kann dir helfen und du wirst nicht enttäuscht."

Davon wollte Rosie nichts wissen. „Ich mache heute noch einen Termin mit ihm aus. Möchtest du Apple Pie? Ich habe dir ein Stück mitgebracht." Sie zog ihn unter den Sonnenschirm und drückte ihm den Teller in die Hand.

„Das ist jetzt genau das Richtige. Du bist also nicht böse, dass ich ausgerechnet jetzt wegfahre?" Er schob sich eine Gabel Kuchen in den Mund und kaute genüsslich. Ein paar Krümel blieben an seiner Oberlippe hängen und wippten im Takt.

Rosie zwang sich zu einem zuversichtlichen Lächeln. Die Nummer in der Hand vermittelte ihr ein Stück Sicherheit, aber Henrys bevorstehende Abreise drückte dennoch auf ihrer Brust. „Natürlich nicht“, sagte sie tapfer.

June

Das warme Wetter der letzten Tage entlud sich in der Nacht in einem heftigen Gewitter. June wälzte sich im Bett herum, zog die Decke bis zum Kinn und lauschte dem Wind, der am Leuchtturm zerrte. Regen trommelte gegen die Scheiben, in der Ferne grollte Donner wie ein Rudel aufgebrachter Wölfe. Obwohl sie fror, schälte sie sich aus dem Bett und tappte mit hochgezogenen Schultern ans Fenster. Grelles Wetterleuchten durchbrach das Schwarz über dem aufgewühlten Meer. Sie drückte die Nase an die feucht schimmernde Scheibe. Sie mochte es, wenn Blitze zur Erde zuckten und der Sturm Regenmassen gegen die Häuser peitschte. Dann hatte sie stets Lust hinauszurennen und mit dem Gewitter um die Wette zu schreien.

Aber heute war ihr kalt. Ein Schwall Nachtluft drückte hinein und sie rieb die Hände über die nackten Oberarme, um sich zu wärmen. Auf einmal kam ihr der Raum klamm vor, und sie realisierte, dass sich der Boden glitschig und feucht anfühlte. Sie machte einen Schritt nach links und zog den Fuß zurück. Da war eine Pfütze! Was zum Teufel …?

Ein Blitz zuckte in glühendem Weiß über die Bucht, gefolgt von krachendem Donner. Das Licht erhellte das Zimmer für den Bruchteil einer Sekunde, dann versank alles im Dunkeln. June hielt sich die Ohren zu und hatte das Gefühl zu halluzinieren. Am Boden war überall Wasser!

Verdammt, ihre Zeichnungen. Sie hatte gestern mehrere Stunden daran gearbeitet und sie auf den Tisch gelegt. Sie hangelte sich zurück zu ihrem Bett und knipste die Nachttischlampe an. Ein Tropfen platschte auf ihren Arm. Sie starrte an die Decke und entdeckte feucht schimmernde Flecken. Bevor sie erkennen konnte, ob Wasser durch das Mauerwerk drang, fing die Glühbirne unter dem Lampenschirm zu flackern. Dann versank der Raum erneut im Dunkeln.

Sie tastete nach ihrem Handy und tippte auf das Taschenlampensymbol. Zitternd leuchtete sie auf die gegenüberliegende Seite. Die Staffelei hatte Flecken und die Leinwände und gestapelten Zeichnungen wölbten sich, als wären sie lebendig. Nur ein paar Bilder hatten nichts abbekommen.

Sie raffte die Sachen zusammen und drückte sie an ihre Brust. Noch nie hatte sich ihre Arbeit so zäh angefühlt wie gestern, und jetzt sollte alles umsonst gewesen sein? Heiße Tränen stiegen in ihr hoch und sie überlegte fieberhaft, wohin sie die Sachen in Sicherheit bringen konnte.

Sie schlüpfte barfuß in ihre Boots und verzog das Gesicht, sie waren ebenfalls feucht. Mit ihren Bildern im Arm stieg sie ins Erdgeschoss hinab. Auf dem Weg zur Abstellkammer kam sie an einem Verschlag vorbei, der sich unter der Treppe befand, eine Art Wandschrank mit Schlüsselhaken und Fächern, die allesamt leer waren. Sie öffnete ihn, leuchtete hinein und fuhr mit der Hand über die Regalböden. Gott sei Dank, nur Staub. Behutsam legte sie ihre Bilder ab.

Eine Bewegung hinter ihr ließ sie zusammenzucken. Ruckartig drehte sie sich um und schaute in den blendenden Lichtstrahl einer Taschenlampe. „Wer ist da?“ Sie blinzelte die Sternchen auf ihrer Netzhaut weg.

„Alles in Ordnung bei Ihnen? Das Gewitter ist ja furchtbar, im Cottage ist der Strom ausgefallen“, tönte Rosies Stimme hinter dem Licht.

June stieß mit dem Ellenbogen gegen die Tür des Verschlags. Ein grelles Kribbeln schoss ihr den Arm hoch und explodierte in den Fingerspitzen. „Mrs Mckenzie? Was machen Sie hier, Sie haben mich zu Tode erschreckt.“

„Oh, Entschuldigung, das wollte ich nicht.“ Rosie ließ die Lampe sinken und langsam gewöhnte sich June an die Lichtverhältnisse. Rosie sah aus wie ein Geist beim Arbeitseinsatz. Ihre Haare hingen ihr offen und wirr über die Schultern und warfen riesige Schatten hinter ihr an die Wand. Das Nachthemd klebte ihr am Körper, darunter trug sie Gummistiefel und Arbeitshose.

Wieder knallte der Donner über ihnen.

June zuckte zusammen. „Der Turm ist undicht“, schrie sie und versuchte, den Lärm zu übertönen und gleichzeitig nicht hysterisch auszurasten. „Im Zimmer tropft Wasser von der Decke. Die Hälfte meiner Bilder ist versaut.“

Rosie wurde blass. „Oh, nein. Die Fenster auf der Galerie sind alt, aber ich habe sie immer gut zugeklebt. Vielleicht hat der Sturm die Pappe weggerissen. Ich sehe nach.“ Sie raffte ihr Nachthemd und marschierte die schneckenförmige Wendeltreppe nach oben. June eilte ihr hinterher, bog ins Zimmer ab und stopfte Pinsel, Acryltuben und Skizzenblöcke in eine trockene Tüte.

Als sie das Zimmer verließ, stand Rosie außer Atem vor ihr. „An den Fenstern war alles abgerissen, aber ich habe es notdürftig reparieren können. Jetzt helfe ich Ihnen bei Ihren Bildern.“

Die Träger der Tüten schnitten June in die Hände, aber sie schüttelte den Kopf. „Danke. Gehen Sie ruhig zurück ins Bett.“ Sie unterdrückte die bleierne Müdigkeit, die sie auf einmal überfiel.

Rosie rührte sich nicht. „Kommt nicht in Frage.“

June hatte keine Kraft für weiteren Widerspruch. Sie schob Rosie eine Kiste hin.

Im Schein der Taschenlampe trugen sie die restlichen Materialien hinunter, bis alles im Verschlag verstaut war. June wischte den Boden trocken, Rosie zog das Bett ab und räumte Bettdecke und Kopfkissen in die Abstellkammer, die zum Glück nichts abbekommen hatte. Sie stellte Eimer an die Stellen, wo es von der Decke tropfte, und hob die Matratze zum Lüften aus dem Rost. „Morgen früh, wenn der Sturm sich gelegt hat, können wir uns alles genauer ansehen. Das Cottage ist zum Glück trocken geblieben“, meinte Rosie, nachdem sie fertig waren.

June nickte stumm, aber der Druck auf ihrer Brust ließ nicht nach. Kein Mensch konnte sagen, ob das, was sie sich gestern und die letzten Tage mühsam aus den Fingern gesogen hatte, noch zu gebrauchen war. Musste sie womöglich von vorne anfangen? Sie krallte die Hände in ihre Haare, bis ihre Kopfhaut brannte.

Draußen zuckten weiter Blitze, gefolgt von grollendem Donner, der sich nur langsam entfernte. Was, wenn die Feuchtigkeit bis in den Verschlag unter der Treppe eindrang? Am liebsten hätte June ihre Bilder wieder herausgenommen und einzeln ins Cottage vor den Ofen getragen. Aber der Regen war zu krass. Sie würden komplett nass werden.

Rosie berührte sie am Arm. „Kommen Sie mit, ich gebe Ihnen ein paar trocken Sachen. Sie können drüben auf dem Sofa schlafen. Heute können wir hier nichts mehr ausrichten.“

June hörte ihre Worte wie durch einen Nebel, unschlüssig, was sie tun sollte. „Ich weiß nicht …“, murmelte sie. Vielleicht wäre es besser, wenn sie blieb und aufpasste? Sie wischte ihre klammen Hände an ihrem T-Shirt ab.

„Hierbleiben können Sie nicht, wo wollen Sie denn schlafen?“, antwortete Rosie, als hätte sie ihre Gedanken gelesen. Sie öffnete die Eingangstür, und feuchte Luft wirbelte herein. Die erleuchteten Fenster des Cottage erhellten den Regen, der diagonal vom Himmel peitschte.

June schlang die Arme um ihren Körper und deutete mit dem Kinn nach draußen. „Das Licht geht wieder.“

Rosie warf ihr einen erleichterten Blick zu und zog sie am Ärmel zu sich. „Ich zähle bis drei, dann laufen wir los.“

Sie ließ es geschehen, auf einmal dankbar, dass jemand Anderes die Initiative ergriff und sie nichts mehr denken musste. „Okay."

„Eins … zwei …" Rosie zerrte sie hinter sich her nach draußen. „Drei!"

Sofort lief June der Regen über das Gesicht und durchweichte ihre Klamotten. Sie hielt sich die Hände über den Kopf, aber das Wasser floss durch ihre Haare, den Rücken hinunter bis in ihre Schuhe. Die Kälte pikste auf ihrer Haut wie Nadelstiche.

Sie riss sich los und blieb auf halbem Weg zum Cottage unvermittelt stehen, trotz der nasskalten Luft, die ihren Körper einhüllte. War nicht eh alles egal? Ihre Beine wollten sich nicht mehr bewegen, als hätte ihr jemand den Stecker gezogen. Sie schnappte nach Luft, aber da war nur Regen überall.

Rosie stieß sie unsanft in die Seite. „Nicht stehenbleiben!"

Ein weiterer Blitz schoss über den Himmel. Vom Dach wirbelten Ziegelsteine durch die Luft, genau auf sie zu. June starrte ihnen entgegen.

Plötzlich packten sie zwei Hände und zerrten sie unter den Dachüberstand. Die Ziegel flogen an ihr vorbei und zerbarsten genau an der Stelle, an der sie Sekunden zuvor gestanden hatte. June schrie auf und klammerte sich an Rosie. Der Regen füllte die Abdrücke ihrer Schuhe, bis sie überliefen und zu unförmigen Pfützen mutierten.

Sie grub ihre Hände in Rosies Strickjacke. Ihr Kopf war ein Loch aus Angst und Schrecken, schwarz wie der Nachthimmel.

Einen Moment später umfingen sie Ofenwärme und der Geruch von getrocknetem Lavendel. Rosie drückte sie sanft auf die Eckbank, zog ihr die Boots aus und legte ihr eine warme Wolldecke über die Schultern. June nahm ihre Hand und brach in hemmungsloses Schluchzen aus.

„Schsch … alles gut. Es ist nichts passiert", murmelte Rosie warm an ihrem Ohr.

Rosie

Am nächsten Morgen öffnete Rosie die schwere Eisentür zum Keller des Leuchtturms und schob mit dem Fuß eine Kiste beiseite. Muffige Luft zog ihr entgegen und sie wusste sofort, dass der Gewitterregen bis hier unten vorgedrungen war. Sie tastete nach dem Bakelitschalter, die Lampe über ihr ging an und sie hielt die Augen für einen Moment geschlossen. Aber die Realität ließ sich nicht ausblenden.

Die Nacht war kurz und unruhig gewesen. Erst mit der Morgendämmerung hatte sich das heftige Unwetter verzogen und das Chaos vor dem Cottage offenbart: zerbrochene Terracotta-Töpfe, ein verwüstetes Gemüsebeet und die Gießkannen überall auf dem Grundstück verteilt. Der Schornstein sah aus, als hätte jemand hineingebissen. Sie würde auf das Dach steigen müssen, um ihn zu reparieren. In welchem Zustand die Leuchtturmgalerie war, wusste sie nicht. Bisher hatte sie nicht gewagt, nachzusehen.

Sie umklammerte das Geländer und stieg langsam die ausgetretenen Stufen hinab. Mit jedem Schritt zerstörte die klamme Luft ein Stück mehr ihre Hoffnung, dass der Sturm wenigstens hier unten keine Spuren hinterlassen hatte. Sie erreichte den offenen Kellerraum und blieb auf der letzten Stufe stehen. Auf dem festgeklopften Lehmboden stand Wasser, und der Schrank, in dem sie ihre alten Bücher und Zeitschriften lagerte, lehnte verzogen an der Wand. Sie fröstelte und krempelte die Ärmel ihrer Strickjacke herunter. Der Turm ließ sie im Stich.

June war ihr gefolgt und stand jetzt hinter ihr, zwei Eimer,

Spaten, Besen und Abzieher im Arm. „Haben Sie im Zimmer nachgesehen? Wie sieht es dort aus?“ Rosie drehte sich zu ihr, um Halt in ihrer Stimme bemüht.

Junes Gesicht verdunkelte sich. „Der Tisch hat einen Wasserschaden, aber von der Decke tropft wenigstens nichts mehr.“

Rosie atmete durch, das klang nach einem Fünkchen Hoffnung. Vielleicht hatten die Fenster auf der Galerie doch gehalten. „Und Ihre Bilder im Treppenverschlag? Sind sie unversehrt geblieben?“

„Die Hälfte hat überlebt, der Rest ist hinüber.“

Sie hörte die Wut in Junes Stimme. „Oh, das tut mir leid. Wie viel Zeit haben Sie bis zur Abgabe ihre Bewerbungsmappe? Werden Sie es schaffen?“

„Ich habe noch drei Wochen. Spätestens am 15. Oktober muss sie dort sein. Keine Ahnung, ob ich das hinkriege. Ich habe keine Wahl.“ June machte einen Schritt über eine Wasseransammlung und knallte die Putzutensilien vor das Weinregal, das bis unter die Decke mit staubüberzogenen Flaschen gefüllt waren. „Wer soll das denn alles trinken?“, fragte sie spöttisch.

„Ich habe den Wein von meinen Eltern geerbt und bewahre ihn hier auf.“

„Für was? Die nächste Party?“ June zog eine Flasche aus dem Regal und betrachtete das Etikett. „Wow, ist der alt. Da war ich nicht mal auf der Welt.“

„Vorsicht!“ Rosie sprang vom Treppenabsatz herunter. Die Flasche war eine von vielen kostbaren Exemplaren, die ihre Eltern gehortet hatten wie Goldklumpen. „Mein Vater hat Wein gesammelt. Das war sein Hobby“, erklärte sie und realisierte im selben Moment, wie merkwürdig das klang.

„So wie Briefmarken? Krass.“ June legte die Flasche an ihren Platz zurück und wischte sich die staubigen Hände sauber. „Keine Sorge, ich trinke eh nur Bier.“

Rosie blieb stehen. Sie hatte jetzt nicht die Nerven, über ihre

Eltern nachzudenken. „Lassen Sie uns saubermachen, es gibt genug zu tun. Wenn wir hier fertig sind, kümmern wir uns um das Zimmer."

„Einverstanden." June holte ein Kaugummi aus ihrer Tasche und stopfte es sich in den Mund.

Rosie sah sich um und sortierte in Gedanken die Arbeitsschritte. Es würde Stunden dauern, alles in Ordnung zu bringen.

„Nun gut", sagte sie, mehr zu sich selbst. „Ich ziehe den Boden ab. Was nicht im Abfluss versickert, schaufeln wir in die Eimer. Wir leeren sie an den Klippen, der nächste Regen spült den Schlamm weg. Haben Sie den Keil unter die Kellertür geschoben, damit wir rein- und rauslaufen können?"

„Sie meinen die Kiste? Ein Keil war da nicht."

„Doch, er liegt am Boden, gleich neben der Tür."

„Nee, habe ich nicht gesehen."

„Das kann nicht sein." Alarmiert ließ Rosie den Abzieher fallen und eilte die Treppe hoch. Am Ende des Aufgangs blieb sie entgeistert stehen. Die Tür war zu. Im fahlen Licht der Kellerlampe stand eine leere Weinkiste, vom Keil fehlte jede Spur.

Nein, nein, nein! Sie drückte die Klinke herunter und stemmte sich dagegen, aber das Türschloss klapperte nur kurz. „Mist", fluchte sie und suchte den Boden ab. Der Keil blieb verschwunden.

June kam die Stufen hoch. „Was ist?"

Rosie rüttelte erneut an der Klinke, zog und zerrte, ohne dass die Tür nachgab. „Ich bekomme sie nicht mehr auf."

„Lassen Sie mich mal versuchen." June bedeutete ihr, zur Seite zu treten.

„Das bringt doch nichts." Widerwillig machte Rosie Platz und June rüttelte an der Klinke, bis sie gefährlich knackte.

„Die Tür hätte niemals zufallen dürfen. Deshalb liegt dort ein Keil!" Fassungslos schüttelte sie den Kopf. Sie war so durcheinander gewesen, dass sie nicht daran gedacht hatte, es zu kontrollieren.

„Da war nur diese komische Kiste", erwiderte June genervt. „Warum haben Sie denn nichts gesagt? Woher soll ich wissen, dass die nichts bringt?"

Rosie schnaubte. „Es ist eine alte Metalltür, Herrgott nochmal! Wenn die zufällt, ist sie zu."

„Ach, jetzt bin ich schuld?" June drehte sich um und stapfte die Stufen herunter.

„Sie hätten ein bisschen mitdenken können." Rosie trommelte mit den Fäusten gegen die Tür, obwohl sie wusste, dass das reiner Aktionismus war. Niemand außer den Hühnern würde sie hören.

„Was Sie da machen, bringt nichts. Wir sollten die Fenster aufhebeln", tönte June aus dem Weinkeller. Ein Klopfen und Kratzen folgten.

Rosie zog die Schultern hoch und machte sich auf den Weg zurück nach unten. Hätte sie bloß eine dickere Jacke übergezogen. Sie bewegte ihre kalten Zehen in den Gummistiefeln.

Zurück im Keller fand sie June auf dem Tisch unterhalb des schmalen Fensters. Sie schlug mit einem der mitgebrachten Spaten gegen die Scheibe. Das Geräusch wummerte in ihren Ohren wie ein Presslufthammer. „Denken Sie, das funktioniert? Haben Sie die Gitterstäbe dahinter nicht gesehen?"

June ließ den Spaten sinken, ihre Wangen waren von der Anstrengung gerötet. „Natürlich. Aber ich versuche es zu öffnen, damit uns jemand hören kann, der vielleicht in der Nähe vorbeiläuft. Oder haben Sie einen besseren Plan?"

„Haben Sie ein Handy dabei?"

June verdrehte die Augen. „Sie sind kein Technikfreak, oder? Hier unten gibt es keinen Empfang."

Rosie starrte das Mädchen an und schwieg. Dann nahm sie einen Eimer und fing an, mit dem Abzieher den Boden zu bearbeiten. Sie musste ihre Hände beschäftigen, um klar denken zu können und eine Lösung zu finden. Wieder und wieder schob sie den wässrigen Schlamm auf das in einer Ecke eingelassene Ausgussgitter. Nach ein paar Minuten hielt sie außer Atem inne. Wie sollten sie hier bloß rauskommen?

* * *

Drei Stunden später war immer noch kein Ausweg in Sicht. Rosie rieb die kalten Hände aneinander und lief wie ein gefangener Tiger umher. Sie hatten alles gesäubert und sogar den Schrank und die Weinregale von Staub befreit. Vorwurfsvolle Stille hing im Raum und sie schielte zu June, die schweigend im Schneidersitz auf dem Tisch saß und auf die Gitterstäbe hinter dem gekippten Fenster starrte, als wollte sie diese mit ihrer Willenskraft auseinanderbiegen.

Rosies Beine prickelten von der feuchten Kälte, ähnlich wie bei dem elenden Muskelkater, der sie quälte, wenn sie stundenlang Unkraut gejätet hatte. Aber jetzt sehnte sie sich danach, die Hände zwischen Sellerie und Möhren in den Mutterboden zu stecken. Sie verdrängte das Gefühl von Hoffnungslosigkeit und den quälenden Gedanken an das Zitronenwasser, das sie vor ein paar Stunden im Cottage aufgesetzt hatte und das unberührt auf dem Esstisch stand.

Missmutig streifte sie am Regal entlang und strich über die herausragenden Flaschenhälse, bis sich ihre Fingerkuppen grau verfärbten. Asche zu Asche, Staub zu Staub. Würden sie hier unten sterben?

„Ich pack das nicht länger, ich habe Durst“, platzte June auf einmal heraus, sprang vom Tisch und zog wahllos einen Wein aus dem Regal.

Rosie fuhr herum. In Gedanken sah sie ihren Vater ungehalten das Gesicht verziehen, wie immer, wenn sie sich nicht so benahm, wie er es erwartete. „Das ist keine gute Idee."

„Jetzt entspannen Sie sich mal. Ich werde hier unten nicht verdursten, wenn vor meiner Nase hunderte Liter Wein liegen." June stellte die Flasche auf den Boden und versuchte, den Korken mit dem Daumen hineinzudrücken. „Shit, ich hätte schwören können, dass es klappt. Aber wahrscheinlich ist er über die Jahrhunderte festgewachsen."

„So alt ist der Wein nun auch nicht", schimpfte Rosie.

June nahm die Flasche und sah sich suchend um.

„Was haben Sie vor?" Eine ungute Vorahnung kroch in Rosie hoch.

Das Mädchen steuerte entschlossen auf einen freien Teil der Kellerwand zwischen Schrank und Weinregal zu, holte aus und donnerte den Flaschenhals gegen das Mauerwerk. Er brach klirrend ab, und Rotwein schwappte heraus auf den Lehmboden. „Na bitte, geht doch", sagte June zufrieden und betrachtete die Abbruchkante. Dann zuckte sie kurz mit den Schultern und setzte die Flasche vorsichtig an die Lippen. Nach ein paar Schlucken schüttelte sie sich und hustete. „Schmeckt total sauer, aber besser als nichts. Wir wollen hier doch nicht sterben, oder?"

Rosie starrte entgeistert auf das verschmierte Etikett, die verblichene Zeichnung eines der berühmtesten französischen Weinschlösser in der Nähe von Bordeaux. *Chateaux Margaux* stand dort in geschwungener Schrift, darunter das Abfülljahr, 1976.

„Was machen Sie denn da?" Sie unterdrückte einen hysterischen Schrei. Auch das noch. 1976 war sie nach Lockwood gezogen. Ein paar Monate nachdem Amadeo … Hier lagerten dutzende Weine aus vier Jahrzehnten und June griff zielsicher nach einem *Chateau Margaux* von 1976? War heute der Tag der Abrechnung?

Drohte ihr jetzt der langsame und qualvolle Tod im Keller des Turmes, der sie am Leben halten sollte?

„Keine Panik, es ist nur Wein. Ekliger Wein, um genau zu sein. Wieso haben Ihre Eltern kein Bier gehortet, das wäre viel cooler." June hielt ihr die Flasche auffordernd hin.

Rosie fixierte sie wie eine wertvolle Pantoffelorchidee. Dieser *Chateau Margaux* war einer der besten Weine, den es gab. Die junge Frau mit ihrer Vorliebe für Dosenbier hatte keine Ahnung. Er war nicht eklig, sondern schmeckte nach Cassis, Pfeffer, Nelke und einem Hauch frischem Laub.

„Sie müssen trinken!", befahl June mit ernstem Gesicht.

„Nein." Rosie drängte die lauter werdende Stimme ihres Vaters zurück in den hintersten Winkel ihrer Erinnerung. Sie starrte auf die Flasche und versuchte, ihre Zunge vom Gaumen zu lösen. Ihr Mund fühlte sich an wie Sandpapier. Zögerlich streckte sie die Hand aus und berührte mit dem Daumen die scharfe Kante des Flaschenhalses. Die Zunge würde sie sich aufschneiden! Und eine blutende Schnittwunde war das Letzte, das sie in ihrer Situation gebrauchen konnte.

Aber Kräutertee und Zitronenwasser waren nicht in Sicht, und ihr ganzer Körper sehnte sich nach Flüssigkeit. Sie benetzte ihre spröden Lippen und trank. Das herbe Tanin brannte ihr in der Nase und sie hustete. Prustend setzte sie die Flasche ab und klopfte sich auf die Brust. „Gute Güte, was ist nur mit dem Wein passiert", stieß sie hervor. Die vielen Jahre hatten den *Margaux* kontaminiert! Aber ihr Gaumen war nicht mehr so rau wie vorhin. Sie hielt die Luft an, trank noch einmal großzügig und zählte dabei bis zehn.

„Sachte, sachte." June grinste und bedeutete ihr, aufzuhören.

Rosie stellte die Flasche auf den Tisch und ignorierte den bitteren Nachgeschmack, der sich um ihre Zunge legte. Wohlige Wärme bereitete sich in ihrer Magengegend aus, ein längst vergessenes Gefühl, wie in den unbeschwerten Zeiten von früher.

Mit der Flasche im Arm setzte sich June zurück auf den Tisch. Rosie ließ sich neben ihr nieder und beobachtete, wie das Mädchen ein paar weitere Schlucke nahm. „Sie vertragen scheinbar einiges“, meinte sie.

„Keine Ahnung, ich trinke nie Wein.“

„Ich auch nicht.“ Der Klumpen in Rosies Bauch löste sich und fing an zu strahlen. Ihre Arme und Beine fühlten sich leicht an, fast schwerelos. Sie sah sich um, kniff die Augen zusammen und riss sie auf. Nein, sie täuschte sich nicht. Der Keller schwankte.

„Wollen Sie nochmal?“, fragte June mit geröteten Wangen.

Rosie schüttelte den Kopf und presste die Hände auf die Knie. „Nein, danke. Lieber nicht.“

„Was ist los? Ist Ihnen schlecht?“ June berührte sie an der Schulter.

„Ich …“ Es war nicht nur der Alkohol, der ihr auf einmal zu schaffen machte. Es war alles. „Der Leuchtturm hat so viel abbekommen. Er ist rissig, die Fenster sind kaputt. Ich weiß nicht, ob ich es allein hinbekomme, ihn zu behalten. Was ist, wenn ich ihn verliere?“, brach es aus ihr heraus.

„Quatsch. Wieso denn? Hier ist doch Ihr Zuhause.“

Rosie wischte sich mit dem Ärmel ihrer Strickjacke über die Augen. Das Wort Zuhause stach in ihrer Brust. „Es ist viel mehr als das“, flüsterte sie. „Es gibt keinen anderen Ort, an dem ich mich sicher fühle und ich selbst sein kann. Ich muss ihn am Leben erhalten.“ Sie stockte und konzentrierte sich auf die moosbewachsenen Ritzen im Mauerwerk gegenüber. „… um meiner Freiheit Willen, aber auch für Amadeo.“ Eine Träne fiel auf ihren Oberschenkel.

June zog den Reißverschluss ihrer Jacke auf und nestelte ein Taschentuch heraus. Dabei segelte ein kleiner Zettel zu Boden. „War Amadeo Ihr Mann?“

„Er ist Leahs Vater. Meine große Liebe. Aber das ist lange

her. Wir hatten nicht viel Zeit zusammen.“ Rosie nahm das Taschentuch und wischte sich Stirn ab. „Aber wir hatten einen Traum. Von einem Ort über dem Meer, an dem wir frei sind und an dem uns niemand etwas anhaben konnte.“ Sie starrte auf den heruntergefallenen Zettel, im Ohr das leise Rauschen der Wellen am Strand vor der *Villa Dorata* und die Wärme der italienischen Sommersonne auf dem Gesicht. Sie fühlte die Sandkörner an Amadeos Händen, wenn er ihr Kinn zärtlich umfasste, und roch den Duft seiner Haut nach Salz und Sonnencreme.

„Was ist denn passiert?“ June stellte die Rotweinflasche geräuschlos zwischen ihre Beine.

„Ich kann nicht darüber sprechen.“ Rosies zwang sich, aus der Vergangenheit aufzutauchen, und dachte an Henry. Er war der einzige, dem sie je davon erzählt hatte. Auf einmal vermisste sie ihn mit ungewohnter Heftigkeit. Sie krallte die Hände in ihre Arbeitshose. Vielleicht ließ sie sich zu sehr von ihren Erinnerungen leiten und es war längst Zeit, Amadeo loszulassen und in eine neue Zukunft zu gehen. Er hätte nicht gewollt, dass sie litt, sondern dass sie Kraft aus dem schöpfte, was sie verbunden hatte. Auch Leah zuliebe. „Ihnen ist etwas heruntergefallen“, sagte sie laut.

June steckte die Hände in ihre Jackentaschen. „Ja … ich weiß.“

Plötzlich hingen eine Menge Fragen in der Luft. Rosie betrachtete das ebenmäßige Gesicht der jungen Frau, das hinter Make-up und schwarzem Lidstrich verschwand und eine Mischung aus Verlegenheit und Abwehr spiegelte. „Manchmal hilft es, sie bei sich zu tragen, nicht wahr?“, sagte sie.

June sprang vom Tisch, hob den Zettel auf und ging ein paar Schritte das Weinregal entlang. „Was hat es mit den Zetteln und dem Wünscheglas eigentlich auf sich?“

Rosie dachte an die Monate der Einsamkeit und Schuldgefühle, die schlimme Angst vor Leahs Geburt, Eves heilende Fürsorge und die Magie der kleinen Zettel. Wie sollte sie das erklären? Sie kramte nach passenden Worten, horchte in die Verschwiegenheit des Kellers, als müsste sie sich vergewissern, dass der Turm einverstanden war, wenn sie davon sprach. „Meine Hebamme hat es mir zu Leahs Geburt geschenkt. Es hat mir die Energie verliehen, weiterzumachen, obwohl ich allein war und alles verloren hatte."

„Es tut mir leid, dass ich das Wünscheglas für meine Pinsel nehmen wollte. Ich wusste nicht, welchen Wert es für Sie hat. Dass Sie es sogar mit mir teilen …" June wich ihrem Blick schuldbewusst aus.

„Schon gut. Ich bin nicht mehr sauer." Rosie drückte die Schultern nach hinten und hatte auf einmal Lust, mehr von June zu erfahren, die so anders war als sie selbst. Vielleicht lag es am Wein oder an der Enge des Kellers, aber sie spürte hier eine Nähe zu dem Mädchen, die vorher nicht da gewesen war. „Wie wollen Sie mit Ihrer Mappe weitermachen? Fehlen viele Arbeitsproben?", fragte sie neugierig.

June

June betrachtete Rosies Gesicht, das eine Mischung aus Ehrlichkeit und Wärme ausstrahlte. Wie bei Grandpa. June nahm die Flasche und versuchte, ihre Verunsicherung hinunterzuspülen und den schwerelosen Zustand aufrechtzuerhalten, in den sie der Wein versetzte, auch wenn er eklig schmeckte. Alles sollte schweben und die schweren Dinge davonfliegen. „Ich bin nicht so glücklich mit dieser Mappe", gab sie zu und war überrascht, wie leicht es ihr fiel, es auszusprechen. Vom ersten Moment an hatten sich die Aufgaben wie ein Korsett angefühlt. Nur, wenn sie mit ihren Graffitidosen an den Strand lief, Skulpturen baute oder auf dem Findling saß und zeichnete, flossen ihre Energien.

„Ich dachte, Sie lieben Kunst und Kreativität."

„Ja, das tue ich. Aber das, was die Franklin Art School will, fühlt sich sperrig an. Naturstudien, Auseinandersetzung mit dem toten Gegenstand und dem Lebendigen, kontrastierende Stillleben, Abstraktionen des Verwundbaren in Öl oder Acryl", wiederholte June und verzog das Gesicht, „wenn ich sowas lese, schlafen mir direkt die Füße ein. Ich bin nicht sicher, ob ich das hinbekomme. Ob das wirklich mein Weg ist." Zack, da war es raus. Zum Glück hörte Grandpa das nicht. Sie knetete ihre Hände, die sich auf einmal schwitzig anfühlten, obwohl es hier unten zu kalt dafür war.

Rosie lächelte. „Ist es nicht so, dass jeder Künstler seine eigene Ausdrucksweise unabhängig von Vorgaben finden darf? So kenne ich es von Henry."

„Wenn ich eine echte Künstlerin wäre, müsste ich damit umgehen können und alles professionell hinkriegen“, stellte June fest und ein bitterer Geschmack legte sich auf ihre Zunge. Sie war eine Versagerin, so sah es aus. Das Einzige, was sie konnte, waren Graffitischmierereien. Kate hatte recht. Grandpa wäre enttäuscht von ihr.

„Gibt es keinen anderen Weg?“

June dachte an das falsche Alibi von Kate und schüttelte heftig den Kopf. „Ich brauche dieses Diplom, um als Künstlerin anerkannt zu werden. Die Franklin Art hat den besten Ruf. Wenn ich dort aufgenommen werde, habe ich es geschafft. Dann sehen meine Eltern endlich, dass ich es ernst meine, und lassen mich hoffentlich mit ihrer blöden Firma in Ruhe.“

Rosie seufzte. „Ich verstehe. Meine Eltern haben mich auch immer unter Druck gesetzt.“

June spielte an ihrem Lippenpiercing herum. „Ich kann ihnen nichts recht machen, aber wenn ich diesen Studienplatz kriege …“ Sie stockte und fühlte, wie Tränen hochstiegen. „Dann sind sie bestimmt stolz auf mich.“ Sie stellte die Flasche auf dem Boden ab, Rosie rückte ein Stück auf die Seite und deutete auf den freien Platz neben sich.

June setzte sich und ließ schweigend die Beine baumeln. Innerlich wappnete sie sich für weitere Fragen. Es lief ja doch immer nach demselben Schema ab. Die Leute interpretierten jedes Wort, das sie sagte. Warum sie zu Hause nicht klarkam und ständig in der Zeitung landete, warum sie Rae angeschrien hatte, bis Blaulichter und Sirenen das Schwimmbad geflutet hatten. Wieso sie all das Chaos produzierte. Niemand gab sich Mühe, hinter die Fassade zu blicken.

Stille im Kellerraum.

„Möchtest du mir davon erzählen?“, fragte Rosie.

Es klang unaufgeregt und normal, ohne Vorwurf und ohne

diesen Unterton, den ihre Mum und ihr Dad in jeden Satz packten. Das fühlte sich gut an. „Meine Eltern machen einen auf megawichtig mit ihren Designerklamotten, immer geht es um Geld, Außenwirkung und Karriere. Aber das ist nichts für mich. Ich liebe Graffiti und möchte zeichnen oder Skulpturen bauen. Status ist wie Knast, aber ich möchte frei sein und eigene Regeln erfinden. Deshalb will ich eine richtige Künstlerin werden, damit ich mich nicht mehr für meine Träume rechtfertigen muss und endlich glücklich sein kann." Es sprudelte alles aus ihr raus, als hätte jemand auf Play gedrückt.

Ihr Knie berührte das von Rosie und ein Gefühl von Ruhe vertrieb die Schwere. Sie spürte die Nähe der alten Dame, die selbst hier im Keller den Geruch nach Kräutern verströmte, und hatte auf einmal keine Lust, woanders zu sein.

„Eltern können grausam sein. Das habe ich auch erlebt", erwiderte Rosie.

June warf ihr einen Blick zu. Sie kannten sich erst seit kurzem, trotzdem redete sie mit ihr, als wäre es das Selbstverständlichste von der Welt. Genau wie Henry. Sie schluckte schwer. Warum konnten ihre Eltern nicht so sein? „Mein Vater hat noch nie ein Bild von mir angeschaut." Da war sie wieder, die tief vergrabene Traurigkeit und Sehnsucht, ihn eines Tages stolz zu machen. Wenn sie ehrlich war, konnte sie die Hoffnung nicht aufgeben. Er war doch ihr Dad!

„Henry sagt, Sie sind sehr begabt."

June schnaubte. „Vielleicht will er nur nett sein."

„Nein, so ist er nicht. Wenn er sich äußert, dann hat das immer Hand und Fuß. Ich höre ihn selten in dieser Weise von einem Nachwuchstalent sprechen. Er hat aber auch gesagt, dass Sie nicht an sich glauben. Übrigens hat er auch kein Studium abgeschlossen, sondern ist einfach nur beharrlich seinen Weg gegangen."

June wollte protestieren, aber es stimmte, was Rosie über Henry sagte. Er war kein Schwätzer oder Zweifler, er ruhte in sich. Wenn sie doch auch nur so sein könnte. „Warum leben Sie beide nicht zusammen? Man könnte denken, Sie wären ein Paar."

Rosies sah erstaunt hoch und ihre Wangen glänzten, als wäre sie verlegen. „Henry und ich? Uns verbindet nur eine intensive Freundschaft", winkte sie ab.

June musterte sie skeptisch. „War da nie mehr?"

„Alle meine Beziehungen sind bisher gescheitert, die Liebe ist nichts für mich. Deshalb bin ich sehr dankbar, ihn als guten Freund zu haben. Manchmal ist das viel mehr wert."

June nickte. „Verstehe ich."

Rosie räusperte sich. „Hoffentlich können Ihre Eltern Sie eines Tages so nehmen, wie Sie sind. Meine haben das leider nicht geschafft." Sie sah auf einmal traurig aus. Aber dann machte sie eine wegwerfende Handbewegung. „Egal, das ist lange her. Was ist mit dem Jungen passiert, der bei diesem Schwimmbadunfall verletzt wurde? Wissen Sie, wie es ihm geht?", wechselte sie das Thema.

Raes schmerzverzerrtes Gesicht tauchte vor Junes geistigem Auge auf. Und wieder konnte sie nicht hinsehen. „Besser", antwortete sie. „Was an diesem Abend im Schwimmbad passiert ist, habe ich nicht gewollt. Aber jeder glaubt, dass alles meine Schuld war. Außer meiner Clique. Dabei bin ich gar nicht so, wie sie immer schreiben."

„Wie sind Sie denn?" Rosie drückte Junes Hand, als auf einmal ein Geräusch von draußen hereindrang. Ein Murmeln. Ein Schlurfen von Stiefeln auf Kies.

June hob alarmiert den Kopf. „Haben Sie das gehört?" Sie kletterte auf den Tisch und spähte aus dem Fenster. Helle Hosenbeine erschienen, darüber ein Leinenhemd. „Ich glaube, das ist Henry!", rief sie aufgeregt.

Rosie stand plötzlich neben ihr und schlug mit beiden Händen gegen die Glasscheibe. „Das kann nicht sein. Er ist doch auf dem Weg nach Portugal", sagte sie. „Hilfe, wir sind hier!" Sie hüpfte wie ein Flummi auf und ab und gestikulierte mit den Armen. „Er ist es doch. Mist, er sieht uns nicht!"

June sprang vom Tisch und hetzte die Treppe hoch. Mit beiden Fäusten trommelte sie gegen die Eisentür. „Haaallo! Heeeenry! Wir sind im Keller eingeschlossen!", kreischte sie, bis ihr Hals kratzte und die Arme schwer wurden.

Rosie stupste sie von hinten an. „Warte einen Moment, sonst hören wir nicht, ob er antwortet."

June presste die Hand vor den Mund, um das Keuchen zu unterdrücken. Ihr Herz hämmerte, aber von Henry war nichts zu hören. „Wir brauchen den Spaten. Hast du noch etwas, mit dem wir Lärm machen können? Eine Eisenstange oder sowas?"

„Nein, höchstens die Kiste." Rosie verschwand nach unten und kam mit dem Spaten zurück.

June hob die Kiste über ihren Kopf und holte aus. „Wenn wir gemeinsam gegen die Tür schlagen und rufen, hört er uns vielleicht. Er muss."

„In Ordnung."

Sie stellten sich breitbeinig nebeneinander und zählten leise bis drei. Dann hämmerten sie gleichzeitig gegen die Tür und schrien Henrys Namen.

Minuten später ließ June den Spaten fallen.

Auf Rosies Stirn glänzten Schweißtropfen. „Es klappt nicht", stieß sie hervor.

In diesem Moment ertönte ein dumpfes Klopfen von der anderen Seite der Tür.

„Er ist da. Wir haben es geschafft!" June fiel Rosie um den Hals und drückte sie an sich.

Die Türklinke bewegte sich heftig auf und ab. Ein Kratzen

und Schaben war zu hören, als würde jemand etwas von außen in das Schloss bohren.

„Vorsicht." June zog Rosie ein Stück weg. Es knackte, und die Tür sprang unvermittelt auf. Vom Tageslicht geblendet, hob June den Arm schützend vors Gesicht.

Henrys Schatten erschien. „Nanu, was ist denn hier los? Ihr habt ja total blaue Lippen."

Die plötzliche Wärme war wie eine Wand. June brauchte einen Moment, bis sie kapierte, dass sie draußen waren. „Danke", stammelte sie. „Wir sitzen seit Stunden im Keller fest. Wenn du nicht gekommen wärst …"

„Ich dachte, du bist weg?", fragte Rosie.

„Ja, war ich auch. Aber dann habe ich im Radio von dieser Megagewitterfront gehört und bin umgedreht, weil du nicht ans Telefon gegangen bist. Die Portugiesen können noch ein bisschen warten." Er zuckte die Schultern. „Habe mir Sorgen gemacht. Wie habt ihr das geschafft, euch da unten einzuschließen?"

„Der Keil war nicht da", murmelte Rosie und warf June einen Seitenblick zu.

Sofort kehrte der Groll vom Anfang zurück. „Sie hätten vorher sagen können, dass die Tür nicht zufallen darf. Das kann ich ja nicht riechen". June kickte einen Stein weg und realisierte, dass sie Rosie wieder gesiezt hatte. Aber es fühlte sich plötzlich so anders an. Als hätte sich die vertraute Stimmung von eben mit dem Öffnen der Tür davongestohlen.

Eine Mischung aus Irritation und Erstaunen huschte über Rosies Gesicht. Dann strich sie sich die Haare glatt.

Henry sah belustigt von einer zur anderen. „Na ja, sieht aus, als hättet ihr es euch trotz allem gemütlich gemacht."

* * *

Die darauffolgenden Tage gab June bei ihrer Mappe extra Vollgas. Sie sortierte die Zeichnungen und Skizzen aus dem Treppenverschlag und das, was das Gewitter übriggelassen hatte. Was fleckig, verlaufen und rissig war, warf sie in den Müll. Aber die Wut über die verlorene Zeit trieb sie an, und sie bekniete Henry, sie zu coachen, damit es voranging. Sie hatte nur noch zwei Wochen bis zum Abgabetermin Mitte Oktober. Vor allem bei den Ölbildern brauchte sie Hilfe. Die *Franklin Art* forderte mindestens zwei verschiedene Varianten, aber darum hatte sie bisher einen großen Bogen gemacht. Bei Öl dachte sie immer an nackte Engel oder alte Knacker in Gewändern, die an langen Tischen Gelage feierten – sowas gehörte in Bücher und Museen.

Als Henry zu ihrer ersten Session mit einer riesigen Armeekiste Material, einer neuen Staffelei und einem Stapel Leinwänden bei ihr im Leuchtturmzimmer auftauchte, atmete June erleichtert auf. „Danke! Du kannst dir nicht vorstellen, wie froh ich bin, dass du mir hilfst. Ohne dich wäre ich total aufgeschmissen." Sie nahm ihm die Sachen ab und löste die widerspenstige Folie von einer Leinwand.

„Das glaube ich zwar nicht, aber meine Termine in Portugal haben sich um ein paar Wochen verschoben, deshalb habe ich gerade Zeit." Er platzierte die Kiste neben dem Fenster und krempelte unternehmungslustig die Ärmel hoch.

June stellte die Leinwand auf das Holzgestell und drehte sie ins Licht. Das unberührte Weiß blendete sie. In Gedanken schüttelte sie ihre Graffitisprühdosen und lauschte dem rhythmischen Klappern der kleinen Metallkugel, die dafür sorgte, dass die Farben gut durchgemischt wurden. Wenn sie an Ölfarben dachte, löste das nichts in ihr aus. Aber mit Henrys Hilfe würde sie das ändern.

Er holte verschieden große Tuben, Pinsel mit kurzen und mit langen Haaren und eine Palette aus der Kiste. Dann sah er sie erwartungsvoll an. „Wollen die echt ein Stillleben? Das ist nicht gerade innovativ."

June berichtete ihm, was in den Bewerbungsunterlagen stand. „Die Mappe deckt viele Bereiche ab. Keine andere Hochschule hat diesen professionellen Anspruch. Ein Diplom-Künstler sollte eben alles können."

Henry machte ein skeptisches Gesicht. „Glaubst du das wirklich?"

„Ja, klar."

Er warf einen Blick aus dem Fenster. „Wenn wir nicht bald anfangen, verpassen wir das beste Licht."

„Bin bereit." Sie streckte den Rücken und versuchte, sich auf die Arbeit mit den Ölfarben zu konzentrieren. Wenn sie Erfolg haben wollte, führte kein Weg daran vorbei. Draußen schoben sich die Wolken übereinander und besetzten den blauen Himmel.

Henry hob den Zeigefinger. „Grundlagenfrage zu Lektion Nummer eins: Worauf achten wir als Allererstes?"

Sie blickte an sich herunter. „Arbeitskittel?"

„Auf jeden Fall. Aber das meinte ich nicht."

Sie überlegte. „Keinen Schimmer."

Er öffnete das Fenster und eine salzige Böe fegte durch den Raum. „Frische Luft."

Sie fröstelte. „Muss das sein?"

„Wäre das Wetter beständiger, würde ich mit dir rausgehen. Aber es sieht mal wieder nach Regen aus. Hoffentlich hat Rosie die Galeriefenster diesmal gut abgedichtet." Er schaute bekümmert in die Ferne, als wüsste er nicht, was ihn geritten hatte, sein Leben ausgerechnet im wetterunbeständigen Großbritannien zu verbringen, wo er genauso gut auf einer Südseeinsel wohnen könnte. „Du wirst gleich sehen, worauf ich hinauswill." Er schraubte die Tuben auf und ein intensiver Geruch nach Öl und Harzen verteilte sich im Raum.

June verzog das Gesicht. „Alles klar. Hab's verstanden."

„Es gibt auch geruchsfreie Farben, aber ich finde, die sind was für Banausen.“ Henry lachte. „Ich liebe diesen Duft, er kurbelt sofort meine Vorstellungskraft an.“

„Okay …“, erwiderte June kritisch. Gestank hätte besser gepasst, aber diese Bemerkung verkniff sie sich.

„Graffitifarben riechen genauso.“ Er schmunzelte.

„Falsch“, hakte June sofort ein. „Das ist was ganz anderes. Sie sind viel weicher, runder …“

„Nun, jeder hat eben seine Vorliebe. Ich habe dir meine Lieblingsfarben mitgebracht. Wie gut sie decken, ist auf der Rückseite beschrieben. Meistens steht ein leeres Kästchen für lasierende Farben, ein halb gefülltes Kästchen für halbdeckende und ein ausgefülltes Kästchen für deckende Farbe.“

„Ja, das wusste ich.“ Sie stupfte den Pinsel auf die merkwürdig sauber aussehende Palette. Ohne verschmierte Farbreste wirkte sie leblos.

„Du hast den falschen Pinsel. Wir brauchen einen aus Naturhaaren oder Borsten.“ Er gab ihr einen anderen aus dem Fundus und drückte mit seinem eigenen drei Kleckse in gelb, blau und rot auf die Leinwand.

„Nicht erst auf die Palette?“

„Die buttrige Konsistenz sorgt dafür, dass die Farben sich vermischen. Die Mischtöne können auch direkt auf dem Malgrund entwickelt werden. Für Farbübergänge brauchst du die Palette nicht.“ Er stellte sich hinter June und umfasste ihre Hand. Gemeinsam verstrichen sie die Farbtupfer zu einem in sich verlaufenden Dreieck. Sie beobachtete, wie Henry mit wenig Druck über die Leinwand fuhr, bis die Farben wie von selbst miteinander verschmolzen. Seine Bewegungen waren leicht und unaufgeregt. Was würde sie darum geben, wenn der Kontakt zu seiner Hand ausreichte, um ihr all das Wissen einzuflößen, das er besaß. Sie unterdrückte einen Seufzer.

„Wird ein Bild aus mehreren Farbschichten aufgebaut, was üblich ist, sollte der Ölgehalt zunehmend steigen. Sonst kann es reißen“, erklärte er.

Mist, sie hätte sich einen Notizblock zurechtlegen sollen. Wie sollte sie sich das alles merken?

„Du darfst ruhig atmen.“ Er lachte und ließ sie los. „So, jetzt du.“

Das leuchtende Dreieck tanzte vor ihren Augen und sie führte den Pinsel allein weiter, war sich aber auf einmal unsicher, und der Farbstrich wurde immer dicker.

„Du musst es fühlen. Stell dir vor, der Pinsel ist die Verlängerung deiner Hand.“ Henry machte eine Bewegung wie der Dirigent eines unsichtbaren Orchesters.

Sie biss die Zähne zusammen und probierte es weiter, aber der Pinsel fühlte sich nur wie ein Stück Holz an, nicht wie ein Teil von ihr.

Henry wirbelte mit den Farbtuben um sie herum, korrigierte, erklärte und gab ihr Tipps. Bald schwirrte ihr der Kopf von den unzähligen Infos. Frustriert starrte sie auf die Leinwand. Seine Farbverläufe zeigten eine nahezu perfekte Verbindung, ihre hingegen wirkten oberflächlich und unausgegoren.

Der Wind blies unaufhörlich herein und blähte ihren Arbeitskittel auf. June fröstelte und ließ den Pinsel sinken. „Ich glaube, ich habe das Prinzip verstanden.“ Sie wischte ihre Hände an ihrem Kittel ab und schielte zu ihren Graffitidosen. Am liebsten wäre sie an den Strand gelaufen und hätte sich dort ausgetobt.

Henry sah sie nachdenklich an. „Das war schon ganz gut“, sagte er aufmunternd. „Versuch, dich mehr zu entspannen, loszulassen. Ich habe das Gefühl, du malst mit dem Verstand, nicht mit dem Herzen.“

June schüttelte den Kopf. „Quatsch, ich brauche Übung, auch wenn ich dafür gerade keine Zeit hab.“ Sie holte einen

Lappen aus dem Schrank und wischte die Pinsel ab. „Gibst du mir mal das Terpentin?"

„Natürlich." Er reichte ihr eine Dose. „Ihr habt hier schnell klar Schiff gemacht. Trotzdem erinnert mich der Turm immer mehr an einen Flickenteppich." Henry sortierte die Farbtuben zurück in die Armeekiste.

„Rosie hat gesagt, es kann dauern, bis die neuen Fenster für die Galerie da sind. Aber wenigstens kommt durch die Bretter kein Regen mehr herein."

„Wie habt ihr euch in diesem Keller die Zeit vertrieben?"

June zuckte die Schultern. „Hat Rosie dir nichts erzählt?"

„Nur, dass der edle Chateau Margaux seinem Ruf nicht gerecht geworden ist." Er grinste.

„Rotwein halt." June schüttelte sich. Der Geschmack bitterer Tannennadeln und Säure lag ihr immer noch auf der Zunge.

„Ihr saht aus wie nach einem Gelage."

„Wenn ich gewusst hätte, dass du uns nach drei Stunden rausholst, hätte ich nichts angerührt, das kannst du mir glauben."

June dachte an das, was Rosie im Keller angedeutet hatte, und fragte sich, ob Henry über ihre Vergangenheit Bescheid wusste. Sie gab sich einen Ruck. „Was ist mit Leahs Vater passiert, diesem Amadeo?"

Henrys Gesicht verdunkelte sich wie der Nachthimmel über der Bucht. „Hat sie dir von ihm erzählt?"

„Nur, dass er ihre große Liebe war, gestorben ist und sie den Leuchtturm am Leben halten muss. Was hat das zu bedeuten?"

Seine Mimik veränderte sich. Etwas zog zu, verschloss sich. „Warum hast du sie nicht gefragt?"

June zuckte die Schultern. „Na ja, sie ist manchmal nicht gerade auskunftsfreudig."

„Sie ist eben Rosie." Eilig nahm er June den Lappen und das Terpentin ab und ließ beides in der Armeekiste verschwinden.

„Was meinst du damit?“ Sie öffnete ihm die Tür.

Er blieb auf der Schwelle stehen, Bedauern lag in seinem Gesicht. „Der Bürgermeister von Lockwood will aus dem Leuchtturm einen Touristenmagnet mit Bed & Breakfast machen und sie soll als Gästeführerin kooperieren. Rosie hat Angst, ihre Sicherheit und ihr Zuhause zu verlieren. Und immer, wenn sie Angst hat, schottet sie sich ab.“ Er seufzte leise.

June betrachtete das spröde Gebälk und die unebenen Wände. „Ein B&B? Hier?“ Ihre Stimme klang lauter als beabsichtigt. Ein merkwürdiges Gefühl breitete sich in ihr aus. Jede Menge Touris, die sich die Klinke in die Hand gaben? Und Rosie als eierbratende Märchentante? Total absurd.

Rosie

Wieder warf Rosie einen Blick auf die Uhr. Noch zwanzig Minuten bis zum vereinbarten Telefontermin mit dem Denkmalgutachter Ethan Graves. „Autsch!“ Sie ließ den Schweißbrenner auf die Einfahrt vor dem Cottage fallen und schlug sich auf den Oberschenkel. Die Flamme fauchte kurz und erlosch. Ein schmerzhaftes Stechen breitete sich auf ihrem Bein aus und sie rieb die Stelle, an der ein paar fehlgeleitete Funken winzige Löcher in ihre Arbeitshose gebrannt hatten. Genervt zog sie den Reißverschluss ihres Parkas bis oben zu und betrachtete die unförmige Schweißnaht, die den Riss in der Anhängerkupplung ihres Pick-ups kitten sollte. Das war keine Glanzleistung, aber sie hoffte, dass es hielt.

Die Zeit wollte einfach nicht vergehen. Hoffentlich bekam sie Ethan Graves heute an die Strippe. Der Sekretär des historischen Vereins hatte in den letzten Tagen zwei Mal kurzfristig für ihn abgesagt. Missmutig verstaute Rosie den Brenner zusammen mit Schutzbrille und Handschuhen in der Werkzeugkiste. Sie brauchte jetzt einen beruhigenden Kräutertee. Mit der Kiste vor der Brust verließ sie die Hofeinfahrt und stapfte zurück zum Haus.

Aus dem Schuppen drangen Gelächter und das leise Rauschen eines alten Radios. Milo tauchte in den letzten Tagen oft auf. Ein Stich fuhr ihr in den Rücken und sie stellte die Kiste neben die Hortensienbüsche vor das halboffene Tor. Sie presste die Hand auf die schmerzende Stelle und streckte sich. June und

Milo nahmen keine Notiz von ihr. Sie standen eng beieinander, er wie immer in seinem staubigen Blaumann. June trug einen fleckigen Kapuzenpulli, auf dem Kletterrosen einen Totenkopf umrankten. Hatten ihre Eltern nicht ein etabliertes Unternehmen für Damenoberbekleidung?

Milo drehte an den Knöpfen eines alten Transistorradios, aus dem verwaschene Gitarren klangen, während June den Ledersitz der Ducati im Takt polierte. „Kannst du bitte Phil Collins' ‚In the Air tonight' suchen? Ich brauche unbedingt das Drumsolo, sonst werde ich hier nicht fertig." Sie wippte mit dem Fuß.

Milo stupste sie an. „Du stehst auf Phil Collins? Nicht dein Ernst, oder?"

„Nein, natürlich nicht. Aber als Schlagzeuger hat er es drauf, das muss ich leider zugeben."

„Du weißt aber, dass das hier ein altes Radio und kein MP3-Player ist, oder?" Er lachte laut.

June warf ihm einen gespielt genervten Blick zu, aber ihre Augen blitzten auf. „Was du nicht sagst."

Rosie sog Luft ein. So gut gelaunt hatte sie June noch nicht erlebt. Ihre Wangen waren rosa gefärbt und sie strahlte regelrecht. Milo drehte am Senderregler und schielte zu ihr hinüber. Bahnte sich zwischen den beiden etwas an? Das Radiorauschen schwoll an, dann knackte es und die Gitarrenklänge eines Rocksongs erklangen.

Rosie betrachtete das Motorrad, das mit glänzenden Chromteilen mitten im Raum stand. Unruhig verlagerte sie das Gewicht von einem Fuß auf den anderen. War es etwa schon fertig?

Sie steckte den Kopf in den Schuppen und räusperte sich. „Hallo ihr beiden. Wie läuft es mit der Reparatur?", sagte sie laut, um das Radio zu übertönen.

June und Milo sahen zu ihr herüber. Rasch drehte Milo die Musik leiser.

„Was haben Sie gesagt?“, fragte June.

„Waren wir nicht schon beim Du?“ Rosie bemühte sich um einen versöhnlichen Tonfall und betrat den Schuppen. Seit dem Gespräch im Keller hatte sich die neue Vertrautheit zwischen ihnen wieder davongestohlen, aber aus einem bestimmten Grund, den Rosie nicht näher benennen konnte, sah sie June seitdem mit anderen Augen.

„Klar, sorry, hatte ich nicht mehr auf dem Schirm. Was hältst du von unserem Fortschritt?“, erwiderte June unbekümmert und deutete auf die Ducati.

„Es bleibt sicher eine Menge zu tun, oder?“ Rosie starrte auf die polierte Sitzfläche.

„Nur ein paar Kleinigkeiten“, sagte Milo. „Bald sind wir durch.“

„So schnell?“, entfuhr es Rosie. „Äh … ich meine … das ist schnell.“ Das Motorrad sah zweifelsfrei so aus, als könnte man damit davonfahren. Würde June weiterziehen, sobald es fertig war?

Das Mädchen schaute hoch. „Ich finde, es sieht besser aus als vorher. Was meinst du?“

Rosie fühlte die Blicke der beiden auf sich und wusste, dass sie etwas sagen sollte. „Ist der Lenker nicht ein bisschen schief?“ Sie stellte sich ans Hinterrad und kniff ein Auge zusammen. Da war nur ein winziger Höhenunterschied zwischen der linken und rechten Seite, aber er war da.

„Findest du?“, fragte June und trat neben sie.

„Moment, das haben wir gleich.“ Milo legte die Wasserwaage auf den Lenker. Dann schüttelte er den Kopf. „Sicher nur eine optische Täuschung. Für mich passt das wunderbar.“

„Es sieht gut aus“, sagte June zustimmend.

„Spätestens bei der ersten Probefahrt merkst du, ob da eine Unwucht ist.“

„Guter Punkt“, sagte Rosie mit Nachdruck. „Wenn man nach einem Schaden zu früh Vollgas gibt, kann sich das böse rächen.“

Junes Miene verdunkelte sich. „Ich kenne mich mit Motorrädern aus, danke."

„War nur ein Gedanke", ruderte Rosie zurück.

In die Radiomusik mischte sich ein Rauschen, das anschwoll und das Lied verzerrte. June drehte es mit einem Ruck aus.

Die plötzliche Stille dröhnte in Rosies Ohren und sie hatte das Bedürfnis zu gehen. „Also ihr beiden … ich muss rein. Viel Erfolg noch." Hastig drehte sie sich um und verließ den Schuppen.

„Wir passen auf. Bye, Mrs Mckenzie", rief Milo hinter ihr her.

Draußen atmete Rosie die Meeresluft ein und versuchte, das beklemmende Gefühl abzuschütteln. Sie schaute auf die feine Linie des Horizonts und hoffte, dass June dablieb. In das Wispern des Windes mischte sich ein Geräusch, das da nicht hinpasste. Ein leises Klingeln, das aus der Richtung des Cottage kam. Es ertönte und brach ab, immer im Wechsel. Verwundert lief sie weiter zum Haus. Kurz vor der Tür realisierte sie, was es bedeutete. Telefon! Ethan Graves!

* * *

Der Besichtigungstermin fand am nächsten Tag statt. „Von wann, sagten Sie, ist der Leuchtturm?" Ethan Graves zwirbelte die Außenkante seines Schnurrbarts und betrachtete nachdenklich die abgeklebten Fenster auf der Galerie.

Rosie schob mit ihrem Fuß den Eimer zur Seite, den sie nach der Gewitternacht neulich als Auffangbehälter unter einer tropfenden Stelle neben der Tür platziert hatte. „Er ist richtig alt, erbaut wurde er 1858. Ich verstehe nicht, warum er bisher nicht auf der Liste steht", erwiderte sie tapfer und versuchte, sich nicht anmerken zu lassen, wie müde sie inzwischen war. Seit zwei Stunden führte sie den Gutachter herum und er hörte nicht auf, kritische Fragen zu stellen. Er hatte innen und außen

Fotos geschossen, die Umgebung auf amtlichen Bögen erfasst und sich jeden einzelnen Riss im Putz erklären lassen. Selbst das Cottage hatte er abgelichtet. Alles, was sie sagte, kritzelte er in ein Büchlein, das er in einer speckigen Aktentasche mit sich trug.

„1858 …", murmelte er und zückte seinen Stift.

„Ich habe gehört, dass Sie eine besondere Beziehung zu Leuchttürmen haben, weil Sie mit Ihrer Frau dort Ihren Flitterurlaub verbracht haben." Sie setzte ein freundliches Gesicht auf. Es war wichtig, dass der Gutachter sich hier wohl fühlte. Dann würde er bestimmt eher zu ihren Gunsten entscheiden.

Seine Miene verfinsterte sich. „Ex-Frau", korrigierte er säuerlich. „Ist lange her."

Rosie hielt sich am Fenstersims fest. „Ach so, das tut mir leid." Ihr wurde warm und sie knöpfte ihre Strickjacke auf. Was für ein Fauxpas! Warum hatte Henry ihr die wichtigste Information vorenthalten? „Können Sie sagen, ab wann mein Leuchtturm unter Denkmalschutz stehen wird?", lenkte sie ab.

Er ließ das Büchlein in seiner Tasche verschwinden. „So einfach ist das nicht, Ma'am. Ein Gutachten verlangt höchste Präzision und eine genaue Auswertung des gesamten Materials."

„Aber tendenziell gesprochen …", hakte Rosie nach und rückte die verrutschte Abdichtung vor dem undichten Fenster zurecht. „Wissen Sie, ich möchte diesen Turm in seiner Ursprungsform erhalten wissen."

Ethan Graves zuckte die Achseln. „Er hat ein gewisses Alter, das steht in den Plänen. Und ich denke, dass er auf jeden Fall eine gewisse Bedeutung für die Orts- und Regionalgeschichte hat. Aber um das genau beurteilen zu können, muss ich erst alle Unterlagen sichten." Er lief weiter an der Fensterfront entlang, würdigte die alte Linse in der Mitte des Raumes aber keines Blickes.

„Haben Sie das ehemalige Leuchtfeuer genau betrachtet?"

Rosie folgte ihm mit Trippelschritten und deutete auf das Kupfergestell, in dem sich das Sonnenlicht spiegelte. Sie hatte es vor dem Termin extra so lange geputzt, dass es glänzte.

„Ja, ja." Ethan Graves stoppte und sah aus dem Fenster. Sein Blick wanderte über den Ärmelkanal bis zur Landstraße. „Die Aussicht von hier oben ist wirklich bemerkenswert", murmelte er anerkennend.

Rosie folgte seinem Blick über das Dach ihres Cottage hinweg auf die hügelige Landschaft. Sie bemerkte einen Punkt, der sich von der Straße langsam ihrem Grundstück näherte und dabei an Größe zu nahm. Ein schwarzer Mini, der eine Menge Staub aufwirbelte. „Haben Sie sich die Linse schon angesehen?", wiederholte Rosie, ohne das Auto aus den Augen zu lassen.

„Ich habe ein Foto von ihr, das reicht mir", hörte sie Graves neben sich sagen.

Rosie fixierte den Mini und versuchte, das Kennzeichen zu entziffern. Kurz vor der Einfahrt verringerte er sein Tempo und hielt an. Ein Mann stieg aus, der ihr bekannt vorkam. Sie drückte die Nase ans Fenster und erkannte einen Trenchcoat und eine von Pomade festgefrorene Frisur.

Alarmiert wich sie zurück. Was wollte Peter Stelter hier? Ausgerechnet jetzt! Mit klopfendem Herzen wandte sie sich um. „Entschuldigen Sie mich einen Moment, Mr Graves. Da ist jemand, der mich sprechen möchte. Bleiben Sie gern hier und genießen Sie die Aussicht. Ich bin gleich zurück und berichte Ihnen weitere Details zur Baugeschichte des Turms."

Sie verließ die Galerie und stieg die Wendeltreppe so schnell hinunter, wie die engen Windungen es erlaubten. Ihre Handfläche hinterließ feuchte Stellen auf dem rostigen Geländer. Hoffentlich blieb Graves oben. Eine Begegnung mit Stelter könnte ihren ganzen Plan durcheinanderbringen.

Außer Atem erreichte sie das Gartentor.

„Hallo, Mrs Mckenzie." Er streckte die Hand zur Begrüßung über den Zaun und lächelte sie mit blendend weißen Zähnen an.

„Guten Tag", erwiderte sie und verschränkte die Arme demonstrativ hinter dem Rücken. „Verzeihen Sie, ich habe ölige Finger von der Arbeit."

Stelter zog seinen Arm zurück und drückte sein vom Wind zerzaustes Haar zurecht. „Wundervolles Plätzchen hier draußen. Wie geschaffen für eine verheißungsvolle Zukunft." Er ließ seinen Blick schweifen und nickte anerkennend.

Rosies Magen drückte. „Was wollen Sie?"

„Leider kann die Gemeinde die von Ihnen vorgelegten Briefe von Mr Malone nicht als Ersatz für ein lebenslanges Wohn- und Entscheidungsrecht anerkennen."

„Aber das kann nicht sein", erwiderte sie tonlos.

„Ach, das ist kein Problem. Ich darf Ihnen zum Ausgleich etwas Anderes anbieten. Deshalb bin ich persönlich gekommen. Ich wollte Ihnen gleich davon berichten", sagte er heiter. „Wollen Sie mir den Leuchtturm einmal von innen zeigen? Ich hatte bisher nicht das Vergnügen." Er reckte den Hals und schaute an ihr vorbei.

Kein Wohnrecht? Aber Malone hatte es ihr doch zugesagt! „Das geht nicht, keine Zeit". Schnell sah sie zur Galerie hoch, zum Glück war dort niemand zu sehen, der Aufmerksamkeit erregen könnte.

Der Zug um Stelters Mund verhärtete. „Hören Sie, Rosie. Ich bin hier als Ihr Freund. Die Gemeinde sorgt sich um jeden einzelnen Bürger."

„Mit geht es bestens", sagte sie und unterdrückte das Zittern in ihrer Stimme.

Er seufzte. „Wir haben uns sehr gefreut, dass Sie bereits einen zahlenden Gast beherbergen und das als Zeichen Ihrer Kooperationsbereitschaft gewertet. Aber seit Ihrem letzten Gespräch mit Mr Young haben Sie sich rar gemacht. Uns liegt sehr viel daran, für den Leuchtturm eine neue Zukunft zu schaffen. Im Moment sind wir uns nicht mehr sicher, ob wir uns auf Ihr Wort verlassen können. "

Rosie beschloss, sich dumm zu stellen. Sie musste Zeit gewinnen, um ihre Gedanken zu sortieren. „Ich weiß nicht, was Sie meinen." Es kostete sie Kraft, seinem Blick standzuhalten.

„Dann fange ich von vorne an. Wie ich höre, gibt es eine offene Stromrechnung", sagte er.

Unruhe erfasste sie. „Ich kann das Geld aufbringen", beeilte sie sich zu erklären. „Mr Young hat mir eine sechsmonatige Ratenzahlung eingeräumt."

„Wir könnten das Sümmchen viel schneller aus dem Weg räumen und Ihnen einen richtigen Mietvertrag geben. Und Sie könnten uns zeigen, dass Sie Ihre Kooperationsbereitschaft ernst meinen. Das würde alle Gemüter sehr beruhigen."

Rosie hielt den Atem an und erstarrte.

„Mein Bruder hat vor kurzem das Restaurant am Marktplatz in Lockwood übernommen. Für das angrenzende Fachwerkhaus hat er keine Verwendung. Es ist entzückend, wie eine kleine Puppenstube. Sie könnten sofort einziehen, bekommen einen richtigen Vertrag und überlassen uns im Tausch das Cottage und den Leuchtturm. Wir übernehmen die Kosten des Umzugs und begleichen die offene Rechnung. Dann könnten wir im Leuchtturm bald mit den Bauarbeiten starten und Sie hätten ein neues Zuhause ganz in der Nähe, bis alles fertig ist."

Nein, schrie die Stimme in ihrem Kopf. Ihr Körper vibrierte, und das Gartentor kam ihr plötzlich zerbrechlich vor, genauso wie die Schiefermauer, die das Grundstück säumte.

Sie streckte die Hände aus, um sich trotzdem daran festzuhalten, da berührte sie jemand an der Schulter.

June stand neben ihr, eine Badetasche über dem Arm. Sie

nickte ihr unmerklich zu und wandte sich an Stelter. „Haben Sie gerade Bauarbeiten gesagt? Nur, damit das klar ist: Solange ich hier wohne, reißt dort niemand Wände ein."

Überraschung glitt über Stelters Miene und er musterte Rosie, als wäre ihm gerade einiges klar geworden.

Hinter ihm tauchte ein dunkelblauer Volvo auf. „Ist das nicht Milo?" Rosie fuhr sich über die feuchte Stirn, beeindruckt von Junes forscher Art in dieser brenzligen Situation und froh angesichts der Unterbrechung.

„Ja. Er will mir eine Bucht in der Nähe zeigen, die er neulich entdeckt hat." June lächelte.

„Er meint bestimmt die Golden-Cove-Bucht. Sie ist fünf Meilen entfernt. Aber ist es nicht inzwischen zu ungemütlich, um am Strand zu liegen?" Rosie ratterte die Sätze herunter, damit Stelter keine Chance mehr hatte dazwischenzufunken.

June zuckte die Schultern. „Ist doch warm heute."

Der Volvo hielt und Milo winkte. June warf Stelter einen abschätzigen Blick zu und schlüpfte durch das Gartentor auf die andere Seite.

„Viel Spaß." Rosie krampfte die Hände in ihre Strickjacke.

„Lass dich nicht unterkriegen von diesen Anzugspießern", sagte June angriffslustig, öffnete die Autotür und ließ sich auf den Beifahrersitz fallen. Dann verschwand der Wagen in Richtung Landstraße.

„Also, was sagen Sie zu meinem Angebot?", unterbrach Peter Stelter und lächelte siegessicher. „Hier ist der Vertrag." Er hielt ihr ein Papier hin.

„Meine Antwort ist nein. Und jetzt entschuldigen Sie mich bitte, ich habe zu tun." Sie drückte die Schultern nach hinten und stapfte zurück zum Leuchtturm.

„Sie haben gar nicht vor zu kooperieren, nicht wahr, Mrs Mckenzie? Stattdessen wollen Sie mit Hilfe einer Pseudomieterin unser Projekt blockieren. Aber das wird nicht funktionieren, das garantiere ich Ihnen", rief Stelter ihr nach, aber sie drehte sich nicht mehr um. Ihr Herz hämmerte gegen den Brustkorb und sie konzentrierte sich auf ihre Fußspitzen, damit seine Stimme in ihrem Kopf aufhörte zu dröhnen. Es klang, als hätte sie einen teuflischen Plan ausgeheckt. Aber sie kämpfte doch nur um ihr Zuhause!

Sie unterdrückte den Anflug von Trauer, hielt nach Ethan Graves Ausschau und fand ihn mit seinem Notizbüchlein vor der Brust an der Steintreppe, die hinunter zum Strand führte.

„Ich kann Ihnen noch mehr Details über den Turm erzählen. Oder haben Sie alles, was Sie brauchen?", frage sie und drängte das aufkeimende schlechte Gewissen June gegenüber zurück, das Stelters Worte in ihr ausgelöst hatten. Pseudomieterin. Als wäre sie eine niederträchtige Strategin, die lediglich an ihren eigenen Vorteil dachte. Sie hatte doch nur die Gunst der Stunde genutzt. June hatte das Zimmer gewollt.

Er nickte. „Danke, ich bin fertig." Sein Schnurrbart wippte.

„Wann kann ich mit dem Gutachten rechnen? Ich brauche es wirklich dringend", drängte sie. Wenn der Leuchtturm auf der Liste stand, konnten Stelter und Young sie nicht mehr unter Druck setzen. Und gegen die Aberkennung ihres Wohnrechts würde sie offiziell Widerspruch einlegen.

„Ich melde mich so schnell wie möglich", sagte er und verabschiedete sich.

June

Nach zwanzig Minuten Fahrt tauchte June aus ihren Gedanken auf und klappte das Notizbuch zu, in dem sie die letzten Minuten herumgekritzelt hatte. Milo stoppte den Volvo auf dem Parkplatz, der oberhalb der *Golden-Cove*-Bucht lag. „Alles okay? Du hast kein Wort gesagt, seit wir losgefahren sind."

„Mmmh."

„Was ist los? Keine Lust mehr auf unseren Ausflug?" Er schnallte sich ab, blieb aber sitzen.

„Auseinandersetzung mit dem toten Gegenstand." June stieß Luft aus.

Er sah sie fragend an.

„Ja, genau. So wie du aussiehst, geht es mir auch." Sie seufzte. Hoffentlich gab ihr der Ortswechsel neue Ideen. „Das wollen sie für die Bewerbungsmappe. Und ich habe keine Ahnung, wie ich das umsetzen soll. In meinem Kopf ist nur Leere. Aber natürlich habe ich Lust auf unseren Ausflug." Sie stupste ihn in die Seite.

Milos Gesicht hellte sich auf, er beugte sich vor und strich ihr kurz über die Wange. „Lass uns erstmal ans Wasser gehen, der Rest kommt von selbst." Er stieg aus und streckte sich. „Wow, das Meer ist hier so türkis wie auf Sardinien. Komm, das musst du dir ansehen!"

Er verschränkte die Arme über dem Kopf. Dabei rutschte sein Pulli hoch und entblößte ein Stück nackte Haut. June holte tief Luft und zwang sich wegzusehen. Sie raffte ihre Sachen zusammen und sprang aus dem Auto. „Cool", stellte sie fest. Die Bucht war anders als die unter Rosies Leuchtturm.

Enger, fast rund. Die Felsen liefen in etwa zweihundert Metern Entfernung auf dem Wasser aufeinander zu, als wollten sie es umarmen und ließen nur einen kleinen Spalt frei, durch den man auf den Ärmelkanal hinaussehen konnte. Auf dem hellen Strand, an dessen Ende sich ein Spazierweg entlangschlängelte, lag Treibholz. Wellen schwappten sanft auf den Sand.

„Auf geht's." Milo lächelte sie an und rannte los. Unten warf er seinen Rucksack und das Handtuch in den Sand an einem Felsvorsprung, zog Pulli und Jeans aus und drehte sich um. „Was ist, worauf wartest du?" Er hatte Gänsehaut und joggte auf der Stelle.

June setzte sich in Bewegung und versuchte, nicht auf seinen braungebrannten Oberkörper zu starren. In den letzten Tagen in der Werkstatt hatten sie gescherzt und es hatte sich leicht angefühlt. Aber das hier war anders als die Arbeit an der Ducati. Ohne Lappen und Chrompolitur, an der sie sich festhalten konnte.

„Auseinandersetzung mit dem toten Gegenstand", murmelte sie wie ein Mantra und beschleunigte ihre Schritte. Sie erreichte die Stelle, an der sein Rucksack lag, breitete ihr Handtuch aus und zog sich aus.

„Wer zuerst im Wasser ist." Milo nahm ihre Hand und zog sie mit sich. Seine Finger fühlten sich warm an und sie spürte, wie seine Energie auf sie übersprang.

„Du hast jetzt schon verloren." Sie grinste, entriss sich ihm und stürmte los.

„Das ist unfair", hörte sie ihn hinter sich lachend rufen. Sie lief weiter, bis sie das Wasser erreichte. Es spritzte an ihr hoch und die Kälte nahm ihr für einen Moment den Atem. Milo schloss zu ihr auf und gemeinsam sprangen sie in die Fluten. Prustend berührte er sie an der Schulter und tauchte sie unter. Als sie wieder hochkam, stürzte sie sich auf ihn. „Na, warte", rief sie.

Er nahm wie selbstverständlich ihre Hand und zog sie unter Wasser an sich heran. „Ich möchte eine Revanche", sagte er leise.

„Vergiss es." June tauchte ab und machte ein paar kräftige Züge, bis sie ihn nicht mehr neben sich spürte. Algen streiften sie am Bein und sie kam wieder hoch. Sie sah sich um und entdeckte ihn vor sich, auf dem Weg hinauszuschwimmen.

„Mir ist kalt, ich geh raus", rief sie.

Außer Atem ließ sie sich kurz darauf auf ihr Handtuch fallen, schaute in den wolkenlosen Himmel und verlor ein bisschen das Gefühl für Zeit und Raum. Hätte er sie geküsst, wenn sie nicht weggeschwommen wäre? Das Blut rauschte ihr in den Ohren und sie wusste nicht genau, ob sie es herausfinden wollte. Er reizte sie auf eine Art, die sie nicht kannte. Aber immer, wenn er ihr zu nah kam, hatte sie das Gefühl wegzumüssen.

Sie fuhr sich durch die nassen Haare. Schluss jetzt. Bis heute Abend brauchte sie eine Idee für die nächste Arbeitsprobe. Sie versuchte, sich zu konzentrieren. Warum musste es unbedingt ein Bild sein? Wenn sie etwas bauen könnte, wäre es viel einfacher. Sie spürte eine Bewegung neben sich und im nächsten Moment spritzte Sand auf sie.

Sie blinzelte. Milo breitete sein Handtuch aus und legte sich auf den Bauch. „Bist du weitergekommen?"

Sie stützte sich auf den Ellenbogen und seufzte. „Nein, leider nicht. Alles, was ich mir überlege, taugt nix."

„Vielleicht bist du zu selbstkritisch?"

Sie schüttelte den Kopf. „Auf keinen Fall. Es muss richtig gut werden, verstehst du? Es ist immerhin die Franklin Art School."

„Verstehe, ein großer Name. Aber die kochen dort auch nur mit Wasser. Hör auf dein Herz, dann klappt das schon mit der Inspiration." Das Sonnenlicht ließ seine Augen heller wirken und June konnte seinem intensiven Blick nicht standhalten.

Sie räusperte sich verlegen. „Das ist nicht das Problem. Ich brauche nur den richtigen Aufhänger." Sie starrte auf seinen

Rücken, von dem Wassertropfen herunterperlten und im Saum seiner dunkelblauen Badehose verschwanden.

„Warte mal, du hast da was." Er rutschte ein Stück heran und zupfte etwas von ihrer Schulter. Sein Gesicht war jetzt nur ein paar Zentimeter von ihrem entfernt. Auf einmal ließ er eine grüne Algenschlinge vor ihrem Auge baumeln. „Iiiih!", kreischte sie und zuckte zurück.

Er grinste und warf das Grünzeug weg. „Es ist so genial, wie schreckhaft du bist."

Sie nahm eine Handvoll Sand, um ihn damit zu bewerfen, da kam ihr eine Idee. „Das ist es." Sie sprang auf, wischte sich die Hände sauber. Am anderen Ende der Bucht lag ein ganzer Haufen Treibholz. Den hatte sie aus dem Auto gesehen. „Krass, was das Meer alles an Land spült, wenn niemand aufräumt. Bin gleich wieder da." Sie schlüpfte in ihre Klamotten und schnappte sich die Tasche mit ihren Cans.

„Brauchst du Hilfe?"

„Nein, nein", winkte sie ab und lief los.

„Okay, falls doch, dann sag Bescheid. Ich mach mal ein bisschen die Augen zu."

„Alles klar", rief sie zurück. Sie sammelte einige Holzstücke und ausgeblichene Äste und strich mit den Händen über ihre raue Oberfläche. Ein Holzteil erinnerte sie an einen Drachenkopf, mit einer gebogenen Nase und einem aufgerissenen Maul.

Sie legte ihn sorgfältig auf einen stabilen Holzblock, den sie zuvor gefunden hatte, und begann, die groben Kanten und Splitter vorsichtig mit Sand abzuschleifen. Mit einem Taschenmesser ritzte sie die Konturen der Zähne und Schuppen in das Holz. Als die Grundform des Drachenkopfes fertig war, holte sie ihre Cans aus der Tasche. Leuchtende Farben, die in der Sonne strahlen würden: ein sattes Kobaltblau für die Augen, ein feuriges Rot für das Maul und Gold für die Schuppen.

Die Farben tanzten auf der Holzoberfläche und gaben dem Drachenkopf eine mystische Aura.

„Arbeiten Sie immer hier draußen?“, fragte jemand hinter ihr.

Vor Schreck fiel June die Spraydose herunter. Sie hob die Hand über die Augen und blinzelte. Vor ihr stand eine Frau in verwaschenen Jeans, weißem Kapuzenpulli und Chucks. „Wenn ich Künstlerin wär, würde ich mir auch ein Freiluftatelier aussuchen“, sagte sie. „Aber leider bin ich überhaupt nicht kreativ. Ich liebe zwar Kunst, aber umgehen kann ich nur mit Zahlen.“

„Draußen ist es immer besser.“ June hob die Dose auf und stopfte sie zurück in ihre Tasche.

„Der Drache sieht fantastisch aus. Die Farbe leuchtet, als wäre sein Blick lebendig. Verkaufen Sie ihn? Er würde Eins-A in mein Büro passen. Ach, Entschuldigung. Ich habe mich gar nicht vorgestellt. Mein Name ist Lily Banks. Die Bucht gehört zu meinen Lieblingsplätzen. Ich gehe hier spazieren, wenn meine Zeit es erlaubt.“

„Ich bin June“, stammelte sie. „Das ist doch nur …“

„Nein, das war ein Stück Holz. Du hast es mit Leben gefüllt.“ Milo tauchte neben ihr auf und klatschte begeistert in die Hände. „Sie ist wahnsinnig talentiert, finden Sie nicht auch? Leider will sie es mir nicht glauben.“

Lily Banks zückte ihren Geldbeutel. „Bitte, verkaufen Sie mir den Drachen. Ich gebe Ihnen zweihundert Pfund.“

„Ist das Ihr Ernst?“ June sah sie verunsichert an. So viel Geld für etwas, dass sie spontan in so kurzer Zeit gemacht hatte?

„Hier ist meine Karte. Kommen Sie doch bei Gelegenheit mal vorbei. Dann können Sie sich davon überzeugen, dass ihr Drache ein gutes neues Zuhause gefunden hat.“ Sie streckte ihr das Geld und eine Visitenkarte hin.

Zögerlich nahm June beides entgegen. „Okay, ja klar. Sie können ihn haben. Ich weiß gar nicht, was ich sagen soll. Vielen Dank.“ Ein warmes Gefühl breitete sich in ihr aus. Sie faltete die Geldscheine und steckte sie in ihre Hosentasche. Das erste Mal bezahlte sie jemand für etwas, das sie geschaffen hatte.

„Haben Sie auch eine Karte?"

„Sie meinen, Visitenkarte?" June kniff sich in den Unterarm und zuckte zusammen. Das hier passierte wirklich.

„Ach, warten Sie. Schreiben Sie mir hier Ihre Nummer auf." Lily Banks holte einen Zettel und einen Stift aus ihrer Tasche.

June kritzelte ihre Nummer darauf, immer noch völlig geflasht von der Situation. „Bitte."

„Kann ich den Drachen mitnehmen oder müssen die Farben erst trocknen?" Sie begutachtete die Skulptur von allen Seiten.

„Nein. In der Sonne geht das sehr schnell."

Die junge Frau hob den Drachen vorsichtig hoch. „Ich wusste, dass das ein guter Tag wird. Vielen Dank, June. Ich werde Sie mir merken." Sie lächelte ein letztes Sommersprossenlächeln und wandte sich zum Gehen.

June starrte ihr nach, bis sie auf dem schmalen Weg am Rande der Bucht nicht mehr zu sehen war.

Milo legte ihr den Arm um ihre Schulter. „Glaubst du mir jetzt, dass du fantastisch bist? Wenn du deinem Herzen folgst, dann kannst du nur gewinnen."

Junes Mund fühlte sich trocken an. Im Eifer der letzten Stunden hatte sie nichts getrunken. Sie machte sie los. „Wie spät haben wir?"

„Gleich achtzehn Uhr."

„Mist. Sorry, ich hab total die Zeit vergessen", fluchte sie. Das warme Gefühl von eben schlug in Panik um. Der Tag war fast vorbei und sie hatte immer noch keine Idee für das Stillleben. „Wir sollten bald zurückfahren. Ich muss mit meiner Mappe weitermachen."

* * *

Zwei Tage später fuhr June morgens mit Rosies altem Hollandfahrrad nach Lockwood, um neues Material zu kaufen. Sie beugte den Oberkörper über den rostigen Lenker und verfluchte ihre Idee, mit diesem klapprigen Gefährt aufzubrechen, anstatt es mit Trampen zu probieren. Ihre Oberschenkel brannten und der Wind blies ihr heftig ins Gesicht. Die Kette unter ihr ratterte wie eine alte Nähmaschine. Wenn alles gut ging, war die Ducati in ein paar Tagen fertig für die erste Probefahrt. Milo hatte versprochen mitzukommen. Zum Glück nahm er ihr nicht übel, dass sie über den Drachen ein bisschen die Zeit vergessen hatte. Er wäre bestimmt gern noch länger am Strand geblieben, aber sie hatte darauf gedrängt zurückzufahren.

Vor ihr tauchten die ersten Häuser von Lockwood auf, und sie versuchte, sich an den Weg zu diesem Geschäft für Malerbedarf zu erinnern, das Henry ihr empfohlen hatte. Sie bog in eine kopfsteingepflasterte Straße ein, die durch einen mittelalterlichen Torbogen führte. Ineinander verschachtelte schwarz-rot-weiße Häuser säumten den Weg, Mischlinge aus Backstein und Fachwerk, mit Efeu und Blauregen bewachsen. Hausnummern gab es hier keine, die Gebäude trugen Namen wie *Margrets Wood*, *Ashwood Cottage* oder *French Court*.

In der *Mermaid Street* bremste sie vor einem Geschäft, auf das Henrys Beschreibung passte. Die Aufschrift *Eye for Details* prangte auf dem glänzenden Messingschild. Sie lehnte das Fahrrad gegen die Hauswand und sah sich um. Die Straße führte auf den Marktplatz. Leises Stimmengewirr hallte von den Ständen zu ihr herüber.

Von weitem sah sie einen Mann in beigefarbenem Anzug und Trenchcoat auf sie zukommen. Sein federnder Gang kam ihr bekannt vor. Das war doch der Typ, der bei Rosie aufgekreuzt war. Sie rückte das Fahrrad zur Seite, um ihn vorbeizulassen, aber er blieb vor ihr stehen.

„Was für ein Tag! Seien Sie gegrüßt, Miss.“ Er tippte sich an einen imaginären Hut. „Ich hatte bei unserer Begegnung neulich leider keine Gelegenheit, mich vorzustellen.“

June musterte ihn misstrauisch.

„Mein Name ist Peter Stelter, ich bin Leiter der örtlichen Wirtschaftsförderung.“ Er deutete eine Verbeugung an.

„June Watters“, murmelte sie und schielte über seine Schulter zu einer Reihe breiter Pinsel und Farbdosen mit Metalliceffekt, die im Schaufenster des Malergeschäfts dekoriert waren. In Gedanken zählte sie durch, was sie alles brauchte.

Er deutete auf ihren Rucksack. „Sie entdecken die Einkaufsmöglichkeiten unseres Dorfes. Das ist prima. Jeder Cent, der hierbleibt, ist ein Segen.“ Er sah sie mit einem Lächeln an, das die Augen nicht erreichte.

June wich ein Stück zurück. Sein Aftershave wehte zu ihr. Irgendwas Klebriges mit Vanille. Sie stellte auf Mundatmung um. „Was wollen Sie von mir?“

„Ich möchte Ihnen einen freundschaftlichen Rat geben. Mit Ihrer Blockadehaltung werden Sie nicht weit kommen, Miss. Die Gemeinde wird den Leuchtturm auf jeden Fall in eine neue Zukunft führen. Wir hätten gern, dass Mrs Mckenzie Teil davon ist. Aber wenn sie nicht kooperiert, dann werden wir andere Maßnahmen ergreifen. Es wäre schön, wenn Sie ihr das ausrichten könnten. Ach, und das Fachwerkhaus am Marktplatz ist sofort bezugsfertig.“

Junes Nacken kribbelte, obwohl sie keine Ahnung hatte, wovon er sprach. „Fachwerkhaus?“

Stelter zeigte auf ein schmales Häuschen am Ende der Straße. Es hatte winzige Fenster, an denen verblichene Holzläden hingen. „Mit dem Umzug dorthin wäre Mrs Mckenzie auf einen Schlag alle Probleme los. Ich glaube, sie braucht nur einen Schubser. Von Ihnen!“

June versuchte, sich vorzustellen, wie Rosie mit ihren gelben Gummistiefeln und der Kräutersammlung dort einzog, während vor ihrer Haustür das Marktgewusel tobte. Das ging gar nicht! Ohne das Meer und die Klippen würde sie eingehen wie eine Primel. „Sorry, aber da möchte ich mich nicht einmischen." Sie zog die Riemen ihres Rucksacks straff und drängte an ihm vorbei ins Ladengeschäft.

Ein Glöckchen bimmelte über ihr. Dankbar atmete sie den Geruch von Farbe ein. Ein Mann in weißem Malerdress räumte neben dem Kassenbereich Ware in die Regale. „Guten Tag, Miss."

„Hallo, Sir." Sie verschwand hinter einem Gestell, das mit Tapetenrollen, Kleister und Gipssäcken gefüllt war. Durch einen Spalt linste sie in Richtung Schaufenster. Stelter klappte den Kragen seines Mantels hoch und entfernte sich.

Was für ein Widerling! Sie sah ihm hinterher, bis er verschwunden war, und schlenderte nachdenklich durch die Reihen. Rosie schien ja ein gewaltiges Problem an der Backe zu haben.

„Suchen Sie etwas Bestimmtes?" Der Mann im Malerdress näherte sich. „Greg Barnes" stand auf dem Schild auf seiner Brust.

Sie reichte ihm eine Liste mit den Dingen, die sie brauchte, und erklärte ihm, dass Henry ihr angeboten hatte, den Betrag auf sein Konto zu schreiben.

„Sie sind also die junge Künstlerin, die er unter seine Fittiche genommen hat?" Greg Barnes warf einen prüfenden Blick auf ihre Notizen.

„Nein, ich bin keine Künstlerin, vielleicht irgendwann mal, wenn ich mit dem Studium fertig bin." Sie winkte peinlich berührt ab. „Haben Sie alles da, was auf der Liste steht?"

„Ich muss nachsehen." Er verschwand im Lager und kam mit zwei gefüllten Tüten zurück. „Soll es wirklich Baumwollaquarellpapier sein?"

June nickte.

Er stellte die Sachen auf den Tresen. „Sowas Spezielles habe ich nicht da, das muss ich bestellen. Könnte aber ein paar Tage dauern."

„In Ordnung. Danke, Mr Barnes." June gab ihm ihre Handynummer, füllte den Inhalt der Tüten in ihren Rucksack und verabschiedete sich.

Auf dem Rückweg ließ sie sich vom Wind schieben und beobachtete eine Reihe von Vögeln, die in exakter Formation über ihr flogen. Der Leuchtturm tauchte vor ihr auf, kerzengerade und widerspenstig streckte er sich in den blauen Himmel. Wie Rosie. Die beiden waren sich so ähnlich.

June lenkte das Hollandrad in den Schotterweg Richtung Meer und hielt mit quietschenden Bremsen am Gartentor. Das Sonnenlicht brach sich in den Fenstern der Leuchtturmkuppel. Sie blieb stehen und betrachtete den Turm, das Haus und die weitläufige Landschaft. Unvorstellbar, dass hier eine Touristenattraktion entstehen sollte. Das passte gar nicht. Auf einmal hatte sie das Bedürfnis, Rosie zu zeigen, dass es außer ihr noch jemanden gab, der nicht wollte, dass hier Bagger anrückten und alles veränderten.

Die Vögel hatten sie auf eine Idee gebracht. Sie würde Rosie eine Aufmunterung bauen. Eine Phoenixfigur aus alten Stuhlbeinen und Tischplatten, die sie bunt ansprühen würde.

Entschlossen stellte sie das Fahrrad zurück in den Schuppen und lief zum Leuchtturm. In der Abstellkammer entdeckte sie mit staubigem Samt bezogene Stühle. Die eigneten sich für die Grundstruktur des Körpers. Als Nächstes schraubte sie zwei Türen von einem uralten Gläserschrank ab, den sie hinter einem Stapel Kartons entdeckte, und schleppte einige große Kisten mit Leisten und Holzstücken in den Schuppen. Sie verschloss das Tor von innen und machte sich an die Arbeit.

Ein paar Stunden später war sie fertig. Jetzt fehlte nur noch eine Kleinigkeit. Sie nahm ein Stück Baumrinde, dass sie in der Holzkiste gefunden hatte, und schrieb mit einem dünnen Stift eine Nachricht darauf.

„Wenn Du nicht aufhören kannst zu kämpfen, ist das keine Schwäche, sondern ein Zeichen der Kraft Deiner Liebe."

* * *

Am Nachmittag saß June im Schneidersitz auf dem Findling an der Steintreppe und beobachtete fasziniert einen Adler, der in halsbrecherischer Weise um die Klippen flog. Der Sommerwind streifte ihre Haut, aber sie fror nicht. Etwas in ihrer Brust strahlte warm. Milo hatte geschrieben. *Bis nachher*. Sie ließ ihre Jacke von der Schulter gleiten, um das Gewicht des Leders loszuwerden. *Nachher*. Sie ließ sich vom Findling hinuntergleiten und riss eine Dose Cola auf. Die Kohlensäure prickelte auf ihrer Zunge.

Der dunkelblaue Volvo tauchte in der Ferne auf und ihr Herz machte einen Satz. Verlegen wandte sie sich ab, kickte mit der Stiefelspitze einen Kieselstein zur Seite und setzte sich auf die Bank zwischen die Hortensienbüsche. Er musste ja nicht unbedingt merken, wie sehr sie sich freute, ihn zu sehen.

Sie hörte seine Schritte näherkommen, umfasste die kühle Dose und erhob sich.

„Hey, wollen wir heute eine Probefahrt machen?" Sie stutzte. Er trug eine Baumwollhose und weiße Segeltuchschuhe. „Wo sind deine Arbeitssachen?"

„Hi. Am siebten Tag sollst du ruhen. Das schreiben sie sogar in der Bibel." Er strich sich über das frisch rasierte Kinn und grinste.

„Wer bist du, und was hast du mit dem arbeitswütigen Milo gemacht?"

„Keine Sorge. Ich bin's immer noch." Er knuffte sie zur Begrüßung in die Seite.

Sie hielt ihn mit gespielter Entrüstung am Ärmel fest und erwiderte sein Lächeln. Er hatte seine Haare sogar mit Gel zurückgekämmt, das hatte er noch nie getan. „Und was ist mit deinem Motto, erst die Arbeit, dann das Vergnügen?"

„Regeln sind toll, aber besser ist es, sie zu brechen." Er ging an ihr vorbei und streifte dabei ihren Arm.

Auf einmal hatte sie den frischen Geruch seines Duschgels in der Nase. Sie versuchte, nicht darauf zu achten, und wusste nicht wohin mit ihren Händen. „Äh … es ist nicht mehr viel. Wir müssen nur …"

„Nichts da, wir machen einen Ausflug. Es ist Sonntag."

Sie drückte die ungewohnte Nervosität weg und bemühte sich um einen lockeren Tonfall. „Aha, so einer bist du. Mit Scones und Earl Grey?"

„Das ist eine hervorragende Idee. Aber ich dachte eher an Abendessen."

Was war das denn, wollte er ein Date?

Als hätte er es gehört, beugte er sich ein Stück vor und schüttelte tadelnd den Kopf. Seine Iris hatte dunkelgrüne Flecken. Wieso war ihr das bisher nie aufgefallen?

„Entspann dich. Nur ein paar Snacks und ein Bier auf einer anderen Baustelle", sagte er und lachte.

„Okay. Was für eine Baustelle?", nahm sie den Faden auf. Kein Date? Klar, super! Sie löste ihr Halstuch und stopfte es in die Tasche, es war schrecklich warm hier.

„Warts ab."

* * *

Wenig später brummte der alte Volvo gemütlich über die Landstraße in Richtung Lockwood. June kurbelte das Fenster runter und hielt die Hand in den Fahrtwind. Für Anfang Oktober war es noch sehr mild, der Herbst ließ auf sich warten. Sie streckte die Beine aus, vielleicht war der Ausflug doch keine so schlechte Idee. „Verrätst du mir, wo wir hinfahren?"

Milo warf ihr einen Blick zu und seine waldgrünen Augen leuchteten. „Ich möchte dir etwas zeigen. Außerdem bräuchte ich deine Hilfe bei einer ... sagen wir ... künstlerischen Sache."

„Oh, da muss ich dich leider enttäuschen. Du weißt doch, dass ich keine Künstlerin bin." Sie blickte auf den löcherigen Asphalt vor der Kühlerhaube.

„Du hast vor ein paar Tagen aus dem Nichts einen sensationellen Drachen gezaubert und bewirbst dich an der Franklin Art. Du bist eine Künstlerin." Er sagte das mit abstoßender Leichtigkeit.

In ihr regte sich Protest. „Wer sich für eine Ausbildung zum Konditor bewirbt, ist auch nicht zwangsläufig ein Tortengenie."

„Wer weder Talent noch Leidenschaft für Torten, Gebäck und Pralinen mitbringt, wird sich dafür nicht interessieren. Du zeigst mir ja nicht viel, aber die Skulptur am Strand war genial, genauso wie deine Zeichnung von der Ducati letzte Woche."

June stieß Luft aus. „Daran sieht man, dass du keine Ahnung von Kunst hast. Das war bloß eine simple Modellzeichnung."

Er setzte den Blinker und bog in die *St. Vincent Street* ab, die ins Innere von Lockwood führte. Vorgärten mit Rhododendren und Rosenstöcken flogen vorbei. „Ich kenne solche Zeichnungen aus dem Werftbüro, alle unsere Ingenieure haben ein Händchen dafür. Aber das, was du da mit wenigen Strichen fabriziert hast ..."

„Verrate mir lieber, wo wir hinfahren." Sie drehte das Radio lauter und suchte einen neuen Musiksender. In der nächsten Sekunde dröhnte ein alter *The-Cure*-Song durch den Wagen.

Milo schaute konzentriert nach vorn. Die Straße verengte

sich, und June schielte besorgt auf die kantigen Außenspiegel, die den Häuserfassaden gefährlich nahekamen. Willkommen am Ende der Welt.

Er steuerte den Wagen in eine Hofeinfahrt. „Wir sind da."

Neugierig schaute sie sich um. Auf der linken Seite stand ein breites, efeubewachsenes Steinhaus mit mehreren Eingangstüren. In den Blumenkästen vor den quadratischen Sprossenfenstern wuchsen Geranien und Petunien. In der Mitte des Platzes befand sich ein alter Brunnen, über dem ein rostiger Eimer baumelte. Milo parkte den Volvo neben einem Seitengebäude, das sie an einen ehemaligen Pferdestall erinnerte.

„Wo sind wir hier?", fragte June.

Er stieg aus und deutete auf eine der Haustüren, an der ein aus Zweigen geflochtener Kranz hing. „Da wohne ich."

Aber statt zum Haus lotste er sie zu dem Stallgebäude und zog den Riegel auf. „Ich möchte dir etwas zeigen. Ein bisschen was ist noch zu tun, aber in ein paar Wochen müsste es fertig sein." Er stieß das Tor auf und sein Gesicht leuchtete.

June hielt die Luft an. Gehalten von einem Baugerüst schwebte ein altes Segelboot über dem Boden. Es füllte den Raum der Länge nach aus. An den Wänden lehnten Holzlatten und jede Menge Werkzeug. Außerdem gab es einen Sägetisch, eine Hobelbank, Regale mit Farben und Lacken in allen Größen. Rechts lag ein alter Perserteppich vor einem Sofa. Daneben standen eine historische Nähmaschine und ein Stapel Karten. Außerdem etwas, das wie eine Feuermeldeanlage aussah. Über allem hing der Geruch nach frisch bearbeitetem Holz.

June folgte ihm wortlos um das Schiff herum. Er tätschelte die abgeschliffenen Planken, die zur Hälfte gestrichen waren. „Hey, alte Lady, da bin ich wieder", murmelte er liebevoll.

June trat ein paar Schritte zurück, um die Ausmaße des Schiffes zu erfassen. „Wow, es ist riesig."

„Elfeinhalb Meter", sagte er stolz.

„Wie hast du das denn hier hereingekriegt? Über die Straße sicher nicht, oder? Da passt kaum dein Auto durch."

Er nahm ein Stück grobes Schleifpapier und fuhr damit über eine aufgeraute Ecke am Rumpf. „Da hinten gibt es einen zweiten Eingang." Er deutete auf Umrisse eines Tores auf der gegenüberliegenden Seite des Raumes. „Von der Landstraße führt ein Feldweg bis hierher."

Sie verstand nichts von alten Booten, dieses hier erinnerte sie an eine Requisite aus einem Fünfziger-Jahre-Film, in dem Menschen in heller Bundfaltenkleidung die Segel hissten. „Seit wann arbeitest du daran?"

„Ein paar Monate lag es bei meiner Granny in der Werft. Dort habe ich die groben Arbeiten erledigt. Die Planken waren undicht und mussten ersetzt werden. Jetzt geht es um Feinheiten, den Anstrich für die Außenhaut und andere Lackarbeiten. Außerdem möchte ich die Beschläge austauschen und den Innenbereich neugestalten."

Er erzählte, wie er seine Großmutter überredet hatte, ihm das Boot zu überlassen, nachdem es jahrelang unter Planen gelegen hatte. Seine Mimik wurde weich, und er gestikulierte, als reichten Worte nicht aus, um zu beschreiben, welche Vision er im Kopf hatte.

Während er redete, umrundete June die Baustelle und fuhr mit den Fingerkuppen über die nach Harz duftenden Latten auf dem Sägetisch. „Wäre es nicht leichter gewesen, alles in der Werft zu machen?"

Er seufzte. „Ich brauchte mal Abstand vom Trubel im Geschäft. Aber dort lassen wollte ich es nicht. Hier habe ich die Ruhe, um die letzten Sachen einzubauen. Mit Holz in den Händen kann ich gut nachdenken."

„Meinst du, deine Grandma nimmt es dir übel, wenn du

dich am Ende gegen die Werft entscheidest und etwas Anderes machst?"

„Ich glaube nicht, aber es fühlt sich trotzdem komisch an, darüber nachzudenken. Sie hat alles für mich getan, nachdem meine Eltern … vielleicht bin ich jetzt dran, ihr etwas zurückzugeben." Er rang mit sich.

„Ich könnte niemals bei Gary Watters Fashion arbeiten, um es meiner Familie recht zu machen."

„Nach dem Unfall hat sie mich ohne Zögern aufgenommen. Es war für uns beide eine extrem belastende Zeit. Ich war echt schwierig, ständig gab es Ärger in der Schule und meine Noten waren zum Davonlaufen. Aber sie war immer für mich da, obwohl ihr die Werft alles abverlangt hat. Mein Grandpa war da schon lange tot."

„Ein Banker bist du jedenfalls nicht."

Er sah ihr direkt in die Augen, und das warme Etwas in ihrer Brust pochte wieder. „Was bin ich dann?"

Sie schaffte es nicht, seinem Blick standzuhalten und konzentrierte sich auf ihre Schuhspitzen. „Ich weiß nicht genau, Motorradschrauber? Bootsrestaurateur? Wäre es nicht mega, wenn wir sein könnten, was immer wir wollen?"

„Ja, das wäre ein Traum. Ich glaube, ich wäre am liebsten ein Geschichtenerzähler. Und du eine berühmte Street-Art-Künstlerin?"

Sie sah zu ihm auf und bemerkte für den Bruchteil einer Sekunde einen Schatten in seinem Blick. Dann verschwand das Dunkle und er lächelte sie wieder an.

„Vielleicht", erwiderte sie.

Licht fiel durch die Ritzen des Schuppens wie Bühnenspots auf die Staubkörner, die um sie herumschwebten. Das Holz knackte leise, und die Kulisse wirkte auf einmal fast unwirklich schön. Milo stand dicht vor ihr, so dass sie die feinen Härchen an seinem Ohr erkennen konnte. Was wäre, wenn sie … Sie hob den Arm, um ihn zu berühren, aber in diesem Moment wandte er sich ab und ging zu einer Leiter, die am Rumpf lehnte und drei Meter über ihnen an der Reling endete. Die plötzliche Distanz hinterließ eine fühlbare Lücke.

Er kletterte auf das Deck und schaute auf sie herab. „Kommst du hoch?"

Sie biss sich auf die Lippe. „Kann man da zu zweit …?"

„Du zweifelst an meinem Statiktalent?"

„Ich bin mir nicht sicher. Motorräder kriegst du halbwegs hin, aber gilt das auch für Boote?"

Er verschränkte in gespielter Empörung die Arme vor der Brust. „Pass lieber auf, was du sagst, sonst verrate ich dir nicht, welche der Sprossen locker ist."

Sie kletterte hoch und die Leiter wackelte bedenklich. Na toll, war das eine gute Idee? Höhenangst war ihr fremd, trotzdem griff sie oben erleichtert nach der Reling. Milo packte sie an der Jacke und zog sie über die Brüstung. Außer Atem kam sie vor ihm zum Stehen.

Hatte er nicht von Snacks und Bier gesprochen? Jetzt wäre der richtige Zeitpunkt für eine Abkühlung. „Was möchtest du mir zeigen?" Sie machte einen großen Schritt über ein herausstehendes Holzstück. Das Boot erzitterte. Andächtig blieb sie stehen und ließ den Blick durch die angedeuteten Räume schweifen. Es war wie auf einem fliegenden Teppich, nur festgezurrt unter Dachgebälk.

Die Wanne, in der sie standen, befand sich im Rohzustand. Auf der einen Seite gab es eine Vorrichtung für zwei Etagenbetten, gegenüber ein paar Regale und in der Mitte einen Tisch mit Bauplänen und Zeichnungen. Oben auf dem Stapel lagen ein Briefbeschwerer und ein altes Logbuch. Daneben ein Teller mit belegten Bagels und zwei Tüten Chips.

Milo trat an den Tisch und schlug das Buch auf. Die Planken

knarzten unter seinen Füßen. „Ich habe lange nach einem Exemplar gesucht, das zum Baujahr des Schiffes passt, aber nicht beschrieben und irgendwie besonders ist. Über ein Antiquariat in London habe ich das hier gefunden. Hat zwar gedauert, aber zum Glück macht mir diese Art der Recherche Spaß."

June strich andächtig über den Lederrücken und berührte Milo dabei zufällig. Ein Kribbeln schoss in ihr hoch, und sie räusperte sich. „Es ist wunderschön. Nimmst du das mit auf deine Weltumseglung?"

Er fixierte ihre Hand, die sich verselbständigte und nun komplett auf seinem Arm lag. Schnell zog sie sie zurück.

„Ich würde dich gern um einen Gefallen bitten."

„Ja?" Sie schluckte die Anspannung herunter. Dieses Boot, der Geruch und seine Nähe brachten sie total aus der Spur.

„Es würde mir gefallen, wenn du die ersten Seiten im Logbuch gestalten könntest. Ein besonderer Einstieg in ein besonderes Buch. Von einer besonderen Künstlerin", sagte er leise.

„Ich bin keine …", weiter kam sie nicht mit ihrem Protest, weil er ihr einen Finger auf die Lippen legte und näher rückte, bis sie seinen Atem auf ihrer Haut spürte. Etwas in ihr löste sich und eine Dunkelheit flutete ihr Herz wie ausgegossene Tinte. Die Tischplatte bohrte sich in ihren Rücken, dabei brauchte sie Platz und Luft zum Atmen und Freiheit für ihre Gedanken.

Als er ihre Wange berührte und sich zu ihr herunterbeugte, stieg ein flaues Gefühl in ihr hoch. Mit all ihrer Willenskraft versuchte sie, die Bilder in ihrem Kopf auszuschalten, den verregneten Dienstag in der Aula der Musikschule und Mr Gavin zu nah an ihrem Ohr, Mozarts türkischen Marsch summend.

Milos Mund war weich und warm, und June gab ihren Widerstand auf. Wenn jemand die bösen Geister verjagen konnte, dann er! Sie umschlang ihn mit beiden Armen und zog ihn an sich, kuschelte sich in ihn hinein und inhalierte seinen Geruch nach Geborgenheit und Stärke.

Aber es klappte nicht. Die Bilder verschwanden nicht, im Gegenteil. Milo erwiderte ihren Kuss und der Holz- und Lackgeruch des Bootes brannten ihr immer heftiger in der Nase. Sie ließ ihn los und schob ihn weg.

Milo stieß mit dem Fuß gegen eine am Boden stehende Kühltasche. Flaschen klirrten aneinander und das Geräusch tat ihr in der Seele weh.

„Ich kann das nicht", stammelte sie. Ihr Herz hämmerte wie der verhasste türkische Marsch.

„Was ist denn los?" Er nahm ihre Hand.

June zog sie zurück. „Es ist nur … ach nichts." Ihr Atem ging schneller, und sie schnappte sich ihre Tasche.

Milo runzelte die Stirn, und sie wusste, dass er sich fragte, was er falsch gemacht haben könnte. Natürlich verstand er nichts. Wie denn auch? Sie kapierte selbst nicht, warum sie ausgerechnet in seiner Nähe durchdrehte. Dabei wollte sie ihn berühren, seine Lippen auf ihren spüren und seine Hände auf ihrer Haut. Sie hastete zur Leiter und kletterte herunter.

„June, warte!"

Sie hörte, wie verwirrt er war und dass es ihm wahnsinnig leidtat. Aber sie wollte nicht reden. Nur raus hier, egal wohin, den bittersüßen Geschmack seines Kusses loswerden. Sie stemmte sich gegen das Tor, das ächzend aufsprang, blieb kurz stehen und horchte auf Schritte hinter sich. Aber aus der Scheune drang kein Laut. Sie rannte los und lief vom Hof.

Rosie

Die Drohungen von Peter Stelter ließen Rosie keine Ruhe. Sie beschloss, den Bürgermeister damit zu konfrontieren und ins Rathaus zu fahren. Vor seinem Sekretariat ging es zu wie in einem Taubenschlag. Die Tür schnappte auf und zu, Menschen in Bürobekleidung trugen Akten hinein und heraus, irgendwo gluckerte eine Kaffeemaschine. Rosie strich die Rüschenbluse glatt, die sie zur Feier des Tages aus dem Schrank geholt hatte, und sortierte in Gedanken ihre Argumente, die sie sich zurechtgelegt hatte, um die Aberkennung ihres Wohnrechts vom Tisch zu fegen. Dann betrat sie mit Schwung den Raum.

Der Geruch von Raumspray und Aktenstaub empfing sie. „Guten Morgen“, sagte sie betont laut und blinzelte ins Sonnenlicht, das ihr durch das Fenster gegenüber ins Gesicht schien.

„Wie?“ Leslie Taylor tauchte hinter einem Berg Ordner auf und schaute sie desorientiert an.

„Mr Young erwartet mich. Würden Sie ihm bitte Bescheid sagen?“ Es stimmte zwar nur halb, aber wenn er hörte, dass sie wegen des Leuchtturms hier war, würde er garantiert alles andere hintenanstellen. Sie berührte den Blusenkragen und die perlenbesetzte Brosche, die sie von ihrer Großmutter Felicity geerbt hatte.

Leslie Taylor sah von ihrem Computer auf. „Sie haben keinen Termin.“

„Ich habe mit Mr Young telefoniert. Er hat mir zugesichert, ich könne vorbeikommen, sobald ich Zeit habe“, schwindelte Rosie und ruckte den Riemen ihrer Handtasche zurecht.

„Einen Moment.“ Leslie Taylor hob den Telefonhörer ans Ohr. „Mr Young, entschuldigen Sie die erneute Störung. Mrs Mckenzie ist da.“ Mit konzentrierter Miene hörte sie zu, dann legte sie auf. „Sie können rein.“

„Sehr freundlich von Ihnen. Vielen Dank.“ Rosie stolzierte an ihr vorbei.

Young saß hinter seinem Schreibtisch und sah sie erwartungsvoll an. Der Raum erschien ihr auf einmal riesig. Sie setzte einen Fuß vor den anderen auf das knarrende Parkett. Die Nadel der alten Brosche bohrte sich durch den Blusenstoff auf ihr Schlüsselbein, und sie unterdrückte das Bedürfnis, sich an der Stelle zu kratzen.

Sie erreichte den Schreibtisch und der Bürgermeister erhob sich lächelnd. „Mrs Mckenzie, ich freue mich, Sie so spontan zu sehen. Bitte nehmen Sie Platz.“

„Danke, ich stehe lieber.“ Sie würde auf keinen Fall auf diesem unmöglichen Plastikstuhl vor ihm sitzen wie eine unartige Schülerin, die zum Direktor gerufen worden war. Sie platzierte ihre Handtasche auf der Sitzfläche und legte ihre Hände auf der Stuhllehne ab.

Young fuhr sich über das Kinn. „Offensichtlich duldet das, was Sie mir sagen möchten, keinen Aufschub. Was kann ich für Sie tun?“

Sie räusperte sich, wie sie es neulich bei diesem Nachrichtensprecher im Radio gehört hatte, und zog ein Blatt Papier aus ihrer Handtasche, auf dem sie ihr Anliegen erläutert und unterschrieben hatte. Feierlich legte sie es ihm auf den Tisch. „Hiermit widerspreche ich offiziell der Aberkennung meines Wohnrechts in Cottage und Leuchtturm. Ich lebe dort seit mehr als dreißig Jahren und berufe mich auf die Vereinbarung mit Mr Malone, die durch seine Unterschrift belegt ist. Ich lasse mir nicht meine Rechte wegnehmen.“

Young streckte die Hand in die Luft. „Bevor Sie weiterreden …“ Er kam um den Schreibtisch herum und war auf einmal einen halben Kopf größer als sie.

Sie hob das Kinn, um das Ungleichgewicht zu neutralisieren, und suchte in seiner faltenlosen Mimik einen Anhaltspunkt dafür, dass ihre Ansage etwas in Bewegung gesetzt hatte. Ein Zucken am Auge oder der Schimmer von Zweifel und Unsicherheit, die er in die Waagschale werfen würde. Er war ein unerfahrener Junge, aber kein schlechter Mensch, das spürte sie. Anders als dieser Stelter.

Young legte ihr die Hand auf die Schulter. „Rosie, niemand will Sie vertreiben. Sie können selbstverständlich dort wohnen bleiben, wenn Sie mit uns zusammenarbeiten. Ich bin fest davon überzeugt, dass Sie sich mit dem Gedanken anfreunden können, selbst wenn es Ihnen im Moment wie ein unüberwindbares Hindernis vorkommt. Veränderungen können Angst machen. Ich bin auch nervös bei der Vorstellung, dass Lockwood bald Touristen und neue Übernachtungsgäste willkommen heißen wird. Aber ich sehe das Positive darin, das sollten Sie ebenfalls tun.“

Seine surrende Stimme lähmte sie, ihre Gelenke schmerzten. Sie war doch zum Streiten gekommen, wollte ihm ihre Argumente um die Ohren hauen, ohne sich irritieren zu lassen. „Ich …“, setzte sie mit trockener Zunge an und ihr Blick fiel auf das alte Foto des Marktplatzes, das an der Wand hinter ihm hing. Es war Anfang der siebziger Jahre aufgenommen. Damals war die Welt in Ordnung gewesen. Sie nahm all ihre Kraft zusammen. „Nein.“

„Schade. Aber das ist natürlich Ihr gutes Recht.“ Er setzte sich zurück in seinen Drehstuhl. „Leider wird das die Dinge verzögern, aber es wird nichts an unseren Plänen ändern. Bitte überlegen Sie es sich noch einmal.“ Er warf einen Blick auf das beschriebene Papier und legte es vorsichtig auf den Stapel Akten auf seinem Schreibtisch. „Ich gebe Ihnen neun Tage Bedenkzeit, um zu kooperieren. Für die Zukunft von Lockwood und für Ihre eigene Zukunft."

In Rosie brodelte es. „Ich muss nichts überlegen." Sie drückte die Handflächen zusammen und dachte an Ethan Graves. Seine Einschätzung war eindeutig gewesen. Der Turm hat auf jeden Fall eine lokalgeschichtliche Bedeutung, hatte er gesagt. So würde es auch in seinem Abschlussbericht stehen, da war sie sicher. Sie holte Luft. „Ihr Projekt werden Sie an anderer Stelle umsetzen müssen."

Überraschung glitt über Youngs Gesicht. „Was meinen Sie damit?"

Rosie sah ihm direkt in die Augen. „Ich besitze ein Gutachten, das jegliche Umbauten im Leuchtturm verbietet. Denn er steht ab sofort unter Denkmalschutz."

June

Der Himmel über Port Jacobs spiegelte sich in den Schaufenstern. June stand in der Portobello Road vor dem Häuserblock, in dem Lionels Wohnung lag, nahm die abgasgeschwängerte Luft des Stadtzentrums in sich auf und drückte auf die Klingel. Ihr Kopf dröhnte, aber sie hätte nicht sagen können, ob das vom ständigen Brummen der Doppeldeckerbusse oder von der Wucht ihrer Gedanken kam, die seit ihrer Flucht aus Lockwood wie riesige Wellen aneinander klatschten.

Die Tür ging auf und ein Mann trug einen Müllbeutel an ihr vorbei zum Container. Schnell schlüpfte sie durch den Spalt und eilte den Flur entlang zur WG. Sie musste die Erinnerungen an Milos Geruch loswerden, genauso wie das süße Ziehen in der Magengrube und das Verlangen, ihm nah zu sein. Wie konnte ein Gefühl gleichzeitig so schlimm und unausweichlich gut sein? Sie hatte gehofft, dass es diesmal funktionieren würde, weil er anders war als die Kerle vor ihm. Aber sie hatte sich etwas vorgemacht. Und wenn selbst er die bösen Geister nicht vertreiben konnte, würde es niemals jemand schaffen.

Ihr Handy klingelte wieder. Milo gab nicht auf, aber sie würde auch diesmal nicht rangehen. Es hatte keinen Zweck, was sollte sie ihm sagen?

Das Telefon in ihrer Tasche verstummte, und sie trommelte mit der Faust gegen die Wohnungstür. Im Moment brauchte sie nur eins: bekannte Gesichter zwischen leer gegessenen Pizzakartons in der WG-Küche, abhängen und runterkommen.

Endlich hörte sie schlurfende Schritte, jemand machte sich

auf der anderen Seite am Schloss zu schaffen. Die Tür ging auf und Lionels verschlafenes Gesicht erschien. Seine schwarzen Stoppelhaare standen in alle Richtungen ab. „June?“ Er klang nach Hangover deluxe.

„Hey, du Schnarchi. Ich dachte schon, du lässt mich nicht rein.“ Sie boxte ihn in die Seite und marschierte mit dem Seesack über der Schulter in die Küche. Den Weg kannte sie blind, geradeaus den langen Flur entlang, links abbiegen, am besten der Nase nach. Sie warf ihr Gepäck in die Ecke, holte eine Dose Bier aus dem Kühlschrank und ließ sich auf einen der Korbstühle fallen, die um einen abgewetzten Holztisch in der Mitte gereiht waren. Dort standen benutzte Teller, daneben ein überquellender Aschenbecher. Der Geruch von Käse und Zigarettenrauch hing über allem, und sie entspannte sich.

„Es ist vier Uhr nachmittags, gleich beginnt das Nachtleben. Wo fangen wir an, im O’Reillys oder im Old man’s Inn?“ Sie legte die Füße auf den Stuhl vor sich, riss die Dose mit einem Ruck auf und trank, als wäre sie seit Wochen auf Entzug.

„Alles okay?“ Lionel, noch in Schlaf-Schlabber-T-Shirt und karierten Boxershorts, blieb im Türrahmen stehen und kratzte sich die Stirn.

„Krieg dich ein, Lio, June is back. Das muss gefeiert werden. Wo sind Jack und Sarah?“ Sie leckte sich den Schaum von der Oberlippe.

„Die treffe ich nachher in der Stadt.“

„Das klingt Bombe. Ich komme mit! Was ist, stößt du nicht mit mir an?“ Sie hob ihre Dose in seine Richtung.

Er grinste und holte sich ebenfalls ein Getränk aus dem Kühlschrank. „Sorry, ich bin es nicht mehr gewöhnt, dass du hier in Feierlaune aufkreuzt. Ist eine Weile her.“

Er entfernte den Verschluss, warf ihn in Richtung Mülleimer und verfehlte ihn knapp. Zufrieden betrachtete er die Dose, als wäre sie ein Teller Rührei mit Speck. „Es geht nichts über Bier zum Frühstück."

„Apropos, ich kann doch ein paar Nächte hier pennen?" Eine rhetorische Frage, denn die Wohnung, die sich Lionel, Jack und Sarah teilten, bot immer ein Plätzchen für sie. Niemanden störte es, wenn sie hier ein und ausging. Ihre Zahnbürste steckte in einem Glas im Badezimmer, ein paar Wechselklamotten lagen in der Kommode im Flur und Bier stand kalt. Was brauchte man mehr! Sie hatte zwar keinen eigenen Schlüssel, das war aber auch nicht nötig. Irgendjemand war immer da.

Lionel setzte die Dose ab. „Heißt das, du bleibst in der Stadt?"

Sie bewegte die Füße in ihren staubigen Boots. Sie wollte weder Pläne schmieden noch nachdenken. „Keine Ahnung."

„Es war viel los, nachdem du weg bist. Dauernd sind Pressefuzzis vor dem Haus rumgelungert und wollten wissen, wo du bist, was du getan hast und so weiter", sagte Lionel.

„Zeitungsgeier halt."

„Rae geht nächste Woche in Reha."

June drückte die Dose in der Hand zusammen und holte sich eine zweite aus dem Kühlschrank. „Zum Glück", murmelte sie.

„Hast du mit ihm gesprochen?", wollte Lionel wissen.

„Ich … noch nicht. Es ging nicht." Ruckartig öffnete sie die Dose. Ein paar Schaumspritzer zischten ihr ins Gesicht.

Lionel nickte. „Okay. Komm erstmal in Ruhe an. Ich bin später übrigens mit Curt verabredet. Es gibt da was, das dich interessieren dürfte."

„Ach ja?"

„Heute Nacht steigt ein Rennen."

Wie auf Kommando fing es überall an ihrem Körper an zu kribbeln. „Wo?"

„Am Hafen."

Das Prickeln der Kohlensäure auf ihrer Zunge schmeckte

plötzlich nach Abenteuer. Genau das brauchte sie, die Kohle natürlich auch.

„Soll ich ihm sagen, dass du dabei bist? Es geht um eintausendfünfhundert Pfund, wenn wieder alle dreißig Plätze besetzt sind."

„Auf jeden Fall, mein letzter Sieg ist viel zu lange her. Für das Startgeld reicht meine Kohle noch. Ansonsten bin ich total blank, die Ersatzteile der Ducati muss ich auch noch bezahlen."

„Deine Maschine läuft also?"

Sie verdrängte den Gedanken an die vergangenen Wochen mit Milo in Rosies Schuppen. „Klar."

Lionel hob sein Getränk und zwinkerte ihr zu. „Na dann, welcome back, verlorene Tochter."

* * *

Nachdem der Barmann zur letzten Runde geläutet hatte, verließ June kurz vor 23 Uhr mit einer Dose Cola in der Hand das vollgestopfte *Old man's Inn*. Sie trat durch die Schwingtür nach draußen und ließ das Lachen und die derben Sprüche der Gäste hinter sich. Auf der untersten der ausgetretenen Stufen blieb sie stehen und atmete die klare Nachtluft ein. Endlich entkam sie den Fragen, mit denen Lionel, Jack und Sarah sie gelöchert hatten. Was hast du die letzten Wochen getrieben? Was wirst du tun? Zuerst hatte sie es lustig gefunden, über ihre Erlebnisse zu berichten, aber dann fand sie es anstrengend und es war ihr schwer gefallen, sich auf halbwegs konstruktive Antworten zu konzentrieren.

In einer halben Stunde startete das Rennen. Die Vorfreude kitzelte sie in ihren Fingerspitzen. Sie leerte die Cola, sprang auf den Bürgersteig und lief zu ihrem Motorrad, das im Schein einer Laterne neben dem Pubeingang parkte. Die neuen Teile glänzten im silbrig-weißen Licht. Grandpa wäre zufrieden. Sie streifte die Lederhandschuhe über. Mit dem, was sie diese Nacht vorhatte, eher nicht. Viel zu gefährlich! Er hatte ihr immer eingetrichtert, dass die Ducati keine Rennmaschine war. Aber er irrte sich. Es kam nicht nur auf die PS an. Sie war geschickt und wenn sie auf ihre Intuition hörte, gewann sie alles, obwohl andere mehr Power unter dem Hintern hatten.

Der Motor röhrte vertraut und übertönte die Stadtgeräusche. Artig scherte sie aus der Parklücke aus und fuhr in gemächlichem Tempo den Weg aus dem Kneipenviertel hinaus zum Hafengelände. Jetzt keine überhasteten Aktionen, nicht auffallen, die Bullen waren überall und aufmerksam.

Über der Stadt lag vom Laternenmeer erhellter Dunst, er verdeckte den Sternenhimmel wie ein Vorhang. Hier war es nie dunkel wie an der Küste, wo man vom Strand bis in die Tiefen des Universums blickte. Wie beruhigend es war, die vielschichtigen Geräusche des Stadtlebens aufzusaugen, statt dem ständigen Rufen der eigenen Gedanken ausgesetzt zu sein.

Sie bog in die Hafenstraße ein und fuhr auf den Treffpunkt zu, den Lionel ihr genannt hatte. Hier waren die Straßen breiter, der Asphalt brüchiger. Links rauchten die Schornsteine eines Farbenherstellers, rechts überwucherten blühende Brennnesseln eine Industriebrache.

Sie war nicht die Erste. Mehr als zwei Dutzend weitere Fahrer in dunkler Kleidung scharrten sich schweigsam um Curt O'Brian, der am Straßenrad stand und in ein Notizbuch schrieb. Eine gesichtslose Masse, wer dabei war, erkannte sie nicht.

Nur Curt stach heraus. Er war ein älterer Glatzkopf mit Bauchansatz und organisierte Rennen, seit sie ein kleines Mädchen war und die Geschichten von den lebensmüden Bikern aufsog, die nachts Kopf und Kragen für Preisgeld und Ehre riskierten.

Sie öffnete das Visier ihres Helms und zog das Halstuch über die Nase, wie alle es taten, um halbwegs unerkannt zu bleiben, sollten Fremde auftauchen. Oder die Polizei.

„Hey, Curt. Wie geht's?" Sie drückte ihm das Startgeld in die Hand.

Er hob den Blick von seinen Notizen und zwinkerte ihr zu. „June! Schön, dass du wieder hier bist. Ohne dich macht es keinen Spaß. Obwohl die anderen schon gemurrt haben, weil sie fürchten, dass die Siegerin von vornherein feststeht." Er lachte rauchig.

„Nur weil ich die letzten vier Mal gewonnen habe? Das heißt gar nichts. Meine Ducati war nie die schnellste."

„Dass PS nicht alles sind, das weiß ich, und das weißt du. Aber nicht jeder hier hat so viel in der Birne wie wir beide."

Sie lächelte. „Wann geht's los?"

Die Laternen warfen trübes Licht auf die Schlaglöcher der zweispurigen Straße, die vier Meilen schnurgerade bis zum Fähranleger führte. Dort fiel sie ab und endete im Meer. Es war die perfekte Strecke, einsam und gut einsehbar.

„Zehn Minuten."

„Können wir auf Position?", fragte einer der Umstehenden.

„Ja, aber Licht und Motor aus, bis ich das Zeichen gebe."

Zustimmendes Brummen von allen Seiten.

June schob ihr Motorrad an die Startlinie. Hier waren sie noch nie gestartet. Der Asphalt war spröde, aber in Ordnung. Curt bestand darauf, keine Strecke mehrfach zu befahren, damit der Spuk nicht aufflog. Sie fand das ein bisschen übertrieben. Es war doch lustig, wenn die Bullen auftauchten. Man durfte sich nur nicht erwischen lassen.

Sie rutschte auf dem Sitz nach hinten, umfasste den Lenker und überlegte, mit welcher Strategie sie am besten gleich zu Beginn in Führung gehen konnte.

Curt hob die Fahne, und sie fuhr sich mit der Zunge über die trockenen Lippen.

Sein Arm fiel. Alle Motorräder sprangen gleichzeitig an und rasten mit qualmenden Reifen los. Das Röhren hallte über die

Kaimauer und verflüchtigte sich auf dem Wasser. June schaltete konzentriert hoch. Der Start war entscheidend, jedes Zögern, jeder Blick zur Seite, auf die anderen, gefährlich. Bloß bei sich bleiben, keine Unsicherheit zeigen.

Sie drückte die Gedanken weg. Das Licht der Laternen zuckte über ihr wie ein Leuchtfeuer, das nachts die Schiffe warnte. Hell, dunkel. Hell, dunkel. Ein beruhigender Rhythmus.

Neben ihr schoss eine schwarze Yamaha heran. Jetzt die Führung halten, das war der halbe Sieg. Sie drehte am Gas und fixierte den Tacho. Ihr Herz pochte hart in ihrer Brust. Die Yamaha kam näher, schob sich millimeterweise voran, ließ sich nicht abhängen. June fing an zu schwitzen. Irgendwas war anders. Sie presste die Schenkel zusammen und spannte die Muskeln an, als säße sie auf einem Rennpferd, das jeden Moment auszubrechen drohte.

Der Wind rauschte durch ihren Helm, und für den Bruchteil einer Sekunde hatte sie das Gefühl, in der Brandung am Strand bei Rosies Leuchtturm zu stehen, zwischen Schaumkronen und algendurchzogenen Wellen. Sie beschleunigte weiter und hielt die Ducati auf Spur.

Die Yamaha neben ihr fiel zurück. Wo waren die anderen? Sie drehte den Kopf nach hinten, gleißende Scheinwerfer blendeten sie. Das Motorrad ruckte, verdammt. Der Helm quetschte sie ein. Über ihr die zuckenden Laternen, Milos Zunge an ihrer, Rosies Blick hinter der goldumrandeten Brille, Mr Gavins weiße Turnschuhe.

Ein Zittern lief durch ihren Körper. Sie löste die Hände vom Lenker, als hätte man ihr einen Stromschlag verpasst. Sofort verlor sie an Geschwindigkeit, das Röhren der anderen Maschinen näherte sich und überholte sie. Zehn, fünfzehn Motorräder rasten vorbei, weiter auf den Fähranleger zu, der wie eine Fata Morgana vor ihr auftauchte. Dort bremste die Meute mit dampfenden Reifen, wendete und kam zurück. Sie starrte ihnen entgegen wie ein hypnotisiertes Kaninchen und hielt mitten auf der Straße an.

Sie wichen aus, umrundeten sie hupend im Zickzack und verschwanden hinter ihr. Einer der Fahrer zeigte ihr den ausgestreckten Mittelfinger. Sie hob die Hand und erwiderte die Geste. Nachdem die Motorengeräusche verklungen waren, brach etwas in ihr zusammen. Sie entledigte sich der Handschuhe und schob das Visier auf, schnappte nach Luft, während ihr Herz immer heftiger schlug. Erschöpft beugte sie sich über den Lenker. Sie benahm sich wie eine Anfängerin. Was war nur mit ihr los?

Einatmen, bis zehn zählen, ausatmen. Dann einatmen, bis zehn zählen, ausatmen. Japsend starrte sie auf die schwarze Wasseroberfläche des Hafengeländes, in der sich das Licht der Laternen spiegelte. Sie zog den Reißverschluss ihrer Jacke auf, es war heiß und sie war verschwitzt. Im Leerlauf rollte sie an die Böschung und holte die orangefarbenen Zettel aus ihrer Tasche, die sie vor Tagen hineingestopft hatte. Das Papier leuchtete, unerschütterlich und gleichzeitig brüchig wie die Flügel eines Schmetterlings. Sie hob die Zettel ans Gesicht und fühlte sich durch die Berührung auf seltsame Weise getröstet. Vom Wasser klang das dumpfe Tuten eines Containerschiffs. Eine Weile saß sie da, ohne sich zu bewegen.

Dann schob sie die Zettel zurück in die Tasche, wendete die Ducati und bog in die Straße ein, die direkt ins Zentrum zurückführte. Curt hatte bestimmt Verständnis dafür, dass sie sich nicht verabschiedete.

Drei Blocks weiter fiel ihr das Atmen leichter. Sie hielt sich links, fuhr ziellos durch die Stadt, bog hier und dort ab, bis ein Hinweisschild ihre Aufmerksamkeit erregte. *St. Mary's Hospital.* Das Gebäude tauchte vor ihr auf und sie hielt an. Licht drang aus einigen Zimmern im zweiten Stock. Ob Rae in einem davon schlief?

Vor dem Haupteingang wartete ein Rettungswagen, zwei Sanitäter lehnten an den geöffneten Türen und rauchten. Sie lenkte die Ducati auf die Einfahrt, hielt vor der Glastür, die sich zischend öffnete und schloss und den krankenhaustypischen Geruch nach Bettwäsche und Desinfektionsmittel ausstieß.

Die Sanitäter sahen sie fragend an. Was machst du hier, schienen ihre Blicke zu sagen. Sie wendete und raste zurück Richtung Zentrum.

Rosie

Als Rosie aus dem Rathaus zurückkehrte und ihre Wohnküche betrat, traute sie ihren Augen nicht. Auf dem Esstisch stand eine Skulptur in Form eines flammenden Phönixes. Sie ließ ihren Stoffbeutel fallen und sah sich um. „June?", rief sie, aber niemand antwortete.

Der Phönix bestand aus bunt besprühten Stuhlbeinen, samtigem Stoff und Tischplatten-Resten. Sie schlich um ihn herum, berührte die angedeuteten Flügel und runzelte die Stirn. Das waren doch Teile der Möbel ihrer Eltern, die sie in der Abstellkammer aufbewahrte.

Sie erkannte die Türen des alten Gläserschranks. „June?", rief sie lauter. Mit etwas Abstand begutachtete sie den Vogel. Er wirkte filigran und kräftig und trotz der wenigen Details war genau zu sehen, dass es ein Phönix sein sollte. Rosie zog einen Stuhl heran und setzte sich. Die Sonne schien durch das Küchenfenster und der Schatten des Vogels zeichnete sich auf den Bodenfliesen ab. Sie seufzte und wusste nicht, ob sie ärgerlich oder beeindruckt sein sollte. Das Mädchen machte, was es wollte, aber wenn sie das hier in der kurzen Zeit gebaut hatte, in der Rosie beim Bürgermeister in Lockwood gewesen war, war sie wirklich talentiert.

Rosies Blick fiel auf ein Stück Baumrinde, die am Hals des Phönixes klebte. Jemand hatte mit einem dünnen schwarzen Stift eine Nachricht darauf geschrieben.

„Wenn Du nicht aufhören kannst zu kämpfen, ist das keine Schwäche, sondern ein Zeichen der Kraft Deiner Liebe."

Tränen schossen ihr in die Augen und sie sprang auf. Das war doch ein Spruch aus dem Wünscheglas. Eilig schlüpfte sie in ihre Gummistiefel und verließ das Cottage. „June, wo bist du?", rief sie und eine seltsame Unruhe erfasste sie. Die Skulptur auf ihrem Esstisch, dazu die Nachricht – das fühlte sich wie ein Abschiedsgeschenk an.

Rosie lief zum Schuppen und riss das Tor auf. Die Ducati war weg. Das hatte nichts zu bedeuten, oder? Vielleicht war June nur zu einer Spritztour aufgebrochen, um in der Natur an ihrer Mappe weiterzuarbeiten. Sie eilte an die Steintreppe und sah voller Angst zur Galerie hinauf. Ihr Herz pochte dumpf in ihrer Brust.

Sie betrat den Leuchtturm und stieg die Wendeltreppe hoch. Noch bevor sie die kleine Zwischenempore erreicht hatte, sah sie das Sonnenlicht, das durch den Spalt der offenen Tür fiel. Sie stieß die Tür auf, obwohl sie bereits wusste, dass das Zimmer leer sein würde. Decke und Kopfkissen lagen zerwühlt auf dem Bett, daneben standen eine Bierdose und ein paar zerknüllte Papiertaschentücher. Aber das war alles. Erschöpft lehnte sich Rosie an den Türrahmen.

Es lag bestimmt an diesem Milo. Warum hätte das Mädchen sonst so plötzlich verschwinden sollen? Sorge mischte sich in den dunklen Kummer, der in ihr aufstieg, und sie presste die Finger zur Faust. June war so jung, so unerfahren. Sie wusste nicht, dass Liebe in Schmerz mündete. Wieder traten Tränen in ihre Augen und sie wischte sie mit dem Handrücken weg. Wer sich anderen öffnet, wird verletzt. Eine bittere Lebenslektion.

Rosie hob die schmutzigen Taschentücher auf und schloss

die Tür hinter sich. Mit der Hand auf dem kalten Geländer stieg sie die Wendeltreppe herunter und verließ den Turm. Schwindel erfasste sie angesichts der Schönheit des lichtblauen Himmels über ihr, und sie stützte sich an der Außenmauer ab. Auf einmal fühlte sie sich schutzlos ausgeliefert. Youngs Warnung und seine Frist hingen wie ein Damoklesschwert über ihr. Das Denkmalgutachten ließ auch auf sich warten. Und jetzt hatte sie ihre Mieterin verloren.

Sie musste sie zurückholen. Sie lief zum Haus zurück, nahm ihre Autoschlüssel und fuhr in Richtung Port Jacobs. Lange konnte June nicht fort sein.

Nachdem Rosie die Stadtgrenze passiert hatte, beschlichen sie leise Zweifel. Wo sollte sie suchen? Sie setzte den Blinker und reihte sich in den dichten Verkehr ein. Nervös umfasste sie das Lenkrad. Sie warf einen Blick in den Rückspiegel und fluchte, weil ihr jemand zu eng auffuhr. Die vielen Autos, der Gestank von Benzin und der ständige Lärm – schrecklich. An der nächsten Kreuzung entdeckte sie das Schild Richtung Zentrum und bog erleichtert ab. Auf den Gehsteigen vor den Geschäften drängten sich die Menschen. Rosie versuchte, die Gesichter zu erkennen und gleichzeitig den Pick-up durch die vielen Fahrzeuge zu lenken. Nach zwei Stunden vergeblichen Suchens war sie völlig verschwitzt und hielt an einer Bushaltestelle.

Aus dem Handschuhfach holte sie einen Stadtplan und faltete ihn über dem Lenkrad auf. Das Gewirr aus Straßen und Häusern verschwamm vor ihrem Auge. Welcher Weg führte zur Villengegend im Osten? Oder sollte sie auf dem Weg zum Bahnhof weitersuchen? Wo würde June zuerst hingehen? Rosie seufzte und sehnte sich nach einem Schluck Zitronenwasser.

Jemand klopfte an ihr Fenster. „Hey, Sie können hier nicht anhalten. Verziehen Sie sich“, schrie ihr ein Mann mit aufgedunsenem Gesicht entgegen. Feine Spritzer seines Speichels blieben an der Scheibe hängen.

Sie kurbelte das Fenster herunter. „Entschuldigen Sie, könnten Sie mir den Weg zur Eastside sagen?“

„Nein, kann ich nicht“, blaffte der Mann sie an. „Machen Sie, dass sie hier wegkommen.“

Rosie zuckte zusammen, schloss das Fenster mit zittrigen Händen und startete den Motor. Es war eine dumme Idee gewesen, herzukommen. Überfordert schob sie den Stadtplan auf den Beifahrersitz und fuhr los. Hinter ihr hupte ein Doppeldeckerbus und sie verpasste die Abfahrt Richtung Küste.

Nach zwei Stunden endlosem Kreisen auf den Zubringerstraßen war sie endlich auf dem richtigen Weg Richtung Lockwood und drückte aufs Gas.

June

Mit der Kappe tief im Gesicht setzte sich June am nächsten Tag an einen Bistrotisch im *Little Bay Café* und suchte in den vorbeihastenden Beinen vor dem Fenster die Perlonstrümpfe ihrer Schwester. Unruhig rutschte sie auf ihrem Stuhl hin und her. Sie hatte keine Lust, von O'Connor aufgespürt zu werden.

Jemand berührte sie an der Schulter und sie duckte sich.

„Hey, Sis, warum so schreckhaft?" Liz lachte, schlüpfte aus ihrem Blazer und hängte ihn über die freie Stuhllehne. Ein Hauch zu blumiges Parfüm schwappte herüber und verdrängte die Erinnerung an gemeinsame Schwesternabende, als sie beide klein waren und Grandpa noch lebte. „Schön, dich zu sehen."

„Dito." June betrachtete das Gesicht ihrer Schwester. Sie sah abgekämpft aus. Daran änderten auch das sorgfältig aufgetragene Rouge und der Concealer nichts. Automatisch stieg Wut in ihr hoch, diese Firma war die Pest. „Wie lange hast du Mittagspause?"

Liz ließ sich auf den Stuhl fallen und streckte die Beine aus. „Um halb zwei muss ich im Büro sein. Videokonferenz mit den Spaniern." Sie zog eine Grimasse.

„Um die Uhrzeit machen die doch alle Siesta."

„Das ist nur ein Klischee. Der Chef der Näherei in Sevilla hat darauf gedrängt, es nicht später anzusetzen. Aber ich weiß warum." Sie machte eine Pause. „Seine Mutter ist Deutsche. Und er ist in Großbritannien aufgewachsen."

June grinste. „Aha, verstehe."

Liz winkte den Kellner heran. „Ich hätte gern einen doppelten Espresso." Sie wandte sich an June. „Und du?"

„Nichts, ich habe keine Kohle." Sie dachte an das verpatzte Rennen von letzter Nacht. Irgendein Jonny aus Bournemouth hatte sich die tausendfünfhundert Pfund gekrallt. Sie war eine Idiotin!

„Kein Problem. Ich bezahle."

June zögerte. Es war ihr unangenehm, sich von Liz einladen zu lassen, und wenn es nur ein Kaffee war. Es war, als würden ihre Familie sie kaufen. Aber da sie sich eine Weile nicht gesehen hatten, gab sie nach. „Okay, für mich einen Salbeitee."

„Bist du krank? Seit wann trinkst du Tee?", fragte Liz besorgt, nachdem der Kellner verschwunden war.

„Hab ein bisschen Halsweh." Das war gelogen, es ging ihr blendend. Aber sie hatte zwei Nächte schlecht geschlafen. Vielleicht lag das am Koffein, das sie in Form von Kaffee literweise in sich hineingekippt hatte. Außerdem, wenn sie ehrlich war, mochte sie den würzigbitteren Geschmack von Salbei mittlerweile ganz gern.

„Dad würde dir sofort einen Job geben, wenn du zurückkommen würdest."

June stöhnte. „Du weißt, dass ich das nicht kann. Ich bin in dieser Firma so fehl am Platz wie ein Storch in einem Alligatorennest. Ich habe andere Pläne." Sie berichtete von ihrer Bewerbungsmappe.

Liz hörte neugierig zu, sah sie zum Schluss aber fragend an. „Dann bin ich auch eine der fleischfressenden Urechsen?"

June betrachtete Liz' schulterlange Haare und das schmale Gesicht mit den klugen Augen. Sie war so wenig ein Alligator wie sie selbst eine Kostümträgerin. Aber dennoch schaffte Liz es mit einer faszinierenden Leichtigkeit, jeden Tag Seite an Seite mit ihren Eltern für diese Firma zu arbeiten. „Nein, das bist du nicht wirklich. Ich verstehe nur nicht, wie du es dort aushältst."

Der Kellner tänzelte mit seinem Tablett durch die Menge

an ihren Tisch und stellte die Getränke ab. Liz gab ihm zehn Pfund. „Danke."

Nachdem er weg war, beugte sie sich vor. „Der Job ist sicher und gut bezahlt, außerdem habe ich jede Menge Freiheiten. Ich weiß nicht, was schlecht daran ist. Grandpa hat diese Firma gegründet, und ich sehe es als meine Aufgabe an, das Erbe in seinem Sinne weiterzuführen. Er wäre sicher begeistert, uns beide dort zu wissen."

Die Erwähnung des Großvaters gab June einen Stich. „Vielleicht, aber er hätte mich nie gezwungen. Er hat immer gesagt, ich soll etwas aus meiner Kunst machen."

„Ich meine nur, dein Leben könnte viel einfacher sein, wenn du einen Schritt auf Mum und Dad zugehen würdest, anstatt alles zu verweigern und sie andauernd zu verärgern." Liz nippte an ihrem Espresso.

June starrte auf den braunen Rand an ihrer Oberlippe, den der Schaum dort hinterließ. „Ich dachte, du bist auf meiner Seite?"

Liz stellte die Tasse ab. Sofort wurde ihr Gesicht sanfter. „Ich will dir nur helfen. Vielleicht wäre es nicht so schlimm, für die Firma zu arbeiten, wie du dir immer vorstellst. Probier es doch mal aus. Ich sehe Dad heute Nachmittag nach der Videokonferenz. Dann könnte ich mit ihm reden."

Junes umschloss die Teetasse mit ihren Händen, damit die Kälte verschwand, die sich schlagartig in ihr ausbreitete. Sie liebte ihre Schwester, aber zwischen ihnen erhob sich immer wieder diese unsichtbare Mauer. „Nein." Sie trank ihren Tee, der einen bitteren Nachgeschmack auf ihrer Zunge hinterließ.

Liz kippte den Rest ihres Espressos herunter und sah auf die Uhr. „Ich muss los. Wenn du es dir anders überlegst, ruf mich an. Aber warte nicht zu lang." Sie erhob sich, zog den Blazer vom Stuhl und wandte sich zum Gehen.

June wusste nicht mehr, was sie sagen sollte. Das Ziehen in

ihrer Brust dehnte sich aus. „Danke, war schön dich zu sehen", brachte sie mit Mühe hervor.

Nachdem Liz weg war, zog June ihr Notizbuch und einen Bleistift aus ihrer Ledermappe. Sie betrachtete die Struktur des Papiers und versuchte, Platz für das Motiv in ihrem Kopf zu schaffen und alles andere beiseitezuschieben. Aber der Stift wog schwer, obwohl er federleicht war. Sie änderte den Blickwinkel, verschob das Buch ein wenig, um den Lichteinfall zu ändern. Auch das half nichts. Frustriert stopfte sie ihre Sachen zurück in die Mappe und verließ das Café.

Ein Handy klingelte und sie brauchte eine Weile, um zu realisieren, dass es ihres war. Der Blick aufs Display holte sie zurück in die Realität. Sie nahm ab.

„June, Liebes, du bist in der Stadt?"

„Hallo Kate." Liz hatte nicht lange gebraucht, um die Nachricht von ihrer Rückkehr zu verbreiten.

„Wir würden dich heute gern zum Dinner sehen."

Sie blieb stehen und presste das Telefon an ihr Ohr. Es war wie immer. Kate äußerte einen Wunsch, der aber keinen Spielraum für eigene Entscheidungen ließ.

„Ich kann nicht." Kein Dinner dieser Welt würde sie in die Villa zurückbringen. Den Triumph gönnte sie ihnen nicht.

„Dein Vater wird auch hier sein. Es wäre schön, wenn die ganze Familie zusammenkäme."

Familie, Familie, sie konnte es nicht mehr hören. „Tut mir leid, ich bin schon verabredet." Sie legte auf und schaltete das Telefon auf stumm. Sie beschleunigte ihre Schritte, lief immer schneller. Schließlich rannte sie durch die Straßen und über die Plätze, stieß mit Leuten zusammen und stammelte Entschuldigungen, bis sie nach einer halben Stunde den Block erreichte, wo Lionel, Jack und Sarah wohnten.

Die rettende Wohnungstür stand offen, endlich konnte sie sich verkriechen und allein sein. Aber statt der beruhigenden Stille empfing sie Stimmengewirr. Im Flur stoppte sie und stolperte über leere Bierflaschen und benutzte Gin-Tonic-Gläser, die auf dem Boden standen. Fremde drängten sich umeinander, die sie noch nie gesehen hatte. Sie lief an ihnen vorbei in die Küche. Sarah stand am Herd und rührte in einem Topf Gulaschsuppe. An ihr hing ein Typ, den June nicht kannte.

Lionel saß am Tisch und unterhielt sich mit zwei Blondinen in knappen Oberteilen. „Hey, was geht ab?", rief er ihr mit schwerer Zunge zu. Es roch nach Marihuana und angetrocknetem Mozzarella-Käse.

„Alles gut. Ich bin nur müde." Sie wich zurück und hastete in Richtung Schlafzimmer. Das Bedürfnis, allein zu sein und die Decke über den Kopf zu ziehen, wurde übermächtig. Sie öffnete die Tür, ach du liebe Güte, besetzt. Jack lag knutschend mit einer Unbekannten auf dem Bett. Schnell zog sie sich zurück.

Im Flur verdrückte sie sich unter die Jacken an der Garderobe, zog das Zeichenbuch und einen weichen Bleistift hervor, blätterte auf die nächste freie Seite. Aus der Küche plärrten die Klänge von *Metallica* und vermischten sich mit lautem Gelächter und dem scharrenden Geräusch vieler Schuhe.

Sie ließ den Stift sinken und lehnte den Kopf an einen samtigen Nicki-Mantel. Sie wollte nur Ruhe und allein sein. Wie auf dem Findling am Leuchtturm in der sommerduftenden Nachmittagssonne. Ein unbekanntes Brennen breitete sich in ihr aus, wie Heimweh, aber das war unmöglich. Hier war doch ihr Zuhause, in der Stadt. Bei ihren Freunden. Sie schloss die Augen und stellte sich vor, sie wäre am Meer.

Rosie

Wenige Tage später ragte ein großformatiger Umschlag aus dem Briefkastenschlitz wie ein Eisberg aus dem Meer. Rosie stellte die Schubkarre vor dem Gartentor ab und zog die Handschuhe aus. Das musste das Gutachten sein. Endlich. Feierlich schritt sie darauf zu und zog ihn heraus. Erleichterung flutete sie. Im Absenderfeld standen Ethan Graves Name und seine Adresse. Ihre Rettung, das Ende von Youngs Touristenprojekt. Sie drückte den Umschlag gegen ihre Brust und eilte zurück zum Cottage. Sie brühte sich einen frischen Kräutertee auf und setzte sich an den Tisch. Langsam und behutsam löste sie die Verklebung, um den Moment hinauszuzögern, bevor sie das erlösende Wort denkmalgeschützt in sich aufsaugen würde.

Sie holte einen dicken Packen Dokumente, Zeichnungen und kopierte Pläne hervor, klappte das Anschreiben auf und erstarrte.

Sehr geehrte Mrs Mckenzie,

Nach gründlicher Analyse der baulichen Struktur und Aufzeichnungen des Leuchtturms bedaure ich, Ihnen mitteilen zu müssen, dass der Turm nicht den aktuellen Kriterien für denkmalgeschützte Gebäude entspricht, obwohl er zweifellos historischen Wert besitzt. Was ich aber definitiv sagen kann, ist, dass er in denkbar schlechtem Zustand ist. Insbesondere weisen die Fundamente, das Mauerwerk und die tragenden Strukturen des Turms erhebliche Anzeichen von Verschleiß auf, die dringend behoben werden müssten. Die Dachkonstruktion ist undicht, was zu weiteren Schäden an der Innenstruktur führen kann. Außerdem entsprechen die elektrischen und sanitären Anlagen nicht modernen Sicherheitsstandards.

Deshalb empfehle ich dringend, eine Sanierung und Modernisierung des Leuchtturms in Erwägung zu ziehen. Dies würde nicht nur das historische Erbe sicherstellen, sondern auch die Sicherheit und Funktionalität des Gebäudes gewährleisten. Ich verstehe, dass Sie eine besondere Verbindung zu diesem Leuchtturm haben, aber die Instandsetzung ist von entscheidender Bedeutung, um seine Langzeitintegrität zu bewahren.

Um die erforderlichen Schritte einzuleiten, habe ich eine Kopie dieses Gutachtens an das Rathaus Lockwood weitergeleitet, da die Gemeinde Eigentümerin ist. Gemeinsam können Sie und die Gemeinde diskutieren …

Der Rest verschwamm und Rosie ließ den Brief sinken. Wie in Trance nahm sie ihre Tasse Kräutertee, aber der heiße Dampf stach ihr auf der Haut und in der Nase. Die Zeit stand still, während sie versuchte, den Sinn der Wörter zu erfassen. Nicht denkmalgeschützt, dringender Sanierungsbedarf, Kopie an die Gemeinde. Sie rieb sich die Schläfen, um den einsetzenden Kopfschmerz im Keim zu ersticken. Ethan Graves hatte sein Gutachten ans Rathaus geschickt? Aber warum? Das war so nicht abgesprochen gewesen! Sie schob die Teetasse von sich weg, die Flüssigkeit schwappte über den Rand und hinterließ einen Fleck auf der Tischdecke.

Ruckartig erhob sie sich und lief in der Küche auf und ab.

Wenn sie den Brief heute bekommen hatte, war er vermutlich zeitgleich bei Young auf dem Schreibtisch gelandet. Dann wusste er, dass sie in Bezug auf das Gutachten gelogen hatte. Sie blieb stehen und vergrub das Gesicht in ihren Händen. Sie hätte Ethan Graves sagen müssen, den Brief auf keinen Fall weiterzuleiten.

Ihre Gedanken rasten. Sie musste Tatsachen schaffen, und zwar so schnell wie möglich. Bevor Peter Stelter oder jemand anderes von der Gemeinde hier auftauchte und ihr sagte, was sie zu tun hatte. Noch traf sie hier die Entscheidungen. Sie lief zum Telefon und wählte Henrys Nummer.

„Hallo?“, meldete er sich verschlafen.

„Guten Morgen, mein Lieber. Kannst du bitte rüberkommen?“, brach es aus ihr heraus.

„Ist was passiert?“, fragte er alarmiert.

„Ja.“

„Hast du den Notarzt gerufen?“ Seine Stimme klang schrill, und sie bereute sofort, was sie gesagt hatte.

„Nein, nein, mit mir ist alles okay“, beruhigte sie ihn, so gut sie es in ihrem aufgewühlten Zustand vermochte. „Es ist … es geht um …“ Sie holte Luft und zwang sich zur Ruhe. „Der Leuchtturm kommt nicht auf die Liste. Ich habe soeben den Brief von Graves gerade bekommen.“ Stockend erzählte sie ihm, was darinstand. „Deshalb“, beendete sie ihren Bericht, „fange ich heute an zu renovieren. Hilfst du mir?“

„Glaubst du wirklich, dass das eine gute Idee ist?“

Sie trommelte auf die Armlehne. War das alles, was er dazu zu sagen hatte? „Heißt das, ja, ich stehe auf, trinke schnell einen Tee und komme zu dir rüber?“

„Es tut mir leid, dass es nun so gekommen ist. Aber mit Aktionismus erreichst du nichts, Honey.“

„Das hat gar nichts damit zu tun. Ich hätte längst einiges reparieren müssen und nun habe ich beschlossen, loszulegen.

Ich bin auf dem Sprung in den Baumarkt und möchte gern spätestens in zwei Stunden anfangen", erwiderte sie störrisch.

„Die Gemeinde will dir den Leuchtturm nicht wegnehmen, weil du ihn vernachlässigt hast. Natürlich hättest du ihn früher aufhübschen können, bevor das Dach Löcher bekam und der Putz anfing zu bröckeln. Aber hier geht um etwas anderes. Lockwood möchte mit einem B&B neuen Schwung ins Dorf bringen, und dein Turm ist perfekt dafür. Young und Stelter werden nicht lockerlassen, es sei denn, du kooperierst."

Rosie zuckte zusammen. „Jetzt fängst du auch noch an. Ich dachte, du bist auf meiner Seite."

„Natürlich bin ich das. Immer", sagte er sanft.

Wärme breitete sich in ihr aus und sie wünschte, er wäre hier und nicht am anderen Ende der Leitung. Aber dann gewann der Groll in ihr Oberhand. „Ich werde niemals zustimmen. Es ist in Ordnung, wenn du mir nicht helfen möchtest. Du kannst es ruhig sagen, ich düble die Rigipsplatten auch ohne dich an die Decke."

Er seufzte. „Mach keinen Unfug. Ich stehe auf, trinke schnell eine Tasse Tee und bin gleich da."

June

Endlich! June rannte auf den Findling neben dem Leuchtturm zu. Seit sie die Stadt vorhin verlassen hatte, war ihr schlagartig bewusst geworden, wie sie das alles hier vermisst hatte. Sie legte die Hände auf das von der Sonne erwärmte Gestein und nahm die Umgebung in sich auf, als wäre sie monatelang weggewesen: den Wind, der ihre Wangen streichelte, die Sonnenstrahlen auf ihrer Lederjacke und den typischen Geschmack nach Algen und Salz in der Luft.

Hinter den Inseln verschmolz der Himmel mit dem Meer und sie konnte nicht sagen, wo das eine anfing und das andere aufhörte. Winzige Schaumkronen wirbelten auf dem Wasser wie kleine Tupfen Zahnpasta. Hier oben schwebte man über den Dingen. War im Leben alles nur eine Frage der Perspektive? Sie sog die milde Oktoberluft ein, bis die überlauten Geräusche der Stadt und das Gewühl in der WG in ihr verblassten.

Sie nahm ihren Seesack und folgte dem Trampelpfad zum Haus. Die beiden Dosen Ale klimperten aneinander und sie hoffte, dass ihr Mitbringsel und eine ehrliche Entschuldigung Rosie davon überzeugen würden, dass sie es ernst meinte. Sie war bestimmt stinksauer, weil sie sich aus dem Staub gemacht hatte, ohne etwas zu sagen. Ein Möwenpärchen flatterte kreischend über sie hinweg und sie versuchte, nicht an den Kuss und das versaute Date mit Milo zu denken. Abzuhauen war ein Reflex gewesen, den sie nicht hatte beherrschen können, und wenn Rosie ihr das übel nahm, dann musste sie damit leben.

Vorsichtig drückte sie die Tür des Cottage auf. „Hallo Rosie? Bist du da?“, rief sie und lauschte. Aber es antwortete niemand.

Sie betrat den Flur, in dem es wie immer nach Ofenwärme und Kräutern roch, und zog ihre Boots aus. Rosies Parka hing an der Garderobe, ihre Autoschlüssel daneben. Darunter standen ihre Gummistiefel, weit konnte sie nicht sein.

In der Küche holte sie die beiden Bierdosen aus ihrer Tasche und stellte sie nebeneinander auf den Tisch. Und den Bierdeckel, den sie aus dem *Old man's Inn* in Port Jacobs mitgenommen hatte. Sie kritzelte eine kurze Nachricht auf den Rand:

> „Sorry, dass ich ohne Erklärung weg bin. Hatte nichts mit dir zu tun. PS: Hab dir was Gescheites gegen Durst mitgebracht. Das Leben ist zu kurz, um grässlichen Wein zu trinken."

Dahinter zeichnete sie einen lachenden Totenkopf-Smiley und schob den Bierdeckel zwischen die Dosen.

„Du?", sagte auf einmal eine rauchige Stimme hinter ihr.

June ließ den Stift fallen und fuhr herum. „Hi." Sie versenkte die Hände in den Taschen ihrer Jacke. „Ich … ich bin wieder da."

„Das sehe ich", stellte Rosie fest. Sie hielt einen Packen gebügelter Geschirrhandtücher im Arm und bewegte sich nicht, als wartete sie auf weitere Erklärungen.

June suchte nach den passenden Worten. „Ich weiß, ich hätte dir Bescheid sagen sollen."

Rosie sah sie eine Weile an, aber sie wirkte nicht wütend, eher erleichtert. „Stimmt", antwortete sie und räumte die Handtücher in den Küchenschrank. „Es geht um Milo, habe ich recht?"

June ignorierte das Ziehen in ihrer Magengegend bei der Erwähnung seines Namens, ließ sich auf die Eckbank fallen und deutete auf die Tischmitte. „Hab dir was mitgebracht," lenkte sie ab. Sie wollte nicht an Milo denken, geschweige denn über ihn reden. Das machte alles nur schlimmer.

Rosie nahm eine der Bierdosen und las die klein gedruckte Aufschrift. „Ein Ale? Für mich?“ Sie schnupperte kurz am Metallverschluss und stellte es zurück an seinen Platz.

„Schmeckt nach Hopfen und Limone. Du magst doch Limone“, erklärte June, schnappte sich die Dose. Sie riss den Verschluss ab und es zischte leise. „Probier mal, ist echt lecker.“ Sie drückte Rosie das Ale in die Hand und nahm die andere Dose. Der Bierdeckel fiel um und landete mit der beschriebenen Seite nach oben auf dem Tisch.

June schob ihn Rosie hin.

„Ist das auch für mich?“

Sie nickte. Hoffentlich kam ihr Geschenk an. Sie wusste, dass Rosie nie Bier trank. Aber sie hatte ihr etwas von sich mitbringen wollen, das sie mochte. Um ihr zu zeigen … ach, sie wusste es nicht genau.

Einen Moment lang herrschte Stille in der Wohnküche, bis auf das Summen einer Fliege. Rosie legte den Bierdeckel zur Seite. Ein Lächeln umspielte ihre Mundwinkel. Sie hob die Dose ein Stück hoch und trank einen Schluck. „Danke.“ Dann ruckelte sie ihre Brille zurecht. „Er war übrigens hier und hat nach dir gefragt.“

June versteifte sich. Sie hatte die Erinnerung an Milo auszulöschen versucht. An seine waldgrünen Augen und wie es sich anfühlte, die Linie der Narbe an seinem Arm entlangzustreichen. Sie zog ein Kaugummi aus der Tasche, um den Geschmack des Biers loszuwerden, das ihr auf einmal bitter auf der Zunge lag. „Und was hast du ihm gesagt?“

„Dass du nicht mehr da bist.“

Sie schluckte. „Und dann?“

„Er hat mir etwas für dich gegeben.“ Rosie holte ein Paket aus dem Küchenschrank und legte es auf den Tisch.

Zögerlich löste June die Kordel und wickelte den Inhalt aus.

Milos Logbuch. Daran hatte sie nicht mehr gedacht. Sie schlug es auf. Das Ziehen in ihrem Bauch nahm zu. „Was hat er noch gesagt?“ Sie drückte die Kordel zu einem Knäuel zusammen.

„Er hat mich gebeten, es dir zu geben, wenn ich dich sehe. Für den Fall, dass du es dir überlegst.“

June berührte die erste Seite. „Komisch, dass er extra hergefahren ist. Er konnte nicht wissen, dass ich zurückkomme.“

Rosie trank einen weiteren Schluck Bier. „Ich weiß nicht, was zwischen euch vorgefallen ist. Aber vielleicht hat er geahnt, dass du nicht für immer weg bist, bevor du es selbst wusstest.“

* * *

Am nächsten Morgen beschloss June, draußen weiterzuarbeiten. Sie baute ihre Staffelei neben dem Findling auf und stellte eine frische Leinwand darauf ab. Endlich fühlte sie sich befreit und voller Motivation, ganz anders als die letzten Tage in Port Jacobs. Sie nahm einen Pinsel in die Hand und steckte einen zweiten hinters Ohr.

Die Sonne schien über ihre Schulter auf das weiße Quadrat und blendete sie. Sie versuchte, sich an den genauen Wortlaut von Henrys Anleitung zu erinnern. Wie war das nochmal, erst den Haftgrund, dann Schicht Nummer eins auftragen, oder? Nervös drückte sie einen Streifen Grundierung auf die Palette, stupfte den Pinsel hinein und verteilte die Paste. Eine Wolke schob sich vor die Sonne und sie verrückte die Staffelei, so dass das Licht von der Seite kam. Die Idee eines Selbstporträts erschien ihr auf einmal albern. Sie ließ den Pinsel sinken und drehte die Tube mit der Grundierung zu.

Wenn sie doch nur eine richtige Künstlerin wäre wie Henry, dann wüsste sie, wie sie lästige Zweifel ausradieren könnte. Er musste sie unbedingt weiter unterrichten. Sie legte den Pinsel zur Seite und holte ihre Kippen aus der Tasche. Das Feuerzeug klackte und dankbar zog sie ein paar Mal an der Zigarette. Sie musste den Rückstand der letzten Tage unbedingt aufholen. Die Zeit drängte, und sie kam nicht voran. Als hätte ihr jemand ein Geschirr angelegt und zog an den Zügeln, wann immer sie einen Schritt nach vorne machen wollte.

Sie kramte ihr Handy aus der Tasche und wählte Henrys Nummer. Es klingelte gefühlt ewig.

„Ja, bitte?", keuchte er außer Atem.

„Hi, hier ist June. Alles okay?", fragte sie besorgt.

„Ja ja, ich war draußen. Bin gerade dabei, den Bus zu packen. Aber was ist mir dir? Rosie sagte, dass du weg bist."

June seufzte. „Nein. Ja. Ich meine, ich war ein paar Tage weg und bin jetzt wieder da."

„Du hast dich nicht verabschiedet."

„Ich weiß, das war nicht okay. Hab das mit Rosie schon geklärt. Hast du Zeit? Wir könnten mit den Ölbildern weitermachen. Allein krieg ich das nicht hin."

„Ich habe dir alles Wichtige gezeigt. Warum folgst du nicht deiner Intuition und experimentierst ein bisschen herum?"

Ihr Hals zog zu. „Ich glaube, ich habe eine Blockade. In den letzten Tagen hat nichts geklappt." Sie knetete ihre Hände.

„Du schaffst das." Im Hintergrund klingelte es. „Entschuldige, die Post steht vor der Tür. Ich habe neues Campinggeschirr bestellt."

Sie hörte Schritte und die Fetzen eines kurzen Gesprächs. Ungeduldig schob sie ihr Lippenpiercing hin und her.

„So, da bin ich wieder", sagt er geschäftig.

„Bitte", flehte sie. „In ein paar Tagen muss ich die Mappe abgeben. Ohne dich bin ich aufgeschmissen."

„Es ist nicht gut, wenn du dich zu stark an mir orientierst. Außerdem bin ich quasi auf dem Sprung nach Portugal. Ein paar wichtige Treffen für meine Stiftung."

Sie schluckte. „Du willst mir nicht mehr helfen?"

„June." Seine Stimme klang sanft. „Du kannst alles schaffen, was du willst. Du musst nur an dich glauben und ein paar Schritte allein wagen. Der ausschlaggebende Punkt liegt in dir und nicht in mir. Wenn du in den Flow kommst, Vertrauen in deine Fähigkeiten entwickelst und loslässt, kommt der Rest von selbst. Du wirst nicht genug Selbstvertrauen gewinnen, um es selbst zu schaffen, wenn ich dir zu sehr helfe."

Er redete mit einer Leichtigkeit, die ihr Übelkeit verursachte. Hilflosigkeit stieg in ihr hoch. Merkte er nicht, wie dringend sie seine Unterstützung brauchte? Der Abgabetermin rückte unaufhörlich näher. Ihre Mappe duldete keinen Aufschub, davon hing alles ab. Aber sie würde nicht betteln. „Okay. Wann kommst du zurück?", fragte sie knapp und versuchte, das brennende Gefühl der Enttäuschung zurückzudrängen.

„Bald."

* * *

Ein paar Stunden später warf June einen nervösen Blick zu den Fenstern von Milos Wohnung, aber hinter den blühenden Geranien war nichts zu sehen. Ihr Herz klopfte so laut, als wollte es aus ihr herausspringen. Am liebsten wäre sie umgedreht und hätte sich im Leuchtturm verkrochen. Aber seit Rosie ihr vor ein paar Tagen das Logbuch gegeben hatte, lag es wie ein radioaktiver Brocken in ihrem Zimmer. Sie musste es ihm zurückbringen. Und wenn sie ehrlich war, wollte sie ihn auch wiedersehen.

Lautlos stellte sie ihren Rucksack vor dem verschlossenen Tor ab und spähte durch die Ritzen auf den Bug des alten Segelbootes. Ein Schatten lief hinter dem Gerüst hin und her. Die Härchen auf ihrem Arm reagierten. Klassische Musik setzte ein, dann verschwand der Schatten aus ihrem Gesichtsfeld.

Sie schulterte den Rucksack und zog die Gurte straff. Er hatte Rosie das Logbuch vorbeigebracht und nach ihr gefragt, das war ein gutes Zeichen. Aber sie hatte keine Ahnung, wie sie ihm ihre Flucht erklären sollte. Wenn er hörte, dass sich seine Nähe gleichzeitig schön und angsteinflößend anfühlte, hielt er sie bestimmt für total verkorkst.

Aber sie schuldete ihm eine Antwort. Seufzend schob sie den Riegel zur Seite und betrat die Scheune. Sofort strömte ihr der Geruch von Holz und Lackfarbe entgegen. Suchend sah sie sich um. Auf dem Sofa lag ein polierter, bronzefarbener Kompass und daneben stand die reparierte Nähmaschine. Aber von Milo keine Spur.

Sie umrundete das Boot, bis sie die Leiter erreichte. Da hörte sie über sich ein schabendes Geräusch. „Wer ist da?" Milos Stimme klang warm und sie verfluchte sich dafür, dass er sie allein dadurch aus dem Konzept brachte.

„Ich bin's, June." Im Gebälk über ihr löste sich eine Taube und flatterte umher.

Er erschien mit staubverschmiertem Gesicht an der Reling und sah auf sie herab.

Sie probierte ein selbstbewusstes Lächeln. „Hast du kurz Zeit?"

Er wischte seine Hände an einem Tuch ab, ohne sich von seiner Position wegzubewegen. „Du hast es also gemacht."

War das eine Frage oder eine Feststellung? Sie setzte den Fuß auf die erste Sprosse und zögerte. Milo stützte die Ellenbogen auf der Brüstung ab, sagte aber nichts weiter. Okay, anscheinend wollte er, dass sie zu ihm rauf kam. Sie gab sich einen Ruck und stieg hoch. Oben blieb sie direkt vor ihm stehen. Seine Haare waren zerzaust und auf seinen Wangen hingen winzige, mit Staub gemischte Farbreste. Sie widerstand dem Impuls, sie wegzuwischen. „Hi," sagte sie leise. Irgendwas hielt ihre Stimmbänder umklammert und drückte zu. Aus dem Kofferradio hinter ihm dudelte Klaviermusik.

„Hi.“ Sein Blick verhakte sich in ihrem.

Schwindel erfasste sie, und für einen Moment hatte sie das Gefühl, mitsamt der Leiter nach hinten zu kippen. „Kann ich … vielleicht rein?“, stieß sie hervor.

Um seine Mundwinkel zuckte es. „Da könnte ja jeder kommen. Ich brauche das Codewort.“

Ihre Anspannung löste sich ein wenig. Er wollte sie ärgern, das hatte sie verdient. „Keine Ahnung. Leinen los?“

„Falsch.“

Sie überlegte. „Land in Sicht?“

Er stützte sein Kinn auf beide Hände, seine Nasenspitze war nur ein paar Zentimeter von ihrer entfernt. Sie versuchte, ihre Atmung zu kontrollieren.

„Leider auch falsch.“ Er richtete sich auf und rückte von ihr ab.

Die plötzliche Distanz gab ihr einen Stich. „Wie viele Versuche habe ich?“, nahm sie den Faden auf.

„Einen letzten, bevor ich die Krokodile rauslasse.“

„Okay.“ Es dämmerte ihr, dass er etwas Bestimmtes hören wollte. Sie musste es ausspucken. „Ja, ich habe es getan, und möchte es dir zurückgeben“, sagte sie stockend. „Es tut mir leid, dass ich abgehauen bin. Ich konnte nicht … ich bin … es ist nicht deine Schuld.“ Sie rang nach Worten, wollte mehr erzählen. Dass ihr Nähe Angst einflößte, dass Mr Gavin damals im Requisitenraum der Schulaula versucht hatte, sie zu begrapschen. Dass es ihr seitdem schwerfiel, Nähe zuzulassen. Aber es funktionierte nicht.

Er lächelte und trat auf die Seite. „Ich wusste, dass du den Code knacken würdest.“

Sie stieg über die Brüstung und schüttelte die kribbelnden Beine aus. „Du bist nicht mehr sauer?“

„Wenn ich dich überfordert habe, tut es mir leid“, sagte er leise und sie wusste, dass es die Wahrheit war. „Du bist mir sehr wichtig, June.“

„Hier hat sich einiges getan", wich sie aus und drängte die Nervosität zurück. Anerkennend schaute sie sich um. Das Deck war noch nicht fertig, aber die Räume im Schiffsrumpf waren jetzt erkennbar voneinander abgetrennt. Er hatte Sitzmöbel im Boden verankert und mehrere Kojen gebaut. Auf einer der Matratzen lagen eine zerwühlte Decke und ein schmales Kopfkissen. Schnell wandte sie sich ab und zog zwei Bier aus ihrem Rucksack. „Magst du etwas trinken? Hab ich dir mitgebracht."

Er pfiff durch die Zähne. „Danke. Die hast du aber nicht aus Lockwood, oder? Warst du in der Stadt?"

„Nur ein paar Tage. Ich muss dringend mit meiner Mappe weiterkommen." Sie knibbelte am Flaschenetikett herum.

Er öffnete die Flaschen mit einem Plastikfeuerzeug und reichte ihr eine. „Es ist nicht mehr viel Zeit bis zum Bewerbungsschluss, oder?"

„Nein, leider." Sie erzählte ihm von ihrer Blockade und dass Henry ihr nicht mehr helfen wollte.

Milo legte den Kopf schief. „Ich verstehe deine Panik. Aber so unrecht hat er nicht, finde ich."

Sie verzog das Gesicht. „Nicht du auch noch."

„Du bist so wahnsinnig begabt, June. Wenn du mehr auf dein Herz als auf deinen Verstand hören würdest, wärst du viel weiter. Davon bin ich überzeugt."

„Genau das hat er auch gesagt", brummte sie.

Er stellte die Flasche auf den Boden. „Zeigst du mir das Logbuch? Ich bin sehr gespannt."

Sie wischte sich die klammen Hände an der Hose ab und holte es aus ihrem Rucksack. „Woher wusstest du, dass ich es machen würde?"

„Ich wusste es nicht, ich habe es gehofft."

Sie strich über den rauen Ledereinband. Jetzt, wo sie es ihm zurückgab, war sie doch aufgeregt.

Als hätte er ihr Zögern bemerkt, legte er seine Hand auf ihre. Seine Berührung war warm und fest.

Sie entzog sich ihm und schlug das Logbuch auf. Für den ersten Eintrag hatte sie eine verschnörkelte, in Gold, Rot und Blau geschriebene Zahl als Kapitelüberschrift gewählt. Die Seitenränder hatte sie in denselben Farben gestaltet, wie ein Rahmen für ein Bild.

Er drückte ihren Arm. „Das sieht wunderschön aus. Ich glaube, ich mache ein Reisetagebuch daraus."

„Ich habe immer ein paar Seiten freigelassen und dann die nächste Überschrift gesetzt. Jede ist anders."

Andächtig blätterte er weiter und betrachtete alles genau. Sein Gesicht leuchtete. „Vielen Dank! Genauso habe ich es mir vorgestellt. Das bedeutet mir sehr viel."

Sie lächelte verlegen und fühlte sich auf einmal wieder unsicher und angreifbar. Gleichzeitig prickelte ihre Haut, weil er so dicht neben ihr stand.

Er steckte die Hände in die Hosentaschen. „Was ist los, du wirkst bedrückt?"

„Ach, es ist nur wegen Henry", log sie und versuchte, nicht auf seine Lippen zu starren.

Milo warf einen Blick auf das Logbuch. „Du bekommst das auch ohne ihn hin. Warum siehst du nicht, wie begabt du bist?" Er zog sie an sich. Für einen Moment legte sie den Kopf an seine Schulter.

„Dieses Buch ist besonders. Wie du. Ich bin so froh, dass du heute hergekommen bist", murmelte er.

Ihre Abwehr verpuffte und sie schlang die Arme um ihn. Sein Mund war weich und schmeckte nach einem Versprechen, nach Wagnis und Zukunft.

Im nächsten Moment lag sie in der Koje und er neben ihr. Die Decke roch frisch gewaschen, wie eine Kiste voller Blütenblätter.

Von Ferne drang ein Geräusch zu ihr, ein melodisches Surren, erst leise, dann immer lauter.

„Milo? Bist du da?“, rief jemand von unten.

War das nicht Leah? June versteifte sich. Auf einmal drückte ihr Milos Gürtelschnalle in den Bauch. Etwas stockte in ihr. Ein Hebel sprang herum, als hätte jemand dagegengetreten.

„Hallo?“ Die Stimme klang eindringlicher. „Kannst du wegfahren? Du hast mich zugeparkt.“

Milo rückte von ihr ab und fuhr sich mit der Hand durch die Haare. „Ausgerechnet jetzt.“

June schob ihn von sich weg. Ihr Mund fühlte sich trocken an. „Alles gut, ich muss sowieso gehen.“

Milo stand auf und zog seinen Pulli zurecht. „Ich bin gleich wieder da.“

„Nein“, sagte June lauter als beabsichtigt. Sie sprang von der Koje und stopfte ihr T-Shirt zurück in die Hose. „Ich … ich habe noch etwas zu erledigen.“ Sie fuhr sich mit dem Handrücken über die rauen Lippen. Pause, sie brauchte eine Pause. Verdammt, was hatte sie sich nur dabei gedacht. Sie hätte sich nicht wieder von ihm küssen lassen dürfen. Es war von vornherein zum Scheitern verurteilt.

Er sah sie enttäuscht an. „Jetzt gleich?“

Sie schnappte sich ihren Rucksack. „Leah, wir sind hier oben“, rief sie mit zittriger Stimme und wich seinem Blick aus.

„June, was ist? Habe ich dir weh getan?“

Sie schüttelte den Kopf und hatte das Gefühl, keine Luft mehr zu bekommen. Wie sollte sie ihm das bloß erklären? Du tust mir nicht weh, im Gegenteil! Ich will dich, aber ich halte es nicht aus?

Er berührte sie an der Schulter. „Rede mit mir.“

„Du solltest dein Auto besser wegfahren.“

„Bitte geh nicht wieder. Sag mir, was los ist“, flüsterte er.

„Ich kann nicht," presste sie hervor und hastete zur Leiter. Sie kletterte über die Brüstung. Von der vorletzten Sprosse sprang sie herunter. Staub wirbelte auf und sie stürmte an Leah vorbei durch das offene Scheunentor ins Freie.

Rosie

„Bauprojekt B&B – in 24 Stunden Ablauf der Frist.“ In dicken Lettern stand es auf dem offiziellen Schreiben, das Rosie soeben aus dem Briefkasten gefischt hatte. Young machte Ernst. Wenn sie bis morgen nicht kooperierte, drohte ihr die Räumungsklage.

Sie knüllte den Brief zusammen und öffnete die Ofenklappe. Zielsicher warf sie ihn in die Glut und mit ihm das Wort, das ihr den Atem nahm. „Räumungsklage.“ Helle Flammen schossen in die Höhe und zerfraßen es, bis nur schwarze Asche übrigblieb. Sie fühlte die Wärme des Feuers auf ihren Wangen, aber das gewohnte Gefühl der Befriedigung blieb aus. Die Glut fiel in sich zusammen und sie schlug die Ofenklappe zu.

Sie wankte zur Spüle und hielt sich an der Anrichte fest. Noch ein Tag. Würde Young sie mit Gewalt vor die Tür setzen? Sie streckte den Rücken und sah sich in ihrer Wohnküche um, die in diesem Moment so sehr den Anschein erweckte, dass die Welt in Ordnung war, dass es weh tat. Das Basilikumbäumchen auf der Fensterbank leuchtete in frischem Grün, die kupferfarbenen Pfannen über dem Herd glänzten im einfallenden Sonnenlicht.

Aber nichts war in Ordnung. Die Erkenntnis lag auf ihren Schultern wie ein schwerer Schal. Sie wollten ihr das alles hier wegnehmen. Egal, ob dieser Ort seit Jahrzehnten ihr Zuhause war. Egal, wie viel Schweiß und Herzblut sie in alles gesteckt hatte, um ein selbstbestimmtes Leben zu führen, nachdem … Sie krallte die Finger in ihre Schürze und schluckte gegen die Enge an.

Sollte sie doch nachgeben? Ein Stich fuhr ihr in den Ischias und sie stöhnte auf. Sie hangelte sich an der Anrichte entlang und zog die Schublade auf, in der sie ihren Geldbeutel aufbewahrte. Mit steifen Fingern öffnete sie ihn und nestelte den vergilbten, orangefarbenen Zettel aus dem Seitenfach.

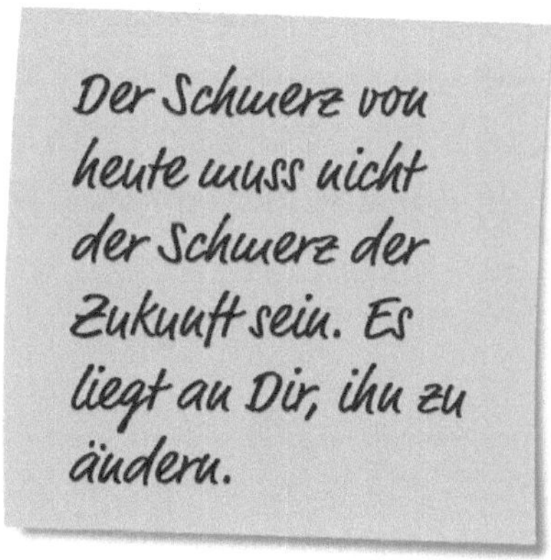

Sie hob ihn an die Nase und die Bilder fluteten sie wie eine meterhohe Welle. Sie war wieder am Strand von *Cervia* und drückte die Zehen in den Sand, auf dem Schoß einen Teller mit gegrillter Dorade, neben sich einen *Pinot Grigio* und eine gebräunte Hand, die ihre umschloss.

Der Druck auf ihrer Brust wurde unerträglich. Sie legte den Zettel weg und steckte den Geldbeutel in die Schublade. Nicht jeder Schmerz ließ sich in Zukunft verwandeln. Zeit, das zu akzeptieren. Eine eben noch undenkbare Ruhe nahm von ihr Besitz. Sie strich die Schürze glatt und ging mit geradem Rücken in den Flur zu ihrem Telefon, hob den Hörer ans Ohr und wählte die Nummer von Ephraim Youngs Sekretariat.

„Ja bitte", meldete sich Leslie Taylor.

„Guten Tag, hier spricht Mrs Mckenzie. Rosie Mckenzie." Sie

starrte auf das Tapetenmuster an der Wand gegenüber. Kleine Sträuße aus Kornblumen, deren Farbe verblasst waren.

„Mr Young ist nicht da“, sagte die Sekretärin eilig, als fürchtete sie, dazu später keine Chance mehr zu bekommen.

„Das ist nicht schlimm. Bitte richten Sie ihm aus, dass ich nicht weggehen werde.“

„Oh, wie schön, Mrs Mckenzie. Es freut mich zu hören, dass Sie sich nun doch für eine Kooperation …“

„Nein“, unterbrach Rosie energisch. „Ich mache da nicht mit. Ich werde mein Zuhause nicht im Stich lassen. Das kann ich nicht.“

June

Endlich war das Baumwollaquarellpapier da, auf das June dringend wartete. Vor dem *Eye for Details* stieg sie vom Fahrrad und fädelte das Schloss durch die Speichen des Hinterrads. Mit Schwung betrat sie den Laden, und das Glöckchen begrüßte sie bimmelnd.

Ein Mädchen in Jeans und orangefarbenem Oberteil tauchte aus dem Nebenraum auf. „Hi, ich bin Cindy. Kann ich Ihnen helfen?"

„Ist Mr Barnes nicht da?"

„Nein, heute nicht."

„Ich hatte Baumwollaquarellpapier bestellt. Er sagte mir, dass ich es abholen kann."

„Warten Sie einen Moment, ich schaue nach." Das Mädchen verschwand hinter der Kasse.

„Danke." June schlenderte durch die Reihen und blieb bei einer Farbmusterkarte stehen, die von einer Regalecke baumelte. Passte lichtgrau oder steingrau besser zu dem Beerenton, den sie für die „Gedanken zu einem Stillleben" nehmen wollte? Gott im Himmel, sie hasste Stillleben! Das war das Langweiligste überhaupt, und ihr graute davor anzufangen. Warum konnte sie nicht machen, was sie wollte? Wenigstens war es eine der letzten Aufgaben.

Konnte sie einen neuen Dreh finden, mit dem die Jury niemals rechnen würde? Sie nahm eine Graffitispraydose mit dem Farbhinweis Silber aus dem Regal und las die Gebrauchsanweisung. Niemand konnte ihr vorschreiben, was sie zu denken hatte. Wenn sie das übertrug, hatte sie alle Möglichkeiten.

Sie überlegte. Schablonen und Spray, Motive in mehreren Lagen übereinander. Ein Buch, ein zerbrochenes Messer und im Hintergrund ein offenes Fenster? Zufrieden holte sie eine weitere Dose aus dem Regal.

Das Glöckchen über dem Eingang klimperte erneut.

„... mir wäre das sehr recht, Mr Gray. Wobei ich mich nicht nur im Kulturressort sehe, aber darüber hatten wir ja gesprochen."

Die Härchen auf ihrem Arm reagierten. Sie linste zwischen den Dosen hindurch auf die andere Seite des Regals. Milo stand im Eingangsbereich des Geschäfts und telefonierte.

Sie quetschte die Dose in irgendeine Lücke und drückte sich gegen das Regal.

„Selbstverständlich kann ich zum nächsten Ersten anfangen. Ich freue mich, dass Ihnen das Interview gefällt. Ich habe noch mehr Ideen", redete er weiter.

Kulturressort? Interview? Telefonierte er mit einem Zeitungsfuzzi? Durch den Spalt zwischen zwei Farbeimern sah sie, wie Milo freundlich in Richtung des jungen Mädchens winkte. June schluckte. Er trug ein hellblaues Hemd und hatte seine Haare artig zur Seite gekämmt. Er sah fremd aus. Aber da war dieser vertraute raue Unterton in seiner Stimme, der ihr Gänsehaut verschaffte.

Die Verkäuferin eilte mit prallen Tragetaschen auf ihn zu. Junes Nacken kribbelte schmerzhaft.

„Mr Gray? Entschuldigen Sie einen Moment." Milo hob eine Hand vor sein Telefon und wandte sich an das junge Mädchen. „Super, dass Sie alles gerichtet haben. Ist der neue Schiffslack dabei?"

„Ja, Mr. Stevens."

„Vielen Dank. Stellen Sie die Taschen ruhig ab. Ich bin gleich soweit. Ich hätte noch eine Frage an Sie."

Dann wandte er sich dem Anrufer zu. „Mr Gray, Verzeihung,

ich stehe im Farbengeschäft. Das Boot meiner Großmutter …", er hielt kurz inne, „… das ist eine großartige Idee! Natürlich nehme ich Sie gerne einmal mit, wenn es fertig ist." Er lachte.

June sah angestrengt durch den Spalt. Am liebsten hätte sie sich in Luft aufgelöst.

Milo verschwand aus ihrem Blickfeld. Sie sah sich um. Verdammt, der Gang hier war eine Sackgasse. Wenn er um die Ecke bog, würde er genau vor ihr stehen.

In diesem Moment hallte seine Stimme durch den Laden. „Nein, es war keine offizielle Interviewanfrage. Ich habe sie durch Zufall kennengelernt und ihr bei der Reparatur eines alten Motorrads geholfen. Wenn wir uns sehen, erzähle ich Ihnen alles. Bis dann." Er stopfte sein Handy in die Gesäßtasche.

June fuhr zurück wie nach einer groben Ohrfeige. Er meinte sie. Er redete mit einem Zeitungsfuzzi und meinte sie. Sie taumelte den Gang hinunter in Richtung Kasse. Sie setzte die Füße voreinander, ohne umzufallen. Als sie aus dem Schutz der Reihe trat, stieß sie mit dem Fuß an einen Turm aus Eimern. Einer kippte um, rollte auf die Eingangstür zu und kam vor Milos Füßen zum Stillstand.

Er blickte erst auf den Eimer und dann in ihre Richtung. „Was machst du denn hier?", fragte er tonlos.

Die Aushilfe kam zurück und stellte eine Tüte vor June ab. „Entschuldigung, hat gedauert, aber ich habe das Aquarellpapier gefunden. Bezahlt ist ja."

„Danke", stammelte June und krampfte die Hände zusammen, bis sie es nicht mehr aushielt. Reglos fixierte sie Milos Gesicht und seine Lippen, die vor wenigen Tagen ihren Hals geküsst hatten. Er hatte einen Artikel über sie geschrieben. Hinter ihrem Rücken. Er hatte sie angelogen. Von wegen Orientierung und Perspektive! Es war nicht um fremden Stallgeruch gegangen, sondern um Zeitungen.

In seinem Gesicht lag diese lächerliche Mischung aus Entsetzen und Ertappt-Sein. Wie in einem schlechten Film.

„Hör mal …“ Er ging auf sie zu.

Sie schreckte zurück. Auf keinen Fall würde sie sich von ihm berühren lassen. „Was … was hast du getan?“

„Reden wir in Ruhe darüber.“ Er sah sie bittend an.

Wut flammte in ihr hoch. „Du hast mich an die Presse verhökert?“

Er fing sich. „Das Kulturmagazin ist nicht die ‚Sun‘, June. Hier geht es um seriöse Berichterstattung.“

„Du hast mich verraten.“

„Der Text ist wirklich gut, sonst hätten sie ihn nicht genommen. Es geht nicht um irgendwelche Skandalgeschichten, sondern um den Weg einer jungen Frau in ein freies und selbstbestimmtes Leben als Künstlerin. Ich bin mir sicher, dass der Artikel andere inspiriert, zu ihrer echten Leidenschaft zu stehen. Ich weiß, dass er eine Riesenchance für deine Karriere sein kann. Vielleicht bringt er sogar deine Eltern zum Nachdenken.“

Sie war auf einmal ganz ruhig. Langsam ging sie ihm entgegen, bis sie nur eine Armlänge von ihm trennte. „Das war also der Grund, weshalb du mir bei der Ducati geholfen hast? Um mich für ein Interview auszuhorchen und für deine Zwecke zu benutzen?“

Bestürzung glitt über sein Gesicht. „Das glaubst du? Nein, unsere Begegnung war reiner Zufall. Leah hat mich gefragt, dann war ich bei euch draußen und Rosie wollte, dass ich die Ersatzteile besorge. Ich hatte Zeit, außerdem hat mich dein Motorrad interessiert.“

„Lass Rosie aus dem Spiel.“ Wollte er die Schuld auf andere abwälzen? „Du hast mir die ganze Zeit erzählt, dass du zu einer Bank oder sowas willst. Fremden Stallgeruch schnuppern.“ Sie verstellte die Stimme und äffte ihn nach. „Dabei ging es die ganze Zeit um Zeitungen. Schöne Scheiße.“

„Ich habe mich auch bei Unternehmen beworben, aber nur Absagen bekommen. Dann habe ich von der Stelle beim Kulturmagazin gehört. Es war immer mein Traum, zu schreiben."

„Du hast gelogen!"

„Ich konnte dir nichts erzählen. Du hättest mich sofort weggejagt."

„Klar, jetzt bin ich schuld!"

Sein Gesicht verdunkelte sich. „Halt mal die Luft an, June Watters. Du bist auch kein Kommunikationsgenie. Haust immer ab, wenn es dir zu brenzlig wird, ohne ein Wort zu sagen. Du denkst nur an dich! Was mit den Gefühlen der anderen ist, interessiert dich nicht."

„Sei still. Ich will nichts mehr hören. Du weißt gar nichts von mir. Du hast keine Ahnung, wer ich bin." Ihre Stimme brach. Sie schnappte ihre Tüte und stürmte aus dem Laden. Draußen fegte ein kühler Wind durch die Gasse. Ihr Blick verschwamm von Tränen und dahinter tauchte der Marktplatz in der Sonne auf. Sie rannte los, weg von der Brutalität der Begegnung in Richtung Wärme und Licht.

Schluchzend blieb sie am Rathausbrunnen stehen. Ihr Herz pumpte und die Sonne knallte auf ihren Rücken. Sie schlüpfte aus ihrer Jacke, krempelte den Pullover hoch und tauchte die Arme bis zum Ellenbogen ins Wasser. Die Kälte auf ihrer Haut prickelte, und sie schnappte nach Luft.

Die letzten Wochen flogen an ihr vorbei. Rosie mit dem Geldschein aus der Notreserve. Nein, es war nicht ihre Schuld. Er wollte nur von sich ablenken! Sie dachte an Milos Fragen nach ihrer Familie. Seinen Charme, den Witz und die verständnisvolle Art. Und wie viel sie ihm von sich erzählt hatte. Sein Mund auf ihrem.

Die Kälte des Brunnenwassers kroch ihre Arme hinauf und verteilte sich in ihrer Brust.

* * *

Auf dem Rückweg trat June so heftig in die Pedale, dass das Hollandrad ächzte wie eine alte Dampflok. Sie bog in den Schotterweg ein und das T-Shirt klebte ihr am Rücken. In Sichtweite des Cottage sprang sie vom Fahrrad und schubste es an die Mauer.

Das letzte Stück rannte sie, knickte um, fing sich ab und hastete weiter. Sie schwitzte, doch die Wärme kam nicht zurück. Hätte sie ihn bloß niemals kennengelernt!

Sie donnerte das Gartentor hinter sich zu und folgte dem Kreischen der Möwen an den Rand der Klippen, bis an die Stelle, an der Heidekraut und Erde in lockeres Gestein übergingen. Ein paar Meter vor dem Abgrund ließ sie sich auf den rauen Heideboden fallen. Sie griff ins feuchte Grün, das seinen typischen Geruch nach Harz und Wurzeln verströmte, bis die Erde unter ihren Nägeln drückte. Tränen liefen über ihre Ohren. Warum hatte sie es nicht gemerkt?

Sie hätte auf ihr erstes Gefühl hören müssen. Auf den Widerwillen, den sie gespürt hatte, als er aus dem Nichts aufgetaucht war und die Ducati begrapscht hatte. Wenn sie sofort die Reißleine gezogen hätte, wäre das alles nicht passiert. Aber mit dem Gerede über Motorräder, alte Boote und den tödlichen Unfall seiner Eltern hatte er sie eingelullt. Sie riss ein Büschel Gras heraus und schleuderte es Richtung Abgrund.

„Alles in Ordnung?“ Über ihr erschienen Rosies dunkle Augen, leicht vergrößert durch ihre goldumrandete Brille.

June drehte sich weg und schaute auf das Meer. Ein tiefes Blau mit Schaumkronentupfen durchzogen. Sie wollte jetzt mit niemandem sprechen. Grashalme kitzelten sie an der Nase. Verdammte Idylle! „Ich möchte allein sein“, murmelte sie. „Musst du nicht Bohnen oder sowas einkochen?“

Rosie ließ sich neben ihr nieder. „Ich sehe doch, dass etwas passiert ist.“

June fühlte einen neuen Schwall Tränen und hätte sich für ihren jämmerlichen Zustand am liebsten geohrfeigt.

„Geht es um Milo?“, fragte Rosie wie beiläufig.

Abrupt drehte June sich um. „Wie kommst du darauf?“

„Du bist durcheinander, und er war nicht wieder hier.“

„Er wird auch nicht mehr kommen.“

Rosie legte verwundert den Kopf schief. „Das verstehe ich nicht.“

June setzte sich auf. „Ich habe gedacht, dass er nach Lockwood gekommen ist, um herauszufinden, ob er was anderes machen oder bei seiner Grandma in der Werft bleiben will. Aber das war alles gelogen. In Wahrheit wollte er zur Zeitung. Verstehst du? Er ist einer von ihnen! Wie praktisch, dass er mich zu dieser Zeit getroffen hat. So konnte er unsere Begegnung gleich für seine Karriere ausschlachten.“

„Er hat einen Artikel über dich geschrieben? Und was steht drin?“ Rosie rückte ihre Brille zurecht.

„Irgendwas über mich als Künstlerin.“ Sie schnaubte. „Keine Ahnung. Er ist bestimmt tausend Mal schlimmer als alles, was die Schmierfinken aus Port Jacobs jemals gemacht haben.“

„Vielleicht tust du ihm Unrecht.“ Rosie zuppelte an ihrer Strickjacke. „Es tut mir alles sehr leid, June. Ich weiß, wie sehr du ihn mochtest.“

„Spar dir das.“

„Was soll das heißen?“

„Du hast ihn angeschleppt, obwohl ich nicht wollte.“

„Wie meinst du das? Du konntest doch Hilfe gut gebrauchen.“ Rosie setzte sich aufrecht hin.

June fuhr sich durch die Haare, immer geriet ihr Leben aus der Bahn, und alle gaben ihr die Schuld. Die Paparazzi, ihre Eltern, und jetzt Rosie. Sie hatte nichts getan, diesmal nicht. Außer sich vertrauensselig auf jemanden einzulassen, der es nicht verdient hatte. „Willst du damit sagen, dass ich selbst schuld bin? Du hast ihm sogar Geld gegeben, damit er Ersatzteile besorgt."

„Ich habe es gut gemeint."

June sprang auf und lachte bitter. „Alle meinen es immer gut, aber das sind doch nur Ausreden, weil ihr euch nicht vorstellen könnt, dass ich auch mal nicht schuld bin. Wahrscheinlich hast du es sogar gewusst."

Rosie rappelte sich ebenfalls hoch. Ihr Gesicht rötete sich. „Was soll ich gewusst haben?"

„Dass er ein Zeitungsgeier ist."

„Wie kannst du mir das nur unterstellen?"

„Leah kennt ihn. Sein Boot steht quasi vor ihrer Haustür. Sie hatte dir sicher von ihm erzählt, bevor ihr auf die Idee gekommen seid, nachzufragen, ob er sich mit Motorrädern auskennt."

Kurz sah Rosie aus, als würde sie den Halt verlieren. „Ich weiß es nicht mehr genau."

June beugte sich vor. Rosie Geruch nach Salbei und Kräutern stieg ihr in die Nase, aber diesmal wärmte er sie nicht. Stattdessen breitete sich ein ranziger Geschmack auf ihrer Zunge aus. „Bitte?"

Rosies Augen irrten umher. „Aber ich würde mich doch daran erinnern, wenn Leah angedeutet hätte, dass er Journalist ist."

„Ja, das solltest du, vor allem, weil du weißt, was ich von ihnen halte."

„Ich bin nicht sicher, da war etwas. Aber es ging nur um ein restauriertes Schiff, das er für ein Bootsmagazin probegesegelt ist."

Der Druck auf Junes Magen verstärkte sich. „Ein Magazinartikel? Hat sie ihn dir gezeigt? Stand sein Name darunter?"

„Es ist eine Weile her … möglich …"

„Und das hast du nicht geblickt?" Auf einmal ertrug June es nicht mehr, Rosie um sich zu haben. Sie drängte an ihr vorbei und rannte ein Stück am Abhang entlang, schnappte nach Luft, Platz und Freiheit. Ihr ganzer Körper schmerzte. Über ihr schrien die herumflatternden Möwen. Sie sah nach oben und hielt sich die Ohren zu. Warum konnte sie nicht mit ihnen davonfliegen, über das Meer, an einen sicheren Ort. Nur weg von hier.

Aber vor ihr erhob sich der Leuchtturm in den Himmel. Sonnenstrahlen fingen sich in der verglasten Kuppel. Im Zimmer dort lagen ihre Bilder, die Arbeit der ganzen letzten Wochen. Die Mappe war fast fertig und die Chance auf einen Studienplatz greifbar. So wie sie es Grandpa versprochen hatte. Ihre Eintrittskarte in ein anerkanntes und freies Leben. Wenn sie jetzt abhaute, würde der Bewerbungsschluss verstreichen und alles wäre umsonst gewesen. Sie hielt sich die Hand über die Augen, weil der Himmel sie blendete.

Sie spürte eine Bewegung hinter sich und drehte sich um. Rosie lief mit wehender Jacke auf sie zu. „Warte! Es …" Eine Böe verschluckte den Rest. Außer Atem stellte sie sich ihr in den Weg. „Bitte glaub mir, ich habe nicht gewollt, dass das passiert."

„Du hättest mitdenken können, dann wäre das alles vielleicht anders gelaufen", stieß June hervor.

Entsetzen glitt über Rosies Gesicht. „Du glaubst wirklich, dass ich dich absichtlich reingeritten habe? Aber warum?"

June schüttelte den Kopf und stieg den Abhang zum Leuchtturm hoch, ohne sich umzusehen. Kurz bevor sie die Eingangstür erreichte, klingelte ihr Handy. Sie unterdrückte ein Schluchzen und hob ab. „Hallo?"

„June, sind Sie das?", fragte eine fremde Frauenstimme.

„Ja."

„Hi, hier ist Lily Banks. Wir haben uns neulich am Strand kennengelernt."

June ließ sich auf die Treppenstufen fallen. „Wie geht es meiner Skulptur? Haben Sie ein Plätzchen dafür gefunden?"

„Sie steht bei mir im Büro. Sie haben da etwas Großartiges geschaffen!"

„Oh, danke."

„Aber deshalb rufe ich nicht an. Ich möchte Sie gern für ein Großprojekt engagieren."

„Großprojekt?" June zog die Beine an und legte den Kopf auf ihre Knie.

„Sie wissen vielleicht, dass der Schlachthof in Port Jacobs zu einem Kulturzentrum und Bürogebäude für Start-ups umgebaut wurde. Der alte Teil ist erhalten geblieben und in einen modernen Glasbau integriert worden. In zehn Tagen ist Eröffnung. Jetzt hat der Bauherr spontan entschieden, die Fassade vorher von einem Street-Art-Künstler gestalten zu lassen. Ich weiß, ist kurzfristig, aber was soll's, der Kunde ist König. Jedenfalls habe ich Sie ins Spiel gebracht."

June stockte. „Mich? Aber wieso?"

Lily Banks lachte glockenhell. „Sie sind fantastisch – originell, ein bisschen wild. Wissen Sie, der Schlachthof ist mein Herzensprojekt. Ich habe da diese Vision von Kunst und Kreativität unter einem Dach, dafür brenne ich. Und ich weiß, dass Sie genau die richtige für diesen Job sind. Na, was sagen Sie?"

Bilder und Geräusche schossen auf June ein. Das Klimpern ihrer Graffitidosen, wenn sie die Farben schüttelte. Der Nachmittag am Strand, als Lily Banks ihr zweihundert Pfund für die Drachenskulptur in die Hand gedrückt hatte. Grandpas faltige Finger in ihrer, kurz bevor er starb und sie mit leerem Herzen zurückließ. Sie fröstelte. „Das klingt total interessant, aber ich habe im Moment leider keine Zeit."

„Wirklich? Das ist aber extrem schade", sagte Lily Banks mit ehrlicher Enttäuschung in der Stimme. „Und da ist nichts zu machen?"

June starrte auf das kurzgemähte Gras vor ihren Schuhspitzen. Ihr Herz klopfte laut und erbarmungslos einen Rhythmus, der sie antrieb weiterzumachen, dranzubleiben. Es war egal, wie verlockend sich das Angebot mit der Fassadengestaltung auf den ersten Blick anhörte, sie konnte es nicht annehmen. „Es tut mir leid, Mrs Banks. Es geht wirklich nicht. Trotzdem danke, dass Sie an mich gedacht haben.“ Ihre Stimme kratzte und sie legte auf.

Rosie

Am nächsten Tag tauchte Mr Morrison auf und hielt Rosie am Gartentor einen Kugelschreiber und einen Quittungsblock hin. „Sie müssen mir hier den Empfang bestätigen."

„Was ist das?", wollte sie wissen und ignorierte das ungute Gefühl, das sie schlagartig überfiel.

Mr Morrison hielt einen Umschlag hoch und zuckte die Schultern. „Ein Einschreiben von der Gemeinde."

Sie wagte nicht, ihn genauer zu betrachten. Ihre Hand zitterte und sie rutschte mit dem Stift ein paar Mal ab, bevor sie in der Lage war, ihren vollen Namen in den dafür vorgesehenen Kasten zu setzen. Der Umschlag konnte alles Mögliche beinhalten, versuchte sie sich zu beruhigen. Mr Young war kein Unmensch, trotz allem.

„Schönen Tag noch." Mr Morrison lächelte ihr flüchtig zu, schwang sich auf sein Fahrrad und radelte davon.

Das weiße Papier prickelte an ihren Fingerspitzen wie ein Strauß Brennnesseln. Sie kehrte ins Haus zurück, brühte einen Fencheltee auf und setzte sich an den Küchentisch. Das Ofenholz knackte und sie schob ihren Teller mit dem unangetasteten Kressetoast beiseite. Sie nahm das Brotmesser und schlitzte den Umschlag ohne Eile Zentimeter für Zentimeter auf, als könnte sie die Wahrheit dadurch hinauszögern. Ein stechender Schmerz fuhr in ihren Zeigefinger. Sie drückte die Fingerkuppe gegen ihre Schneidezähne und schmeckte Blut.

Aufforderung zur Räumung

Sehr geehrte Mrs Mckenzie,

wegen Eigenbedarf fordere ich Sie im Namen der Gemeinde Lockwood auf, das Cottage und den dazu gehörenden Leuchtturm mit einer Frist von 28 Tagen …

Das Schreiben rutschte ihr aus der Hand und segelte auf den Steinboden. Sie blieb reglos sitzen und beobachtete eine Fliege, die sich neben ihre Teetasse setzte und die schillernden Flügelchen putzte. Rosie erhob sich schwerfällig, lief an die Spüle und hielt den blutenden Finger unter kaltes Wasser. Vor dem Fenster reckte sich die rotweiße Fassade des Leuchtturms empor.

Achtundzwanzig Tage. Sie wandte sich ab und stieg die Treppe hoch zu ihrem Schlafzimmer. Eine Weile saß sie auf der Kante ihres Bettes, geräuschlos und unfähig sich zu bewegen. Die Deutlichkeit der Worte lag zentnerschwer auf ihrem Schoß. Young hatte doch Ernst gemacht. Sie hatte ihn unterschätzt. Jetzt hatte sie vier Wochen, um zu packen und zu gehen. Um ihr Leben in einem grausigen Seniorenheim zu fristen. Andere würden kommen und den Turm einnehmen, und sie war dann nur noch eine vage Erinnerung.

Sie öffnete die unterste Schublade ihres Nachtschranks und holte einen der bunten Zettel heraus, die sie dort lagerte. Leahs Gesicht erschien vor ihr, und sie wünschte, sie wäre hier und sie könnten sich aussöhnen. Nicht, damit sie eine Bleibe hätte oder sie sich um sie kümmerte. Nur, weil ihr Herz Frieden brauchte. Niemals im Leben würde sie Leah oder Henry zur Last fallen wollen.

Rosie faltete den Zettel auseinander.

Die Buchstaben verwischten und sie war wieder sechsundzwanzig Jahre alt, schwanger und auf dem Weg nach *Borgo Alto*, um Amadeo zu sagen, dass sie ein Kind von ihm erwartete. Sie war durch die Gassen gerannt, bis ihr das Leinenkleid an den Beinen klebte. Er war nicht in der Bar und nicht zu Hause. Er musste er hier irgendwo sein. Sie stieß auf schwarz gekleidete Menschen eines Trauerzugs. Die Menge verstopfte die Gassen und ließ sie nicht durch. Sie zerrte an ihren Mänteln, rief seinen Namen und erntete nur entsetztes Kopfschütteln. Eine ältere Frau drehte sich um und verscheuchte sie wie ein lästiges Insekt. Da kapierte sie es. Der Trauerzug galt ihm. Es war Amadeo, der vorne im Leichenwagen lag. Er war tot, weil sie abgehauen war wie ein trotziger Backfisch. Sie blieb stehen und krümmte sich, aber ihr Schreien verhallte. Die schwarze Wand war an ihr vorbeigezogen und niemand hatte auf sie geachtet.

Sie knüllte den Zettel zusammen und warf ihn gegen ihren Kleiderschrank. Die Last der Schuld war wie ein Brandmal, für ewig in jeder Pore ihrer Haut.

June

Nach der grauenvollen Begegnung mit Milo im *Eye for Details* vergrub sich June in der Fertigstellung der Mappe und bearbeitete die letzten Aufgaben. In drei Tagen war der 15. Oktober – Stichtag für die Bewerbung. Als sie draußen neben dem Findling die Box mit den Zeichenmaterialien sortierte, wehte das Knattern von Motorrädern von der Landstraße herüber. Ungläubig schob sie den Deckel auf die Box und lief zum Gartentor. Drei Punkte näherten sich und stoppten an der Abzweigung zum Cottage scharf ab. Sie bogen in den Schotterweg ein und fuhren auf sie zu. Auf ihnen Gestalten in Lederkluft, eine vornübergebeugt, die beiden anderen lässig nur mit einer Hand am Lenker.

Vor dem Grundstück bremsten sie ruckartig ab. Kieselsteine flogen seitlich weg und eine gigantische Staubwolke türmte sich über ihnen auf. Die erste Gestalt formte das Victoryzeichen und June verkniff sich ein Schmunzeln. Wie auf Kommando drehten die beiden anderen Fahrer am Gas und ließen die Motoren im Leerlauf aufheulen. Ein ohrenbetäubender Lärm brach los und hallte über die unbewohnte Landschaft.

Sie winkte und die Motorräder verstummten. Lionel und Sarah stiegen ab, lüfteten die Helme und grinsten sie an. Jack hievte zwei Sixpack Bier aus dem Ablagefach seiner Harley und hob sie hoch wie einen Siegerpokal.

„Damit hättest du nicht gerechnet, was?“, rief Lionel, stieß das Gartentor auf und zog sie zur Begrüßung ruckartig an sich. Kurz blieb ihr die Luft weg.

„Neue Jeansjacke?“, fragte er. „Schräg, ich hab dich noch nie in blauen Klamotten gesehen.“

„Hi. Was treibt euch denn hierher? Hat euer Navi euch einen Streich gespielt?“ June löste sich von seinem vertrauten Geruch nach Leder und Rauch und stieß ihn freundschaftlich in die Seite.

Jack und Sarah schulterten ihre Rucksäcke, klopften ihr auf den Rücken und johlten. „Wenn der Prophet nicht zum Berg komm, muss der Berg halt zum Propheten.“ Sarahs Gesicht verschwand hinter einer riesigen Kaugummiblase.

„Keine Sorge, wir haben alles für einen netten Abend dabei. Nur Gras ist leider aus. Jacky konnte es nicht lassen, zum Frühstück die letzten Krümel wegzurauchen.“ Sie warf ihrem Freund einen tadelnden Blick zu. Jack knuffte Sarah, bis sie kaum noch Luft bekam.

„Du warst das letzte Mal ein bisschen komisch drauf, deshalb haben wir gedacht, dass wir dich hier in der Einöde ein bisschen ablenken können. So wie du es magst.“ Lionel deutete auf die prall gefüllten Rucksäcke und die Sixpacks. „Chips, Dosenwurst, extra helles Weißbrot und Bier. Für uns Fahrer natürlich ohne Alk.“

„Sieht super aus.“ June dachte an die Kiste, die sie am Findling stehen gelassen hatte. Heute würde sie nicht mehr viel auf die Reihe bekommen. Aber vielleicht blieben die anderen nicht lange, und sie konnte Anschreiben und Inhaltsverzeichnis für die Mappe später fertig stellen.

„Na logisch, du kennst uns doch! Aber jetzt zeig mal deine Bude.“ Jack klatschte in seine behandschuhten Hände und schaute sich neugierig um. Sein Blick streifte die bewachsene Steinmauer und die Hortensienbüsche dahinter. „Ganz schön viel Grünzeug hier.“

„Ja, klar“, sagte June und zwang sich zu einem Lächeln. Was war nur mit ihr los? Der Überraschungsbesuch fühlte sich komisch an.

„Freust du dich gar nicht, uns zu sehen?“ Lionel zog in gespielter Entrüstung eine Grimasse, dann brach er in lautes Gelächter aus, als wäre seine Äußerung der absurdeste Gedanke auf der Welt.

Sofort packte sie das schlechte Gewissen. Ihre Freunde waren hergekommen, um sie zu besuchen. „Natürlich freue ich mich.“ Sie konnte den Brief morgen fertigmachen. Bis zur Abgabe in drei Tagen blieb noch Zeit.

Sie gab sich einen Ruck, vor ihr lag ein Abend Spaß! „Okay, aber erwartet nicht zu viel. Mein Zimmer ist nicht mal ein Zehntel so groß wie die WG.“ Vor allem ist nicht aufgeräumt, dachte sie und eilte voraus. Malsachen, Cans und Papier lagen auf dem Bett und am Boden verteilt.

Sarah schloss zu ihr auf und hakte sich unter. Als sie den Leuchtturm erreichten, riss sie an ihrem Arm. „Der ist ja voll vintage. Da wohnst du?“

„Das habe ich doch erzählt, oder?“ June fuhr sich fahrig durch die Haare. Sie hatte an ihre letzte Begegnung auf der WG-Party nur schwammige Erinnerung.

„Nee, mir nicht. Der sieht aus wie in einem Liebesfilm. Ich wusste nicht, dass du auf Kitsch stehst. Wenn du mich fragst, könnte er ein paar Pieces vertragen.“ Sarah blies ihr Kaugummi auf und ließ es platzen.

„Kriegt euch ein. Das ist nur ein alter Leuchtturm. Romantisch ist es da drin nicht.“ Sie verlagerte ihr Gewicht von einem Fuß auf den anderen. „Wie wär‘s, wenn ihr euch kurz hier draußen umseht, und ich mach oben Platz für alle?“

„Klar. Ich wollte eh eine rauchen.“ Lionel kramte ein Päckchen aus seiner Jackentasche und steckte sich eine Zigarette in den Mund.

„Gebt mir fünf Minuten.“ June schlüpfte durch die Tür ins Innere des Gebäudes und nahm immer zwei Stufen auf einmal. Im Zimmer raffte sie leere Blätter und angefangene Zeichnungen zusammen und ließ sie in der Tischschublade verschwinden. Zum Glück hatte sie alle fertigen Bilder heute Morgen in die Mappe geheftet. Sie prüfte den Sitz des Holzrahmens und schob sie unter den Kleiderschrank. Davor platzierte sie ihre Turnschuhe. Farbtuben, Spraydosen und Pinsel schmiss sie in einen Karton in der Ecke, schüttelte Bettdecke und Kissen auf und schob den Berg schmutziger Klamotten unter das Bett. Kaum war sie fertig, hörte sie die Schritte der anderen im Treppenhaus. Lachend und gestikulierend kamen sie herein.

„Klein, aber fein, sogar mit Bad." Lionel und Jack sahen sich um und ließen sich aufs Bett fallen, das ein lautes Knarzen von sich gab. Sarah trat ans Fenster und pfiff durch die Zähne. „Alle Achtung, das nenn ich einen Ausblick. Aber außer Schiffe beobachten geht hier nicht viel, oder?"

June setzte sich auf den Stuhl und kippelte. „Langweilig ist es hier nicht. Die Strände sind toll und das Meer …"

Lionel sah Jack entgeistert an. „Verstehst du, was sie da faselt? Gib ihr sofort ein Bier. Wir müssen sie dringend wieder auf Spur bringen."

Jack riss ein Sixpack auf und warf June eine Dose zu. Sie fing sie auf und grinste. Die beiden waren Kindsköpfe, immer hatten sie einen Spruch auf Lager. Sie nahm ein paar Schlucke und leckte sich den Schaum von den Lippen. „Das tut gut." Die Kohlensäure prickelte in ihrem Mund, langsam entspannte sie sich.

* * *

Zwei Stunden und ein paar Getränke später saßen sie zusammen auf dem Boden und rauchten. Die anderen redeten vom letzten Rennen und einer neuen Gruppe, die sich junge Wilde nannte, fünf Kerle und zwei Mädchen, gerade mit der Schule fertig und dabei, die Vorherrschaft auf den nächtlichen Straßen an sich zu reißen. Sie lehnte sich zurück, angenehm benebelt von Alkohol und Nikotin, und schielte zu ihrer Mappe. Morgen früh würde sie den Rest erledigen, sie verpacken und wegschicken.

Jack stieß sie in die Seite. „Wieso stierst du die ganze Zeit unter den Schrank? Hast du da jemanden versteckt?"

„Red keinen Quatsch." Sie paffte Rauchkreise in die Luft. „Erzähl lieber nochmal von Curt. Hat er echt was mit dieser dünnen Rothaarigen? Die ist ja ein halbes Jahrhundert jünger als er."

„Was ist unterm Schrank? Ein Typ?", fragte Sarah in die Runde. Sie hakte sich bei Lionel ein und lehnte den Kopf an seine Schulter.

„Natürlich nicht, hier draußen gibt es keine Typen. Also, was ist mit Curt?"

„Jetzt will ich auch wissen, was los ist. Ich höre nur Schrank die ganze Zeit." Lionel schob Sarah von sich herunter, beugte sich vor und zog ihre Mappe hervor. „Was ist das denn?"

„Ach, nichts." June wollte sie ihm wegnehmen, aber er klappte den Einband auf und blätterte in ihren Arbeiten wie in einer zerfledderten Motorradzeitung. „Oh lala, was haben wir denn da? Malen nach Zahlen?"

June hielt sich am Stoff ihrer Hose fest.

Sarah und Jack sahen sie fragend an.

„Das sind nur … ein paar Versuche", stammelte sie. „Reiner Zeitvertreib."

„Zeig mal her." Sarah zog Lionel die Mappe vom Schoss. Dabei löste sich die erste Zeichnung und rutschte auf den feuchten Boden. Ein paprikaverschmiertes Eselsohr blieb zurück. „Hey, seht mal", rief sie auf einmal. „Ein Fuchsgesicht! Sowas hab ich im Kindergarten auch immer probiert. Das sind doch Wachsfarben. Wusstet ihr, dass June ne brave Malerin ist? Ich dachte, sie steht auf Graffiti und Street-Art."

„Tue ich ja auch." Junes Finger zitterten. Sie hob das verknickte Blatt auf und strich die Ecke vorsichtig glatt.

Sarah pustete sich eine Locke aus der Stirn und wühlte in Lionels Rucksack. „Gibt's noch alkoholfreies Bier?"

Die Mappe landete bei Jack, der sie ins Licht hob und mit kritischem Blick betrachtete. „Schöne Bilder, aber nicht so mein Fall. Irgendwie fehlt mir hier die Seele." June starrte ihn einen Moment versteinert an, dann grabschte sie nach dem Holzrahmen. Jack ließ überrascht los, sie fasste ins Leere und die Mappe fiel krachend auf den Boden. Die Einfassung ächzte und zerbrach in vier Teile.

June schrie auf und alle starrten sie an. Sie begriff, wie laut sie gewesen war, raffte die kaputten Stücke zusammen und drückte sie an sich.

„Warum rastest du so aus? Trink lieber noch was. Ich hab dir extra ‚Forks Ale' mitgebracht, da stehst du doch drauf." Sarah klopfte auf die freie Stelle neben sich. „Erzähl mal, wie lange willst du noch hierbleiben? Ohne dich macht in der Stadt alles nur halb so viel Spaß."

Vor June öffnete sich ein schwarzes Loch, das sie zu verschlingen drohte. Das Gelächter und die Scherze klangen blechern und ganz weit weg. Sie sammelte die heruntergefallenen Blätter auf und bettete sie wie ein Neugeborenes auf ihr Kopfkissen. Kraftlos glitt sie auf die Bettkante und vergrub das Gesicht in ihren Händen.

Jack und Lionel zogen sie in ihre Mitte und sie wehrte sich nicht. Jemand hielt ihr ein neues Bier hin. Vielleicht sollte sie lieber auf Wasser umsteigen? Ach, egal. Sie schob den Gedanken beiseite und hob das Getränk ferngesteuert zum Mund. Dann trank sie, bis ihre Lider zufielen und die Umgebung verblasste.

* * *

Ein paar Stunden später öffnete sie stöhnend die Augen. Ihr Kopf dröhnte, und auf ihrer Zunge schmeckte sie den Rest von Erdnüssen. Sie lag in Klamotten auf dem Bett, draußen war es dunkel bis auf einen Streifen Mondlicht, der auf die am Boden verteilten Pizzakartons, leeren Chipstüten und Bierdosen fiel.

Sie knipste die Nachttischlampe an und warf einen Blick auf ihr Handy. Es war kurz nach zweiundzwanzig Uhr, und sie starrte ungläubig auf das Chaos. Sie musste eingeschlafen sein, die anderen hatten sie zugedeckt und waren gegangen. Sofort stürzte alles auf sie sein. Die Sprüche, das betrunkene Gelächter und das Knacken des Holzrahmens.

Mit Mühe schob sie sich aus dem Bett und krabbelte auf allen Vieren umher, Chips-Krümel und getrocknete Brotreste stachen ihr in die Knie wie Reißzwecken. Sie hob den Rest der am Boden liegenden Zeichnungen auf. Überall Flecken und Risse. Sie blieb wimmernd sitzen. Wie sollte sie das bis nächste Woche in Ordnung bringen?

Wütend trommelte sie mit der Faust auf den Steinboden, bis sie vor Schmerz pulsierten. Übelkeit stieg ihr in die Kehle, sie rappelte sich auf und hastete ins Bad. Über dem Waschbecken erbrach sie sich. Als das Würgen nachließ, hob sie den Kopf und sah ihrem Spiegelbild ins bleiche Gesicht. Sie war ein Versager. Alles, was sie tat, taugte nur für Chaos. Es tut mir leid, Grandpa. Ich habe mein Versprechen nicht gehalten.

Sie spülte den Mund aus und spritzte sich kaltes Wasser ins Gesicht. Zurück im Zimmer fuhr sie mit den Fingern über den gebrochenen Holzrahmen, wieder wallte Übelkeit in ihr hoch. Sie atmete tief ein und aus, bis das unangenehme Gefühl nachließ, und massierte ihre Schläfen.

Drei Tage blieben ihr bis zur Abgabe. Wenn sie sich beeilte … Sie spülte mit einem Schluck Cola den sauren Geschmack herunter und kramte im Schrank nach Holzkleber und Klemmen.

Sie verleimte die zerbrochenen Teile, schliff die Kanten mit Schmirgelpapier glatt und spannte ihn zum Trocknen ein. Sie ging die Zeichnungen durch, sortierte alles, was zu gebrauchen war, auf einen Stapel und schob den Rest auf die Seite. Darum würde sie sich morgen kümmern.

Sie räumte das Werkzeug zurück in den Schrank und entdeckte das Wünscheglas matt schimmernd zwischen den Pullovern. Ein Überbleibsel aus einer fernen Galaxie, mit seinen verblassten Farben, der abgeblätterten Schrift und der vergilbten Borte. Sie öffnete den Deckel und umschloss die Zettel, aber ihre Finger blieben klamm und steif, und die Papierstückchen fielen eines nach dem anderen hindurch. Bis auf eins. Zögernd faltete sie es auseinander.

Sie drückte das Papier zusammen, zielte auf den Mülleimer und versenkte es. Diese Zettel waren Rosies Ding, Teil ihrer komischen Vergangenheit, mit ihr hatte das rein gar nichts zu tun. Sie schlüpfte in ihre Jogginghose und zog sich eine Kapuzenjacke über, nahm das Wünscheglas und verließ das Zimmer. Es war Zeit, es loszuwerden.

Sie trat in die sternenklare Nacht und der Wind bauschte

ihre Klamotten auf. Gegenüber stand die Haustür offen, das Flurlicht warf einen hellen Fleck auf den Eingangsbereich. Hinter dem erleuchteten Küchenfenster war ein Schatten zu sehen, dann ein zweiter.

June presste das Wünscheglas an die Brust. Rosie war nicht allein. Sie überlegte kurz, ob sie umkehren sollte, aber die Kälte des Metallbügels drückte unangenehm durch ihr T-Shirt. Nein, sie wollte den alten Plunder so schnell wie möglich weghaben. Auf Zehenspitzen lief sie weiter und schob sich durch die offene Tür ins Haus. Stimmen drangen aus der Wohnküche in den Flur. Sie erkannte Henry, der leise auf Rosie einredete. June wollte das Wünscheglas vorsichtig auf das Dielenschränkchen stellen, als sie auf einmal deutlich ihren Namen hörte.

„Ich verstehe dich, aber das Mädchen hat die Wahrheit verdient, meinst du nicht, Honey?“

June erstarrte.

„Was soll ich ihr denn sagen? Tut mir leid, dass ich dich dafür benutzt habe, um dieses schreckliche Touristenprojekt zu blockieren? Dass mir dein Unfall mehr als gelegen kam und ich nur deshalb versucht habe, dich zum Bleiben zu bewegen, damit Lockwood den Leuchtturm nicht umbauen kann?“, erwiderte Rosie.

Jemand klappte einen Küchenschrank auf und zu. Porzellan klimperte, ein Stuhl schabte über den Steinboden. Die Stille, die folgte, war zentnerschwer. Der beißende Geruch von Ofenglut und Lavendel stieg June in die Nase. Mechanisch presste sie das Wünscheglas an ihre Brust, die einzige Bewegung, zu der sie in der Lage war.

Henry seufzte. „Wenn du es ihr erklärst, versteht sie es bestimmt.“

„Wieso sollte sie mir glauben, dass es heute anders ist? Dass ich … dass ich …“ Rosies Stimme versagte.

Ein saures Gefühl stieg in June hoch und sie bewegte sich langsam rückwärts. Rosie hatte sie benutzt, um den Umbau des Leuchtturms zu blockieren? Das war der einzige Grund, weshalb sie hatte hierbleiben sollen? June wankte ein Stück nach hinten, stieß dabei dumpf gegen die offene Tür. Ein heftiges Gefühl von Einsamkeit überfiel sie.

„Hast du das auch gehört?", sagte Rosie nervös und riss sie aus ihrer Starre. Stühle rückten, Schritte näherten sich und in der nächsten Sekunde standen beide vor ihr, Rosie in fleckiger Schürze und Henry mit besorgtem Gesicht. June wollte sich umdrehen und weglaufen, aber sie hatte die Tür im Rücken und war unfähig, auch nur den kleinen Zeh zu bewegen.

„Was machst du hier?", fragte Rosie hitzig.

Henry berührte Rosies Arm, als wollte er sie beruhigen.

Wärme schoss in Junes Wangen. „Nichts. Nur diesen alten Plunder zurückgeben." Mit dem Wünscheglas im Arm ging sie an den beiden vorbei in die Wohnküche. Auf dem Tisch dampften zwei Becher vor einer Teekanne. Mit Schwung stellte sie das Glas dazu und drehte sich um.

Rosie und Henry standen im Türrahmen.

„Hör zu, ich möchte mit dir reden …", sagte Rosie leise.

„Alles gut. Ich will es nicht mehr. Wer glaubt schon an ein lächerliches Wünscheglas", unterbrach June sie sarkastisch.

Über Rosies Gesicht huschten die Emotionen, Unglaube, Enttäuschung, Fassungslosigkeit. „Warum redest du so?"

„Was kümmert es dich, wie ich rede, ich bin dir doch eh total egal."

Henry trat einen Schritt auf sie zu und breitete versöhnlich die Arme aus. „Hör mal, June, das stimmt nicht …", fing er an.

Sie wischte seine Worte mit einer Handbewegung weg. „Du hast mich also benutzt, um den Umbau vom Leuchtturm zu verhindern? Das sind interessante Neuigkeiten."

Rosie knetete fahrig ihre Hände. „Nein, ja. Ich … anfangs schon, aber dann haben sich die Dinge verändert. Wir haben uns besser kennengelernt. Und als wir im Keller eingeschlossen waren …" Sie rang nach Worten.

June lachte bitter. „Spar dir deine Erklärungen. Ich glaube dir kein Wort. Und ich dachte, wir wären sowas wie Freundinnen geworden. Aber das kennst du nicht, oder? Niemand bedeutet dir wirklich etwas. Nicht mal Henry wagt es, dir zu sagen, dass er dich liebt. Weil er ahnt, dass du seine Gefühle ablehnen würdest. Stimmt doch, Henry, oder?"

Er zuckte zusammen und starrte sie an.

June bewegte sich auf Rosie zu, die entgeistert zurückwich. „Das Einzige, was dich interessiert, bist du selbst und dein Leuchtturm. Du klammerst dich an die Vergangenheit und an einen Toten und verpasst dabei dein ganzes Leben. Du verschanzt dich in diesem baufälligen Cottage, der Turm hat Löcher, aber du kapierst nicht, dass längst eine neue Zeit angebrochen ist und du Hilfe brauchst, um nicht unterzugehen. Stattdessen vergraulst du jeden, der dir zu nahekommt. Nicht mal mit deiner Tochter kommst du klar!" Sie fuchtelte mit den Händen und stieß dabei gegen die Tischplatte.

Die Teebecher mitsamt der danebenstehenden Kanne fielen um. Eine Woge hellbrauner Flüssigkeit schwappte über den Tisch und ergoss sich auf dem Fußboden.

Rosie

Der Geruch nach Melisse und Honig flutete die Küche. Rosie starrte das Mädchen an, und ihre laute Art war ihr auf einmal fremd und unheimlich. Dabei war June das immer gewesen. Laut, aufmüpfig und unberechenbar. Es war ein Fehler gewesen, sie in ihr Haus und in ihr Leben zu lassen.

Henry bückte sich wortlos und sammelte die Scherben auf. Er drehte ihr seinen breiten Rücken zu und ein Stich fuhr ihr ins Herz. Wieso wandte er sich von ihr ab und sagte nichts? Kälte kroch in ihr hoch und sie legte die Hand auf seine Schulter, damit er zu ihr sah und sie wieder anlächelte. „Lass nur, ich kümmere mich gleich darum."

Er zuckte unter ihrer Berührung zusammen, erhob sich und ging zum Mülleimer. Da war auf einmal eine unsichtbare Barriere zwischen ihnen, eine Mauer aus Worten, den gesagten und den ungesagten.

Ihr Magen zog sich zusammen und fast hätte sie sich gekrümmt vor Schmerzen. Glaubte Henry etwa das, was June gesagt hatte? Hilflos sah Rosie von ihm zu June, die in ihrem schwarzen T-Shirt mitten im Raum stand wie der Teufel höchstpersönlich.

Henry wich ihrem Blick aus, aber Rosie brachte kein weiteres Wort heraus. Panik kroch in ihr hoch und verwandelte sich in heiße Wut gegen June. „Du bist Gast in meinem Haus und urteilst über mich? Dabei kriegst du dein Leben selbst nicht hin. Du weißt nicht, was du willst, und verbreitest nur Chaos. Kein

Wunder, dass deine Eltern nicht mit dir klarkommen. Oder dass dieser Junge im Krankenhaus gelandet ist." Rosie spreizte die kribbelnden Finger und schloss sie zur Faust.

Junes Augen verdunkelten sich und sie zog die Schultern hoch. „Du hast recht, ich bin nicht perfekt. Ich mache Fehler. Aber ich bin wenigstens immer ehrlich. Weißt du, ich kann verstehen, dass sie dir den Leuchtturm wegnehmen. Mit deiner Sturheit hast du es nicht anders verdient."

Henry nahm seine Jacke vom Stuhl. „Ich gehe besser."

Rosie hielt ihn am Arm fest. „Bleib bitte und lass uns darüber reden."

Er schüttelte den Kopf und machte sich los. Wortlos verließ er den Raum.

Rosies Schläfen drückten. Warum stand June immer noch da? „Geh und komm nicht mehr zurück", presste sie hervor.

Das Kinn des Mädchens zitterte. „Ich wünschte, wir hätten uns nie kennengelernt." June drehte sich abrupt um und wischte das Wünscheglas dabei vom Tisch. Es krachte mit einem lauten Knall auf den Boden und zerbrach. Glassplitter flogen gegen den Ofen und die Küchenschränke. Die bunten Zettel landeten im ausgegossenen Tee, sogen sich voll und blieben in feuchten Klumpen aneinanderhängen.

„Was hast du getan?" Rosie ging in die Knie und rutschte auf allen Vieren über den Boden. Sie hob die Zettel auf, als wären sie aus kostbarem Pergament. Mit ihrer Schürze rieb sie sie trocken und schnitt sich dabei die Finger auf. Blutstropfen und Tinte vermischten sich und verwischten die Schrift.

June stolperte schluchzend an ihr vorbei und lief hinaus.

Ungläubig hob Rosie die feuchten Hände, ohne Schmerz zu spüren. Als hätte sie ihren Körper verlassen und schwebte im Raum. Passierte das wirklich? Tränen liefen ihr über die Wangen, aber sie war jemand anderes. Die Zuschauerin eines Films, in dem sie selbst die Hauptrolle spielte. Oder war sie gestorben, ohne es zu merken?

So wie an dem Tag, als sie durch die Gassen von *Borgo Alto* gestolpert war, auf der Suche nach Amadeo. Sie versuchte, sich an den trauernden Menschen vorbeizudrängeln. Aber niemand ließ sie durch. Unzusammenhängendes Gemurmel drang zu ihr, italienische Wortfetzen, die sie entschlüsseln konnte. Es ging um Klippen und zu viel Alkohol. Die Menge schob vorwärts und sie klammerte sich an der Hauswand neben sich fest. Das hier war keine Verwechslung, kein böser Traum. Er lag da vorne im Sarg. Er war wieder gesprungen. Aber diesmal war es schief gegangen. Weil sie ohne ein Wort der Erklärung abgehauen war und er keinen Grund mehr gehabt hatte, sein gefährliches Hobby zu meiden. Dabei wollte sie doch nur das Richtige tun, nachdem sie Amadeo wochenlang verschwiegen hatte, dass zu Hause in England ihr Verlobter und die Eltern darauf warteten, dass sie ihr Eheversprechen einlöste. Sie hatte die Wahrheit ausgeblendet und sich für ein paar Wochen der Illusion hingegeben, dass Amadeo und ihr die Welt gehören könnte. Aber dann hatte sie es nicht mehr ausgehalten und war abgehauen. Ein fataler Fehler.

Scham und Schuldgefühle explodierten in ihrer Brust und Rosie ließ ihre blutenden Hände sinken. Alles war zerstört, ihr Leben lag in Scherben. Selbst den Leuchtturm hatte sie auf dem Gewissen.

Immer noch auf Knien drehte sie sich im Kreis, bis ihre Hose Flecken bekam. Wo waren die anderen Zettel, es gab doch mehr! Der Geruch der Teekräuter brannte ihr in der Nase. Etwas Blaues blitzte unter dem Ofen auf, und sie kroch darauf zu. Da lag einer, trocken und unversehrt! Erleichtert schluchzte sie auf.

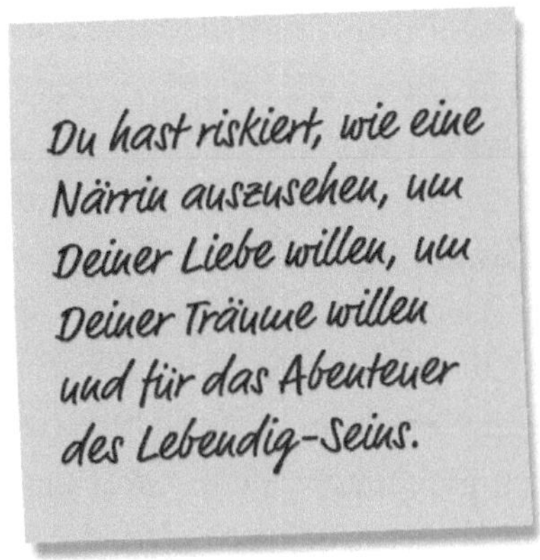

Sie hob den Zettel an die Brust, wiegte ihn hin und her.

* * *

Am nächsten Nachmittag saß Rosie auf der Galerie beim Leuchtfeuer, in den Händen die alte Schmuckschatulle ihrer Mutter. Sie holte das goldene Medaillon heraus und befühlte die Gravur auf dem ovalen Deckel. Zwei verschlungene Blüten, daneben die Initialen *C.V.M, Charlotte Victoria Mckenzie.*

Es hatte keinen Tag gegeben, an dem ihre Mutter es nicht bei sich hatte, selbst als sie erkrankte und das Bett nicht mehr verließ. Nur ein einziges Mal legte sie es abends auf den Nachttisch. In derselben Nacht war sie gestorben.

Rosie drückte auf den winzigen Verschluss, und das Medaillon schnappte auf. Zum Vorschein kamen zwei Porträts, eines von ihrem Vater und eines von ihrem Bruder. Sie zog ihr eigenes Bild hervor, das dahinterklemmte. Ein dreijähriges Mädchen mit Locken, die keine Spange bändigen konnte.

Warum hatte sie es nie geschafft, ihre Eltern stolz zu machen? Vielleicht wäre es ihr geglückt, wenn sie Amadeo nicht begegnet wäre und ihre Verlobung eingelöst hätte. Sie seufzte und drückte die Fotos zurück ins Medaillon, ließ die Schatulle in ihre Arbeitshose gleiten und trat ans Fenster. Sie wischte über die trüben Scheiben und warf einen Blick auf das schaumige Grau der Wellen unten in der Bucht. Was geschehen war, war geschehen und ließ sich nicht mehr ändern. Sie hatte Amadeo verloren, Timothy hatte die Verlobung gelöst und alle weiteren Versuche in ihrem Leben, eine Beziehung zu einem Mann einzugehen, waren gescheitert. Henry war der Einzige, der ihr geblieben war. Die Trauer drückte mit Wucht auf ihre Brust und sie wünschte, er wäre hier bei ihr. Hatte sie auch ihn verloren?

Das Geländer der Wendeltreppe war kalt, und sie zog den Ärmel der Strickjacke herunter, um es nicht berühren zu müssen. Ohne Eile stieg sie die Stufen eine nach der anderen hinab, dieser Tag hatte noch viele Stunden, wie eine Endlosschleife, aus der es kein Entrinnen gab.

Sie betrat das verwaiste Leuchtturmzimmer, in dem ein Hauch von Acrylfarbe hing, und zog Junes Kopfkissen und Bettdecke ab. Sie rollte die Bezüge zu einem Knäuel, klemmte es sich unter den Arm und zog die Tür hinter sich zu. Drüben im Cottage stopfte sie die Wäsche in die Maschine. Als die Trommel rotierte, wischte sie sich erschöpft den Schweiß von der Stirn.

Es gab viel zu erledigen. Sie ging in die Küche und machte einen großen Schritt über die festgetrocknete Teepfütze. Durch die Fenster fiel trübes Licht, aber sie wollte den Bakelitschalter nicht betätigen und die Deckenlampe anschalten, um das Ausmaß der Zerstörung nicht im Detail sehen zu müssen.

Sie holte Besen, Kehrblech und Handfeger aus dem Schrank und putzte, bis ihre Arme kribbelten und der Boden rein war. Doch die Schwere auf ihrer Brust blieb. Sie war überall, in ihr drin und um sie herum. Sie saß in den Falten der Vorhänge am Küchenfenster, auf den Blättern des Basilikumbäumchens und in der Holzmaserung des Eichentisches. Hätte Rosie das Haus verlassen, wäre sie ihr gefolgt wie ein Schatten.

Sie versenkte die Scherben im Mülleimer und brachte die volle Tüte hinaus zum Container. Zurück im Haus nahm sie das Telefon. Sie musste mit Henry reden, ihm sagen, dass sie jetzt erst verstanden hatte, was er ihr wirklich bedeutete. Dass June unrecht hatte und sie seine Gefühle niemals ablehnen würde. Denn sie wollte mit ihm ihr Leben teilen und nicht mit einem Toten.

Es klickte in der Leitung, der Anrufbeantworter begann zu rauschen, dann hörte sie Henry mit ruhiger Stimme sprechen. „Ich bin zurzeit verreist. Bitte hinterlassen Sie eine Nachricht. Nach meiner Rückkehr werde ich sie schnellstmöglich beantworten."

* * *

Wenig später fiel die Dämmerung und ihre Welt ergraute. Wie ein hungriger Vampir sog die beginnende Nacht aus allem das Leben. Das Lila der Lavendelsträußchen auf der Fensterbank, die bronzefarbenen Pfannen über dem Herd, das Pink der Rosen auf dem Küchentisch, alles verschwand. Sie selbst war längst verschwunden, in Stücke gerissen, verstreut in alle Winde, allein.

Der Dampf aus dem Teebecher vor ihr züngelte empor und verlor sich im Nichts. Sie nahm einen Schluck und schob die Tasse weg, der Ingwer hinterließ einen bitteren Nachgeschmack in ihrem Mund. Als der Himmel draußen fast schwarz war, wollte sie das Licht einschalten, aber anstatt sich zu erheben, ließ sie die Dunkelheit kommen.

Die Konturen der Wohnküche verschwammen. Mehr als dreißig Jahre war sie hier sicher gewesen, nun hatten die Mauern ihren Sinn verloren, genauso wie der orangefarbene Zettel, den sie vorhin aus der Seitentasche ihrer Strickjacke geholt hatte.

Noch ein Überbleibsel aus dem Wünscheglas, aber sie hatte ihn nicht gelesen, warum auch? Alle waren fort, selbst Henry. Kein Wunsch brachte versäumte Gelegenheiten zurück.

Rosie streifte die Schuhe ab und fühlte die Kälte des Bodens unter ihren Füßen. Als sie das Kribbeln nicht mehr aushielt, kauerte sie sich auf die Eckbank wie ein Embryo. Ihr Herzschlag war das einzige Geräusch in dieser Stille, die anders war als die abendliche Ruhe, die sich sonst über alles legte. Leah hatte keine Ahnung, was passiert war, June und Henry waren fort, und die Stille hatte ihre Plätze eingenommen. Rosie drehte sich auf den Rücken, streckte die Beine und atmete in die Dunkelheit.

* * *

Sonnenstrahlen kitzelten Rosie am nächsten Morgen auf der Wange. Stöhnend drehte sie sich auf die Seite und presste die Nase in das Kissen. Ihr Rücken schmerzte und ihre Blase drückte, sie musste dringend zur Toilette.

Im Bad spritzte sie sich kaltes Wasser ins Gesicht und putzte die Zähne. Gott sei Dank hing seit Jahren kein Spiegel mehr über dem Waschtisch. Sie hatte es nie gemocht, sich anzusehen, aber heute wäre ihr der Anblick ihres eigenen Gesichts unerträglich gewesen.

In Badesachen und mit Handtuch verließ sie das Haus, vielleicht war heute der letzte schöne Tag zum Schwimmen, bevor das Meer abkühlte. Der Wind hatte gedreht und blies vom Land, wie so oft, wenn sich der goldene Herbst endgültig verabschiedete. An der Abbruchkante wirbelten Staubwolken auf und fegten davon. Wenn sie nur auch ihre Sorgen und den Schmerz mitnehmen würden!

Sie lief zu den Klippen, hielt an der Steintreppe an und ließ den Blick über die Bucht schweifen, als wäre es das erste Mal.

Unvorstellbar, sie bald nicht mehr zu sehen. Rosie stieg die Stufen hinab zum Strand, streifte den Bademantel ab und lief fröstelnd ins Wasser. Kalter Schaum spritzte an ihr hoch und erfrischte sie. Schauer glitten ihr über den Rücken und die Arme und sie ließ sich nach vorne in die Wellen fallen. Mit kräftigen Zügen schwamm sie ein Stück hinaus, drehte und kehrte in die Bucht zurück.

Am Strand schlang sie ein dickes Frotteehandtuch um sich und grub die Zehen in den Sand. Warum hatte sie geglaubt, dass sie damit durchkommen würde, den Leuchtturm und das Touristenprojekt zu blockieren? Sie hatte erzwingen wollen, was von vornherein zum Scheitern verurteilt gewesen war.

Sie sammelte ihre Sachen ein und kehrte zum Cottage zurück, um sich aufzuwärmen. Aus der unteren Schublade des Telefontischchens zog sie das Branchenbuch hervor. Sie rief eine Spedition an und bestellte vierzig Umzugskartons und einen Container, in dem sie den Rest ihrer Sachen entsorgen würde. Alles, was sie nicht mitnehmen konnte.

Mit dem Hörer zwischen Kinn und Schulter blätterte sie einige Seiten weiter und wählte eine Nummer bei der katholischen Kirchengemeinde in Port Jacobs. Es tutete drei Mal, dann hob jemand ab. „Seniorenresidence Four Seasons, mein Name ist Amber Sullivan, was kann ich für Sie tun?“

„Guten Tag, hier spricht Rosie Mckenzie. Ich brauche ein Zimmer. Ist bei Ihnen etwas frei?“ Stockend erklärte sie die Dringlichkeit ihres Anliegens. Amber Sullivan bot einen Besichtigungstermin in der übernächsten Woche an und Rosie sagte zu, ohne weitere Fragen zu stellen.

Anschließend stieg sie in ihren Wagen und fuhr zu Leah nach Lockwood. Sie nahm den Umschlag, den sie vorbereitet hatte, vom Beifahrersitz und schlug die Autotür hinter sich zu. Der Hof rund um den Brunnen war verwaist. Sie schlich über den Platz und horchte auf Geräusche, aber es schien niemand da zu sein. Vorsichtig legte sie den Brief vor die Haustür und wandte sich rasch zum Gehen. Sie wusste nicht, ob Mut und Kraft sie verlassen würden, wenn Leah plötzlich vor ihr stand und wissen wollte, was sie hier tat.

Ich weiß, kein Wunsch der Welt bringt versäumte Gelegenheiten zurück, aber ich möchte dir endlich etwas geben. Das hätte ich schon lange tun sollen, auch wenn es ihn nicht mehr zurückbringt. In Liebe, Mum.

Darunter hatte sie zwei jahrzehntealte Adressen notiert, die sie immer noch auswendig konnte. Leah würde wissen, was sie bedeuteten.

Amadeo di Luca, 10 Via Bellavista, Borgo Alto.
Bagno 402, XI Traversa, Cervia (Italien).

June

Übermüdet und nervös parkte June die Ducati hinter dem Marktplatz von Port Jacobs und lief ziellos durch die Straßen, um sie herum Stimmengewirr und ein Geruch aus Parfüms und Aftershaves. Die vergangenen beiden Wochen steckten ihr in den Knochen. Nach dem großen Streit mit Rosie hatte sie die ganze Nacht und den darauffolgenden Tag geschuftet, um ihre Mappe wiederherzustellen. In letzter Minute hatte sie das Paket am Abgabetag zur Post gebracht, den Leuchtturm verlassen und sich bei Lionel in der WG verkrochen.

Aber es war wie verhext: Sie kam dort einfach nicht zur Ruhe. Das ständige Kommen und Gehen in der Wohnung zerrte an ihren Nerven und der Platz auf der Couch fühlte sich nicht mehr wie ihrer an. Rosies Worte hallten in ihr wider und sie spürte, dass sie zu weit gegangen war. Es nagte an ihr, aber sie wusste nicht, was sie tun sollte. Und jetzt auch noch dieser Artikel! Sie zog die Kappe tiefer ins Gesicht, um unerkannt zu bleiben, und beschleunigte ihre Schritte, obwohl sie keine Ahnung hatte, wohin sie wollte.

„Jetzt malt sie auch noch" – in riesigen Buchstaben höhnte ihr die Schlagzeile der *Port Jacobs Morning Sun* von jedem Kiosk entgegen, egal, in welche Straße sie einbog. Dazu die Unterzeile: „Skandalnudel June Watters entdeckt die Kunst für sich". Aber das Schlimmste war das Foto darunter. Sie hatte keinen Schimmer, aus welchem Archiv O'Connor das gezogen hatte. Ihr dümmliches Grinsen, aufgenommen beim Verlassen eines Taxis nach einer Partynacht, war das eines naiven Kindergartenkindes, das soeben die Wasserfarben entdeckt hatte.

Sie passierte die Reklame eines asiatischen Imbisses und verdrückte sich in den nächstbesten Hauseingang. Was für ein Albtraum. Ihr Arm war übersät mit blauen Flecken, so oft hatte sie sich gekniffen, weil sie nicht glauben konnte, was über sie in der Zeitung stand. O'Connor hatte es mal wieder geschafft, sie bloßzustellen. Und sie war auch noch selbst daran schuld.

Nur wegen Milos verfluchtem Interview im *Kulturmagazin* war die *Port Jacobs Morning Sun* wieder auf sie aufmerksam geworden. Und die zögerten nicht lange, alles genüsslich auszuschlachten, natürlich ohne auch nur einmal mit ihr gesprochen zu haben. Es reichte ihnen, ein paar Fakten zu kopieren und Archivfotos auszugraben.

Sie ließ sich auf den Boden nieder und zog die Beine an. Der Geruch von Thai-Gemüse und Kokosmilch wehte herüber und erinnerte sie daran, dass sie heute noch nichts gegessen hatte. Sie verbarg ihr Gesicht zwischen den Knien. Warum hatte sie Milo bloß von ihrem Traum erzählt? Jetzt zahlte sie den Preis dafür, dass sie sich ihm geöffnet hatte.

Die Haustür wurde aufgestoßen und traf sie am Bein. Schmerz durchzuckte sie, und ein älterer Mann mit Schnauzbart drohte ihr mit seinem Gehstock. „Verschwinde, du versperrst den Weg."

Sie sprang auf und flüchtete. Kalter Nieselregen setzte ein und sie rannte immer schneller, ohne Plan und Ziel, nur weg aus dem quirligen Stadtzentrum mit seinem Lärm und den Farben. Die Regentropfen platschten ihr ins Gesicht und vermischten sich mit dem Salz ihrer Tränen.

Jemand rempelte sie an und hielt sie am Arm fest. Eine helle Stimme drang von Ferne zu ihr durch. Wie in Trance hob June den Kopf und sah in die sanften Augen ihrer Schwester.

„Sis, was machst du denn hier?" Liz zog sie von der Mitte des Gehsteigs weg vor einen Spielwarenladen und schüttelte sie. „Jetzt sag was!"

„Der Artikel …“ June ließ sich gegen Liz‘ apfelgrünen Schal sinken und atmete den vertrauten Geruch ihrer Kindheit ein. Ihre Schwester so unerwartet zu treffen, hatte etwas Tröstliches und das Bedürfnis, sich fallenzulassen und zu hören, dass alles gut werden würde, war übermächtig.

„Sch …“, machte Liz und drückte sie an sich. „Ich weiß.“

„Was soll ich nur tun? Die Franklin Art meldet sich auch nicht, obwohl sie angekündigt hatten, die engere Auswahl der Bewerber nach einer Woche anzurufen“, murmelte June in den Kragen von Liz‘ Steppjacke.

„Komm mit nach Hause.“ Liz schob sie ein Stück von sich weg. „Wir finden eine Lösung. Wir sind doch eine Familie.“

„Die Ducati steht am Marktplatz.“

„Okay, dann treffen wir uns zu Hause.“

June nickte ergeben. Vielleicht würden Mum und Dad sie diesmal verstehen. Sie holte das Motorrad, fuhr zur Villa und stellte es vor dem schmiedeeisernen Tor ab. Der Rasen im Vorgarten war akkurat gemäht und in den Rhododendren hing nicht ein einziges welkes Blatt. Leise Zweifel stiegen in ihr hoch wie Seifenblasen. Was tat sie hier?

Liz kramte den Schlüssel aus ihrer Handtasche.

Da steckte ihr Vater den Kopf aus der Eingangstür. „June?“ Er eilte über den knirschenden Schotter auf sie zu, öffnete das Tor und nahm sie unbeholfen in den Arm.

„Sie ist zurück. Ich habe sie in der Stadt getroffen“, hörte sie Liz sagen.

June machte sich los. „Hi, John.“

Er fuhr sich durch das schüttere Haar, eine ähnlich überraschende Geste wie die Umarmung. Ob aus Freude oder Verzweiflung konnte sie nicht sagen. „Weiß deine Mutter, dass du da bist?“

„Nein.“ June hatte es ja selbst nicht gewusst.

„Kommt rein, es ist frisch heute. Wir wollten gerade zu Tisch." Er klopfte den Staub von ihrem Seesack und trug ihn zum Haus.

Im Flur empfing sie der warme Duft nach *Roastbeef* und *Yorkshire Pudding*. Wieder reagierte ihr Magen, und sie warf einen Blick auf die Standuhr. Halb eins. Im Esszimmer standen dampfende Schüsseln mit Kartoffeln und dunkler Sauce auf dem Tisch. Daneben brannten zwei Kerzen im Silberleuchter. Kate redete leise mit einer Hausangestellten.

„Darling, sieh nur, wer nach Hause zurückgekehrt ist!" John schob June zu ihrem angestammten Platz.

Kates Gesicht hellte auf, aber das Blau ihrer Augen blieb unergründlich. Sie eilte auf June zu und nahm ihr die Jacke ab. „Ich habe gewusst, dass du zurückkommen wirst. Nicht wahr, John?" Sie warf ihm einen zufriedenen Blick zu.

Liz lächelte June aufmunternd zu. „Wo hast du die ganze Zeit gesteckt?"

„Jetzt essen wir erstmal. Dann kann sie uns alles erzählen." Kate bat das Hausmädchen, ein weiteres Gedeck zu bringen.

Das Hungergefühl, das June den gesamten Vormittag Bauchschmerzen bereitet hatte, wich einer Übelkeit, die von Minute zu Minute stärker wurde. Sie setzte sich. „Ich war an der Küste und die letzten Tage bei Lionel", antwortete sie knapp.

Kate schöpfte sich eine winzige Portion Kartoffeln auf den Teller und reichte die Schüssel weiter.

„Roastbeef?" John drückte ihr die Servierplatte mit dampfendem Fleisch in die Hand.

June winkte ab. „Ich möchte nichts, danke."

„Du solltest essen, bist ja ganz blass", tadelte Kate.

June trank einen Schluck Wasser. Die Zunge klebte ihr am Gaumen, aber die kohlensäurehaltige Flüssigkeit floss daran vorbei, ohne zu helfen. Nie hatte sie sich in diesem Haus fremder gefühlt und sie fragte sich, warum sie der *Franklin*

Art als Postadresse ihr Elternhaus genannte hatte. Sie gehörte hier nicht her. Das silberne Besteck klimperte auf den Tellern, jeder sah sie erwartungsvoll an, aber niemand verlor ein Wort über den Artikel von heute Morgen. Es war alles merkwürdig ruhig, zu ruhig.

Schließlich legte John die Gabel auf den Tellerrand und tupfte die Mundwinkel mit seiner Stoffserviette ab. „June", sprach er feierlich und hob sein Weinglas wie bei einer Rede. „Deine Mutter und ich sind froh, dass du endlich erkannt hast, wo dein Platz ist. Du bist zur Vernunft gekommen und nach Hause zurückgekehrt, das zählt."

Kate nickte. „Wir haben uns in den letzten Wochen viele Gedanken um deine und unsere Zukunft gemacht. Wir sind bereit, einen Schritt auf dich zuzugehen, damit du das findest, was dich glücklich macht", sagte sie mit belegter Stimme und lächelte zu allen Seiten.

Das Ticken der Standuhr schwoll an, während June unruhig darauf wartete, was ihre Mutter Großartiges verkünden würde. War es möglich, dass sie es begriffen hatten? Dass sie sie endlich ernst nahmen?

„Nachdem wir den Brief aus London gelesen hatten, ist uns klar geworden, dass wir dir konkret helfen müssen. Du kannst dich auf uns verlassen."

Sie stutzte. „Welchen Brief?"

„Uns ist von Anfang an klar gewesen, dass dein Ziel mit diesem Studium sehr hoch gegriffen war. Die Franklin Art School ist ja keine Wald- und Wiesen-Uni. Dann haben wir überlegt …"

June fühlte, wie ihr das Blut in die Beine sackte. „Von welchem Brief sprichst du?"

Kate langte über den Tisch und berührte ihre Hand. „Wir wissen, dass du enttäuscht bist, davon zu hören. Aber dein Vater hat eine wunderbare Möglichkeit gefunden, wie du deine künstlerische Ader trotzdem ausleben kannst und in zwei Jahren einen passablen Abschluss in der Tasche hast."

„Ich verstehe nicht …"

„Liebes, diese Absage ist eine Chance."

June schnappte nach Luft. Das musste ein Irrtum sein. Es hatte geheißen, sie würden anrufen. Deshalb hatte sie ihre Handynummer auf dem Bewerbungsanschreiben hinterlassen. „Warum macht ihr meine Post auf?" Sie sprang auf, und ihr Stuhl donnerte mit der Lehne auf den Parkettboden.

Kate goss sich einen Schluck Rosé nach und fuhr unbeirrt fort. „Das muss nicht das Ende der Welt sein. Wir nehmen dich in unser Traineeprogramm auf, das dich zwei Jahre durch alle Abteilungen führt. Im Marketing geht es los. Nächsten Monat starten wir eine neue Kampagne und brauchen jemanden, der ein bisschen zeichnen kann. Liz freut sich, dass du ihr zur Seite stehen wirst. Wenn du in alle Bereiche hineingeschnuppert hast, darfst du entscheiden, wo du bleiben möchtest. Was sagst du, ist das nicht wundervoll?"

* * *

Die Ampeln leuchteten rot, aber June raste durch die Straßen, ohne auf die Geschwindigkeitsbegrenzung zu achten. Nur weg von dem Absagebrief und dem scheinheiligen Getue ihrer Mum. Autos hupten, Bremsen quietschten, June wich aus und wäre beinahe gestürzt. Der Seesack drückte ihr in die Schultern. An der Eisenbahnbrücke hielt sie an, parkte die Ducati an einem graffitibemalten Pfeiler und wischte sich den Schweiß von der Stirn.

Sie holte ihre Cans, die Ledermappe und den Skizzenblock aus dem Rucksack und wickelte alles in ein großes Tuch. Ihr Gepäck warf sie hinter ein paar Brombeersträucher und sah sich suchend um. Am gegenüberliegenden Brückenpfeiler stand ein Glascontainer. Sie überquerte die Straße, schob ihn auf und schleuderte das Paket in ein Meer aus Scherben. Genau da gehörte alles hin. Das grelle Klirren trieb ihr den Gestank von Bier und leeren Weinflaschen entgegen. Angewidert drehte sie den Kopf weg und ließ die Öffnung zuschnappen.

Es dämmerte bereits, und für die Nacht brauchte sie einen wettergeschützten Platz, an dem sie ungestört und allein war. Zurück bei den Brombeersträuchern checkte sie die Umgebung. Auf keinen Fall konnte sie wieder nach Hause oder in die WG. Das hier war besser als nichts.

Vor ihr verlief die Straße vom Hafen Richtung Bahnhof, dahinter lag das Industriegebiet. Ab und zu brummten Lastwagen vorbei, dazwischen erleuchteten die Scheinwerfer von Autos den Weg ins Zentrum. Sie schob den Rucksack zwischen die Büsche, ließ sich darauf nieder und wickelte sich in eine Wolldecke ein, die sie aus der Villa mitgenommen hatte. Was für ein Nachtlager! Aber sie hatte nichts anderes verdient.

Während der Tag hinter den Dächern der gegenüber liegenden Lagerhallen verschwand, breitete sich nagende Hoffnungslosigkeit in ihr aus. Für einen lächerlichen Moment hatte sie gehofft, dass Kate und John sie verstehen würden. Dass sie ihren Traum wertschätzten. Dass sie etwas aus ihrer Kunst machen konnte, ein eigenständiges, unabhängiges Leben als Künstlerin führen könnte. Aber sie hatte sich geirrt. All die harte Arbeit der letzten Wochen war umsonst gewesen. Sie hatte ihr Versprechen Grandpa gegenüber gebrochen.

Sie lehnte den Kopf auf ihre Arme. Irgendwo über ihr gurrten Tauben. Die Zeit dehnte sich, und sie bewegte sich nicht. Wozu auch? Es gab keinen Ort mehr, an den sie gehen konnte, keinen Platz auf dieser Welt, an den sie gehörte.

Oder sollte sie es probieren und den Traineejob annehmen?

Vielleicht klappte es, wenn sie sich genug anstrengte. Sie konnte hart arbeiten und für Geld zeichnen. Dass es eine Marketingkampagne für die Firma war, musste sie eben ausblenden. Dafür bekam sie feste Arbeitszeiten und konnte mittags bei *Ceasar Salad* und Burger mit Liz in der Kantine ein bisschen lästern.

Etwas in ihrer Kehle zog zu. Sie rappelte sich auf und lief ein paar Meter, zählte stumm bis zehn. Grandpa zuliebe könnte sie es tun, oder? Sie wischte mit dem Ärmel über ihr Gesicht und vermisste ihn auf einmal so sehr, dass ihr die Luft wegblieb. Ohne ihn fühlte sie sich leer. Er war gestorben und hatte etwas von ihr mitgenommen. Seitdem war sie nur ein Zombie, eine lebende Tote, die auf der Welt herumgeisterte und sich nicht mehr zurechtfand. Würde sich das ändern, wenn sie Johns Angebot annahm und dabei an Grandpa dachte?

Sie sah das zufriedene Nicken ihrer Eltern vor sich und wusste auf einmal, dass sie niemals verstehen würden, wer sie war, oder wovon sie träumte. Sie waren dazu nicht fähig, weil sie nur ihren eigenen Weg kannten. Ratlos setzte June sich zurück an ihren Platz, zog die Ärmel ihrer Jacke über die Hände und betrachtete durch die Brombeerzweige den inzwischen funkelnden Sternenhimmel. Milos Gesicht stahl sich in ihre Gedanken, aber sie drückte es entschieden weg. Nach einer Weile fielen ihr die Augen zu. Sie zog die Wolldecke über die Schultern und kuschelte sich in ihren Seesack.

* * *

Bei Tagesanbruch spürte June, wie ihr jemand auf die Schulter tippte. Wie spät war es? Sie drehte den Kopf und ein stechender Schmerz fuhr in ihren Nacken. Verdammt! Sie lag völlig verdreht auf ihren Sachen. Stöhnend richtete sie sich auf und blinzelte in die orangefarbene Morgensonne. Vor ihr stand ein Mädchen in schmuddeliger Jeans und Daunenjacke, höchstens sechzehn Jahre alt. Ihre verfilzten Haare waren mit einem Tuch zu einem Pferdeschwanz gebunden. „Du sitzt auf meinem Platz", sagte sie.

June klappte die Wolldecke zurück und hob entschuldigend die Hände. „Sorry, das wusste ich nicht. Gestern Abend war hier niemand."

Das Mädchen ließ sich neben ihr in den Staub plumpsen. „Ist nicht schlimm. Ich war am Bahnhof, Essen organisieren. Aber jetzt bin ich müde und brauche eine Pause." Aus einer Plastiktüte zog sie abgepackte Thunfischsandwiches und eine Flasche Cola. Sie öffnete beides und hielt es June hin. „Hier, willst du ein Stück? Siehst aus, als könntest du einen Happen vertragen."

June nickte dankbar, brach sich eine Hälfte vom Sandwich ab und biss hungrig hinein. „Wie heißt du?"

„Ich bin Star. Und du?"

„June."

„Kommst du von hier?", fragte das Mädchen.

„Eigentlich schon."

„Aha." Star legte den Kopf schief und leckte einen Klecks Mayonnaise von ihrer Unterlippe. „Hinter jedem eigentlich steckt ein Aber. Bist du von zu Hause abgehauen?"

„Ich habe kein Zuhause."

„Das kann passieren. Ich hab auch keins." Star zog angewidert das Salatblatt von ihrem Sandwich und warf es in die Büsche. „Ich hasse Grünzeug, aber verrate mich nicht."

June grinste. „Kein Problem."

„Ich will nachher zurück in die Stadt, weiter schnorren. Kommst du mit?"

June musterte Star. In ihren großen, braunen Augen lag eine Mischung aus Hoffnungslosigkeit und Resignation. „Danke, nett von dir. Ich weiß noch nicht, was ich mache." Das stimmte. Sie hatte keine Ahnung, wohin sie aufbrechen würde und warum. Nur eines wusste sie: Es war Zeit für einen neuen Weg. June erhob sich und klopfte den Staub von ihrer Hose. „Danke für das Sandwich."

Star formte mit den Fingern das Peacezeichen. „Kein Ding. Pass auf dich auf, die Straße ist nichts für Leute wie dich."

„Was meinst du damit?"

Star zuckte mit den Schultern. „Ist nur ein Gefühl. Du bist keine … ach, egal."

„Mach's gut." June zog den Reißverschluss ihrer Jacke bis oben zu und schulterte den Seesack. Sie lächelte dem Mädchen zu und schloss das Motorrad auf. Dann nahm sie den Weg zurück ins Stadtzentrum und fuhr Richtung Hauptbahnhof.

Die gläsernen Türme von *Gary Watters Fashion* tauchten links im glitzernden Sonnenlicht auf. June machte auf dem Seitenstreifen Halt und betrachtete die vertrauten Umrisse des Gebäudes. Ihre Entscheidung stand fest, dieser Marketingjob war keine Option. Jetzt, mit ein bisschen Abstand, fragte sie sich, wie sie überhaupt darüber hatte nachdenken können. Alles war besser als ihre Träume zwischen Abteilungsmeetings und Bürogeplänkel zu Grabe zu tragen.

Sie setzte ihren Weg ins Zentrum fort. Die Bebauung verdichtete sich, der Verkehr nahm zu, es roch nach Abgasen. Vor dem Bahnhof drängten sich wie üblich die Leute, die in das Gebäude hineinliefen und herausströmten oder auf den Bus warteten. Sie parkte neben der Radstation und steuerte auf den Kiosk zu, der sich mitten auf dem Platz befand: ein grüner Pavillon mit Metallverzierungen. Der Inhaber, ein gemütlich aussehender Typ mit Halbglatze und Hornbrille, füllte gerade die Ständer im Außenbereich auf.

Im Schutz der Auslage setzte sie ihre Kappe auf und durchsuchte die ausgestellten Tageszeitungen, Gazetten und Magazine.

„Kann ich Ihnen helfen, Miss?" Der Mann sah von einem Stapel zusammengeschnürter Ausgaben der *Sun* hoch.

„Haben Sie das aktuelle Kulturmagazin? Es müsste vor kurzem erschienen sein."

„Hier draußen nicht mehr, aber wenn Sie einen Moment Zeit haben, kann ich gerne im Lager nachsehen. Manchmal bleiben Restexemplare übrig." Er verschwand im Innern des Pavillons. Es dauerte einen Moment, dann streckte er das Hochglanzmagazin über die Theke. „Sie haben Glück, ich habe noch eins gefunden. Das macht vier Pfund."

Sie kramte in ihrer Tasche und holte ein paar Münzen heraus. „Danke schön."

Er nickte. „Übrigens ein guter Artikel über Sie. Hat mir gefallen."

Hitze stieg ihr in die Wangen. Es war schlimmer, als sie vermutet hatte. Sogar dieser fremde Kioskbesitzer wusste Bescheid! Sie schlug das Magazin auf und blätterte durch die Seiten. Ihr Herz stockte. Da saß sie in Großaufnahme im Sand vor dem Drachen, den diese Lily Banks ihr abgekauft hatte. Was, zur Hölle, ist das für ein Foto?

> „Der Traum von Street-Art und Freiheit
> Hinter der Skandal-Fassade von Unternehmertochter June Watters verbirgt sich eine ernstzunehmende Künstlerin
> Text und Bild: Milo Stevens."

Ein Stich jagte durch ihre Brust und sie ließ die Zeitschrift für einen Moment sinken. Dann las sie weiter. Er beschrieb genau, wie sie das Holz am Strand gefunden und innerhalb von wenigen Stunden zum Leben erweckt hatte. Welches Händchen sie für Farben und Formen hatte. Wie sie an ihrem Talent zweifelte und sich stattdessen an einer Kunstmappe festbiss, um frei zu sein und anderen etwas zu beweisen. Immer wieder kam er darauf zurück, was er Herzenskunst und den echten Weg zu Erfolg und Anerkennung nannte. Seine Worte bohrten sich wie Pfeile unter ihre Haut, dennoch saugte sie jedes einzelne davon auf.

„Sieh an, sieh an. Wen haben wir denn da?“ Eine vertraute Männerstimme ertönte plötzlich hinter ihr.

Sie fuhr herum und ihr wurde augenblicklich kalt.

James O’Connor stand breitbeinig vor ihr, die Daumen unter die Riemen seiner Kameratasche geklemmt. Neben ihm ein schlaksiger Typ mit Nickelbrille, den sie nicht kannte. „Heute ohne Fluchtfahrzeug unterwegs?“ O’Connor verzog spöttisch das Gesicht.

„Was wollen Sie?“ June klappte das Magazin zu und hielt es sich vor den Bauch wie einen Schutzschild.

„Verrätst du mir jetzt, was du im Schwimmbad zu Rae gesagt hast? Warum hast du zugesehen, wie er springt, der arme Junge, oder warst du nur besoffen und zugekifft und hast nichts mehr geblickt?“

Sie hatte die Nase voll von seinen Provokationen. „Sie reden Unsinn. Hören Sie endlich damit auf.“

Er stieß seinen Kumpel in die Seite, dann brachen die beiden in lautes Gelächter aus. „Verstehst du, was sie meint? Ich habe doch nur eine simple Frage gestellt.“

Die Sonne schien O’Connor ins aufgedunsene Gesicht und seine Stirn glänzte verschwitzt. Er sah nach durchzechten Nächten und Fastfood aus. Es musste anstrengend sein, immer und überall auf der Lauer zu liegen und die Leute zu nerven.

„Ich muss nicht auf alles antworten“, sagte sie ruhig.

Er warf seinem Kollegen einen fragenden Blick zu. „Dann lass uns über deine Kunst reden“. Er betonte das Wort, als wäre es eine ansteckende Krankheit. „Wie bist du denn auf diese

Schnapsidee gekommen? Oder ist Müllsammeln am Strand ein Ablenkungsmanöver, weil du einen auf seriös machen willst?"

Ein heißer Adrenalinstoß pumpte durch Junes Körper. Da war sie wieder, die alte Wut. Ihre Hände zitterten, und sie zählte innerlich bis zehn. O'Connor war ein Arschloch. Irgendwas in seinem Leben lief maximal schief, sonst hätte er nicht so viel Spaß daran, andere zu quälen. Aber das war nicht ihre Schuld. Nicht sie war das Problem, sondern er selbst. Sie würde ihm nicht mehr das geben, was er erwartete. Keinen weiteren Fraß für seine Klatschgeschichten, keine unüberlegte Reaktion.

Die Luft flirrte, und um sie herum verstummten alle Geräusche. Da waren nur sie und er und das Gefühl von bedrucktem Hochglanzpapier zwischen ihren Händen. Die Geschichte ihrer Herzenskunst. „Auf Wiedersehen, Mr O'Connor und Mr … entschuldigen Sie, ich habe Ihren Namen vorhin nicht verstanden", sagte sie.

Der Blick des schlaksigen Kerls flackerte. „Äh … Ashley."

„Okay, Mr Ashley. Ich habe jetzt keine Zeit für ein Interview. Einen schönen Tag." Sie drehte sich um, rollte das *Kulturmagazin* zusammen und lief mit heftig klopfendem Herzen auf das Bahnhofsgebäude zu.

Die Blicke der Männer bohrten sich in ihren Rücken. Sie wusste, was jetzt kommen würde. Fußgetrampel von hinten, O'Connor würde sie an der Schulter packen und herumreißen, sich an ihrem Gesichtsausdruck aufgeilen und seine Fotos schießen, wie dutzende Male vorher. Aber es passierte nicht.

Sie durchschnitt das gleichmäßige Stimmengewirr der Menschen um sie herum und den Flügelschlag der Tauben, die sich an einer Laterne um ein Stück weggeworfenes Brot stritten.

Nach einer gefühlten Ewigkeit erreichte sie die Eingangshalle des alten Bahnhofsgebäudes und ließ das *Kulturmagazin* in ihrer Tasche verschwinden. Erleichtert sah sie sich um. Licht fiel durch die Dachfenster und warf helle Quadrate auf den Boden. Auf einem der Gleise fuhrt ratternd ein Zug ein und ihr Magen fing an zu knurren. Ein Kaffee wäre jetzt cool gewesen. Aber sie hatte keine Kohle mehr.

Rosie

Das Zimmer mit Blick auf den vollbesetzten Besucherparkplatz hinter der *Residence Four Seasons* in Port Jacobs roch nach Desinfektionsmittel und Kernseife. „Das ist Ihr neues Reich, wenn Sie zusagen." Heimleiterin Amber Sullivan breitete die Arme aus und lächelte von einem Perlenohrring zum anderen.

Rosie schob sich über die Schwelle und begutachtete den Raum. Der graue Linoleumboden war abgenutzt, aber sauber, die Wände frisch gestrichen. Der Platz reichte für ein Bett, eine Kommode und einen Sessel. Mehr brauchte man nicht, oder? Eine Innentür führte in ein fensterloses Bad mit behindertengerechtem WC, Griffen an den Duschwänden und einem Vergrößerungsspiegel über dem Waschbecken. Von der Decke baumelte ein grausig roter Alarmknopf.

„Ab wann wäre es frei?" Sie räusperte sich, um die Enge in ihrem Hals loszuwerden.

„Sie könnten sofort einziehen. Wie Sie sehen, ist bereits alles hergerichtet. Das machen wir immer zeitnah, wenn jemand auszieht."

Rosie zog ihren Stoffbeutel an sich und erschauderte. Was für eine Beschreibung dafür, dass niemand diese Einrichtung hier lebend verließ. „Wie viele Menschen wohnen auf der Etage?"

„Zwanzig. Aber Sie haben Glück, es ist das letzte Zimmer in der Reihe. Dadurch haben Sie nur einen Nachbarn, und es ist ruhiger." Amber Sullivan zwinkerte ihr verschwörerisch zu.

Wie auf Kommando brach im Nebenzimmer jemand in Tränen aus und schnäuzte sich lautstark die Nase.

Die Heimleiterin trommelte gegen die Wand. „Alles in Ordnung, Mr Smith. Diana kommt morgen wieder. Gehen Sie ins Bett und ruhen Sie sich aus“, rief sie streng. Dann wandte sie sich an Rosie. „Er glaubt, seine Ehefrau habe ihn wegen eines anderen verlassen. Dabei kümmert sie sich rührend um ihn, jeden Tag bringt sie ihm Blumen oder seine Lieblingspralinen. Leider vergisst er ihre Besuche, sobald sie zur Tür hinaus ist. Ansonsten ist er harmlos.“ Sie zuckte die Achseln und wies Rosie an, ihr zu folgen. Die Besichtigung war zu Ende.

Auf dem Flur streckte die Heimleiterin ihr geschäftsmäßig die Hand hin. „Sie sind gut zu Fuß, deshalb werden Sie sich hier schnell einleben. Wir bieten unseren Bewohnern ein wunderbares Rundum-Sorglos-Paket. Gemeinsames Essen, Spielenachmittage und begleitete Besuche im Park. Melden Sie sich schnell. Ich kann das Zimmer nicht lange freihalten.“

* * *

Mit einem Anflug von Kopfschmerzen verließ Rosie kurz darauf das Gebäude und tauchte in den Straßenlärm ein. Busse qualmten an der Ampelkreuzung gegenüber, auf den Gehsteigen hasteten freudlose Gesichter vorbei. Sie blieb stehen, einen Moment orientierungslos, völlig überfordert von der ungewohnten Kulisse und den vielen Menschen. Sie drückte die feuchten Handflächen aneinander und stellte sich auf Zehenspitzen. Welche Richtung war die beste, um dem Ganzen zu entkommen? Sie brauchte dringend eine Tasse Tee.

Im Schutz der Hauswand setzte sie sich in Bewegung und entdeckte an der nächsten Straßenecke einen Imbissstand. Ein Kunststoffaufsteller pries etliche Teesorten an, hinter einer Plexiglasscheibe zischte nach Koriander duftendes Gemüse in einer Pfanne. „Sie wünschen?“ Ein junger Inder sah sie gelangweilt an.

„Einen Pfefferminztee, bitte“, antwortete Rosie leise. Die Umgebungsgeräusche dröhnten ihr in den Ohren. Hinter ihr wuchs eine Schlange murmelnder Wartender, die unruhig mit den Füßen scharrten. Der Inder goss heißes Wasser in einen Styroporbecher und hängte einen Beutel hinein. Sie nahm den Tee entgegen und drückte sich neben den Stand zwischen die Mülleimer.

Sie sog den würzigen Dampf ein und dachte über das Gespräch mit der Heimleiterin nach. Das war sie also, die letzte Station ihres Lebens. Ein paar ihrer Möbel konnte sie mitnehmen, sie brauchte nicht viel. Das Sozialamt würde für die Gebühren der Seniorenresidenz aufkommen. Sie nahm einen Schluck Tee und schüttelte sich. Er schmeckte bitter, zu lange gezogen. Sie hielt die Luft an und trank ihn trotzdem. Das Zimmer würde sie gleich zusagen, es brachte nichts, sich gegen den Lauf der Dinge zu wehren. Sie sah auf die Uhr. Danach war es Zeit, den Rückweg anzutreten und zu packen.

Jemand rempelte sie im Vorbeigehen an und riss sie aus ihren Gedanken. Das heiße Getränk schwappte über den Becherrand auf ihren Handrücken. Sie zuckte zurück und pustete auf die schmerzende Stelle.

„Sorry, hab Sie nicht gesehen!“ Eine junge Frau mit dunkel geschminkten Augen hob entschuldigend die Hand. Ihre Wangen waren vom schnellen Laufen gerötet. Sie trug eine Lederjacke und schwarze Jeans, über dem Arm einen Rucksack. Wie June. Rosie öffnete den Mund, aber bevor sie etwas sagen konnte, verschwand sie in der Menge.

Rosies Blick schweifte über die vorbeieilenden Köpfe. Ob June zu ihren Eltern zurückgekehrt war? Sie drückte den leeren Teebecher zusammen und warf ihn in den Mülleimer. Ihre Wege hatten sich getrennt, und das war auch gut so.

Trotzdem lief sie ein paar Schritte in die Richtung, in die

das Mädchen verschwunden war, stellte sich auf Zehenspitzen und versuchte, über die Passanten die andere Straßenseite zu sehen. Gleich darauf machte sie sich kopfschüttelnd auf den Rückweg. Warum sollte June ausgerechnet jetzt an dieser Stelle vorbeilaufen?

Sie seufzte und kehrte zur *Residence Four Seasons* zurück. Der schmucklose Neubau hatte nichts Einladendes, aber er war in Ordnung. Sie würde sich mit allem arrangieren, auch wenn sie noch nicht wusste, wie.

June hingegen … sie war so jung! Hoffentlich gab sie ihre Pläne nicht auf. Das hatte sie nicht verdient, trotz allem, was passiert war.

* * *

Anstatt zu ihrem Pick-up zurückzukehren, lief Rosie anschließend gedankenverloren durch die Stadt, bis sie das Villenviertel erreichte. Sie erinnerte sich, was June ihr von ihrem Elternhaus erzählt hatte, und blieb nach einigem Suchen an einem schmiedeeisernen Tor stehen, hinter dem ein ansehnliches Haus aus rotem Backstein thronte. „Watters" stand auf dem Namensschild. Rosie drückte den Klingelknopf und wartete. Der Anblick des Anwesens versetzte sie schlagartig in die Vergangenheit. Es hätte ihr Elternhaus in London sein können. Dort hatte es denselben kleelosen, perfekten Rasen gegeben, der an Beete mit lilafarbenen Bodendeckern grenzte. Oder diese Rhododendronbüsche, die sich artig gegen die Hauswand lehnten. Reiche Menschen glaubten, sie wären besonders, dabei glichen sie einander mehr, als dass sie sich unterschieden.

Eine schlanke Frau im Kimonokleid trat aus der Tür und lief auf das Tor zu. Sie trug goldglänzende Ballerinas und eine lockere Hochsteckfrisur.

Rosie hielt sich instinktiv gerade. Das musste Junes Mutter sein, unglaublich, wie ähnlich sie sich sahen. Dieselben dunklen Brauen und die markante, ovale Gesichtsform.

„Sie wünschen?", fragte die Frau und der Hauch eines schweren Parfüms wehte durch die Gitterstäbe.

„Entschuldigen Sie die Störung. Sind Sie Mrs Watters?", fragte sie höflich.

„Wer möchte das wissen?" Die Frau hatte etwas Unnachgiebiges, typisch für Menschen, die es gewohnt waren, auf der vermeintlich richtigen Seite des Lebens zu stehen. Rosies Dad hatte ähnlich geklungen, sie bewegte sich auf bekanntem Terrain. „Mein Name ist Rosie Mckenzie. Ihre Tochter hat in den letzten Wochen bei mir in Lockwood gewohnt. Ich bin zufällig in der Gegend und möchte mich erkundigen, wie es ihr geht."

„Ach, Sie sind das." Junes Mutter musterte sie wie jemanden, von dem eine undefinierbare Gefahr ausging, und Rosie wusste, dass sie in diesem Moment ihr Urteil über sie fällte. Wie es ausfiel, konnte sie sich denken, denn anstatt das Tor zu öffnen und sie auf einen Tee hereinzubitten, blieb sie mit Abstand stehen. Aber das war in Ordnung. An ihrer Stelle hätte sie vermutlich dasselbe getan.

„Das kann ich Ihnen nicht sagen. June ist nicht hier."

„Wann kommt sie zurück?"

„Das müsste ich eher Sie fragen." Kate verzog ihren rot geschminkten Mund.

„Ich verstehe nicht."

„Hören Sie, Mrs Mckenzie. Erst haben wir unsere Tochter wochenlang nicht gesehen, weil Sie da draußen im Nirgendwo nichts Besseres zu tun hatten, als sie aufzunehmen und damit zu verhindern, dass sie nach Hause kommt. Wahrscheinlich haben Sie sie auch noch angestiftet, an diesem kindischen Kunststudium festzuhalten. Aber gut, lassen wir das." Sie strich ihr Kleid glatt. „Dann endlich taucht sie wie aus dem Nichts auf. Wir glauben, dass sie zur Vernunft gekommen ist. Aber nein, plötzlich verschwindet sie wieder. Ich kann Ihnen nicht sagen, wo sie sich im Moment herumtreibt. Ich weiß nur, dass das nichts Gutes bedeuten kann."

„Oh." Mehr brachte Rosie nicht hervor. Wieso überschüttete diese Frau sie mit solchen Vorwürfen? Als ob man June zwingen könnte! Kannte sie ihre Tochter so schlecht?

„Und jetzt entschuldigen Sie mich bitte, mir ist kalt und ich erwarte Gäste." Sie nickte kurz, und Rosie dämmerte, dass es nichts brachte, weiter nachzufragen.

Mit eleganten Bewegungen stieg Mrs Watters die Stufen zur Haustür empor und schlüpfte zurück ins Haus. Ihr durchdringendes Parfüm blieb.

Was für eine unerbittliche Person! Arme June. Dies war kein Ort, um sich zu Hause zu fühlen. Rosie holte ihr Notizbuch hervor, kritzelte eine Nachricht auf eine leere Seite, riss sie heraus und steckte sie durch die Torstreben hindurch in den Kübel einer Oleanderpflanze.

Mit von Erde feuchten Händen warf sie eine zweite Nachricht in den Briefkasten, nur zur Sicherheit. Vielleicht konnte sie dadurch das Universum ein Stück zurück ins Gleichgewicht bringen. Auch wenn es unwahrscheinlich war, dass June die Botschaften lesen würde.

Rosie lief zurück ins Stadtzentrum und ignorierte das altbekannte Ziehen im Rücken. Wo war das Mädchen bloß? Sie sprach Passanten an, klapperte Bäckereien, Läden und Imbissstände ab und fragte nach June Watters. Vergeblich. Ein paar Stunden später erreichte sie erschöpft den Bahnhof, verbat sich aber den Gedanken an eine Pause. Sie suchte die überfüllten Bahnsteige ab, lugte in die Wartebereiche, und überprüfte sogar die Parkplätze an der Eisenbahnbrücke, an denen die Obdachlosen ihre Nachtlager aufschlugen. Aber June blieb unauffindbar.

Zurück im Bahnhofsgebäude kam Rosie neben dem Gleis 1 schließlich an einer blauen Tür mit der Aufschrift „Railway Service Point“ vorbei. Sie zögerte kurz, dann stieß sie die Tür auf und betrat einen quadratischen Raum mit beleuchtetem Tresen in der Mitte. Es roch nach Kaffee und Desinfektionsmittel.

„Kann ich Ihnen helfen?“ Eine junge Frau mit Nasenpiercing und hüftlangen dunklen Haaren lächelte ihr entgegen. Sie trug einen blauen Overall mit dem Aufnäher „Louisa, freiwillige Hilfskraft“.

Rosie stellte den Stoffbeutel ab und rückte ihre Brille zurecht. „Guten Tag, Miss. Sie sind meine letzte Hoffnung. Haben Sie zufällig eine junge Frau gesehen? Kurze, schwarze Haare, Motorradkleidung, ernster Blick. Sie heißt June Watters.“

Louisa überlegte. „Nein, tut mir leid. Ist das Ihre Tochter?“

Rosie verbarg ihre Enttäuschung. „Nein, aber sie ist eine gute Freundin. Arbeitet hier noch jemand? Vielleicht weiß einer Ihrer Kollegen mehr.“

„Das kann ich mir nicht vorstellen. Wir sind ein kleines Team und tauschen uns täglich aus.“

„Könnten Sie trotzdem nachfragen?“

„Natürlich, das mache ich gern.“ Louisa nahm das Telefon und wählte eine Nummer. „Luke, hör mal, hast du in deiner Schicht jemanden gehabt, der June Watters heißt? Junge Frau, schwarze Haare, Motorradklamotten.“

Hoffnung stieg in Rosie auf wie eine schillernde Seifenblase.

„Okay, danke dir.“ Louisa legte auf und lächelte entschuldigend. „Mein Kollege weiß auch nichts, sorry.“

„Das ist schade, vielen Dank.“ Rosie senkte den Blick, da kam ihr eine Idee. „Kann ich bei Ihnen eine Nachricht hinterlassen? Nur für den Fall, dass meine Freundin sich hierher verirrt.“

Louisa nickte. „Klar.“ Sie holte ein leeres Blatt aus dem Drucker, der neben ihr auf dem Schreibtisch stand, und reichte es ihr.

Rosie notierte eilig ein paar Sätze und faltete es.

Louisa schrieb mit einem schwarzen Filzstift in Großbuchstaben „June“ darauf und klemmte das Papier an die Pinnwand hinter sich. „Dann kann es jeder sehen. Vielleicht haben wir Glück.“

„Danke.“ Rosie starrte auf die vier dunklen Buchstaben. Hoffentlich war June nichts passiert. Mit tintenverschmierten Fingern drückte sie ihr Notizbuch an die Brust und verließ das Gebäude, hastete zurück in die Fußgängerzone. Das Gespräch mit Junes Mutter ging ihr nicht aus dem Kopf. Wie unnachgiebig, voller Vorwürfe und fixiert auf ihre eigene Wahrnehmung sie war.

Aber Rosie nicht. Sie war anders! Und es wurde Zeit, das zu beweisen. Nicht nur June und Leah … auch Henry.

An der Parkbank unter einem Kastanienbaum blieb Rosie stehen und blätterte durch die verbliebenen Seiten des Büchleins. Mit einem Ruck riss sie alle heraus und notierte auf jede eine Nachricht. Sie dachte an das, was sie Leah geschrieben hatte. Dass es schon zwei Wochen her war und sie sich nicht gemeldet hatte. Aber sie würde nicht aufgeben!

June, wenn Du das hier liest, komm zurück und lass uns reden! R.

Sie legte die Notiz an die Armlehne der Parkbank und beschwerte sie mit einem Stein. Dann lief sie weiter, hielt an der nächsten Bank und tat dort dasselbe. Je mehr Zettel sie verteilte, desto mehr Energie kehrte in sie zurück. Sie eilte ohne Pause durch die Stadt, hielt an Plätzen, vor Geschäften, an Restaurants, an parkenden Autos. Überall hinterließ sie kleine Zettel, in Blumenkübeln, vor Auslagen, hinter Scheibenwischern, auf Fahrradgepäckträgern. June musste irgendwo sein.

Wo bist du? Wir haben beide Fehler gemacht! Ich mache mir Sorgen! R.

Sie hastete weiter, obwohl ihre Beine vor Anstrengung brannten. Solange es Zettel gab, sie einen Stift hatte und aufrecht gehen konnte, würde sie weitermachen.

June

„Railway Service-Point: Du hast Fragen, brauchst Hilfe oder ein Heißgetränk? Fühl dich willkommen!“ Fast wäre June an der Tür mit dem unscheinbaren Schriftzug auf Gleis 1 vorbeigelaufen. Sie betrat einen kleinen Empfangsraum und atmete erleichtert auf. Es roch nach Kaffee und aus der offenen Küche klang leise Countrymusik. Gegenüber stand eine Bank mit gestreiften Kissen vor der Tür mit der Aufschrift „Dusche“. Sie näherte sich dem Holztresen, auf dem Gummibäumchen und Flyer thronten, die verschiedene Hilfsangebote anpriesen. Weil sie niemanden sah, drückte sie auf die Klingel, ein „Pling“ ertönte.

Ein dunkelhaariges Mädchen in blauem Overall erschien kauend aus dem Nebenzimmer. „Louisa, freiwillige Mitarbeiterin“, las June auf ihrem Namensschild. Sie stellte ihren Seesack ab und lockerte ihr Halstuch. „Hi Louisa. Könnte ich vielleicht bei euch duschen und einen Kaffee kriegen?“

Das Mädchen lächelte freundlich und wischte sich ein paar Krümel vom Mund. „Klar. Im Moment ist besetzt, aber du kannst dort warten.“ Sie zeigte auf die Bank.

„Danke.“ June ließ sich in die Kissen sinken und war auf einmal tierisch müde. Die Aussicht auf heißes Wasser und eine Handvoll Duschgel versetzte sie in Tiefenentspannung. Sie lehnte den Kopf an die Wand, nur kurz ein bisschen dösen.

Jemand zupfte an ihrer Jacke und sie schreckte hoch. „Ja? Was?“ Reflexartig griff sie nach ihrem Seesack. Alles da.

Louisa tätschelte ihren Arm. „Sorry, wollte dich nicht erschrecken. Die Dusche ist frei.“

„Danke.“ Sie gähnte und erhob sich.

„Du bist June, oder?“ Louisa band sich mit einem Zopfgummi die Haare zu einem Dutt.

„Woher weißt du, wie ich heiße?“

„Es war jemand hier und hat nach einer jungen Frau mit kurzen Haaren und Motorradklamotten gefragt. Nun, die Beschreibung passt, würde ich sagen. Ich habe etwas für dich.“ Sie hielt ihr einen zusammengefalteten Zettel hin, auf dem in dicken schwarzen Buchstaben ihr Name stand.

„Das verstehe ich nicht“, erwiderte June. Wer hinterließ ihr an einem Ort wie diesem eine Nachricht?

Louisa zögerte. „Ich weiß, es geht mich nichts an, aber die alte Dame schien sich große Sorgen um dich zu machen.“

Rosie war hier gewesen? June stopfte den Zettel ungelesen in ihre Jackentasche. Es war alles gesagt. „Danke.“

„Dann lass ich dich mal duschen.“ Das Mädchen lächelte und verschwand hinter dem Tresen.

June betrat den Duschraum, froh, abschließen zu können. Die Feuchtigkeit und der herbe Geruch von Duschgel beruhigten sie irgendwie. Sie trat ihre Boots weg, zog sich aus und warf ihre Sachen auf den Klappstuhl.

Der Zettel rutschte aus ihrer Jacke und fiel auf den Boden. Sie hob ihn auf und drehte ihn unschlüssig zwischen den Fingern. Weg damit. Sie schob ihn unter ihre Klamotten, stieg in die Dusche und zerrte den Duschvorhang zu. Das heiße Wasser prasselte auf ihre Haut. Der leichte Druck im Nacken tat gut! Sie inhalierte den aufsteigenden Dampf, doch sie fand keine Ruhe. Was wollte Rosie von ihr?

Sie stellte das Wasser ab, wickelte sich in ein Handtuch und stieg aus der Dusche. Mit klammen Fingern zog sie den Zettel zwischen Jeans und Pulli hervor.

Liebe June,

diese Worte trage ich seit mehr als dreißig Jahren mit mir herum, aber erst jetzt erfasse ich ihren Sinn. Ich möchte sie mit dir teilen, vielleicht helfen sie dir, deinen Weg zu finden, wohin er auch führt.

„Der Schmerz, den du jetzt spürst, muss nicht der Schmerz der Zukunft sein. Es liegt an dir, ihn zu ändern."

Du bist jung und hast dein ganzes Leben vor dir. Vergeude es nicht mit Dingen, die dich unglücklich machen! Du hast alles Glück verdient, auch wenn du es nicht glaubst. Das wollte ich dir noch sagen.

Rosie

Wie Grandpa. Er hatte auch immer mit Füller geschrieben, nie mit Kugelschreiber. Ein Wassertropfen löste sich aus ihren Haaren und fiel auf die Zeilen. Die Tinte verwischte.

Sie hatten sich krasse Sachen an den Kopf geworfen. Und trotzdem schrieb Rosie ihr diesen Zettel? Überwältigt stieg June zurück in die Dusche und drehte das Wasser bis zum Anschlag an. Sie senkte den Kopf und hielt sich an der gekachelten Wand fest. Eine Weile lang stand sie da und sah dem Wasser nach, das gurgelnd im Abfluss verschwand. Wenn nur alles andere auch so leicht verschwinden würde, ihre Wut, die Erinnerungen an früher, die erdrückenden Erwartungen ihrer Familie und das ständige Gefühl, fehl am Platz zu sein. Dann wäre sie endlich frei.

Langsam kehrte Wärme in ihren Körper zurück.

Als sie fertig war, trocknete sie sich ab, schlüpfte in frische Klamotten und fuhr sich mit den Fingern durch die feuchten Haare. Wie es Rosie wohl ging? Ob sie den Leuchtturm retten konnte?

Wenig später saß June im Vorraum am Tresen, tunkte einen Mandelcookie in ihren Kaffee und stecke ihn nachdenklich in den Mund. Rosies Nachricht war komisch. Kein Wort über den Rausschmiss oder das zerbrochene Wünscheglas. Als hätte das alles nie stattgefunden. „Wann war sie hier?", fragte sie.

Louisa sah von einem Stapel Rechnungen zu ihr auf. „Die alte Dame? Vor zwei Stunden vielleicht."

„Was hat sie noch gesagt?"

„Nur, dass ihr befreundet seid. Sie wollte dir unbedingt eine Nachricht hinterlassen."

„Hat sie wirklich befreundet gesagt?"

„Definitiv."

„Ich mache mich jetzt auf den Weg. Vielen Dank für alles!" June lächelte.

Louisa hob die Hand. „Ich bin immer dienstags, donnerstags und freitags hier. Falls du in der Nähe sein solltest und einen Kaffee brauchst."

„Nett von dir. Aber das passiert hoffentlich nicht mehr."

„Okay. Dann viel Glück und grüß deine Freundin von mir."

June verließ das Bahnhofsgebäude und trat auf den Vorplatz. Die Luft roch nach Regen. Sie zog ihr Handy aus der Tasche und öffnete das Kurznachrichtenmenü. Dann tippte sie die Nachricht, die sie vor einer Weile hätte schreiben sollen.

> Hey Lio, ich muss eine Zeitlang raus und ein paar Dinge für mich klären. Pass auf dich auf und grüß die anderen, June.

Sie drückte auf „senden" und eine Last fiel von ihr ab. Aber da war noch etwas, das sie loswerden musste. Sie scrollte zu Kates Nummer und wählte.

Es läutete nur ein einziges Mal. „June? Was ist denn?“, jammerte Kate los.

„Stopp, Mum“, unterbrach sie laut. „Jetzt bin ich dran und du hörst MIR bitte zu.“ Sie machte einen großen Schritt über eine Pfütze. „Ich bin echt sauer, weil ihr den Brief von der Franklin Art aufgemacht habt. Das hätte ich gern selbst getan.“

„Bevor du weiterredest …“, unterbrach Kate.

June holte tief Luft und fuhr fort. „Und noch etwas. Ich glaube, dass ihr es mit diesem Marketingjob gut meint, aber ich werde ihn auf keinen Fall annehmen. Die Firma und ich, das wird niemals funktionieren. Akzeptiert das bitte. Und nehmt mich endlich, wie ich bin. Ich habe andere Pläne, gute Pläne. Grandpa wäre stolz auf mich, wenn er davon wüsste. Ich gehe für eine Weile weg, nicht weit, aber weit genug, um Platz für mich und meine Träume zu haben. Bis bald.“

Bevor Kate antwortete, drückte sie auf „Anruf beenden.“ Dann schaltete sie das Telefon auf lautlos und ließ es in ihrer Tasche verschwinden. Es war Zeit, ein neues Kapitel aufzuschlagen.

Sie mischte sich in das Gewusel auf dem Bahnhofsvorplatz, und lief zur Radstation, an der sie die Ducati geparkt hatte. Sie lag an einer der großen Straßen, die raus aus der Stadt führten. Die Ausfahrt Richtung Westen war perfekt, von dort ging es auf den Zubringer an die Küste. Sie setzte den Helm auf, startete das Motorrad und betete, dass der Ort, zu dem sie wollte, noch existierte.

Rosie

Als keine Zettel mehr im Notizbuch waren, fuhr Rosie zurück nach Hause. Sie hatte alles getan, was in ihrer Macht stand. Zumindest bei June. Jetzt musste sie mit Leah sprechen. Und dann mit Henry. Viel zu lange hatte sie geschwiegen. Im Cottage klemmte sie sich den Telefonhörer zwischen Ohr und Schulter und wählte Leahs Nummer. Sie zupfte das Kabel zurecht, das wie immer völlig verdreht war und betete, dass ihre Tochter sie anhören würde. Es tutete eine Weile, aber diesmal würde Rosie nicht vorschnell auflegen.

„Ja, hallo?", meldete sich Leah nach einer gefühlten Ewigkeit.

„Hallo Liebes." Rosie drückte das Kabel zusammen. „Hast du Zeit? Ich würde gern mit dir sprechen."

Stille.

Dann eine zögerliche Reaktion. „Ich muss in ein paar Minuten weg. Hugh holt mich ab, wir wollen … ach nichts." Leah schwieg.

„Es tut mir alles so leid", brach es aus Rosie heraus. Tränen traten ihr in die Augen, obwohl sie sich geschworen hatte, nicht zu weinen. Es ging nicht um sie oder darum, dass sie litt, sondern um ihre Tochter. „Ich habe so viel falsch gemacht und ich kann nur hoffen, dass du mir verzeihst. Ich mag Hugh, sehr sogar. Er liebt dich und ich weiß, dass er dich glücklich machen wird. Es ist … ich hatte Angst um dich, verstehst du? Die Liebe ist groß, beeindruckend. Aber sie ist mit unendlich viel Schmerz verbunden. So habe ich es erfahren. Und davor wollte ich dich schützen. Aber das war nicht richtig. Nur weil ich diese Erfahrung gemacht habe, heißt das nicht, dass die Liebe gefährlich ist. Sie ist gewaltig, das Schönste im Leben und es wert, sich darauf einzulassen. Auch, wenn man Gefahr läuft, verletzt zu werden. Nur wenn man sich öffnet, kann man das Leben in seiner ganzen Schönheit begreifen. Das habe ich jetzt verstanden. Ich sehe, wie sehr du Hugh liebst und er dich. Darüber bin ich sehr glücklich und ich wünsche dir nur das Beste." Die Worte sprudelten ungebremst aus ihr heraus. Dann versagte ihre Stimme und sie presste den Hörer an ihr Ohr.

„Ich hätte mir gewünscht, dass du dich mehr für uns interessierst. Dass du dich mal in mich hineinversetzt. Aber du warst oft so distanziert und hast alle Fragen nach Dad abgeblockt", sagte Leah.

Rosie nickte traurig, dann fiel ihr ein, dass Leah das nicht sah. „Du hast recht. Ich konnte nicht über meinen Schatten springen. Die Distanz hat mir Sicherheit gegeben. Das war ein großer Fehler und ich kann nur hoffen, dass du mir eines Tages vergibst. Ich hätte dir erklären sollen, was in mir vorgeht. Aber ich war nicht in der Lage, mich mit der Vergangenheit auseinanderzusetzen."

„Mum …?" Leah zögerte.

„Ja?"

„Danke für die Adressen. Wir haben beschlossen, in den nächsten Tagen nach Italien zu fahren, um Amadeos Bar und sein Grab zu besuchen."

Rosie ließ das verknotete Kabel los. „Ich hätte sie dir viel früher geben müssen. Er ist dein Dad und du hast ein Recht darauf zu wissen, was damals passiert ist." Sie rutschte vor auf die Kante des Telefonbänkchens, zögerte und schloss für einen Moment die Augen. „Ich muss dir etwas sagen. Ich bin schuld an seinem Tod."

„Wie bitte?" Leah sog hörbar Luft ein. „Das meinst du nicht ernst, oder?"

Der Schmerz pochte, aber diesmal ließ Rosie ihn kommen. „Ich war sechsundzwanzig Jahre alt und mit einer Freundin für einen Sprachkurs drei Monate in Cervia an der Adria. Mein Verlobter Timothy war oft geschäftlich in Italien unterwegs. Mit ein paar Sprachkenntnissen hätte ich ihn gut begleiten können. Es war nicht geplant, dass ich mich verliebe, aber die Begegnung mit deinem Vater hat alles verändert. Wir haben einen wunderschönen Sommer in Cervia verbracht. Er hat sogar sein liebstes Hobby, das Klippenspringen, für mich aufgegeben, weil ich mir Sorgen um ihn gemacht habe. Eine leerstehende Villa am Strand war unsere Zuflucht. Amadeo hat heimlich das Erkerzimmer zum Meer hin für uns renoviert, obwohl wir jeden Tag fürchten mussten, dass die Abrissbagger kommen. Ich habe mein Leben in England total ausgeblendet, auch die Tatsache, dass ich verlobt war und meine Familie sich sehr viel von dieser Heirat erhofft hat. Als die drei Monate um waren, habe ich realisiert, dass Amadeo und ich niemals eine Zukunft haben werden."

„Wusste Dad, dass du mit einem anderen Mann verlobt warst?"

Rosie seufzte. „Ich habe es nicht übers Herz gebracht, es ihm zu sagen. Wahrscheinlich wollte ich es selbst auch vergessen. Timothy … er war nett. Aber es war mehr ein Arrangement als eine Liebesbeziehung."

„Und dann?"

„Meine Freundin hat Druck gemacht, dass ich Amadeo die Wahrheit sage, aber ich habe mich so geschämt und wollte nur weg. Ich bin aufgebrochen, ohne mich zu verabschieden oder meine Adresse zu hinterlassen, weil ich dachte, ein harter Schnitt ist für uns beide besser." Rosie erhob sich und lief im Flur auf und ab, bis das Telefonkabel spannte. „Zuhause in England stellte ich fest, dass ich von Amadeo schwanger war. Also bin ich zurück nach Italien, um es ihm zu sagen." Die Erinnerungen fluteten sie mit der Kraft einer riesigen Welle. Sie erzählte Leah von der verwaisten Strandbar, dem Trauerzug in *Borgo Alto* und dem tödlichen Unfall in den Klippen. „Er ist meinetwegen wieder gesprungen, verstehst du? Nur weil ich weggegangen bin, ist er das Risiko wieder eingegangen. Hätte ich ihn nicht verlassen, wäre er noch am Leben." Tränen liefen ihr über das Gesicht und glitten auf ihr Oberteil.

„Oh, Mum, das ist schrecklich. Aber du kannst nichts für das, was mit ihm passiert ist. Es war ein Unfall", sagte Leah sanft.

Rosie schwieg und weinte.

Und auch Leah sagte nichts mehr. Aber die Stille war nicht beunruhigend, nur ein bisschen rau. Rosie wechselte das Ohr und der Strom ihrer Tränen verebbte. Sie kramte ein Taschentuch aus ihrer Schürze und putzte sich die Nase. Sie fühlte sich mit einem Mal viel leichter. „Ich habe übrigens ein altes Foto von ihm. Einen Schnappschuss, ziemlich verwackelt. Wenn du möchtest, kannst du ihn für den Familienstammbaum haben."

„Sehr gerne, danke", antwortete Leah leise.

„Und ich muss dir noch etwas sagen. Henry und ich … Ich glaube, ich möchte viel mehr Zeit mit ihm verbringen. Wenn er das noch will."

„Ich weiß, Mum. Du liebst ihn schon lange."

Amadeos Gesicht erschien in Rosies Erinnerung und sie lächelte. Er hätte mit ihr geschimpft, weil sie so stur und uneinsichtig gewesen war. Weil sie andere vor den Kopf gestoßen und sich verboten hatte, zu vertrauen und die Liebe in ihr Leben zu lassen. Vor allem aber hätte er niemals das Leuchtturmprojekt blockiert, wenn es bedeutet hätte, alles zu verlieren. Er hatte es immer geliebt, mit anderen zusammenzuarbeiten und nach vorne zu sehen. Darin war er so gut gewesen. Sie ließ sich auf das Telefonbänkchen fallen und lehnte sich zurück. „Verzeihst du mir?", flüsterte sie und meinte in diesem Moment nicht nur ihn.

„Mum, Hugh und ich wollen heute Nachmittag zwei Locations für die Hochzeit anschauen. Möchtest du mitkommen?“

„Sehr gern. Aber vorher muss ich noch etwas erledigen.“

* * *

Eine Stunde später stand Rosie mit einer schweren Tasche im Arm vor Ephraim Youngs Büro, klopfte kurz und trat ein. „Guten Morgen, Miss Taylor“, sagte sie freundlich. Papier raschelte und das Sonnenlicht vom Fenster gegenüber schien ihr warm ins Gesicht.

Die Sekretärin sah sie an wie einen Geist. „Mrs Mckenzie?“

Auf einmal hatte Rosie ein schlechtes Gewissen. Die Arme musste einen furchtbaren Eindruck von ihr haben, so oft, wie sie hier voller Emotionen aufgetaucht war. „Es tut mir leid, wenn ich Sie erschreckt habe. Keine Sorge, ich möchte nur etwas abgeben. Dann bin ich gleich wieder weg.“

Leslie Taylor nickte und nahm wie ferngesteuert den Telefonhörer ab. „Mr Young? Haben Sie kurz Zeit? Mrs Mckenzie ist hier.“

„Vielen Dank für Ihre Hilfe, aber Sie hätten ihn nicht stören müssen.“ Rosie zog aus ihrer Tasche mehrere eingerollte, großformatige Papiere und legte sie der Sekretärin auf den Schreibtisch.

Dahinter öffnete sich eine zweiflügelige Tür. „Mrs Mckenzie?“ Ephraim Young rückte erstaunt seine randlose Brille zurecht und schaute sie erwartungsvoll an. „Mit Ihnen habe ich nicht gerechnet.“

„Das kann ich mir vorstellen.“ Rosie nickte versöhnlich und deutete auf den Schreibtisch. „Ich habe Ihnen etwas mitgebracht.“

Mit fragendem Blick hob er die Rollen hoch und breitete sie aus. Dann hellte sich seine Miene auf. „Das sind die alten Pläne vom Leuchtturm! Die fehlen in unseren Unterlagen.“ Er ließ die Arme sinken. „Woher haben Sie die?“

Rosie zupfte schuldbewusst an ihrer Jacke. „Ihr Vor-Vorgänger Mr Malone hat sie mir bei meinem Einzug 1976 überlassen. Sie waren bei meinen Unterlagen, aber Sie können sie besser gebrauchen, denke ich. Ich hätte sie Ihnen viel früher geben können, aber … entschuldigen Sie bitte, dass ich so uneinsichtig war."

Young lächelte. „Heißt das, Sie haben sich entschieden, unser Leuchtturmprojekt doch zu unterstützen?"

Leslie Taylor verharrte in der Bewegung und starrte sie an.

Rosie verlagerte ihr Gewicht von einem Fuß auf den anderen. An so viel Aufmerksamkeit musste sie sich gewöhnen. Aber sie hatte noch mehr als ein halbes Jahr Zeit, bis erste Übernachtungsgäste eintreffen würden. „Ja, aber nur unter zwei Bedingungen."

Er schmunzelte. „Ich bin ganz Ohr."

„Ich trage meinen Teil dazu bei, dass das B&B funktioniert. Aber ich möchte, dass im Winter keine Gäste kommen und ich eine Aushilfe meiner Wahl einstellen kann, die mich bei allem unterstützt. Wie Mr Stelter festgestellt hat, bin ich ja nicht mehr die Jüngste."

Young lachte. „Das sehe ich ganz und gar nicht so. Aber ich denke, das lässt sich alles machen. Dann ziehe ich hiermit die Räumungsklage zurück. Sie bekommen das natürlich auch noch schriftlich." Er streckte ihr die Hand hin.

Rosies holte tief Luft und schlug ein.

June

Im Schritttempo fuhr June den Schotterweg zum Leuchtturm. War es echt erst zweieinhalb Wochen her, seit sie von hier weg war? Sie hielt an, atmete den herben Meergeruch ein und beobachtete, wie der Wind das Heidegras über den Küstenhügeln durchwehte. Sie hatte keine Ahnung, was sie erwartete, aber seit sie Port Jacobs hinter sich gelassen hatte, breitete sich Vorfreude und Wärme in ihr aus. Hoffentlich war Rosies Sorge um sie echt und sie rastete nicht aus, wenn sie auftauchte.

Sie erreichte das Gartentor und die Möwen über ihr kreischten wie zur Begrüßung. Mit klopfendem Herzen scannte sie das Grundstück und drückte das Tor auf. Niemand da. Sie lief am offenen Schuppen vorbei und zwang sich, nicht hineinzusehen. Erinnerungen an die Zeit mit Milo konnte sie jetzt nicht gebrauchen. An den Klippen hielt sie an und blinzelte in den Wind.

Das Meer schillerte in tausend Blautönen, unergründlich und tief, weit draußen kreuzte ein Containerschiff. Sie schob ihr Halstuch ein Stückchen hoch und ließ den Blick schweifen, über die Galerie des Leuchtturms und den Trampelpfad bis zum Ende der halbmondförmigen Bucht, wo die Wellen an Land rollten und in Explosionen von weißem Schaum brachen.

Eine Bewegung unten in den Klippen fing ihre Aufmerksamkeit. Ein krummer Rücken, das Flattern von gelbem Stoff, darüber ein Parka und ein Dutt. Rosie! Sie saß auf einem Felsplateau mitten in der Wand und schaute aufs Wasser. Die brodelnde Brandung klatschte an die Steine zu ihren Füßen.

June ließ ihren Seesack fallen und suchte den bewachsenen Abhang nach einer Stelle ab, an der sie rasch und gefahrlos hinunterklettern konnte. Wenn der aufkommende Sturm das Meer in die Bucht drückte, was jederzeit passieren konnte, würde das Plateau für Rosie zur tödlichen Falle werden.

Der Wind griff ihr kalt ins Gesicht, während sie sich von Stein zu Stein hangelte, voll konzentriert, um auf dem nach unten glitschiger werdenden Gestein nicht abzurutschen. Schließlich erreichte sie den Felsvorsprung und sprang das letzte Stück auf das Plateau.

Rosie saß reglos mit dem Rücken zu ihr und schaute zum Horizont, wo das Graublau des Meeres mit den tiefhängenden Regenwolken verschwamm. Dazwischen hing ein feiner Schleier, in dem es grell aufblitzte. Ein Unwetter, aber weit genug entfernt.

June ließ sich neben Rosie nieder und zog die Füße an, trotzdem landete hochfliegender Brandungsschaum auf ihrer Jeans. Das Meer unter ihnen dröhnte, die feuchte Luft stülpte sich über sie und schmeckte nach Wildheit und Naturgewalt. Sie fröstelte. „Ich hatte fast vergessen, wie schön es hier ist“, rief sie.

Ein Ruck ging durch Rosie, ohne dass sie ihre Position veränderte. Ihre Brille trug Spuren von getrocknetem Salzwasser, ihre Wangen waren gerötet. „Das Gewitter kommt näher“, sagte sie und starrte weiter geradeaus.

„Ich hoffe, du hast die Fenster auf der Galerie gesichert?“

Rosies verzog den Mund. „Natürlich. Ich habe dazugelernt.“

„Das ist gut. Ich bin nämlich nicht scharf darauf, stundenlang im Keller Rotwein zu trinken, wenn alles absäuft.“

„Ich habe Bier kaltgestellt.“

June verkniff sich ein Lächeln. Die Vorstellung, dass Rosie sich nach einer Dose *Innis & Gun* den Schaum von der Oberlippe leckte, war witzig.

Ihre Blicke trafen sich. Rosie war dünner geworden, das

Haar schien ein paar Nuancen weißer. Aus ihrem Dutt hingen Strähnen und wehten im Wind.

June suchte nach den passenden Worten, nicht einfach, wenn um einen herum das Meer tobte. Aber sie wusste, dass sie an der Reihe war, die Initiative zu ergreifen. Weglaufen oder Schweigen waren keine Option mehr. „Ich bin hier, um mich zu entschuldigen." Sie stockte, plötzlich gehemmt und unsicher. Die Gedanken jagten durch ihren Kopf. „Du hast recht, ich will mein Leben nicht vergeuden. Im Gegenteil! Ich habe meinen Eltern endlich gesagt, dass ich meinen eigenen Weg gehen muss." Sie machte eine Pause. „Danke für deine Nachricht. Ohne sie hätte ich es nicht verstanden." Sie klappte den Kragen ihrer Lederjacke hoch. „Es tut mir leid, was ich neulich zu dir gesagt habe. Und dass das Wünscheglas kaputt gegangen ist. Das habe ich nicht gewollt. Ich wünschte, ich könnte es rückgängig machen."

Rosie schlang die Arme um ihre Knie. „Der Schmerz, den du jetzt empfindest, muss nicht der Schmerz der Zukunft sein. Dieser Zettel war der erste, den ich aus dem Wünscheglas geholt habe, nachdem Eve es mir zu Leahs Geburt geschenkt hatte. Ich wusste viele Jahre nicht, wie es funktioniert, meinen Schmerz in Zukunft zu verwandeln. Aber ich habe gespürt, dass ich eines Tages die Gelegenheit bekommen würde, den Sinn des Zettels zu verstehen und es zu probieren. Deshalb habe ich ihn die ganze Zeit in meinem Portemonnaie bei mir getragen. Er hat mich immer getröstet, auch wenn ich ihn nicht verstanden habe."

„Und jetzt weißt du es?"

Rosie nickte. „Ich habe viele Fehler gemacht. Habe die Menschen auf Abstand gehalten, die mich geliebt haben. Die Männer, mit denen ich früher zusammen war. Henry. Leah. Und dich. Nur, weil ich mich jahrelang an die Vergangenheit geklammert habe. Und an Amadeo. Dabei hätte ich ihn vor langer Zeit loslassen müssen. Er ist seit fast fünfunddreißig Jahren tot. Aber das wollte ich nicht akzeptieren, denn sonst hätte ich mich mit meinen Schuldgefühlen auseinandersetzen müssen. Und das konnte ich nicht. Ich habe mich im Leuchtturm verschanzt, denn hier war er für mich lebendig. An diesem Ort am Meer, den er genauso geliebt hätte wie das Erkerzimmer in der Villa Dorata in Cervia. Unsere geheime Zuflucht. Als hätte ich ihn dadurch wieder lebendig machen können." Rosie stieß einen tiefen Seufzer aus. „Dabei habe ich ihm gerade durch mein starrsinniges Verhalten Unrecht getan und es nicht mal gemerkt. Amadeo hätte niemals gewollt, dass ich seinetwegen alles aufgebe. Dass ich mich aufgebe und vor allem verschließe. Dass ich mir die Liebe verbiete." Ihre Stimme klang auf einmal belegt. „Er hätte gewollt, dass ich eine neue Zukunft baue und es mir erlaube glücklich zu sein. Auch mit einem anderen Mann. Mit Henry."

Der Wind blies dringliches Donnergrollen an Land.

June sah prüfend zum Himmel. Die dunklen Wolken zogen weiter heran, die Luft wurde schwerer und der Geruch nach Gewitter nahm zu. „Es geht gleich los. Wir sollten von hier verschwinden."

Kaum hatte sie es ausgesprochen, zerschellten die ersten Tropfen auf dem Felsen. June sprang auf und zog Rosie hoch, bis sie auf wackeligen Beinen stand. Der Wind schnitt ihr den Atem ab, während die offenen Enden von Rosies Strickjacke umherflatterten wie ein aufgeregter Kolibri.

Die schwarze Wand aus Wolken war jetzt genau über ihnen. June zerrte Rosie hinter sich her, und gemeinsam stiegen sie die Felsen hoch. Im Laufschritt eilten sie zum Haus, gerade rechtzeitig, bevor der Platzregen einsetzte.

* * *

June warf ihre Jacke über die Garderobe und plumpste auf die Eckbank. Sie schielte zu der Stelle, an der das Wünscheglas zersprungen war. Ein feiner Riss verlief dort im Boden, war er vorher schon da gewesen?

Rosie öffnete die Ofenklappe und schob frische Holzstücke in die Glut. Sie rieb die Hände aneinander und blies hinein. „Ich hab gar nicht gemerkt, wie kalt mir draußen war. Möchtest du einen Milchkaffee?“, fragte sie.

„Kräutertee ist auch gut.“ Junes Blick blieb an den bronzefarbenen Pfannen über dem Herd hängen, die sie an ein Leben in früheren Zeiten erinnerten. Die lauschige Wärme, die der Ofen abstrahlte, und der Duft von Basilikum und Lavendel, alles hier war gemütlich und entschleunigt. Ein Ort wie aus der Zeit gefallen. „Bist du noch sauer auf mich?“, fragte sie.

Rosie füllte den Teekessel und stellte ihn auf den Herd. Ihre Hand umschloss den Henkel. „Du bist hier, um zu deinen Fehlern zu stehen. Darüber freue ich mich sehr. Denn du bist mir wirklich ans Herz gewachsen. Ich hoffe, du glaubst mir das inzwischen.“

June schniefte. „Ja, das tue ich. Du hast mich gesucht und nicht aufgegeben. Das hat noch nie jemand für mich getan.“

„Mein Verhalten war auch nicht in Ordnung. Ich hätte dich nicht für meine Zwecke einspannen dürfen, das war egoistisch und unfair. Als das Wünscheglas kaputt ging, warst du für mich nur ein egoistisches, verwöhntes Mädchen. Ich habe die Wunde in dir nicht mehr gesehen, vor der du davongelaufen bist. Dabei weiß ich genau, welche Kraft Schmerz entwickeln kann, wenn er jahrelang unterdrückt wird.“

In June löste sich etwas. „Das kann ich nicht geradebiegen. Weder das mit dem Wünscheglas noch das mit Rae.“

„Weglaufen, wenn es schwierig wird, ist nicht in Ordnung. Wenn dir etwas nicht passt oder jemand dich verletzt, solltest du es sagen und den Menschen die Chance geben, sich mit dir auseinanderzusetzen. Ich für meinen Teil halte das aus."

June zog ein Taschentuch aus der Jacke und putzte sich die Nase. „Ja, du hast recht."

„Und was deinen Freund betrifft, dein Weg ist hier wohl noch nicht zu Ende", erwiderte Rosie.

„Wie meinst du das?"

„Er ist immer noch im Krankenhaus, oder?"

„In Reha. Aber es geht ihm viel besser. Ich habe seine Schwester getroffen, sie hat es mir erzählt."

„Darauf wollte ich nicht hinaus."

Natürlich wusste June das. Es war Zeit, den letzten Schritt zu gehen. Sie knetete ihre Hände. „Ich werde mit ihm sprechen."

Der Teekessel fiepte, Rosie schaltete das Gas aus und goss das heiße Wasser in zwei Becher. Sie stellte sie auf den Tisch und strich ihren Pullover glatt. „Das Wünscheglas in Scherben zu sehen, war furchtbar, aber auch heilsam. Nur so habe ich gemerkt, dass ich es nicht mehr brauche. Dass ich meine Erinnerungen loslassen kann. Es klingt komisch, ich weiß, aber erst seitdem es für immer zerbrochen ist, habe ich verstanden, dass ich meinen Weg finden kann." Sie machte eine kurze Pause. „Ich habe Leah endlich erzählt, was mit ihrem Vater passiert ist."

„Warum glaubst du, dass du ihn auf dem Gewissen hast?" June zögerte und dachte an den Zettel, den sie mal in der Vorratskammer gefunden hatte. „Keiner ist daran schuld."

Rosie ließ sich auf die Bank nieder und streckte die Füße aus. Stockend und mit leiser Stimme erzählte sie, was damals in Italien passiert war und welchen Kummer sie all die Zeit mit sich herumgeschleppt hatte. „Heute weiß ich, dass es nicht meine Schuld war, dass Amadeo wieder mit dem Klippenspringen angefangen hat. Natürlich war mein Verhalten damals nicht in Ordnung. Ich hätte nicht einfach gehen dürfen, ohne mich zu verabschieden oder noch einmal mit ihm zu reden. Aber alles, was danach passiert ist, war ein tragischer Unfall."

„Das hast du all die Jahre für dich behalten? Weiß Henry davon?"

Rosie nickte kaum merklich. „Er kennt meine Geschichte."

„Hast du ihm auch gesagt, was er dir bedeutet? Dass er mehr für dich ist als nur dein bester Freund?"

Rosie errötete wie ein Teenager. „Noch nicht."

Einen Moment lang herrschte Stille im Raum, eine gute, vertraute Stille, und June wollte um nichts in der Welt an einem anderen Ort sein.

„Was ist aus deiner Bewerbungsmappe geworden?", fragte Rosie auf einmal.

„Sie haben mich nicht genommen."

„Oh, das tut mir leid. Aber warum? Du hast so hart dafür gearbeitet."

June zuckte die Schultern. Dampf stieg aus ihrer Tasse empor und verschwand im Nichts. „Die Franklin Art School begründet Absagen nicht."

Rosie berührte sie am Arm, abwartend, vorsichtig, aber es fühlte sich nach Trost an. „Du bist auch ohne Diplom eine echte Künstlerin. Ich hoffe, du weißt das. Wenn du deinem Herzen folgst, kannst du alles sein. Was hältst du davon, hier zu bleiben und es allen zu beweisen?"

June sah überrascht hoch. „Was meinst du damit?"

Ein Lächeln stahl sich auf Rosies Gesicht. „Ich war bei Young und habe meine Unterstützung für das B&B zugesagt. Die Vorstellung, fremde Gäste zu bewirten, ist zwar immer noch beängstigend, aber ich sehe jetzt, dass das Projekt eine Chance nicht nur für Lockwood ist, sondern auch für mich. Aber ich habe zwei Bedingungen gestellt." Sie machte eine bedeutungsschwere Pause.

June setzte sich gerade hin. „Und die wären?"

„Im Winter kommen keine Touristen, und ich stelle eine Mitarbeiterin ein, die mich unterstützt und diesem Ort eine besondere Note verleiht." Sie legte den Kopf schief und schaute June auffordernd an.

„Ich?" Ungläubig rieb June sich die Stirn.

Rosie lachte und ihr ganzes Gesicht leuchtete. „Das Zimmer im Leuchtturm könnte deine Künstlerresidenz sein. Aus den anderen Räumen werden zwei Doppelzimmer. Du hilfst mir bei den Übernachtungsgästen und könntest im Schuppen an deinen Kunstprojekten arbeiten und vielleicht sogar im Rathaus oder in den Restaurants in Lockwood Ausstellungen veranstalten. Henry würde dich in der Anfangszeit bestimmt mit seiner Stiftung unterstützen. Was meinst du?"

June wusste nicht, was sie sagen sollte. Sie sprang auf und lief in der Küche hin und her. Ihre Gedanken überschlugen sich. Ein Zimmer im Leuchtturm, der Schuppen als Werkstatt und Ausstellungen in der Region? Das klang überwältigend. Sie dachte an Lily Banks und ihr verlockendes Angebot, das sie abgelehnt hatte, weil sie etwas hinterhergerannt war, das nicht zu ihr passte. Was, wenn sie mit ihren Graffitiskulpturen auf Dauer Geld verdiente? Kribbelnde Unruhe erfasste sie und auf einmal sah sie das Gesicht von Grandpa vor sich, der ihr liebevoll zunickte. Sie blieb stehen. „Es klingt mega. Wie ein Traum."

Das Klackern der Regentropfen auf den Fensterscheiben flachte langsam ab, Sonnenstrahlen drängten durch die Wolken und malten Flecken auf den Küchentisch. Rosie rutschte nach vorne auf die Kante der Eckbank und streckte ihr die Hände entgegen.

* * *

Ein paar Tage später klappte June den *South Coast Express* zusammen, eine überregionale Tageszeitung der Südküste, und biss in ihr Brötchen. „Die Anzeige ist drin." Vielleicht konnte der Geschmack von würzigem Cheddar ihre Nervosität vertreiben. Seit ihrer Rückkehr überschlugen sich die Ereignisse. Sie hatte Rae in der Reha besucht und sich mit ihm ausgesprochen. Seitdem ging es ihr besser. Außerdem hatte sie Lily Banks angerufen, sich für das großartige Angebot bedankt und ihr berichtet, dass sie von nun an im Leuchtturm leben und als Künstlerin arbeiten würde. Die Unternehmerin hatte sich ehrlich gefreut und versichert, sich zu melden, falls sie weitere Aufträge für sie hätte. Und heute war endlich der Zeitungsaufruf erschienen.

June kaute, bis der Käse eine süßliche Note bekam, und spülte mit einem Schluck Kaffee hinterher. Das erste Mal in ihrem Leben fühlte sich alles richtig an. Grandpa wäre stolz auf sie.

„Verrätst du mir, was du vorhast?" Rosie zupfte eine Handvoll Blätter vom Basilikumbäumchen neben ihr und verteilte sie auf ihrem Buttertoast.

„Warum frühstückst du eigentlich Basilikum?", fragte June gespielt angewidert.

„Es schmeckt wunderbar erfrischend. Probier mal." Rosie hielt ihr ein Blatt hin.

„Keine Chance." Lachend kippte June den Rest Kaffee herunter und erhob sich vom Küchentisch. Es wurde Zeit, ihr Atelier im Schuppen einzurichten. Ihr Atelier. Sie ließ das Wort auf der Zunge zergehen. Unglaublich, dass es jetzt einen Ort gab, der offiziell ihr gehörte.

„Bevor du gehst, möchte ich wissen, was es mit dieser geheimnisvollen Anzeige auf sich hat. Ich dachte, du stehst mit Zeitungen auf Kriegsfuß?" Rosie trommelte mit den Fingern auf die Tischplatte.

„Stimmt, aber diesmal ist es anders. Ich habe mir etwas für

meinen Einstieg als Künstlerin überlegt. Nichts Wildes, wahrscheinlich checkt sowieso keiner, worum es geht."

„Ich höre. Oder soll ich es selbst nachlesen?" Rosie zog die Zeitung heran und fing an zu blättern.

June lächelte. „Okay, okay, ich erklär es dir. Ich würde gern eine Installation aus Wunschzetteln bauen. Im Freien neben dem Leuchtturm."

Sie erntete einen fragenden Blick. Da hatte sie es, nicht einmal Rosie kapierte, was Sache war.

„Ich stelle mir ein riesiges Mobile aus Stahl mit sich drehenden Elementen vor. Dafür hätte ich gern besondere Botschaften, kleine Notizen auf Zetteln, Bierdeckeln oder Karten. Egal was, Hauptsache, die Sprüche haben den Menschen etwas bedeutet, vielleicht sogar ihr Leben verändert."

„Und die willst du daran befestigen?"

„Ich weiß nicht genau wie, aber ja, das ist mein Plan. Ein sich drehender Wunschbaum, den der Wind in Bewegung hält. Als Inspiration oder Mutmacher. Gefällt den Touris bestimmt." Und dir hoffentlich auch, fügte sie in Gedanken hinzu. Das Wünscheglas war unwiderruflich kaputt, aber vielleicht konnte sie auf diese Art etwas gut machen.

Rosie berührte ihre Hand. „Das klingt wundervoll. Ich drücke dir die Daumen, dass jemand die Anzeige liest und du zumindest ein paar Zuschriften bekommst."

„Danke." June erhob sich und stellte Tasse und Teller in die Spüle. Sie brannte darauf anzufangen und allen zu zeigen, was in ihr steckte.

Sie schlüpfte in ihre dicke Jacke und die Stiefel und verließ das Cottage. Draußen atmete sie die Meeresluft ein und lief den schmalen Weg entlang zu den Klippen. Sie hielt am Findling an, der behäbig und moosbewachsen in der Morgensonne lag, und strich mit den Fingern über seine raue Oberfläche.

In seiner Nähe wäre eine gute Stelle für den Wunschbaum. Tagsüber drückte hier der Wind in die Bucht hinein, gegen Abend drehte er oft. Ja, es würde passen. Sie hob das Gesicht Richtung Novemberhimmel, die Wolken verbanden sich zu übergroßen Gebilden. Hingetupftes Weiß auf blauem Papier. Die Natur erschuf die schönsten Gemälde.

Milos Augen blitzten in Junes Erinnerung auf, sein Geruch und die Küsse, die nach Geborgenheit geschmeckt hatten. Inzwischen wusste sie, dass sie ihm Unrecht getan hatte. Sie hatte seinen Artikel wieder und wieder gelesen. Darin stand die Wahrheit. Milo hatte ihr wahres Talent und ihre Herzenskunst gesehen, als sie selbst es noch nicht konnte.

Die schlimme letzte Begegnung im *Eye for Details* hing ihr nach, aber ihr war klar, dass er sich diesmal nicht bei ihr melden würde. Erst wenn sie bereit war, ihm das Interview zu verzeihen, gab es vielleicht die Chance auf einen Neuanfang. Verdammt, er kannte sie gut. Jetzt musste sie nur herausfinden, ob sie dazu imstande war, den ersten Schritt zu machen.

* * *

Kurz darauf machte sich June an die Arbeit, in der Hoffnung, dass das Herbstwetter mitspielen würde. Heute blies der Wind vom aufgewühlten Meer herüber, ein guter Vorgeschmack auf das, was hier entstehen sollte. Zum Glück regnete es nicht. Sie rammte den Spaten in den Boden und markierte die Stelle auf der Wiese, die sie für den Wunschbaum ausgesucht hatte, ungefähr fünfzig Schritte neben dem Findling. Der Platz war perfekt, damit er für sich wirkte und trotzdem mit dem Stein und dem Leuchtturm eine Einheit bildete.

Sie warf den Erdaushub auf die Seite und lockerte das Halstuch, als ihr von der Anstrengung warm wurde. Zuerst würde sie ein Fundament setzen, um den Stamm zu verankern. Die beweglichen Äste würde sie danach anfertigen. Wenn alles nach Plan lief, müsste sie in knapp vier Wochen fertig sein.

Während sie vor sich hinarbeitete, mischte sich ein Geräusch in den Klang des Windes. Verzerrt und schrill, wie das Kreischen eines sich nähernden Möwenschwarms. Sie drehte sich in die Richtung, aus der sie es hörte. Rosie lief rufend auf sie zu und fuchtelte mit den Armen. Ihr Gesicht war von der kühlen Luft gerötet und ihre Brust hob und senkte sich schnell. Außer Atem blieb sie vor ihr stehen. „Es ist … du musst …“, stammelte sie.

„Was ist denn los? Du siehst aus, als hättest du ein Gespenst gesehen.“ June stützte sich besorgt auf den Spaten.

Rosie zog sie mit sich und er fiel ins Gras. „Komm schnell mit, das musst du dir ansehen“.

Alarmiert folgte June ihr zum Haus. „Jetzt sag, was ist passiert?“, drängte sie.

„Mach dich auf was gefasst.“ Rosie steuerte auf das Gartentor zu.

June hatte Mühe, Schritt zu halten. Von weitem sah sie den roten *Royal Mail* Van mit offener Heckklappe. Zwei Frauen und ein Mann in Uniform hievten prall gefüllte Jutesäcke von den Ladeflächen und stellten sie vor dem Grundstück ab.

Rosie blieb stehen. „Hier ist etwas sehr Merkwürdiges im Gang, das gefällt mir nicht“, flüsterte sie.

June scannte die Gruppe, die mit geübten Bewegungen ihren Wagen leerte. „Bist du sicher, dass sie zu uns wollen? Vielleicht haben sie sich in der Adresse geirrt“, raunte sie zurück.

Rosie zuckte die Schultern. „Möglich.“

Eine groß gewachsene Frau mit kurzen, grauen Haaren löste sich aus der Gruppe. „Wer von Ihnen ist Miss June Watters?“

June runzelte die Stirn. Warum redete sie so förmlich? Rosie hatte recht, hier stank etwas gewaltig zum Himmel. June öffnete das Gartentor und trat hinaus. „Ich bin das, warum?“

„Sie müssten hier den ordentlichen Empfang unterschreiben. Es sind insgesamt neun Säcke." Die Grauhaarige tippte mit dem Kugelschreiber auf ein Formular und hielt es ihr hin.

„Wieso ich?"

„Weil Ihr Name überall draufsteht."

„Was ist denn da drin?"

„Also Kaninchen sind es nicht." Die Frau brach in lautes Gelächter aus. Ihre zwei Kollegen im Hintergrund grinsten Beifall.

Junes Blick irrte über die Säcke, dann dämmerte ihr, was sie beinhalteten. „Unmöglich", murmelte sie.

„Das haben wir auch gedacht, als der Lkw letzte Nacht vom Verteilerzentrum kam. Sind Sie berühmt oder sowas?" Die Postmitarbeiterin kratzte sich die Schläfe und musterte June zweifelnd.

„Eigentlich nicht." Jedenfalls nicht auf diese Art, fügte sie stumm hinzu.

„Dann will jemand wohl, dass Sie was zu lesen haben. Unterschreiben Sie jetzt bitte hier? Wie haben eine große Tour vor uns und müssen weiter."

Wie in Trance nahm June den Kugelschreiber entgegen und setzte ihre Unterschrift in den dafür vorgesehenen Kasten auf dem Formular.

„Danke. Schönen Tag." Die Rothaarige nickte ihr zu, dann sprang die Gruppe auf ihr Handzeichen zurück in den Van und brauste davon. Was blieb, war eine gigantische Staubwolke über dem Kiesweg, die wie ein Schlossgeist herumwaberte und durch die Felder verschwand.

June drehte sich um. „Holy shit. Was machen wir jetzt?"

„Sind das alles Briefe?", fragte Rosie ungläubig.

„Sieht ganz so aus."

„Ich hole die Schubkarre." Rosie stapfte zum Schuppen.

June kniff sich in den Arm, vielleicht bildete sie sich alles nur ein. Unmöglich, dass der gesamte Inhalt der Säcke Reaktionen auf ihre kleine Anzeige war. Ihre Haut brannte, aber die Säcke blieben an Ort und Stelle.

Mit wackeligen Knien lief sie an ihnen entlang und strich über das raue Material. Sie löste die erste Kordel und der Sack kippte zur Seite. Eine Schicht Briefe und Karten fiel zu Boden. Überall stand ihr Name drauf. Sie holte einige blaue, silberne, lilafarbene, grüne und gelbe Umschläge heraus und der Geruch von Maiglöckchen stieg ihr in die Nase. Jemand hatte Parfüm darauf gesprüht, krass! Auf den Rückseiten standen die Namen der Absender. Sie kamen von überall her, aus Port Jacobs, St. Yves, Exeter, Brighton, sogar London war dabei.

Sie öffnete wahllos einen der Umschläge und zog eine cremefarbene Karte mit eingelegtem Aquarellpapier heraus, auf dem Pfingstrosen um einen Eisbecher rankten.

Liebe Miss Watters,

meine Großmutter Amy hat immer etwas zu mir gesagt, das mir nachhaltig in Erinnerung geblieben ist. Sie hatte in den fünfziger Jahren einen Milchladen in der Nähe der Tower Bridge und stets eine amüsante Lebensweisheit parat. Jetzt habe ich selbst Enkel und ertappe mich, wie ich diesen Spruch ebenfalls zum Besten gebe. Ich möchte ihn Ihrem wundervollen Kunstprojekt vermachen.

„Wenn er dich mit einem Fahrzeug beeindrucken will, sollte es ein Eiswagen sein.“

Was denken Sie, hat meine Granny nicht recht gehabt.

Herzliche Vanille-Grüße aus London,

Ihre Sophie Winter

June legte das Papier zur Seite und öffnete den nächsten Umschlag. Dann noch einen und noch einen. Jeder offenbarte eine Lebensweisheit, einen Spruch oder eine besondere Anekdote aus dem Leben der Absender, liebevoll geschrieben und verziert mit farbiger Tinte, Zeichnungen oder Aufklebern. Sie kamen von Männern, älteren Frauen, jungen Mädchen, Familien und Schulkindern, halb Südengland wollte Teil des Wunschbaums werden.

Es war unglaublich. Nie im Leben hätte sie damit gerechnet. Am liebsten wäre sie sofort losgefahren, um das Material zu besorgen und die Äste zu schweißen.

Rosie kam mit der Schubkarre zurück und riss sie aus ihren Gedanken. „Sorry, ich bin aufgehalten worden. Kannst du etwas damit anfangen?" Sie deutete auf die am Boden verteilte Post.

June klopfte den Staub von ihrer Jeans. „Es ist fantastisch. So viele tolle Gedanken von Menschen, die etwas mitzuteilen haben. Sieh nur, wie viele es sind." Sie holte zwei Hände voll Post aus dem offenen Sack.

Aber Rosies Gesicht blieb ernst.

„Was ist los?", fragte June vorsichtig.

„Es hat jemand für dich angerufen."

„Lass mich raten. Irgendein Pressefuzzi." Sie schob die Briefe zurück in den Jutesack. Wenn sie darüber nachdachte, war es ein Wunder, dass O'Connor nicht direkt mit dem Postauto hergefahren war, um das erste Foto von ihr zu schießen.

„Nein, zum Glück nicht." Rosie zog die Säcke einen nach dem anderen zur Schubkarre. Gemeinsam warfen sie die eine Hälfte hinein, brachten sie in den Schuppen und kamen zurück, um den Rest zu holen.

„Okay. Umso besser", nahm June den Faden auf. „Wer dann? Mach es nicht so spannend."

„Milo."

Junes Handflächen wurden feucht. „Oh."

„Er möchte dich zu deinem Projekt interviewen. Für dieses Kulturmagazin. Wie es scheint, arbeitet er dort jetzt fest." Rosie wich ihrem Blick aus.

„Ein Interview."

Rosie seufzte. „Ich glaube, das ist seine Art, dir zu zeigen, dass er dich wiedersehen möchte. Du vermisst ihn doch auch, oder?"

Sie verließen den Schuppen und gingen zum Cottage zurück. June hängte ihre Jacke an die Garderobe, betrat die Küche und ließ sich auf die Eckbank fallen. Rosie folgte ihr.

„Ja, aber ich bin mir nicht sicher, ob ich ihn wiedersehen kann." Stockend erzählte June, wie sie damals in der Schule nur mit Glück ihrem übergriffigen Musiklehrer entkommen war und dass es ihr seitdem schwerfiel, Nähe zuzulassen. „Ich habe wirklich versucht, es aus dem Kopf zu kriegen, aber im entscheidenden Moment will ich immer nur abhauen. Vielleicht steht das für immer zwischen uns."

Rosie schob ein frisches Holzscheit in den Ofen. „Niemand sagt, dass es leicht ist. Aber man kommt darüber hinweg, wenn man verletzt worden ist. Sonst hätten wir uns alle längst aus dem Fenster gestürzt. Sprich mit Milo über die Geister der Vergangenheit. Manchmal flüchten sie von selbst, wenn man sie beim Namen nennt."

„Meinst du?"

Rosie setzte sich neben sie und berührte ihren Arm. „Wenn du Milo gernhast, dann sag es ihm. Sonst ist es eines Tages zu spät. Irgendwann kann man die Uhr nicht mehr zurückdrehen, auch wenn man es will."

June seufzte. Wenn es doch nur so einfach wäre.

„Mach es auf deine Art und in deinem Tempo, aber verkriech dich nicht länger", fuhr Rosie fort. „Es ist in Ordnung, wenn du Zeit brauchst. Das wird er verstehen. Aber gib ihm ein Zeichen, dann weiß er, dass er dir wichtig ist. Dass du es versuchst. Warum lädst du ihn nicht zur Ausstellungseröffnung des Wunschbaums ein?“

„Du hast recht. Das ist eine gute Idee“, sagte June leise. Sie wollte Milo unbedingt sehen und ihm alles erklären, aber diesmal ohne wegzurennen. Vielleicht gab es für sie beide dann doch noch eine Chance.

Vier Wochen später

So viele Leute! June zog die Tür des Cottage einen Spalt breit auf und schaute zum Pavillon, den die Gemeinde am Vortag auf der Freifläche zwischen Wunschbaum, Leuchtturm und Findling aufgebaut hatte. Gäste drängten sich um die Heizpilze an den mit weißen Hussen überzogenen Stehtischen, hielten ein heißes Getränk oder ein Glas Sekt in den Händen und plauderten.

Holy shit, die ganze Region war zur Präsentation ihres Projekts gekommen, und das drei Wochen vor Weihnachten. Young hatte sich ins Zeug gelegt, um überall Werbung zu machen. June atmete die kalte Seeluft ein, die heute besonders intensiv nach Salz und Algen schmeckte, und wischte ihre schwitzigen Hände an ihrer Jeans ab. Ob Milo ihr Zeichen mit der Einladung kapiert hatte?

Sie zog ihre Jacke an, trat vorsichtig vor die Tür und suchte die Menge ab, entdeckte ihn aber nirgends. Zum hundertsten Mal holte sie ihr Handy aus der Tasche und checkte das Display, ob er ihr geschrieben oder abgesagt hatte. Nichts. Die Enttäuschung nagte an ihr, aber sie schob das Gefühl energisch weg und versuchte stattdessen, sich darauf einzustellen, gleich vor versammelter Mannschaft eine Rede zu halten.

June stopfte sich einen Kaugummi in den Mund, rückte ihren

Schal zurecht und inhalierte den frischen Minzgeruch. Wird schon schiefgehen, beruhigte sie sich. Sie entdeckte Rosie, die etwas abseitsstand und mit spitzen Lippen an einem Glas Sekt nippte, als wäre das Getränk eine gefährliche Medizin. Grinsend zog June ihre Mütze ein Stück ins Gesicht und schlängelte sich durch die plaudernden Leute.

„Hey, herzlichen Glückwunsch. Der Wunschbaum ist toll geworden." Ein junges Mädchen mit langen dunklen Haaren und Nasenpiercing stupste sie an.

June schaute überrascht hoch und kramte in ihrem Gedächtnis. Das Mädchen kam ihr bekannt vor, aber sie konnte sie nicht zuordnen. „Vielen Dank. Woher kennen wir uns nochmal?"

„Ich bin Louisa, wir haben uns in Port Jacobs am Bahnhof getroffen. Mein Chef kommt aus Lockwood und hat mir davon erzählt, dass sie aus dem Leuchtturm ein B&B machen und eine Künstlerin hier wohnt. Da war ich neugierig. Aber das du hinter all dem steckst, wusste ich nicht. Mega! Mit deiner Freundin Rosie hab ich mich auch länger unterhalten. Sie ist wirklich cool." Louisa lächelte.

„Das stimmt." June hob die Hand, um sich zu verabschieden. „Danke, dass du da bist. Wir sehen uns sicher später noch. Dann können wir in Ruhe reden." Sie lief weiter und versuchte, auf die andere Seite des Pavillons zu gelangen. Vielleicht war Milo dort?

Aber sie kam nicht voran. Menschen, die sie nicht kannte, luden sie auf einen Punsch ein, schüttelten ihr die Hände, bedankten sich für ihre Initiative mit dem Wunschbaum oder wollten wissen, wie sie die Installation angefertigt hatte.

Auf einmal verstummte die Menge und drängte enger zusammen. Ephraim Young stieg auf ein kleines Podest neben der Steintreppe und räusperte sich. „Liebe Mrs Mckenzie, liebe June, liebe Gäste. Ich freue mich, Ihnen kurz vor Jahresende ein ganz besonderes Kunstprojekt zu präsentieren. Es feiert nicht nur unsere Geschichte, sondern wirft auch einen Blick in die Zukunft. Der Wunschbaum ist das Werk einer talentierten jungen Künstlerin, die jetzt hier lebt.“ Er hielt inne und schaute sich suchend um, bis er June entdeckte. „Kommen Sie doch kurz zu mir.“

Alle Köpfe drehten sich zu ihr. Das war der Moment, wegen dem sie seit Tagen unruhig schlief. Sie würde wieder in der Zeitung landen, aber diesmal war es für eine gute Sache. Sie drückte die Schultern nach hinten und stieg zu Young auf das Podest.

„Möchtest du zuerst reden, bevor ich weitermache?“, raunte er ihr zu.

Sie nickte und ihr Blick schwirrte über die Köpfe. Unbekannte Gesichter lächelten ihr aufmunternd zu. Viele von ihnen waren von weither angereist, um zu sehen, was aus ihren Briefen, Karten und Botschaften geworden war. Ihr Herz klopfte laut. Aber Milo war nicht in der Menge. Sie blieb an Rosie hängen, die immer noch das Sektglas festhielt und mit der anderen Hand den Daumen nach oben streckte.

„Wow. Wer hätte das gedacht?“, fing June an und das Mikro quietschte kurz auf. „Es ist wirklich aufregend, hier zu stehen. Also, zuerst möchte ich mich bei euch allen bedanken. Dass ihr hier seid, ist der Hammer. Ihr habt mir so viele megaschöne Briefe und Nachrichten geschickt. Ihr seid der Grund, warum dieses Kunstwerk existiert. Es war eine krasse Erfahrung, daran zu arbeiten. Aber das war erst der Anfang. Ich habe viele Ideen für weitere Projekte und hoffe, dass wir noch coole Momente zusammen erleben können.“

Die Gäste klatschten und jubelten. Eine junge Frau hüpfte in der Menge auf und ab und gestikulierte wild.

Liz! Überrascht reckte June den Kopf, winkte ihr zu und erstarrte. Neben ihrer Schwester stand ihr Dad in beigem

Wollmantel. Er sah in ihre Richtung und lächelte. War das echt oder halluzinierte sie? War Kate etwa auch da?

Verwirrt gab sie das Mikro an Ephraim Young zurück und steckte die Hände in ihre Jackentaschen.

Der Bürgermeister fuhr fort. „Vielen Dank, June. Wie Sie alle wissen, ist der Leuchtturm ein Symbol für Sicherheit und Orientierung in stürmischen Zeiten. Er hat Generationen von Seeleuten nach Hause geführt und ist ein Zeugnis für die Arbeit und Entschlossenheit unserer Vorfahren. Der Wunschbaum steht dafür, dass diese Geschichte am Leben erhalten und zugleich neu interpretiert wird. Die sich drehenden Elemente repräsentieren die Vielfalt unserer Gemeinschaft und die Träume und Wünsche, die wir für unsere Zukunft hegen. Dieser Baum wird nicht nur ein Blickfang für die Gäste des B&Bs sein, sondern auch ein Ort der Inspiration und des Nachdenkens. June, vielen Dank, dass du dieses wundervolle Kunstwerk geschaffen hast. Deine Arbeit erinnert uns daran, wie wichtig es ist, Kunst und Kreativität in unserer Gemeinschaft zu fördern, und wie sie dazu beitragen kann, unsere Identität zu stärken und unsere Zukunft zu gestalten. Möge uns dieser Baum stets daran erinnern, dass wir unsere Träume verwirklichen können, wenn wir zusammenhalten und unsere Traditionen ehren."

Als Young fertig war, kam Rosie an das Rednerpodest und zog June auf die Seite. „Ich muss dir etwas sagen."

June stieß Luft aus. „Ich zuerst: Mein Dad und meine Schwester sind hier."

Rosie schob ihre Brille hoch. „Wirklich? Das freut mich sehr für dich."

„Ich weiß gar nicht, wie ich mich verhalten soll."

„Mach dir nicht so viele Gedanken. Dass sie hier sind, ist ein erster Schritt. Sie haben verstanden, dass sie Fehler gemacht haben."

June schüttelte den Kopf. „Damit hab ich nicht gerechnet."

Rosie tätschelte ihr den Arm. „Geh zu ihnen, das wird. Aber vorher muss ich dir …"

„June, endlich! Sie sind ja schwerer zu sprechen als der Papst. Verständlicherweise natürlich." Lily Banks schob sich mit zwei Gläsern Sekt an Rosie vorbei. „Entschuldigen Sie die Störung, Mrs Mckenzie. Ich möchte nur ganz kurz mit June sprechen."

„Aber natürlich", sagte Rosie und trat einen Schritt zurück.

June sah ihr hinterher. Was hatte sie ihr sagen wollen? Dann wandte sie sich an Lily Banks. „Schön, dass Sie hier sind. Wie geht es dem Drachen?"

„Dem geht es prima! Er ist nur einsam. Darüber wollte ich mit Ihnen sprechen. Aber erstmal Gratulation zum Wunschbaum. Ich wusste, dass man von Ihnen hören würde." Sie drückte June ein Glas Sekt in die Hand und prostete ihr zu.

„Vielen Dank. Sind Sie extra für die Präsentation aus der Stadt hergekommen?" Dankbar trank June einen Schluck und die goldene Flüssigkeit prickelte auf ihrer Zunge.

„Klar! Aber vor allem wollte ich Sie was fragen. Persönlich, nicht am Telefon. Ihre Drachenskulptur hat großen Anklang gefunden. Diese Verbindung von Strandgut und Graffiti ist sensationell. Hätten Sie Zeit und Lust, weitere Figuren anzufertigen? Sie dürfen gern auch größer sein. Ich weiß, Künstler mögen oft keine Auftragsarbeiten, aber meine Kontakte zahlen gut. Versprochen." Sie zwinkerte ihr zu.

Ungläubig stellte June ihr Glas auf einem der Stehtische ab. Lily Banks bestellte weitere Skulpturen? Sie hätte nicht gedacht, dass etwas den heutigen Tag toppen konnte. „Ja, klar. Das mache ich sehr gern."

Die Unternehmerin zückte ihren Geldbeutel und zog eine Visitenkarte heraus. „Nur für den Fall, dass Sie die Karte von unserer letzten Begegnung nicht mehr haben. Rufen Sie mich in den nächsten Tagen an, wenn sich der Rummel gelegt hat. Dann besprechen wir die Einzelheiten."

Stolz strich June über die Karte und steckte sie in ihre Jackentasche. In Gedanken sah sie Grandpa lächeln. „Das ist toll, danke für Ihr Vertrauen. Ich melde mich auf jeden Fall."

Lily Banks verabschiedete sich und verschwand in der Menge. June hielt nach Rosie Ausschau und entdeckte sie am Getränkestand. Henry stand dicht neben ihr und flüsterte ihr etwas ins Ohr, woraufhin sie lachte. Ob Rosie ihm endlich gesagt hatte, was sie für ihn empfand? Die beiden waren ein cooles Pärchen, obwohl sie so unterschiedlich waren.

June näherte sich ihnen. „So, jetzt hab ich Zeit. Gar nicht einfach, ein paar ruhige Minuten zu finden."

„Du bist jetzt eben berühmt", sagte Henry schmunzelnd. „Ich wusste, dass du es schaffst, wenn du deinem Herzen folgst und auf dein Talent vertraust. Schön, dass deine Schwester und dein Vater auch hier sind und das miterleben können."

June drückte seinen Arm. „Es fühlt sich endlich alles richtig an."

Jemand tippte sie von hinten an. „Hey Sis, es läuft ja richtig gut für dich. Glückwunsch!"

June drehte sich um und schaute in Liz' grinsendes Gesicht. Neben ihr stand John, die Hände in den Taschen seines Mantels und lächelte verlegen. „Da hat deine Schwester recht. Es ist erstaunlich, was du da geschaffen hast. Ich freue mich über deinen Erfolg."

„Danke. Ich habe nicht damit gerechnet, dass du kommst", sagte sie leise. „Ist Mum auch hier?

„Ich habe etliche Fotos für sie gemacht. Gib ihr ein bisschen Zeit." John strich ihr über die Wange.

June nickte. „Ist in Ordnung." Sie war nicht sauer. Dafür war der Tag heute zu perfekt.

Rosie räusperte sich und lächelte entschuldigend. „June, hör zu. Bevor erneut jemand dazwischenfunkt. Da wartet jemand, der dich gerne sprechen möchte." Sie zeigte über die Köpfe hinweg in Richtung Schuppen. Dort lehnte eine Gestalt am Tor, in der Hand einen Notizblock und einen Stift.

June hielt einen Moment den Atem an. Milo. Er war doch gekommen. Hastig verabschiedete sie sich von Liz und ihrem Dad und drängte durch die Leute auf die andere Seite des Pavillons. Die letzten Meter rannte sie und blieb außer Atem vor ihm stehen. „Du hast meine Einladung bekommen", sagte sie und ärgerte sich, dass ihr nichts Schlaueres einfiel.

Milo verkniff sich ein Schmunzeln und sah sie mit warmem Blick an. „Ja. Tolle Rede vorhin. Ich hab ein bisschen mitgeschrieben, wenn es okay ist."

„Äh, ja", stammelte June. Sie öffnete ihre Daunenjacke, weil ihr die Dezembersonne auf einmal viel zu warm auf den Rücken schien. Es war seltsam, ihn plötzlich so nah zu haben, aber gleichzeitig war da sofort wieder diese Vertrautheit. Seine Haare waren deutlich kürzer und er hatte sich einen Dreitagebart wachsen lassen. Ihr Blick glitt über sein Gesicht und blieb an seinem Mund hängen. Wie gerne hätte sie ihn jetzt einfach in die Arme genommen.

„Was macht dein Boot?", fragte sie schnell und hoffte, dass er ihre Nervosität nicht bemerkte.

„Ist fertig und bereit für den ersten Segelturn. Aber bevor ich starte, habe ich etwas Wichtiges zu tun." Sein Blick wurde intensiver und June hielt instinktiv die Luft an. Was würde jetzt kommen?

„Das Kulturmagazin möchte ein Interview mit dir über die Wunschbaumaktion veröffentlichen. Ich habe gesagt, ich weiß nicht, ob ich der Richtige dafür bin. Das letzte Mal habe ich es versaut. Aber jetzt möchte ich es richtig machen." Seine Stimme klang rau. „Ich hab dich vermisst, June."

Die Härchen auf ihrem Arm reagierten und sie biss auf ihr Lippenpiercing. Dann stieß sie einen tiefen Seufzer aus. „Ich dich auch, wirklich. Können wir an einem ruhigeren Ort weitereden?"

Er lächelte, nahm ihre Hand und zog sie an sich. „Wie wäre es nachher mit einer kleinen Biketour, wenn der Trubel vorbei ist? Nur wir beide?"

Die Wärme seiner Berührung sprang auf sie über und ein angenehmes Kribbeln durchströmte ihren ganzen Körper. „Sehr gerne. Ich habe dir viel zu erzählen", sagte sie leise und lehnte den Kopf an seine Schulter.

Rosie

Zwei Tage später lag der Marktplatz von Lockwood im noch morgendlichen Dornröschenschlaf. Rosie rückte den Hocker zurecht und positionierte sich hinter ihrem fertig aufgebauten Stand. Nervös wippte sie mit dem Fuß. Es war kühl heute und sie zog ihren Wollschal fester um sich. Nachdem sie die halbe Nacht vor Aufregung wach gelegen hatte, war sie um fünf Uhr aufgestanden, hatte ihren Pick-up gerichtet und war Richtung Lockwood gefahren, obwohl der Markt offiziell erst um sieben Uhr öffnete.

Allmählich füllte sich der Platz. Lieferwagen mit Hängern fuhren im Schritttempo heran und parkten um den alten Brunnen. Die anderen Standbetreiber stiegen aus und winkten ihr zu, als wäre sie immer schon hier gewesen. Rosies Blick glitt stolz an den mit Obst und Gemüse gefüllten Kisten und Körben ihrer Auslage hinab. Noch vor ein paar Wochen hätte sie es für unmöglich gehalten, den Stand der alten Mrs Whigfield zu übernehmen. Aber als der Bürgermeister sie jetzt nochmal gefragt hatte, war es gar nicht schwer gewesen, das Angebot anzunehmen.

Sie verließ ihren Platz und rückte die Birnen in der Auslage zurecht, bis sie alle symmetrisch lagen. So schnell änderten sich die Zeiten! Ab sofort war sie fester Bestandteil des Wochenmarktes und das Selbstbedienungsregal an der Landstraße gehörte der Vergangenheit an. Sie blies in ihre behandschuhten Hände, öffnete zum vermutlich hundertsten Mal den Metalldeckel ihrer Kasse und zählte das Wechselgeld. Hoffentlich verkaufte sie etwas.

„Rosie? Was für eine Überraschung. Ist dein Leuchtturm weggeflogen?“ Toni Bergson vom *Greenwich Inn* blieb vor ihr stehen, beugte sich über die Auslage und hob einen Salatkopf in die Höhe.

Sie klappte den Deckel zu. „Guten Morgen, Toni. Dem Turm geht es prima – besser als je zuvor. Das Leben ist manchmal überraschend, nicht wahr? Wie der Chicorée in diesem Jahr. Er ist ausgezeichnet, trotz der Schneckenplage in den letzten Wochen. Soll ich ihn dir einpacken?“ Sie lächelte. Es war gar nicht mühsam, ein bisschen zu plaudern.

Er legte den grünen Ball zurück und seufzte. „Himmel, nein. Ich und Salat? Bist du wahnsinnig?“

„Ein paar Vitamine schaden nicht. Das sieht deine Frau bestimmt genauso“, scherzte Rosie.

Er hielt sich den wippenden Bauch. „Oh nein, Gwyneth würde sich glatt scheiden lassen, wenn ich anfange, Salat zu essen.“ Sein Lachen hallte über den Platz und Rosie stimmte ein.

„Was machst du so früh hier?“, wollte sie wissen.

„Ich muss den Pub durchlüften und ein paar Einkäufe erledigen. Einen erfolgreichen ersten Tag für dich.“

„Danke, bis bald.“ Nachdem er weg war, warf sie einen Blick auf die Kirchturmuhr. Noch eine halbe Stunde. Sie verließ ihren Platz, lief erneut um den Stand herum nach vorne und polierte die rotbackigen *Cox Orange*, bis sie glänzten.

„Ich hätte gern zwei Kilo Äpfel, ein Kilo Kartoffeln und einen Bund Rosmarin“, sagte eine vertraute Stimme hinter ihr.

Sie drehte sich um. Henry. „So so, mein Lieber. Guten Morgen! Bist du aus dem Bett gefallen?“ Sie lächelte ihn an.

„Nein, nein. Aber es brechen gerade neue Zeiten an und die möchte ich offiziell an deiner Seite verbringen.“ Er legte ihr den Arm um die Schultern.

„Damit habe ich nicht gerechnet“, erwiderte sie gerührt. „Schön, dass du da bist.“

Er ließ sie wieder los und hob mit der anderen Hand eine Einkaufstasche hoch. „Mein Kühlschrank ist allerdings auch leer."

Sie lachte. „Dagegen können wir etwas tun." Sie wog die gewünschte Menge Äpfel und Kartoffeln ab und füllte alles in zwei Papiertüten.

„Was kriegst du von mir?" Er holte das Portemonnaie aus seiner Jackentasche.

Rosie zögerte. Sie wollte kein Geld von ihm, sondern etwas viel Wichtigeres. Etwas, nachdem sie ihn längst hätte fragen sollen. Aber bisher hatte ihr der Mut gefehlt. Sie gab sich einen Ruck. „Komm doch heute Abend zu mir und wir kochen zusammen Wildsau in Buttermilch. Ich würde gern mehr Zeit mit dir verbringen." Sie fühlte, wie ihr die Röte in die Wangen stieg.

Auf Henrys Gesicht erschienen tausend Lachfalten. Er deutete eine Verbeugung an. „Mit dem größten Vergnügen, Mylady." Er nahm ihre Hände. „Bist du dir sicher?", fragte er leise.

„Absolut", flüsterte sie zurück und ärgerte sich, dass sie sich wie ein schüchterner Backfisch benahm. „Es wird doch Zeit, dass wir … Ich habe die Vergangenheit hinter mir gelassen. Du bist … ach verdammt." Sie brach ab und hoffte, dass er verstand, was sie sagen wollte.

Er grinste. „Ja, ich dich auch, Honey." Sanft strich er mit dem Daumen über ihre Wange.

„Hallo? Jemand da? Oder ist das hier ein Selbstbedienungsstand?" Eine Frau mit krausem schwarzem Haar gestikulierte auf der anderen Seite der Auslage.

Hastig löste sich Rosie von Henry und schob eine Haarsträhne hinter das Ohr. „Es geht los. Leistest du mir ein bisschen Gesellschaft?", raunte sie ihm zu.

Henry nickte und stellte seine Einkaufstaschen in den Pick-up. „Deshalb bin ich hier. Jeder soll sehen, dass wir zusammengehören."

Rosie drückte seine Hand und wandte sich an die Kundin. „Entschuldigen Sie bitte, was kann ich für Sie tun?"

Nur wenige Minuten später herrschte Gewusel auf dem Marktplatz. Rosie vergaß das kühle Dezemberwetter, hastete hin und her, wog Obst und Gemüse ab, verpackte es in Papiertüten und reichte sie nach vorne. Henry kassierte und plauderte mit den Leuten, als hätte er nie etwas anderes getan. Schon bald bildete sich eine Traube Menschen vor dem Stand.

Der Ischias meldete sich, aber Rosie ignorierte den ziehenden Schmerz das linke Bein hinunter. Immer wieder sah sie zu Henry und wenn sich ihre Blicke trafen, fühlte sie sich leicht und unbeschwert. Pause konnte sie machen, wenn die Kisten leer waren. Warum hatte sie bloß geglaubt, niemand würde ihr Ware abkaufen?

Nachdem der Ansturm ein paar Stunden später abgeflaut und die Marktzeit zu Ende war, holte Henry zwei dampfende Becher Tee aus der Bäckerei gegenüber vom Rathaus. Die Sonne tauchte den Platz in goldenes Licht. „Auf dich und deinen ersten richtigen Markttag. Es ist fast alles weggegangen. Ich bin wirklich stolz auf dich. Zeit, dass wir unser Essen planen." Er beugte sich zu ihr und drückte ihr einen Kuss auf die Wange. „Und künftig nur noch gemeinsam Pläne für die Zukunft schmieden", sagte er leise an ihrem Ohr.

Seine Nähe verschaffte Rosie eine wohlige Gänsehaut und sie vergaß die kalten Zehen in den Stiefeln. Sie hob den Teebecher, stieß mit ihm an und atmete das frische Pfefferminzaroma ein. „Vielen Dank für deine Hilfe heute. Auf alles, was noch kommt."

Das Klingeln von Henrys Handy unterbrach den vertrauten Moment. Er holte es aus seiner Gesäßtasche und schaute verwundert auf das Display. „Das ist Leah", sagte er. „Warum ruft sie mich denn an?"

Alarmiert stellte Rosie ihren Teebecher auf den Boden.

Henry nahm ab. „Leah, Liebes, alles in Ordnung bei dir?"

Dann wurde er ernst. „Ja, natürlich. Ich gebe sie dir." Er reichte das Telefon an Rosie weiter.

„Leah? Ist was passiert? Geht es dir gut?"

Einen Moment herrschte Stille. „Bist du noch dran?", fragte Rosie lauter. Ein ungutes Gefühl breitete sich in ihr aus.

„Ich muss dir was erzählen", sagte Leah leise.

Rosie wechselte das Ohr. „Wo bist du?"

„In Cervia am Strand. Mum … Er ist nicht tot. Er ist hier in seiner Bar. Ich habe mit ihm gesprochen."

Das Kopfsteinpflaster schien unter ihr nachzugeben. Rosie ließ sich auf den Schemel hinter der Auslage fallen. Ihre Hände waren trotz Handschuhe auf einmal klamm.

Henry ging vor ihr in die Hocke und schaute sie besorgt an. „Was ist los, Honey? Du bist ganz blass."

Sie umklammerte das Telefon. „Was meinst du …?" Bilder und Gefühle strömten auf sie zu, ein Daumenkino der Vergangenheit. Wie Amadeo sich am Strand vor seiner Bar in den Brandungsschaum stürzte und ihren Strohhut vor dem Ertrinken rettete. Die romantische Zeit in der *Villa Dorata*. Der entsetzliche Moment, als sie durch *Borgo Alto* lief und erfuhr, dass er umgekommen war.

„Mum?"

Mühsam tauchte Rosie in der Gegenwart auf. Die Luft pikste auf ihren Wangen. „Du bist in Cervia?"

„Ja. Ich habe mit ihm gesprochen und …"

„Aber das ist unmöglich. Du musst dich täuschen." Rosie brach ab und streckte die Hand hilfesuchend nach Henry aus, unfähig, Leahs Worte mit Sinn zu füllen.

„Ich konnte es erst auch nicht glauben. Wenn Hugh nicht auf mich eingeredet hätte, ich glaube, ich wäre wieder gefahren. Aber er ist es. Er hat mir alles erzählt." Leahs Stimme klang weicher als sonst. Und frei, fast wie früher.

„Amadeo lebt“, flüsterte Rosie und starrte Henry an.

Er drückte ihre Hände. Seine waren kalt. „Das sind wundervolle Neuigkeiten.“

Sie wandte sich wieder an Leah. „Aber der Trauerzug in Borgo Alto damals? Ich habe doch gehört, wie sie von ihm geredet haben.“

„Das stimmt wahrscheinlich auch. Das ganze Dorf muss unter Schock gestanden haben, weil es diesen Unfall in den Klippen gegeben hat. Dabei verletzte sich Amadeo schwer und lag mehrere Monate im Krankenhaus. Sein Cousin ist ums Leben gekommen. Was du in Borgo Alto gesehen hast, war seine Beerdigung.“

Rosie schlug die Hand vor den Mund. Etwas seit langem Zerbrochenes in ihr fügte sich wieder zusammen. „Es ist unglaublich. Ich kann es nicht fassen.“

„Mum, er hat nach dir gefragt. Ich glaube, er möchte unbedingt mit dir reden. Er wusste nicht, dass du dachtest, er sei tot. Und dass du dir daran die Schuld gibst.“

„Siehst du, alles ist wieder gut“, murmelte Henry mit belegter Stimme.

Rosie sah zu ihm hoch und zuckte hilflos die Schultern.

* * *

Amadeo lebt. Dick eingepackt in Mütze und Schal, die Hände tief in den Taschen ihres Parkas, stapfte Rosie am Nachmittag am Strand entlang und versuchte, das Gefühlschaos unter Kontrolle zu bringen. *Er hat nach dir gefragt und möchte unbedingt mit dir reden.* Mit zittrigen Händen hob sie ein paar Steine auf und lief ans Wasser. Die Luft war frostig und sie starrte zur Insel, die stoisch dort lag, als wäre nichts passiert. Rosie stieß einen Schrei aus und schleuderte die Steine mit aller Kraft von sich. Sie flogen ein Stück hinaus und stürzten kopfüber in die Wellen. Genau wie ihr Leben. Ein Bogen voller Schuldgefühle und Schmerz und jetzt der Absturz in eiskaltes Wasser. Sie bohrte ihre Stiefel in den Sand, dann lief sie atemlos weiter.

So viele Jahre hatte sie Amadeo für tot gehalten und sich dafür die Schuld gegeben. Und plötzlich war alles anders und sie hatte keine Ahnung, was das bedeutete. Sollte sie nach *Cervia* fahren und mit ihm reden? Wollte sie das überhaupt? Und was kam dann?

Sie lief bis ans Ende der Bucht, sammelte ein paar Plastikflaschen ein, die die Flut an den Strand gespült hatte, und kehrte um. Nach einer halben Stunde erreichte sie die Steintreppe und hielt einen Moment inne. Ihre Oberschenkel schmerzten von der Anstrengung. Damals in *Borgo Alto* hätte sie ihre Seele verkauft, um die Zeit zurückzudrehen und eine zweite Chance zu bekommen. Sie hatte Amadeo geliebt, so felsenfest und unauslöschlich, dass nichts und niemand imstande gewesen wäre, sie von ihm fernzuhalten. Und jetzt überbrachte ihr Leah die Nachricht, dass er lebte, und sie spürte nur Unsicherheit und Zweifel.

Rosie umfasste das in den Stein gehauene Geländer und stieg langsam die Stufen hoch. Ein halbes Leben ohne ihn, aber mit Leah … und Henry. Oben lief sie die paar Schritte zum Leuchtturm, berührte die ausgebesserte Außenmauer und nahm die Kraft und Ruhe des Turms in sich auf. Er war stets ihr Fels in der Brandung gewesen, in guten wie an schlechten Tagen. Genau wie Henry. Obwohl der Wind ihr immer noch kalt ins Gesicht blies, spürte sie die Wärme, die beim Gedanken an ihn zu ihrem Herzen floss. Ihr Blick blieb am Wunschbaum hängen, an dessen sich drehenden Ästen Unmengen eingeschweißter Zettel und Karten baumelten.

Entschlossen kehrte Rosie zum Cottage zurück und packte alles zusammen, was sie für die Zubereitung der Wildsau besorgt hatte: Fleisch, Buttermilch, Kartoffeln, frische Kräuter. Henry würde heute nicht wie verabredet kommen, das wusste sie. Nicht nach Leahs Anruf und ihrer hilflosen Reaktion am Morgen auf dem Markt. Er hatte sich verabschiedet und war gegangen, ehe sie imstande gewesen war, ein Wort zu sagen. An seinem Schweigen und dem traurigen Blick hatte sie gesehen, dass er die Zukunft mit ihr nun endgültig verloren glaubte.

Das stimmte nicht! Das hätte sie gleich klarstellen müssen. Aber Leahs Anruf hatte sie im ersten Moment verwirrt und erschüttert zurückgelassen.

Rosie stapelte die Zutaten in einer Kiste und trug alles zu ihrem Pick-Up. Dann holte sie den Umschlag aus den Tiefen ihres Wäscheschranks im Schlafzimmer, der dort seit vielen Jahren verborgen lag. Sie wollte Henry den Inhalt zeigen und sich erklären, dann würde er verstehen, was sie empfand.

Ein paar Minuten später stand sie mit klopfendem Herzen vor Henrys Haustür und schaute dem Löwenkopf in die matten Augen. Die Kiste vor ihrer Brust wog schwer, genau wie ihre Sorge. Was, wenn er ihr nicht glaubte? Oder sie nicht mehr sehen wollte?

Sie stieß einen tiefen Seufzer aus und klingelte. Die helle Melodie hallte durchs Haus. Gleich darauf waren Schritte zu hören. Die Tür ging auf und Rosies Herzschlag beschleunigte sich.

„Du bist noch hier?“ Er schaute sie fragend an, aber seine Miene blieb ernst.

Sie zögerte. „Aber natürlich“, sagte sie schließlich. „Wir haben doch eine Verabredung. Darf ich reinkommen?“

Er nickte.

Sie drückte die Schultern nach hinten und trug die Kiste mit der Wildsau hinein. In der Küche duftete es nach Salbeitee und geröstetem Toast. Sie stellte die Sachen auf die Anrichte und versteckte die Hände hinter ihrem Rücken, damit er das Zittern nicht sah.

Henry blieb in der Tür stehen, das tat er sonst nie.

„Ich dachte, du bist längst auf dem Weg nach Italien …", fing er an und verstummte. Seine Traurigkeit schwappte zu Rosie herüber und legte sich wie ein Schatten über ihr Herz.

Entschlossen holte sie den Umschlag aus der Tasche ihres Parkas. Das Foto darin war blass und verschwommen. Wie aus einer anderen Zeit. „Weißt du, was das ist?", fragte sie mit bebender Stimme und streckte ihm das Bild entgegen. Alles in ihr war in Aufruhr und am liebsten hätte sie sich einfach nur in Henrys Arme geworfen, um das schreckliche Gefühl der Distanz zu vertreiben, das seit dem Nachmittag zwischen ihnen stand. Aber sie wollte, dass er das Bild ansah und verstand, was in ihr vorging.

Er machte ein paar Schritte auf sie zu, dann schaute er getroffen zu Boden. „Warum zeigst du mir das?", erwiderte er leise. „Natürlich weiß ich, wer das ist. Amadeo."

Rosie suchte Henrys Blick und hielt ihn fest. Diese klugen Augen, wie könnte sie auch nur einen Tag länger ohne ihn sein. „Nein, das ist nicht Amadeo", erwiderte sie ruhig und wusste mit einem Mal, dass sie genau das Richtige tat. „Das ist eine Erinnerung. Eine sehr verschwommene zudem. Ja, er ist der Vater von Leah und ich habe ihn geliebt, aber wenn ich heute an ihn denke, dann sehe ich nur das hier: ein unscharfes Bild aus einer längst vergangenen Zeit. Denn die ganzen letzten Jahre habe ich mit dir verbracht. Wir haben so viel zusammen durchgemacht. Das mit uns ist echt. Du bist … mein Leben." Ihre Stimme wackelte und sie ließ ihre Hand sinken, suchte in Henrys Miene nach einer Reaktion. Nach einem Anflug von Lächeln oder einem Zucken der Mundwinkel, das ihr verriet, dass sie ihn berührt hatte. Aber er fuhr sich nur fahrig durch die offenen Haare und starrte sie unverwandt an, als würde er kein Wort verstehen.

Rosie steckte das Foto zurück in den Umschlag und legte ihn in die Kiste zu den Essenssachen. „Leahs Nachricht und die Tatsache, dass Amadeo noch lebt, haben mich getroffen. Aber ich habe nicht eine Sekunde daran gedacht, sofort alles stehen und liegen zu lassen und nach Italien zu fahren."

„Nein?" Endlich kehrte Farbe in Henrys Miene zurück. Sein Blick wurde weich und ein paar kleine Lachfältchen erschienen auf seinem Gesicht.

Erleichtert lief Rosie auf ihn zu und schlang die Arme um seinen Hals, als hätte sie das schon immer so gemacht. Mit ihm war alles leicht. Seine Nähe war voller Wärme, Geborgenheit und Zukunft. „Du hast gesagt, dass jetzt alles wieder gut ist. Aber das stimmt nicht. Denn ohne dich …" Tränen stiegen auf einmal in ihr hoch, als ihr klar wurde, wie viel er ihr bedeutete.

Henry erwiderte ihre Umarmung so fest, dass ihr für einen Moment die Luft wegblieb. „Ich bin so froh, dass du hergekommen bist", flüsterte er ihr ins Ohr.

„Ohne dich fahre ich auf keinen Fall nach Cervia", murmelte sie. „Nur mit dir wird alles wieder gut."

Danksagung

Liebe Leserin, lieber Leser,

dieses Buch in die Welt zu schicken, ist jahrelang ein Traum gewesen. Jetzt platze ich schier vor Stolz, dass du es endlich in den Händen halten kannst. Ich hoffe, dir hat die Geschichte von Rosie und June ein Lächeln ins Gesicht gezaubert! Wenn ich das geschafft habe, dann ist dies mein schönster Lohn.

Es heißt, man braucht ein ganzes Dorf, um ein Kind großzuziehen. Genauso ist es bei Büchern! Hinter all diesen Worten auf Papier stehen viele tolle Menschen, die dabei geholfen haben, meinen Buchtraum wahr werden zu lassen.

Ohne die Romanschule von Jurenka Jurk (romanschule.de) wäre aus meiner vagen Anfangsidee von zwei Frauen und einem Wünscheglas nie ein fertiges Buch geworden. Ich bin wahnsinnig dankbar für die intensive Zeit, in der ich vor vielen Jahren gelernt habe, wie aus wildem Kopfkino ein veröffentlichungsreifer Roman werden kann.

Ursula Hahnenberg, dein Blick und deine Hinweise im Lektorat haben der Geschichte den letzten Schliff verliehen und meine Gedanken in die richtigen Bahnen gelenkt. Ein ganz lieber Dank geht auch an meine großartige Korrektorin Dorrit Bartel!

Den Buchsatz hat die fantastische Gabi Schmid gezaubert – deine kreativen Ideen haben die Seiten zu einem Augenschmaus gemacht und den beiden Figuren eine ganz individuelle Note verliehen – danke für deine Unterstützung und die super Arbeit!

Kristin Pang, mit diesem Cover hast du etwas Wundervolles und Einzigartiges geschaffen! Das Leuchten der Farben und das Motiv haben mich vom ersten Augenblick an fasziniert – Wahnsinn, wie du es geschafft hast, die Ideen aus meinem Kopf in diesen Buchumschlag zu gießen!

Katja und Natascha – meine unerschütterlichen Profi-Testleserinnen und Freundinnen, ihr seid meine Felsen in der Brandung des Schreibens, immer mit Rat und Tat zur Stelle und bereit, neue Plot-Twists zu besprechen und alle Lücken im Geschehen aufzudecken.

Natascha, als ich kurz davor war aufzugeben und Rosie mitsamt ihrem Leuchtturm in die Schublade zu verbannen, hast du mir mit viel Zeit und den richtigen Worten den Rücken gestärkt, damit ich es endlich richtig zu Ende bringe. Dafür bin ich dir ewig dankbar!

Eva, Bernadette und Klaus – meine Schreibfreunde der ersten Stunde. Ihr habt die Geschichte vom ersten Wort an begleitet und mir immer das Gefühl gegeben, dass ich es schaffen werde. Vielen Dank für euren Zuspruch und eure Freundschaft!

Ein dickes Dankeschön geht an die „Glorreichen Sieben" Uli, Agnes, Daniela K, Daniela N, Josefa und Sabine und natürlich auch an mein ARA-Schreibteam Kim, Susanna, Verena, Anne, Nina, Sandra und Steffi – ihr habt bei unseren vielen virtuellen und Live-Treffen etlichen Hirnschmalz investiert, testgelesen und tolle Ideen entwickelt, von denen sehr viele in die Geschichte eingeflossen sind.

Ihr lieben Blogger:innen und Vorableser:innen und natürlich alle Leser:innen da draußen, die mein Buch kaufen, lesen, rezensieren und weiterempfehlen – ohne euch wäre die Geschichte einfach nur eine Geschichte. Ihr tragt dazu bei, dass sie anderen Menschen ein paar schöne Stunden beschert und hoffentlich ein Lächeln ins Gesicht zaubert. Denn dafür schreibe ich.

Meine Familie und meine allerbesten Freundinnen – ihr wisst, wer gemeint ist! Ich liebe euch und danke euch von Herzen, dass ihr stets für mich da seid, mit mir lacht und weint und meinen Traum vom Romanschreiben immer ernst genommen habt!

Liebe Grüße, eure Anna

* * *

Du möchtest mehr über meine Projekte und mein Autorinnenleben erfahren und keine Neuigkeit verpassen? Dann melde dich unter annacarle.de kostenlos zu meiner „Glückspost" an. Ich freue mich auf dich!

Scan me